GRADUATE SCHOOL OF
LITERATURE AND JOURNALISM,
SICHUAN UNIVERSITY

主编 ◎ 曹顺庆

四川大学文学与新闻学院研究生导师丛书

论文学研究的现代范式
——以批评话语为中心的考察
（1870-1930）

张宏辉 ◎ 著

中国社会科学出版社

图书在版编目（CIP）数据

论文学研究的现代范式：以批评话语为中心的考察：1870—1930 /
张宏辉著 .—北京：中国社会科学出版社，2019.4
（四川大学文学与新闻学院研究生导师丛书）
ISBN 978-7-5203-3789-2

Ⅰ.①论… Ⅱ.①张… Ⅲ.①文学研究 Ⅳ.①I0

中国版本图书馆 CIP 数据核字（2018）第 294974 号

出 版 人	赵剑英	
责任编辑	任 明	
特约编辑	乔继堂	
责任校对	王佳玉	
责任印制	李寡寡	

出　　版	中国社会科学出版社
社　　址	北京鼓楼西大街甲 158 号
邮　　编	100720
网　　址	http://www.csspw.cn
发 行 部	010-84083685
门 市 部	010-84029450
经　　销	新华书店及其他书店

印刷装订	北京君升印刷有限公司
版　　次	2019 年 4 月第 1 版
印　　次	2019 年 4 月第 1 次印刷

开　　本	710×1000　1/16
印　　张	18.5
插　　页	2
字　　数	303 千字
定　　价	85.00 元

序

王晓路

19世纪末到20世纪初,中国进入一个重要的历史时期,社会文化出现了若干深刻的变革。其中,最为悠久的文学文化,包括研究活动也发生了范式巨变,其一,从自我文化语境过渡到多文化语境;其二,"古今""中外"或"西潮""古学"与"新知"① 构成了中国现代学术难以回避的特定关系。韦勒克指出的"20世纪是文学批评的世纪"这个现象及其内涵实际上也不仅仅是欧美学界的现象,而在其他文化范围中都有不同程度的显现。因而,海内外学界对这一特定时期中国的社会文化多有专门、具体的思考,也取得了不少成果。然而,其中的很多考察论述多以历史进程为基本线索,将文学研究现象置于社会历史语境的总体框架作一般性解读,而对于"文学研究"活动整体的跨世纪变革现象,却甚少从文学学术史和文化思想史的整合性角度进行深入的考察,亦缺少对其中的"范式问题"、现代知识构型与学术系谱加以交叉性考量。

张宏辉君在其博士学位论文《论文学研究的现代范式:以批评话语为中心的考察(1870—1930)》的基础上写出此著,他力图在时间维度和跨文化维度中审视"20世纪是文学批评的世纪"这一现象。作者通过该著作试图探索的问题主要有:在这一历史时期,中国的文学研究活动整体发生了怎样的变化,特别是哪些要素导致了范式的现代转型,建构了怎样新的知识构型与学术格局?这一巨变与新构为何几乎同时地在中国与西方共同发生?中西之间在此方面有怎样的异同?"文学批评的世纪"现象到

---

① 参见陈平原《中国现代学术之建立》,北京大学出版社1998年版,第9页。

底与中西文学研究的现代巨变，包括与其中的"文学的现代建制"问题有着怎样的内在关联？在文学现代研究中，到底基于怎样的知识学原理，使"批评话语"被结合进学术范式问题中？学术范式与批评话语两者的结合又怎样构成文学现代研究活动的知识空间？知识研究与文化思想，以及相关的理论与批评，对于中西文学现代知识活动、审美及文化思想的现代转进，到底透露出怎样的现代性意涵？这些相关关联的问题对于我们今天从跨文化视角把握和透视中西文化现代性问题有何启发意义？应该说，这一系列的问题都触及了现代文学研究和批评活动中的不少历史性问题。作者勇于尝试解答这些难点，值得肯定。虽然作者在其中提出的许多问题并没有完全在这本著作中得到令人满意的解答，但由此透露出了作者强烈的问题意识以及富有启发意义的一些观点，则是值得肯定的。

具体而言，作者基于对这一历史时期文献的梳理和对学界相关研究现状的考察和分析，在论著中呈现了自己的研究思路。首先，他把这个时段各类文学研究活动统合为一个文学现代知识场域整体，并综合采用"比较的"与"总体的"两种跨文化视角及把握方式，揭示文学研究中形成的问题、格局及特征。在这种整体把握中，他进一步通过学术史与思想史互动的角度，选取了"学术范式"与"批评话语"作为两大题旨，并以现代批评话语作为中心线索，按照"以问题为纲"的运思架构及论述方式（即通过以"学术范式"与"批评话语"之间的内在关联问题为线索，将知识原理与具体环节的论述连接起来，并重在梳理其中一些重要关节点或子问题），既以"批评话语"看待"学术范式"问题，又以"学术范式"处理"批评话语"问题，从而在跨文化视域中澄清现代学术范式与现代批评话语两者的关系，由此实现对其中的范式问题及其知识建制、知识构型、知识品质等方面的考察，实现对"20世纪是文学批评的世纪"现象及论断的跨文化学理审视。

在此基础上，作者通过对19世纪70年代到20世纪30年代中西文学研究活动的比较和分析，提出：现代"学术范式"与"批评话语"两者之间的内在关联实际上造就了文学研究的现代范式品质，构成了文学现代研究范式中的某些关键性问题，其中包括"批评话语"的跨文化学理问题。作者具体地认为：19世纪70年代到20世纪30年代的"知识下行"与"文化解救"二者的合力促动了文学研究范式的现代转型，也同时构成了知识文化中所内含的"人间性"特质，正是这一关联决定了文学研究范式现代转型及重构的根本品质。而"文学的现代建制"，作为内在于这个知识文化空间的产物，不仅直接启动了中西文学研究范式的现代转型，而且促成了文学现代研究在中国的"史学化格局"与在西方的"理论化格局"，亦即此范式塑造了文学现代研究活动中史学化或理论化的路向。由于现代"批评话语"产生于"文学的现代建制"当中，因而获得了基本的建制性所决定的人文性征，并广泛渗透在史学化或理论化的文学研究现代格局中，对文学现代研究范式产生持续的影响。作者最后进一步指出：文学现代研究"学术范式"与现代"批评话语"两者的并行，实质上是以文学知识话语的合法性问题为核心的一种文化事件，它内在表征出了现代性命题。因此，对此现象进行系统、深入的研究，并以跨文化的视角进行多重考察，是非常重要的。应该说，作者在此论著中的思路是独特的，其支撑性材料翔实，对问题的分析也是比较深入而中肯的。

张宏辉君从 1999 年开始到我指导下攻读比较文学与世界文学专业研究生，缘于对文学深度体验与文学理论思考的痴爱，他在硕士阶段选择了比较诗学方向，三年后他以《道与逻各斯：文化异质及其现代性与诗性阐释》为题完成了他的硕士学位论文，其硕士论文长达 20 余万字，让当时答辩委员会的老师甚是吃惊。这一论文虽然在理论、表述和材料把握上还有些生涩，但充分说明他是一个非常努力的学生。后来他继续读博，其间同时承担着学校大量繁杂的工作，长期超负荷的繁忙，这使他在学业上付出了比许多人更多的心血和时间。他对于学术有一份朴实的热爱，对于文学有一种执着而深挚的痴情，这是他给我最深的印象。我记得在他博士即将毕业之际，他曾向我表示在文学研究现代范式的跨文化比较这个论题上，他自己觉得有许多地方还没来得及全面展开和深入落实，很想能再有时间把研究做得更扎实。博士毕业数年后，他有一次曾给我聊起正准备申报一个后期资助项目，想在博士学位论文基础上再把相关研究拓展与推进一步。回想起来，博士毕业后的这些年，他时时会给我联系，谈起工作、生活、治学志趣上的感受与困惑，我晓得他内心深处其实一直都有一种关于文学与学术的不甘心。确实，现在这本基于其博士学位论文的专著，尚有不少遗憾和值得斟酌的地方，著述中许多思考很大程度上还停留在学理的面相勾画、爬梳推证或逻辑思考层次，论述语言还有不少晦涩的表达、语句重复等问题，这在很多地方阻碍了其思想的有效表达。但是，这部论著无疑是他重要的学术再出发的起点。现在这本专著作为"研究生导师丛书与博士学位论文丛书"之一，即将由中国社会科学出版社出版，我十分高兴。我更希望他能痴心不改、痴情不泯，继续在文学创作与文学研究领域耕耘下去，在繁忙的工作之余不忘为文学、为阅读、为写作留取时间和空间，把自己的文学之思推得更远。

    是为序。

王晓路

二〇一七年冬

目　　录

导论

关于对文学现代研究的跨文化
学术及思想史考察

　　无论在中国还是在西方欧美国家，19 世纪末叶到 20 世纪初叶（即 1870—1930 年），都是社会现实、政治经济、思想文化、知识言述、文学艺术等方方面面发生重大而深刻变革的时期，这场变革被学术界和思想界或命名为"革命"，或命名为"转型""转向"，或命名为"调适"等。中西文学研究活动作为中西语言文化活动及知识思想言述中的一个重要方面，在这个时期自然也发生了巨大的范式变革与范式新构。韦勒克在《20 世纪世界文学百科全书》的"文学批评"条目、《20 世纪文学批评的主要趋势》中指出的 20 世纪是"文学批评的世纪"① 这个 20 世纪现象，不仅存在于西方欧美国家，也存在于中国，而这个跨文化的世纪现象的产生实际上正与这场跨中西文化范围的文学研究范式的现代新变有关。近些年，海内外学界②对这个时期中国在社会、文化、政治、思想观念、知识学术、文学创作活动等方面的深刻转变多有专门、具体而深入的学术史或思想史视角的思考及论述，并显示出针对这些领域或课题方面的巨大的现代性研究活力，然而对于"文学研究"这一特定的知识思想及学术活动整体的跨世纪变革现象，却甚少从学术及思想史角度（包括现代性问题层面上）进行专门而深入的研究与考察，而且对中西文学研究整体范式之现

---

　　① 参见江西省文联文艺理论研究室编《外国现代文艺批评方法论》，江西人民出版社 1985 年版，第 570 页；［美］雷内·韦勒克《批评的概念》，张今言译，中国美术学院出版社 1999 年版，第 326 页。
　　② 如汪晖、陈平原、罗志田、余英时、张灏、周策纵、林毓生、汪荣祖、夏志清、李欧梵、王德威、王汎森等。

代转型的跨文化比较及总体性审理更是缺乏，对与文学研究范式之现代新变有关的"文学批评的世纪"现象的学术及思想史内涵及其现代意义的思考，特别是在跨文化比较及总体性角度上的思考也相当欠缺。①

"文学研究"这一包含了多个文学思考门类的知识思想及学术活动整体，在19世纪末叶至20世纪初叶整体的社会文化及知识思想语境中，究竟发生了怎样的知识学术巨变，特别是如何导致了范式的现代转型，建构了怎样新的内在的总体知识构型与学术格局？这一巨变与新构为何几乎同时在中国与西方共同发生？中西之间在此方面体现出怎样的差异并表征出何种跨文化的共通知识学术及思想文化史方面的机理？"文学批评的世纪"这一现象到底与中西这场知识学术范式及思想文化方面之巨变，包括与其中的"文学的现代建制"问题有着怎样的内在关联，特别是在发生学意义上的关联？在文学现代研究中，到底基于怎样的知识学原理，使得作为其思想文化一面的核心的现代话语，特别是"批评话语"，被结合进作为其知识学术一面的核心的现代范式中？两者的相互结合又怎样融构成文学现代研究活动的完整的知识运思空间，交织形成了哪些系统的与文学现代研究有关的深层学理问题，而这种知识运思空间与这些系统问题又怎样构成了对文学现代研究活动的知识思想品质的塑造？知识研究与文化思想，或者说学术与批评，这两方面在中西文学研究的这场现代新变，特别是"文学的现代建制"中的相互建构与合谋，对于中西文学的现代知识学术研究、现代诗学（文学理论）建设，以及审美及文化思想的现代转进，到底透露出怎样的现代性意涵？这对于我们今天跨文化地整体把握和透视中西文化现代性问题有何启发意义？本课题正是尝试解答这些问题的一次努力。

本课题基于跨文化视界，把19世纪末叶至20世纪初叶（1870年左右至1930年左右）的中西不同门类的文学研究活动融通为一个现代知识史、学术史整体，以此为基本研究范围和论域空间，并以文学知识学术史审理与思想文化史洞识两者间的互动整合及内视贯通作为根本思路，按"以问题为纲"的运思框架，以对19世纪70年代—20世纪30年代之于文学现代研究的关键历史意义的梳理和对"20世纪是文学批评的世纪"现象及论断的基本思考及审视为起点，进入以现代批评话语为中心，对现

---

① 与此有关的多是些教材型、普泛性的思想解读与个案整理。

代中西文学研究整体活动的范式问题作跨文化的系统爬梳、考察和论述的过程。在这个过程中，课题首先立足于知识原理的逻辑思辨层次，就文学现代研究中学术与思想的核心关联即学术范式与批评话语的内在关联的诸多学理问题给予系统的原理性提挈、爬梳和解释，进而转进到具体环节的历史考论层次，以批评话语为关切方向及中心，充分论析和扎实澄清文学现代研究中的某些范式问题，主要包括：就中西文学研究现代范式发生的知识文化空间有关特征给予特定的跨文化考察，并着重分析论述和比较辨析基于此知识文化空间的"文学的现代建制"事件，对于中西文学现代研究格局的不同范式化规训和对于中西批评话语的不同的建制性发生意义，且思考文学现代研究范式化格局下批评话语的核心观念表述问题。课题力图拓宽与突破中西比较诗学既有的论域、眼界及研究模式，在对现代中西双方的相互比较性看视与总体性透视中获得对文学现代知识学术研究整体系统包括现代诗学（文学理论）的较为清晰、深入和总全性的学术及思想史理解，同时以此透析文学现代知识学术范式与批评话语两者在文学研究的现代新变，特别是"文学的现代建制"中的相互"合谋"现象，之于现代性特别是文化现代性问题的跨文化总体性体认与独特性理解所具有的特定意义。

下面，在进入正式论述前，先就本研究所涉的一些基本前提性问题做个交代与论述，重点是就当前学界对文学现代研究领域的总体考察研究现状，以及本课题研究所采用的特定的基本研究思路（包括五个基本方面或核心环节，其中涉及研究的基本缘起、目的、意义、创新点和基本内容，内含基本的理论方法自觉、预设及支撑，要处理的核心命题，设定的基本论述架构，涉及的部分相关概念及术语，有关的具体研究情况等问题）作个系统的阐明，其中涵摄不少理论性问题。同时就本论著的论述架构或篇章布局做个简要说明。

第一节　当前对"文学现代研究"方面考察的欠缺

围绕现代的"文学研究"或文学研究的"现代"这个主题或内容的考察、研究、论述及阐发，近年来学界并不少见。这主要可分为两大类型或两大方式的关注与审理：一种是在对整个现代中国或现代西方的文学研究及有关美学思考进行资料汇总整理的基础上，作出宏观的、综述性的，其中包括普及性质或讲义性质的整体把握；另一种是以特定的某方面、某话题或某个案（学者、文本、学派）为对象，针对现代中国或现代西方文学研究及相关美学思考的有关现代学术思想特征及转型问题，作专题的深入探究和论析。这些不同的检视及其著述，多年来纷繁呈现，总体地看有五个方面的特点，而这五个特点其实也正凸显了学界在对现代中西文学研究这个领域的审理上所存在的五个欠缺。

一是研究视域范围上，这些研究及论述多是将现代中国与现代西方剥离开来，对现代中国或现代西方孤立地展开，甚少基于自觉的跨文化视域而不偏不滞地站在超越现代中西文化之上的总体性视点处，将同属现代时期的中西双方文学研究置于对等的位置而作深层异同性的平行比较，更甚少在做这种系统的平行研究的同时，对文学研究现代转型及其特征建构的这段历史作跨文化的融通，并给予总体性的阐发或总结性的理解。虽然也有不少跨中西的比较研究，但它们或者是将中西作传统范围的比较，如厄尔·迈纳《比较诗学：文学理论的跨文化研究札记》（王宇根、宋伟杰译）、余虹《中国文论与西方诗学》，或者是拿传统中国来与传统直至现代的西方比较，如张隆溪《道与逻各斯：东西方比较的文学阐释学》、杨乃乔《悖立与整合：东方儒道诗学与西方诗学的本体论、语言论比较》、毛峰《神秘主义诗学》、史成芳《诗学中的时间概念》，而很少有专门对现代中国与现代西方进行比较的；尽管也有基于跨文化视界而对现代中西作同时研究的，却普遍都是对发生在现代中国的"西学东渐"现象，即对中西方文艺理论批评、美学思想之间在现代的跨文化交流现象或内在对话关系的规律性清理，主要属于影响研究，且其着眼点主要在于现代中国一方，即着眼于对西学的现代选择、引入、接受与转化利用这个方面，而没有取得超越中西文化之上的那个总体性现代视点。这方面的代表有：殷国明《20世纪中西方文艺理论交流史论》（1999年）、陈厚诚和王宁编的《西方当代文学批评在中国》（2000年）、罗钢《历史汇流中的抉择：中国现代文艺思想家与西方文学理论》（2000年）、杨平《康德与中国现代美学思想》（2002年）、张辉《审美现代性批判》（1999年）、刘禾《跨语际实践：文学、民族文化与被译介的现代性（中国，1900—1937）》（宋伟杰等译，2002年）、刘禾《语际书写：现代思想史写作批判纲要》、董洪川《"荒原"之风：T. S. 艾略特在中国》（2005年）、陈太胜《象征主义与中国现代诗学》、周发祥《西方文论与中国文学》（1997年）、周发祥等编《中外文学交流史》（1999 年）、王攸欣《选择·接受·疏导：王国维接受叔本华、朱光潜接受克罗齐美学比较研究》（1999 年）、陈学祖博士学位论文《中国诗学现代转型与西方美学》、朴正元博士学位论文《相遇他者：批评家眼中的西方文化思潮》、杜博妮（Bonnie S. McDougall）《西方文学理论之传入现代中国》、玛利安·高利克（Marian Galik）《中西文学关系的里程碑（1898—1979）》，以及刘进才、周远斌、代迅、吴学先、牛宏宝、贺昌、刘燕、罗惠缙、吴晓东、胡有清、魏红珊等关于"纯诗理论的引入及其变异""现代文学批评理论资源的引进""中国的西方文论接受""西方文论在中国""中国学者接受西方美学影响""象征诗学理论的汉语语境""艾略特与中国现代诗学""新人文主义与中国现代文学批评""象征主义与中国现代文学批评""纯艺术文论与其西方渊源""后殖民批评与五四话语转型"等问题的专文探讨。即使有诸如王杰《审美幻象研究：现代美学导论》（1996 年）、李咏吟《诗学解释学》（2003 年）、莫其逊博士学位论文《现代美学引论》、胡经之《文艺美学》、董学文《文学理论学导论》（2004 年）等著述那样，已超越影响研究而好似站在了跨中西文化之上的总体性现代视点之中，但却并非对现代中西文学研究的历史本相的总体性历史审视，而更多的是基于对现代西学的深入理解及消化而对现代"某某学"的系统的理论建设，属现代文艺学范围。仅仅只有曹万生《现代派诗学与中西诗学》（2004 年）、单世联《反抗现代性：从德国到中国》（1998 年）、户晓辉《现代性与民间文学》（2004 年）、黄晖博士学位论文《现代诗学中的审美主义：中国与西方》，以及徐岱、赖干坚、周小仪、杨春时等关于文学理论批评及美学之"现代化转型"、文学研究"从形式回到历史"或"从主体性到主体间性"转变的专文探讨，才少有地表现出对现代中西双方文学观念与文学研究之历史本相的对等性平行比较或总体透视，在比较及其总体透视当中对现代中西双方文学研究及美学方面都历史性地共同存在的有关现象、观念、问题、特征或规律作出整体性的把握与审理。

　　二是研究内容范围上，这些研究及论述无论是针对现代中国还是现代西方，都多是限于对文学研究中某一学科形态、某一专业门类或研究中的某一脉某一域某一派的解读，而缺乏对现代"文学研究"这一整个学科体系或学术整体的整合性、融通性、总体性的系统而有机的审理。需要解释的是，这种囿限之为囿限之处，其根本并非在于学界对现代中西文学研究的考察领域往往都是有限定性的，即并非在于往往都只选择某类、某支、某派、某种文学研究作为探析内容，而更根本在于对其所选定的考察领域的论述方面表现出狭窄性，简单地说，根本之处不在于"领域"选取之限，而在于"论域"展开之限。之所以这样说，是因为正如前文已表明的：文学研究各学科形态或专业领域之间本是"互相包容"的，因此在对其整体审视中完全可以模糊、淡化其内部各专业形态之间的门户之别，不必对其内部各专业形态一一俱述，而只需选取某领域某形态作为切入点，便可管以窥豹，特别是当被选取的领域或形态是现代中国或西方文学研究格局的重心或中心（包括现代西方的体系性、流派纷呈的"文学理论（诗学）批评"构建，现代中国的非体系性的新文学批评实践、文学概论普及以及同样非体系性的泛"文学史"及古典文学类研治）时就更能产生一以总万的效果。那么，论者这里所谓的作为学界在研究内容上的囿限之根本的"论域展开之限"，又是什么意思呢？具体说即是：缺乏"文学研究"学科或学术体系整体观及总体性视界，在对所选时段的特定考察领域、专业或形态的论述中，没有足够地参照同一时期文学研究其他领域、专业或形态的研究情况，没有把对其他领域、专业或形态研治的考析，以及把对现代"文学研究"学科或学术整体的总体性把握，有机地一并纳入或融通到其具体的论述理路中。

　　例如，伊格尔顿《二十世纪西方文学理论》（伍晓明译）、佛克玛与易布思《20 世纪文学理论》、让·贝西埃与伊·库什纳等编《诗学史》（史忠义译）、杰弗逊等《现代西方文学理论流派》（李广成译）、罗里·赖安《当代西方文学理论导论》、马克·昂热诺等编《问题与观点：20 世纪文学理论综述》（史忠义、田庆生译）、柯恩《文学理论的未来》（程锡麟等译）、乔纳森·卡勒《当代学术入门：文学理论》、达维德·方丹《诗学：文学形式通论》（陈静译）、马克·弗罗芒-默里斯《海德格尔诗学》（冯尚译）、王鲁湘等编译《西方学者眼中的西方现代美学》，国内及海外华人学界伍蠡甫、胡经之、张首映、王岳川、马新国、朱立元、周宪、张法、刘小枫、王一川、余虹、盛宁、章国锋、杨乃乔、金惠敏、潘知常、张隆溪、张旭东等对西方 20 世纪现当代文学研究史或其有关经典著述及个案的论述研析，以及陈本益等《西方现代文论与哲学》、刘庆璋《欧美文学理论史》（1995 年）、刘万勇《西方现代形式主义文化渊源研究》（2000 年）、毛峰《神秘主义诗学》、史成芳《诗学中的时间概念》、

王晓路《视野·意识·问题：文学理论与文化研究》（2003 年）、叶舒宪
《文学与人类学：知识全球化时代的文学研究》（2003 年）、赵一凡编
《西方文论关键词》、寇鹏程《古典、浪漫与现代：西方审美范式的演
变》、牛宏宝博士学位论文《二十世纪西方美学主潮》，还有殷国明、王
钟陵、赖大仁、邵建、王达敏、吴予敏、曾繁仁、肖鹰、姚文放、周宁、
刘月新、孙辉等的专文探讨，都主要是聚焦于现代西方的"文学理论"
（诗学）形态及相关美学问题方面。而白璧德《法国现代批评大师》（孙
宜学译）、让-伊夫·塔迪埃《20 世纪的文学批评》（史忠义译）、罗杰·
法约尔《批评：方法与历史》（怀宇译），则主要是聚焦于现代西方的
"文学批评"实践形态方面。上述前后两类研究不仅在论述上都甚少旁及
同时期西方的文学史研治状况，而且前类研究因局限于对学院派理论的考
察，基本上未将同时期西方的文学批评实践活动纳入其中，后类研究尽管
涉及有关学院派理论、诗学方面的内容，但理论运思的视域逼仄，所谈过
于粗疏而不系统，有隔靴搔痒之感。仅仅只有韦勒克《近代文学批评史：
1750—1950》（杨岂深、杨自伍译）第四—八卷、韦勒克《批评的概念》，
以及国内的徐岱《批评美学：艺术诠释的逻辑范式》（2003 年）、李珺平
《西方文学批评方法论演进》、班澜和王晓秦编著《外国现代批评方法纵
览》（1987 年）、陶东风《文学史哲学》（1994 年）、刘燕博士学位论文
《现代批评之始：T. S. 艾略特诗学研究》等少有著述，对现代西方文学研
究中"理论"与"批评""理论"与"史论史识"方面内容的检视兼备，
其中陶东风《文学史哲学》避免了对所涉及的现代西方"文学理论"流
派的一般化解读，而专章评述这些流派的文学史观，在一定程度上把对
"理论"与"史论史识"的研究整合了起来。

　　再如针对现代中国方面，王永生、许道明、温儒敏、刘锋杰、黄曼君、
周海波、柯庆明、卜召林、潘颂德、黄键、杨春时、玛利安·高利克
（Marian Galik）等各自的系统论著，张利群《多维文化视阈中的批评转型》
（2002 年）及《批评重构：现代批评学引论》（1999 年）、孙辉博士学位论
文《批评的文化之路：20 世纪以来文学批评研究》、宋剑华、刘进才、赵凌
河、孙文宪、高五、邵滢、王桂妹、赖大仁、张光芒、罗岗、张利群、晏
红、张瑞德、赖力行、景国劲、许霆、孙玉石、陈旭光等各自的有关专文论
述，以及 1997 年由华中师范大学主办的"20 世纪中国文学与理论批评"国
际学术研讨会、2002 年在乌鲁木齐举办的"中国现代文学批评理论学术研

讨会"，等等，是专门对新文学批评史及其具体样态、理论内涵的整理和探讨。而诸如林继中《文学史新视野》（2000年）、陈平原《文学史的形成与建构》（1999年）、戴燕《文学史的权力》（2002年）、陈国球《文学史书写形态与文化政治》（2004年）、赵敏俐和杨树增《二十世纪中国古典文学研究史》（1997年）、董乃斌等《中国古典文学学术史研究》（1997年）、周兴陆博士学位论文《20世纪上半叶中国古代文学研究史述略》、徐雁平《整理国故与中国文学研究：以胡适为中心的考论》、郭英德等《中国古典文学研究史》有关"清后期文学研究"的内容、黄修己《中国新文学编纂史》（1995年）等专著，以及宇文所安《过去的终结：民国初年对文学史的重要写》[①]和董乃斌、郭英德、冯保善、赵敏俐、吕微等的专题文章，还有1997年由中国社会科学院等单位联合举办的"20世纪中国古典文学研究回顾与前瞻"国际学术研讨会，1996年由华中师范大学主办的"文学史研究的方法与范式"研讨会，则是对文学史及古典文学类研究的再研究。上述前后两类的研究都是各治一域，仿佛互不搭调，并且都甚少融汇有系统而专门的现代"文学理论"建设方面的内容。当然，也有不少把"理论"建设、新文学"批评"、古典"史论史识"等不同门类研究，同时放在一起所展开的论析，其中：如杜书瀛和钱竞主编的《中国20世纪文艺学学术史》（2001年）、陈传才编《文艺学百年》（1999年）、林兴宅《大探索：文艺哲学的现代转型》（2000年）、庄锡华《20世纪的中国文艺理论》（2000年）、徐舒虹《五四时期周作人的文学理论》（1999年）、余虹《革命·审美·解构：20世纪中国文学理论的现代性与后现代性》（2001年）、杨春时《百年文心：20世纪中国文学思想史》（2000年）、刘再华《近代经学与文学》、杨联芬《晚清至五四：中国文学现代性的发生》（2003年）、陈方竞《多重对话：中国新文学的发生》（2003年）、郜元宝《鲁迅六讲》、汪卫东《鲁迅前期文本中的"个人"观念》、陈建华《"革命"的现代性：中国革命话语考论》（2000年）有关篇章、刘禾《跨语际实践：文学、民族文化与被译介的现代性（中国，1900—1937）》（宋伟杰等译，2002年）有关部分、刘禾《语际书写：现代思想史写作批判纲要》有关部分、仲立新博士学位论文《晚清与五四：新文学现代性的理论建构——中国文学观念的现代化与五四文学理论》、李凤亮博士后报告《批评理论与话语实践：文化视野中的批评个案研究札记》、钟名诚《20 世纪"另类"批评话语：朱光潜研究新视阈》（2004 年）、向天渊《现代汉语诗学话语（1917—1937）》（2002 年）、莫海斌博士学位论文《1900 至 1920 年代：汉语诗学及批评中的形式理论问题》、晏红博士学位论文《认同与悖离：中国现代文论话语的生成》等专著，以及一些旨在对现代中国文学研究与西学的内在关联进行跨文化清理及透视比较的专书或专文，钱中文、王一川、童庆炳、何锡章、吴兴明、郭昭第等有关 20 世纪中国文学理论及其现代性诸问题的专文回眸与思考，还有近年来由北京师范大学承担的"中国文学理论现代形态的生成"重大课题研究、2000 年暨南大学主办的"20 世纪中国文论史建设"研讨会等，是对现代中国"理论"建设与新文学"批评"实践两类文学研究论述的同时审理。又如，黄念然《20 世纪中国古代文论研究史》、张海明《回顾与反思：古代文论研究七十年》（1997 年）、代迅《断裂与延续——中国古代文论现代转换的历史回顾》、陈子谦《论钱锺书》、阳文风博士学位论文《宗白华与中国现代诗学》、赵敏俐编著《文学研究方法论讲义》、蒋述卓等《二十世纪中国古代文论学术研究史》、罗宗强编《20 世纪中国学术文存·古代文艺理论研究卷》等专著，以及钱中文、王元骧、罗宗强、曹顺庆、陈伯海、王学谦、龚举善、张清民等有关古典文论研究的回顾反思或古典文论传统之现代转换问题的文章，是对现代中国"理论"建设与古典"史识史论"两类文学研究论述的同时考察。再如，张燕瑾和吕薇芬主编的 10 卷本《20 世纪中国文学研究》（2001 年）、陈平原主编的《20 世纪中国学术文存》中涉及文学研究的有关卷册等，则同时关涉现代中国新文学"批评"实践与古典"史论史识"两类文学研究论述。而另如王瑶编的《中国文学研究现代化进程》（1996 年）、陈平原编《中国文学研究现代化进程二编》（2002 年）、何冠骥《借镜与类比：中国文学研究的现代化》（1989 年）、杨义和陈圣生《中国比较文学批评史纲》（2002 年）、户晓辉《现代性与民间文学》（2004 年）、高有鹏《中国现代民间文学史论：中国现代作家的民间文学观》、夏晓虹和王风编《文学语言与文章体式》、陈泳超《中国民间文学研究的现代轨辙》、王铁仙和王文英编《二十世纪中国社会科学·文学学卷》、杨晓明《梁启超文论的现代性阐释》（2002 年）、马睿《从经学到美学：中国近代文论知识话语的嬗变》（2002 年）、中国社科院文学研究所主持编纂的"中国文学研究百年学术史"、乐黛云主编的"跨文化沟通个案研究丛书"，以及李又安、叶嘉莹、涂经诒、佛雏等对王国维诗学或文学批评的专门研究等专著，杨义、关爱和、郭延礼、马睿、刘士林、张政文等有关现代中国文学研究的探析文章，以及 1999 年于广东举行的"20 世纪中国文学研究的回顾与展望"研讨会等，则相较于前三类考察在论域上又有所扩大，即同时探讨了现代中国"理论"建设、新文学"批评"实践、古典"史论史识"三方面的文学研究论述。

　　然而，细察便不难发觉，无论是针对现代西方还是针对现代中国，在上述列举的那些能同时论析到不同文学研究门类的各种研讨及著述中，绝大多数都没有做到对"理论"建构、当下文学"批评"实践、古典"史论史识"三方面相互间的深入性整合或真正的交融汇通，从而仍然显得视域受到囿限，论域展开狭窄。这其中根本的原因可能在于：这些研讨以及著述之所以把不同领域、专业、形态或门类的文学研究放在一起同时进行审理或论析，其动机或目的并非基于自觉的"文学研究"学科或学术体系整体观而对现代"文学研究"这一学科或学术整体实行自为的门类会通，并作出总体、系统而深入的自觉考析与专门审理，而是出于种种自然自在而表面的、不得已的或另有图谋的考虑——这其中，或者是由于被考析与审理的对象，如古代文论史研究、比较文学研究、民间文学研究、现代中西内在关联的清理透视，艾略特、梁启超、王国维、宗白华、朱光潜、周作人、钱锺书以及现代中国许多大学者的文学论述，本身就涉足或关联到文学研究的不同领域、专业或门类而难以圈定归类；或者是由于考析或审理者觉得应当分而论析、一一俱述文学研究在现代时期所涉足的不同领域或门类，才能整编和清理出一个比较完整的文学研究现代面貌，即完成诸如以"20 世纪中国文学研究""20 世纪中国学术文存"命名的大型学术工程建设；或者是这番历史考析或审理根本的是考虑到围绕文学理论或文艺学内涵、形态的现代建构、现代发展与当代继承及重构问题，有开展必要的文学资源、历史脉络清理与知识方法论爬梳的需要，而这又包括两类：一类是注重爬梳清理"理论"的现代内涵、形态本身，同与其相互纠缠或包容的同时期"批评"实践、文学"史论史识"之间的知识资源性或知识方法论关系（如韦勒克关于现代西方文学批评史、文学史的论述；国内学界关于现代汉语诗学及其话语实践的研究，关于 20 世纪中国文学理论或文艺学的现代形态、发展历史及其现代性问题的探讨），另一类是注重爬梳清理"理论"的现代或当代建设问题，与对"理论"类知识之古典传统的历史发掘、历史批判这两者之间的内在历史性理路关系或资源关系（如关于中国古代文论现代转换问题的历史审理）。

　　三是研究时段范围上，这些研究及论述多是简单地以世纪更迭为分期标准，基于 19 世纪只是一个近代或近现代过渡时期、前现代时期，而 20 世纪才是真正意义、完全意义的现代及其后现代时期的这样一种"二分论"共识，把对现代时期文学研究的考察范围主要局限在 20 世纪，或把对 20 世纪文学研究的考察与对 19 世纪文学研究的考察分割开来。尽管也有不少对 20 世纪文学研究的考察涉及了 19 世纪末叶文学研究状况方面，然而其中普遍都只把 19 世纪末叶当作漫长 20 世纪的前夜、序幕或背景，即当作整个 20 世纪主题的一个附属部分而作连带性的论述，这种研治及审视理路显然仍旧没有能将 19 世纪末叶直至 20 世纪，特别是 20 世纪初叶深入地纵贯、融通为一个完全的现代整体，难免简单地以年代、世纪演进为界分单位、坐标或依据，将文学研究的现代转型、新进及构建这个话题做割裂性的处理，从而影响到对文学研究的"现代"问题的可能更合理、更深入的审视。

　　当然，20 世纪初至今，国内及海外华人学界在对本土研究及论述方面，也有不少是掐头去尾，专将中国 19 世纪中、下叶（即晚清）至 20 世纪初（即民初 10—20 年间）贯通为一个独立的整体，即所谓的"近代"（转型时代），并结合或伴随对这个时期大量文学研究资料的搜集汇编，而专门对这个"近代"（转型时代）的中国文学研究状况及相关美学问题作出探析与审视，这其中的代表主要有：胡适、陈子展、鲁迅、阿英、钱基博、吴文祺、汪辟疆、郑振铎等在对近代或晚清文学的研究中对所涉及的不少文学研究问题的论述，舒芜、黄霖、王运熙与顾易生、黄保真、叶易、刘增杰、卢善庆、聂振斌各自关于"中国近代文学批评史""中国近代文学理论史""中国近代文艺思潮史""中国近代美学思想史"的系统编著，郭延礼、袁进、关爱和、佛雏、李又安、叶嘉莹、涂经诒、戚真赫、杨晓明等有关近现代中国文学研究问题或王国维、梁启超等文学研究个案的专书或专文①，以及马睿《从经学到美学：中国近代文论知识话语的嬗变》（2002 年）、陈建华《"革命"的现代性：中国革命话语考论》（2000 年）"上篇"和"中篇"、刘再华《近代经学与文学》（2004 年）、

――――――――

　　① 参见牛仰山编《中国近代文学论文集（1919—1949）》（概论、诗文卷），中国社会科学出版社 1988 年版；中国社科院文学研究所近代文学研究组编《中国近代文学论文集（1949—1979）》（概论卷），中国社会科学出版社 1981 年版。

陈居渊《清代朴学与中国文学》（下编）（2000 年）、夏晓虹和王风所编《文学语言与文章体式：从晚清到五四》、李欧梵《现代性的追求》、王德威《被压抑的现代性：晚清小说新论》、程华平《中国小说戏曲理论的近代转型》（2001 年）、颜廷亮《晚清小说理论》（1996 年）、陈永标《中国近代文艺美学论稿》（1993 年）、赵利民《中国近代文学观念研究》（1999 年）、陈平原《中国现代学术之建立：以章太炎、胡适之为中心》有关内容、邢昌建《世纪之交：中国美学转型》、李尚佑博士学位论文《中国美学的近代转折》、易容博士学位论文《中国近代审美意识嬗变史论》、仲立新博士学位论文《晚清与五四：新文学现代性的理论建构——中国文学观念的现代化与五四"文学理论"》，等等。然而总体检视国内学界上述专门论述"近代"这个转型时代中国文学研究（文论）及相关美学问题的研究及著述，尽管皆努力彰显这个特殊时期中国在文学研究方面的独特而多彩的面貌，却凸显出两方面问题。一是它们普遍在专门对世纪之交转型时代文学研究作再研究方面仅仅具备一定的、较为粗浅的学科自觉意识，因此普遍不是太宏观（如对有关历史演变大势的认述），就是太微观（如对具体文学研究个案的研究），显得比较零散，借用马睿的话说，即从"'五四'时代直至今日，近代一直是社会学、历史学、政治学研究的重点、与之不相称的是，关于近代文学经验的研究却一直是一个薄弱环节，尤其是对于文论的专门研究，数量少、研究对象分布不平衡、缺乏系统性和理论指导、学科建设薄弱。即使在近年来出现'晚清热'以后，这一局面仍未得到根本改变"①。二是它们的历史分期观及分期方法，即对"近代"这个转型期的时间界定主要不是来自对"文学"和"文学研究"这一专门思想及其知识学术活动自身历史演进大势的内在洞察，而是或者太普遍地过于以社会史、政治史、革命史分期为依据，把上限定于1840 年（即鸦片战争）、下限断于 1911 年（即辛亥革命）或 1919 年（即"五四"运动），如王德威把对中国小说中"被压抑的现代性"问题的考察锁定在 19 世纪中叶后的晚清 60 年（即 1849—1911 年）②，马睿在

---

① 马睿：《从经学到美学：中国近代文论知识话语的嬗变》，四川民族出版社 2002 年版，"绪论"第 18—19 页。

② ［美］王德威：《被压抑的现代性——晚清小说新论》，宋伟杰译，北京大学出版社 2005年版。

其专著中也把中国近代（近现代）"大致确定为 1840—1919 年"①；或者简单化地迁就、袭用对一般学术专史之历史转进的辨析，将上限再往上推至 1820 年、1821 年（即常州派今文经学开始对清代学术转型发生影响），如刘再华在其专著中将近代（近现代）文学"特指 1821—1919 年的中国文学"②。这样的时间界定虽然已是将晚清、民初乃至"五四"贯通为一个近代（近现代）整体，但总体上却把上限推得太远、把下界断得太短，即把近代的主体部分放在晚清及清末（1911 年前），民初却只初步延伸到 1919 年，而不是整个"五四"时期。论者认为，这对于中国文学研究的近现代转型史考察方面不太合理，倒是那种少有的将上限缩至 19 世纪 70 年代乃至 90 年代左右，下限延及 20 世纪 20 年代以后的界定，如胡适、陈子展、陈平原、李欧梵、陈建华等有关近代文学思想及实践和有关学术活动的研究专述，更合于文学研究的近现代转型实际。

对中国近现代转型期的文学研究的专门审理，除了上述国内学者的研究外，近年来还有一些海外汉学的研究，但正如马睿指出的那样，近些年海外汉学对"近代部分的研究仍然比较寂寞……专门的文论研究更显薄弱"。与国内学界注重区分"近代"与"现代"不同，"他们对中国近代部分的普遍处理方法是，要么归入晚清之尾声，要么归入现代的开端……这固然有助于打通近代文化经验与其前因后果的关系，但缺点在于对近代中国的独特性和丰富性认识不足。例如 Kirk A. Denton 的 *Modern Chinese Lieerary Thonght：Writings on Literature* 一书……"③

四是研究方式（模式）上，这些研究及论述多是以文学现代研究活动所历经的具体的、仿佛泾渭分明的历史演变之时间进程为基本的考察视角、维度与线索，以实在、现象层面的自在性历史对象——包括具体的文学研究学派或流派（涉及有关机构、阵地、队伍等）、重要的文学研究者个体、主要或关键的文学研究著述或观点等——为基本单位、切入点与探讨中心，而较少通过对客观历史之自然脉络或自在架构的消化会通而超越出来，以突出考察或审视者自身的强烈的"问题意识"，即较少以问题为

---

① 马睿：《从经学到美学：中国近代文论知识话语的嬗变》，四川民族出版社 2002 年版，"绪论"第 11 页。

② 刘再华：《近代经学与文学》，东方出版社 2004 年版，"绪论"第 21 页。

③ 参见马睿《从经学到美学：中国近代文论知识话语的嬗变》，四川民族出版社 2002 年版，"绪论"第 26 页。

经、为中心，立足并牢牢围绕文学研究现代转型、新变及建构中的某些内在逻辑问题、知识学理问题、思想文化问题等深层问题来展开考察及审视，并把对这些问题的思考和解决自觉地贯通考究过程始终。研究方式上的这种局面，使得对现代中西文学研究的再研究，往往碍于历史架构的束缚而难以有更宽广、更深阔的审理与挖掘。

当然，也有一些立足于比较独特而专门的"问题意识"而展开的研究及论述，其中：有的是突出了对文学研究某（些）门类在现代时期的一般转型及特质问题的自觉，例如：对现代中国文学研究门类方面的"现代化"或"现代学术建立"问题（王瑶、陈平原、何冠骥、郭英德、赵敏俐有关著述）、与"文化政治"的纠缠问题（陈国球有关著述）、"权力"问题（戴燕有关著述）、古代文论现代转换中的"断裂与延续"问题（代迅有关著述）、文论思想与经学资源的关系问题（刘再华有关著述）、"总体特征"问题（杨义、张瑞德、宋剑华、刘进才、赖大仁、董学文有关著述）、"研究视野"问题（张光芒、袁进、伍世昭、赵利民、罗岗有关著述）、"研究方法论"问题（赵敏俐有关著述）、"批评形态"问题（赖力行、景国劲有关著述）、文化视野中的批评理论及实践问题（张利群、李凤亮、孙辉有关著述）、与西学的跨文化交流及对话问题（殷国明、陈学祖、罗钢、董洪川、朴正元、王攸欣、周远斌、吴学先、牛宏宝、贺昌有关著述）等的自觉；对现代西方文学研究门类方面的"意义生成"问题（王一川有关著述）、"反形而上学"问题（金惠敏有关著述）、"批评美学"问题（徐岱有关著述）、"总体格局及特征"问题（邵建、王达敏、吴予敏、申丹有关著述）、"存在论"转向及特征问题（余虹、曾繁仁、肖鹰有关著述）、"艺术与归家"问题（余虹有关著述）、意义消解中的批评策略问题（李建盛有关著述）、"审美幻象"问题（王杰有关著述）、在当前国际范围研究中凸显的系列争鸣性问题（马克·昂热诺等有关著述）等的自觉；以及对现代中西双方诗学中的"审美主义"问题（黄晖有关著述）等的自觉。有的则进一步突出了对中国或西方某（些）门类文学研究及相关美学在现代时期的独特"范式"这一问题的自觉（如周宁、彭立勋、王晓路、寇鹏程、张政文、杜书瀛、张清民、刘进才、董乃斌、韩书堂、张荣翼、董学文等有关范式或模式话题的论述）。也有的是突出了对文学研究某（些）门类及相关美学在现代时期的丰富的"话语"言说问题及相关的语言论意识问题的自觉，如对现代西方文

学研究门类及美学方面的各种术语或关键词问题（如 M. H. Abrams、
J. A. Cuddon、Frank Lentricchia 等、福勒、乐黛云等、林骧华、邱明正和
朱立元、赵一凡等主编的辞典或术语总汇）、诗学的"原型（原创）话
语"问题（厄尔·迈纳有关著述）、"话语符号学"问题（高概有关著
述）、"语言乌托邦"问题（王一川有关著述）、"文学阐释学"问题（张
隆溪有关著述）、"语言论"追求问题（杨乃乔、余虹、周宪、成立、赵
炎秋、张瑞德、王汶成、李世涛、刘方喜、汪正龙、陈本益等有关著
述）、"话语转换（转向）"问题（牛宏宝、刘月新、孙辉有关著述）等
的自觉；对现代中国文学研究门类方面的"知识话语嬗变"问题（马睿
有关著述）、"汉语诗学话语"问题（向天渊、莫海斌有关著述）、"现代
文论话语生成"问题（晏红有关著述）、意识形态视域中的现代话语转型
问题（季广茂有关著述）、"失语"及"话语转换"问题（曹顺庆、王志
耕、沈立岩、孙时彬、王宁等有关著述）、"汉语形象"问题（王一川有
关著述）、"话语形态"问题（赵凌河有关著述）、"话语建构"问题（郭
昭第有关著述）、"语言意识"及其与"文章体式"的关系问题（孙文宪、
高玉、邵滢、王桂妹、夏晓虹与王风有关著述）等的自觉。还有的是突出
了对现代中国或西方文学研究及相关美学某（些）门类中"现代性"问
题的自觉（如余虹、王一川、盛宁、章国锋、杨晓明、吴予敏、邢建昌与
姜文振、刘克峰、杨春时、仲立新、王杰、张辉、单世联、童庆炳、何锡
章、吴兴明、吕微、骆慧敏、刘小枫、钱中文、曲春景、陈太胜、王纪
人、胡继华等有关现代性或审美现代性话题的论述，以及 2000 年在海南
举办的"现代性与文艺理论"研讨会）。更有的是突出了对现代某（些）
门类文学研究及其相关文学思想与实践中的"现代性"和"话语"言说
两大问题的同时自觉，换言之即对其中现代性话语理论或现代性话语实践
的重要部分或方面的自觉（如陈建华《"革命"的现代性：中国革命话语
考论》、户晓辉《现代性与民间文学》、杨联芬《晚清至五四：中国文学
现代性的发生》有关篇章、陈方竞《多重对话：中国新文学的发生》、刘
禾《跨语际实践：文学、民族文化与被评介的现代性（中国，1900—
1937）》和《语际书写：现代思想史写作批判纲要》、郜元宝《鲁迅六
讲》、汪卫东《鲁迅前期文本中的"个人"观念》等）。

　　然而，总的来看，无论是立足于一般化的转型及其中的特质问题、深
层的"范式"问题、"话语"及语言问题，还是立足于"现代性"问题，

甚至是"现代性话语"的内在问题,上述提及的种种研讨与考究,由于受到各自审理视域及考察内容的范围之限,其"问题意识"普遍只是分离地锁定在中国一方或是西方一方,并且只是专门针对文学现代研究中的某(些)门类,因此无论是对问题的具体设定还是对问题的具体探讨开展,普遍都比较缺乏对整个的文学现代研究系统(即无论中西、不管何类文学研究)本身的整体涵盖力与总体穿透力,这使现代中西文学研究中的诸多方面、诸多关节、诸多理路与意旨不能被这些具体的问题所整合或融通,并在这些问题的具体开展及处理中得到有力的考析与审视。其次,这些具备"问题意识"的种种研讨与论述,还普遍存在着一个缺陷,即对具体问题的设立思路普遍比较简单、粗略、笼统而不细致,也就是说对已设具体问题所涵括的下属种种内在要素、内在环节的考虑不周,从而"问题意识"普遍只是浮于面上而不够扎实细密;相应地,便是其具体的论析过程普遍没能更严实、更一贯、更深入地围绕问题来展开,而是仍然比较强地受到自然、实在的客观历史图景的规导,换言之即对那些具体却又模糊的问题的具体性逻辑探讨与内在开展,往往仍依附于一种"历史为纲"的学术思路,以客观的历史沿革及其中实在的历史现象为中心来架构与引导论述理路——这就是"以历史为经,以问题为纬"的理路。这些都表明,学界在突出"问题"这个中心,深化和细化"问题化"思路,以实现对现代中西文学研究的深度考察方面,还显得比较欠缺。

五是研究角度(指向)上,这些研究及论述多是对现代某(些)门类文学研究中各派、各家、各著述所主张或持有的,有关文学问题的理论思潮、知识范畴、思想观点、分析评述及其形成的相关社会历史语境的解读与论析,即多是立足于文学思想观念读解的角度,对文学现代研究的知识成果形式,换言之即对文学研究活动中"所说"问题,也就是"说(了)什么"这个问题的系统审理,而很少专门而系统地触及这些文学研究活动深在的知识构型、理论资源、话语基质、研究据点、方法论框架、学术知识谱系等知识学问题,并很少进一步发掘这些知识学内容本身所蕴含的思想原理、思想大义与文化内涵,以及所承担的价值思索与意义诉求等。简单说就是,它们很少专门立足于(知识)学术史及(文化)思想史角度,对文学现代研究的知识的运思及生产过程(原理、方式等)及知识的思想发微问题,即对文学研究活动中"能说"问题,也就是"怎么说"及"何以说"问题做出系统的考究与深度的阐发。

　　当然，国内学界也有一些从学术史修撰、考察角度对现代中西文学研究及相关美学活动所做出的或宏观全局、或微观个案式的审理，代表如王瑶编《中国文学研究现代化进程》（1996 年）、陈平原编《中国文学研究现代化进程二编》（2002 年）、杜书瀛和钱竞编《中国 20 世纪文艺学学术史》（2001 年）、陈传才编《文艺学百年》、汝信与王德胜编《美学的历史：20 世纪中国美学学术进程》（2000 年）、黄念然《20 世纪中国古代文论研究史》、黄曼君编《中国百年文艺理论批评史》、周海波《中国现代文学批评史论》（2002 年）、杨义和陈圣生《中国比较文学批评史纲》（2000 年）、庄锡华《20 世纪的中国文艺理论》、陈学祖博士学位论文《中国诗学现代转型与西方美学》、陈本益等《西方现代文论与哲学》、李珺平《西方文学批评方法论演进》、赵敏俐等《二十世纪中国古典文学研究》（1997 年）、张海明《回顾与反思：古代文论研究七十年》（1997 年）、董乃斌等《中国古典文学学术史研究》（1997 年）、周兴陆博士学位论文《20 世纪上半期中国古代文学研究史述略》、何冠骥《借镜与类比：中国文学研究的现代化》（1989 年）、黄修正《中国新文学编纂史》（1995 年）、陈国球《文学史书写形态与文化政治》（2004 年）、戴燕《文学史的权力》（2002 年）、徐雁平《整理国故与中国文学研究：以胡适为中心的考论》、赵敏俐《文学研究方法论讲义》、周勋初《当代学术研究思辨》（1993 年）、张燕瑾和吕薇芬所编 10 卷本《20 世纪中国文学研究》（2001 年）、程正民和程凯《中国现代文学理论知识体系的建构：文学理论教材与教学的历史沿革》（2005 年）、蒋述卓等《二十世纪中国古代文论学术研究史》（2005 年）、王铁仙和王文英编《二十世纪中国社会科学·文学学卷》、陈泳超《中国民间文学研究的现代轨辙》，以及陈平原《中国现代学术之建立：以章太炎、胡适之为中心》相关篇章、《触摸历史与进入五四》相关篇章、陈平原主编《20 世纪中国学术文存》丛书，中国社会科学院主持的对"中国文学研究百年学术史"的编纂，还有聂振斌、王元骧、罗宗强、张政文、吕微、杜书瀛、董乃斌、郭延礼、刘士林、刘勇等有关专题文章。① 同时，国外学界一些带有学术史考察性质的著述也被翻译引入进来，如让·贝西埃与伊·库什纳等主编《诗学史》（史忠义译）下册、让-伊失·塔迪埃《20 世纪的文学批评》（史忠

---

　　① 参见杨俊蕾《中国当代文论话语转型研究》，中国人民大学出版社 2003 年版，第 29 页。

义译）、罗杰·法约尔《批评方法与历史》（怀宇译）、马克和昂热诺等主编《问题与观点：20世纪文学理论综述》。然而，总体来看，它们跟前文提到的那些突出"问题意识"中心的研究一样，仍然普遍受到考察内容的范围囿限，仅仅触及了部分门类的文学现代研究。并且它们对文学现代研究的学术史处理普遍显得比较简单、粗浅和笼统，虽然不少研究及著述都冠以"学术""学术史""研究史"等名，但个中内容却并未完全牢实、独立而细致地贯彻学术史研治思路，而是仍过多偏重于对文学现代研究中涌现的理论思潮、思想观念、知识评述等知识成果形式方面的爬梳与解读；即便论及文学现代研究中的学术史问题，最多也只是对一些基本的、面上的学术史实的简单钩沉、清理及回顾，而对与文学现代研究的知识运思及生产过程有关的诸多更细致、深层、有待思考的知识学规律问题缺乏充足的考究，对文学现代研究的知识成果、知识过程中所蕴含或承担的思想文化史原理及思想文化大义问题也缺乏必要的或更多的考释与发微。

　　总括在研究视域、研究内容、研究时段、研究方式、研究角度等上述五个方面存在的不足，不难显示出学界在对"现代"的文学研究领域或文学研究的"现代"问题方面的探询及考论上，有着三种欠缺。一是欠缺视界的跨越性和融通性，在对"文学现代研究"这一问题所涵括的文学话题的整体性——包括中西整体性、文学学科整体性、19世纪末期至20世纪初期之间的历史整体性等——的把握及审视方面比较薄弱。二是对历史演进过程中临界点、关节点或关键时段的截取有失合理性，从而对"文学现代研究"这一问题所指涉的"现代"话题及相关"现代"史实的一些要害环节，即对现代的转型性、现代的重构性以及自转型开始直至重构初定这一时期（即19世纪末期至20世纪初期）的关键性问题的抓取凸显、专门叩问与系统挖掘不够。三是考论的基本问题思路未完全拓展、开掘开来，而是纠缠于实在的历史脉象、理论思潮、思想观念、知识成果的地方较多，从而在对"文学现代研究"这一问题所着力包含的"研究"话题的内在性，即"研究"的知识性、学术性所在方面，系统、透彻审理得不够，使得审视层面难以深入，即难以从对文学现代研究"所说""说什么"层面的思想观念性质的研究，进到对文学现代研究"能说""怎么说""何以说"层面的学术史及其思想史性质的研究中去。这三种欠缺之间密切相关、彼此影响，合为一体，如果说第一、二种尚显示出当前在对文学现代研究领域的考察上所存在的基本性、基础性的不足，那么与此相关的第三种欠缺则呈现出当前对该领域的研究考察所存在的根本性、核心性的问题。

第二节　文学现代研究深入考察的基本思路

　　针对当前学界在类似研究上存在的五大不足与相关欠缺，同时为了便于在对文学现代研究的探讨中思考、审视"20 世纪是文学批评的世纪"现象及论断的知识学理内涵及有关问题，课题在对文学的现代研究问题做深入、系统考察的基本思路上，着力从研究时段、研究角度、研究方式、研究内容（或论域空间）、研究视域这相应的五大基本方面或五个核心环节形成自己的理论方法自觉、预设及支撑。课题这套思路中的五大环节之间，彼此勾连、相互嵌套、交叉渗透、密切扣合，是一个有机整体。

一　作为世纪及代际递嬗中转型时代的 19 世纪 70 年代—20 世纪 30 年代

　　课题所涉及的研究内容及对象的时间范围是"现代"，因此基于自身的研究需要，对课题所涉"现代"的历史分期问题及年代范围做自觉的、独立的学理思考及历史界定，是课题在正式展开研究前首先需要说明的一个方面或环节。

　　或许是少有将中西的"现代"问题做并置性研究的原因，学界长期以来对中西"现代"的分期界定都只是分别进行、各执一隅，而不是在分疏的基础上做应有的统合。针对中西社会、文化历史演进的各自实际，学界一般都将西方"现代"的上限定为启蒙时代，下限断为 50 年代左右（即 20 世纪上半叶末），在此上限之前被称为西方的中世纪与近代，在此下限之后被称为西方的后现代。例如韦勒克的 *A History of Modern Criticism*（中译为《近代文学批评史》）就是将"现代"（Modern）的范围锁定为 18 世纪 50 年代—20 世纪 50 年代。而对于中国方面，学界则一般都将中国"现代"的上限定为 1917 年或 1919 年（即新文化运动或"五四"运动），下限则同样断为 50 年代左右（即中华人民共和国成立前后），在此上限之前被称为中国的近代或近现代（即 1840 年前后直至民初十年或 20 世纪前 20 年），以及中国近代的萌芽及初步发展期或前近代（即从宋明时代或明清之际至 1840 年前后），在此下限之后被称为中国的当代。许多文学史、文学批评史著述，即是持此分期观。显然，从上述一般的观点分梳情况来看，中西"现代"的历史重合之处是在 20 世纪初（即 20 年代前夕）至 20 世纪上半叶末（即 50 年代左右）的约 30 年间。但是，这种仅立足于一般的、普遍的中西分期观而对中西"现代"取历史时间"公分母""公约数"的做法（例如孙孝秀的博士学位论文《找寻中国的现代主义文学：1919—1949 年中西现代主义文学的渊源与比较研究》、曹万生《现代派诗学与中西诗学》），虽清晰、简捷却是削足适履，砍掉了"现代"的一段更为丰富的历史和一种更为核心的内容，而不太合理。因为"现代"毕竟不是绝对不移、客观实存的历史时间，而只是一个关涉历史叙事的主观概念，一种现代人的自我认同，这才是"现代"分期观的本质。所以，要想对中西"现代"分期界定问题做出合理的统合，就必须优先考虑现代"观"而非现代"时间"，必须在大致获得对特定范围现代"时间"的认可的同时，充分考虑是某种现代"观"对该特定范围历史时间——即其所设定的现代及其内在相关的前后历史造成了时段——的分段处理方式，并对其处理方式做批判性的检视。

倘若我们立足于"现代"分期观的世界观本质，总体性地看取学界对中西共同的这段约 30 年的"现代"历史（即 20 世纪 20 年代前夕至 50 年代左右）及其内在相关的"近代""近现代""前现代""当代""后现代"历史所进行的观念性、叙事性的分段式处理，我们会发现无论对于中国或西方，对这 30 年都大致有三种不同的分段处理方式：

第一种是短时段的处理方式，即将这现代 30 年完整地从其前后历史转续中、从 20 世纪整体中独立出来，其之于西方实乃现代末期或现代主义思潮涌动的晚期，已开始酝酿向后现代的转进，之于中国虽呈现为一个完整的"现代"而能够有别于"近代""当代"，却沦落为对社会革命史、政治史框架的过于依附，即简单等同于"五四"及民国时期，并不太合理。例如，许多旧式的中国现代文学及文学批评（理论）史著述及教材、一些冠名"五四"或"民国时期"的著述（如魏朝勇《民国时期文学的政治想象》），以及那些明确标明是对 20 年代左右至 50 年代左右之间有关问题研究的著述［如：向天渊《现代汉语诗学话语（1917—1937）》、孙孝秀博士学位论文《找寻中国的现代主义文学：1919—1949 年中西现代主义文学的渊源与比较研究》、格里德《胡适与中国的文艺复兴：中国革命中的自由主义（1917—1937）》、玛利安·高利克《中国现代文学批评的发生（1917—1937）》］，是这类的代表。与该方式的处理相关联、相呼应的便是将 19 世纪中叶至 20 世纪前约 20 年之间几十年的历史处理为一个整体，这段历史整体对于西方即是现代主义从滥觞到思潮初涌的整个时期（即从 19 世纪 50 年代左右直至 20 世纪 20 年代左右），而对于中国则是具有由传统向现代过渡、转型性质的"近代"，属于晚清（清季）至民初十年时期（即从 1840 年前后直至 1917 年或 1919 年），这当然仍是过于依附于社会革命史、政治史的分期框架。例如，前文列举的不少有关这个时期文学研究状况及相关美学问题的诸多著述，还有许多冠名"晚清"（如：汪荣祖《从传统中求变：晚清思想史研究》、朱维铮《求索真文明：晚清学术史论》、郑怀渠《晚清国粹派文化思想研究》，等等）、"近代"（如：左玉河《从四部之学到七科之学：学术分科与近代中国知识系统之创建》、龚书铎《社会改革与文化趋向：中国近代文化研究》、萧功秦《儒家文化的近代困境》、王尔敏《中国近代思想史论》及《续论》、王先明《近代新学：中国传统学术文化的嬗变与重构》、麻天祥《中国近代学术史》、蔡尚思《中国近现代学术思想史论》、桑兵《国学与汉学：近代中外学界交往录》、程漫红博士学位论文《西学东渐与近代中国思想》，等等）的著述，一些冠名"清末（清季）民初"（如：昌切《清末民初的思想主脉》、张洁博士学位论文《清末民初文化代际递嬗中的思想主脉：王国维、鲁迅与清末民初的思想主脉》）、"19 至 20 世纪之交"或"19 至 20 世纪转折期"的著述，以及列文森、张灏、黄克武等关于梁启超思想的近现代性质及内涵方面的论述，都是其代表。

　　第二种是长时段的处理方式，即将这现代 30 年代仅仅视为 20 世纪历史行程的重要一段而已，并将之扩展、延伸而完整地与其前后一段的历史（即"近代""当代""后现代"历史的一段）连为一体，从而将 20 世纪（它在中国包含清末、民国、中华人民共和国三个政治时期）视为一个整体，以重在显示与 19 世纪及其以前历史的整体区别关系。例如：许多冠名"20 世纪"的中西文学史、批评史、思想文化史、学术史著述，前些年学界围绕"20 世纪中国文学"分期问题的"重写文学史"实践，以及那些明确标明是对 20 世纪初至 50 年代或 20 世纪 20 年代至 20 世纪中下叶期间有关问题研究的著述（如张均博士学位论文《中国文学现代建构中儒学因子的作用：1917—1976》），是这类的代表。与该方式的处理相关联、相呼应的便是学界对 20 世纪以前或 19 世纪、20 世纪之交以前几百年历史的整体处理方式，这当中的代表有：一是将 18 世纪启蒙时代至 1900 年代间的历史视为"现代"的肇端及初步发展阶段，即与后来的 20 世纪上半叶（即 20 世纪初至 50 年代）一样同属于现代时期，并与 20 世纪现代的发展态势有内在承传、演进的历史脉络关系，如韦勒克对 18 世纪 50 年代—20 世纪 50 年代间"现代文学批评史"的论述[1]；二是将 16—17 世纪（即中国的明后期至明清之际）至 19 世纪、20 世纪之交（即中国的清末民初之际）300 多年的历史视为现代开始之前的一个整体［名为广义的"近代"或"近世""士商时代""庶民（市民）时代""万国时代"，即从"前近代"或近代胚胎期直至整个近代期］，并将之纳入与近现代、现代或现代性问题直接相关的视野之内考察，如梁启超《清代学术概论》及《中国近三百年学术史》、钱穆《中国近三百年学术史》、侯外庐《中国近代启蒙思想史》、葛兆光《七世纪至十九世纪中国的知识、思想与信仰：中国思想史》第二卷，陈平原等编《晚明与晚清：历史传承与文化创新》，以及余英时等有关学术史、思想史、文化史的著述；三是将近代、现代或现代性问题萌芽的起点进一步远溯，如远溯至中国的宋明时代（15 世纪末以前），例如余英时有关近世儒学内在理路的清理、汪晖《现代中国思想的兴起》、岛田虔次《中国近代思维的挫折》、沟口雄三《中国前近代思想的演变》、马以鑫主编《现代化进程中的中国人文学科·文学卷》等乃其代表。

　　第三种是中时段[2]的处理方式，即将这现代 30 年拦腰截断，而归属于不同性质的阶段，其中后约 20 年（即 20 世纪 30 年代后）被纳入下阶段而作为对 20 世纪中叶的开启，头 10 年（即 20—30 年代）则上承 19 世纪末叶（大致为 19 世纪 70 年代后）以来的几十年历史并统合这 60 年为一体——这 60 年（即 19 世纪 70 年代—20 世纪 30 年代），对于西方而言是始自启蒙时期的现代发展历程的中后期或现代主义思潮涌动的整个时期，

---

　　① 参见［美］雷纳·韦勒克《近代文学批评史》八卷本，杨自伍、杨岂深译，上海译文出版社 1997、2002、2005、2006 年版。

　　② 论者这里所提的"短时段""长时段""中时段"概念，是在借鉴法国年鉴学派的"长时段"历史观基础上的一个发挥，这里的"长""中""短"概念之分，不过是取决于不同历史分期办法所依据的时间标尺与社会史、政治史、革命史之大事件大变动的疏离程度，以及在不同分期视镜内，现代现象演变的缓慢、持久程度。关于年鉴学派"长时段"说，参见［法］布罗代尔《长时段：历史与社会科学》，载［法］布罗代尔《资本主义论丛》，顾良、张慧君译，中央编译出版社 1997 年版。

上自现代主义的滥觞，下至现代主义晚期；对于中国而言则是具有过渡、转型性质的"近现代""前现代"，上承近代初期（即 19 世纪 40 年代甚至明清之际以后），下启现代后期即现代的逐步规范化时期（即 30 年代以后），前后涉及清季 40 年、民初 10 年、"五四"时期这三个时期。例如，弗雷德里克·R. 卡尔将"现代主义"运动的关键时段定为 1885—1925 年的 40 年间①，贝尔《资本主义的文化矛盾》与费瑟斯通《消费文化与后现代主义》中分别表现出的现代主义历史观，恩斯特·贝勒尔《尼采、海德格尔与德里达》与余虹《艺术与归家：尼采·海德格尔·福柯》分别对尼采与海德格尔内在关联问题的论述，胡适所谓的"五十年"（1872—1922 年）文学史观②，陈子展所谓的"近代"（1898—1928 年）文学史观③，郭湛波所谓的"五十年"（19 世纪末至 20 世纪 30 年代）思想史观④，张灏的"转型时代"（1895—1925 年前后）观⑤，陈平原所谓的"关键时刻"——晚清戊戌前与"五四"以降之间的 50 年学术思想"共谋"时期（19 世纪 80 年代—20 世纪 30 年代）观⑥和清季民初"三十年"（1898—1927 年）小说史观⑦，李欧梵的"追求现代性（即现代性探索）"时期（1895—1927 年）观⑧，以及罗志田对清季民初（19—20 世纪之交）30 年学术思想关联问题的有关论述⑨所体现的现代时间观，汪晖对现代中国思想史及科学话语问题的部分有关论述⑩所体现的现代时间

---

① 参见［美］弗雷德里克·R. 卡尔《现代与现代主义：艺术家的主权 1885—1925》，陈永国、傅景川译，中国人民大学出版社 2004 年版。

② 胡适：《五十年来中国之文学》，见《胡适说文学变迁》，上海古籍出版社 1999 年版。

③ 陈子展：《中国近代文学之变迁·最近三十年中国文学》，徐志啸导读，上海古籍出版社 2000 年版。

④ 郭湛波：《近五十年中国思想史》，高瑞泉导读，上海古籍出版社 2005 年版。

⑤ 张灏：《张灏自选集》，上海教育出版社 2002 年版。

⑥ 陈平原：《中国现代学术之建立：以章太炎、胡适之为中心》，北京大学出版社 1998 年版；陈平原：《触摸历史与进入五四》，北京大学出版社 2005 年版，"导言"。

⑦ 陈平原：《中国小说叙事模式的转变》，北京大学出版社 2003 年版；陈平原：《小说史：理论与实践》，北京大学出版社 2005 年版。

⑧ 李欧梵：《现代性的追求：李欧梵文化评论精选集》，生活·读书·新知三联书店 2000 年版。

⑨ 罗志田：《国家与学术：清季民初关于"国学"的思想论争》，生活·读书·新知三联书店 2003 年版；罗志田：《裂变中的传承：20 世纪前期的中国文化与学术》，中华书局 2003 年版；罗志田：《权势转移：近代中国的思想、社会与学术》，湖北人民出版社 1999 年版；罗志田：《二十世纪的中国思想学术掠影》，广东教育出版社 2001 年版。

⑩ 汪晖：《现代中国思想的兴起》，生活·读书·新知三联书店 2004 年版；汪晖：《汪晖自选集》，广西师范大学出版社 1997 年版。

观，还有刘禾《跨语际实践：文学、民族文化与被译介的现代性（中国，1900—1937）》、莫海斌博士学位论文《1900 至 1920 年代：汉语诗学及批评中的形式理论问题》、王攸欣《选择、接受与疏离：王国维接受叔本华、朱光潜接受克罗齐美学比较研究》、邢建昌博士学位论文《世纪之交中国美学的转型研究》、仲立新博士学位论文《晚清与五四：新文学现代性的理论建构——中国文学观念的现代化与五四文学理论》、杨联芬《晚清至五四：中国文学现代性的发生》、夏晓虹与王风等《文学语言与文章体式：从晚清到"五四"》、丘为君《戴震学的形成：知识论述在近代中国的诞生》、陈永森《告别臣民的尝试：清末民初的公民意识与公民行为》、王汎森《中国近代思想与学术的系谱》、桑兵《晚清民国的国学研究》、佐藤慎一《近代中国的知识分子与文明》等所体现的现代时间观，等等，大致都属于这类的代表。

　　上述基于"现代"分期观而对中西共认的"现代"20—50 年代及其前后相关阶段所做出的三种不同方式的、具有一定中西统合意义的分段处理，其相互间的区分兼交错关系可由下面的三个线段图示见出：

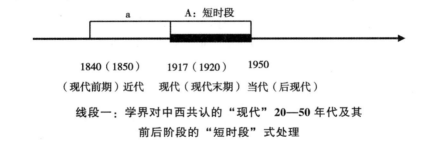

线段一：学界对中西共认的"现代"**20—50 年代**及其
前后阶段的**"短时段"**式处理

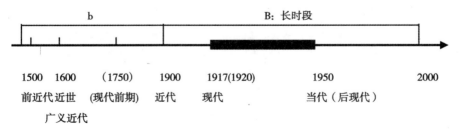

线段二：学界对中西共认的"现代"**20—50 年代**及其
前后阶段的**"长时段"**式处理

　　线段图示一、二、三，分别代表学界对中西共认的"现代"20 世纪

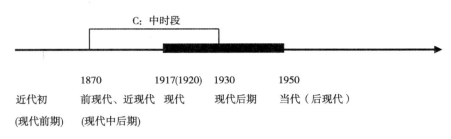

线段三：学界对中西共认的"现代"20—50 年代及其
前后阶段的"中时段"式处理

20—50 年代及其前后相关阶段的第一、二、三种处理方式；其中的 A、B、C 正对的三个线段白框范围分别代表第一、二、三种方式中对"现代"时间的分段处理，a、b 正对的两个线段白框范围则分别代表与第一、二种方式中"现代"时间的分段处理相关联、相呼应的、针对与现代相关的历史阶段的分段处理；线段上每一个节点下标注的数字表示关键的年代，数字下正对的一列或两列文字，表示对以这个年代为开端的后面某个整段历史时期的年代性质命名，其中括号内的数字和时代命名表示专指西方方面，而括号外的数字和时代命名则表示以中国方面为主但有的又兼指西方方面。

　　由上面三个线段图示可见，在对"现代"做分期界定的自我认同方面，对中西共认的"现代"20 世纪 20—50 年代及其前后相关阶段所采取的第一种（即短时段）方式（即 A 线段白框范围所示）、第二种（即长时段）方式（即 B 线段白框范围所示），以及与此二种相呼应、相关联的分段处理方式（即 a、b 两个线段白框范围所示），均存在着一定的问题。问题的所在及具体情况大致分为三类：一类是虽牢牢本于对文学活动、思想文化、知识学术在历史演进中自身理路的内在洞察，通过采取长时段方式，而跳脱出了对一般社会史、革命史、政治史分期框架的过于依附，但却将"现代"问题囿限于 20 世纪范围内，把 20 世纪与 19 世纪及其以前的历史分割成不同的阶段来研究，从而割裂了"现代"问题的连贯性、整体性；第二种及其相呼应的处理方式（即 B、b 所示）是其然。二类是虽跨越了世纪、年代之墙，将"现代"问题纵贯从 19 世纪至 20 世纪的更迭演进中，将 20 世纪与 19 世纪接通为一个整体来研究，利于探讨"现代"问题在世纪更迭中仍脉络相承的连贯性、整体性，但却忽略了对文学活动、思想文化、知识学术自身演进理路的内在透视，而过于依附于一般社会史、革命史、政治史分期框架；与第一种相呼应的处理方式（即 a 所示）是其然。三类则是同时具备上述两种问题，即：既只将"现代"圈限于 20 世纪范围内，阻断了对 20 世纪与 19 世纪之间在"现代"问题上的内在脉络关系或其连贯性、整体性方面的探究，同时又把对文学活动、思想文化、知识学术等问题的研究过于依附于一般社会史、革命史、政治史的分期框架中；第一种方式（即 A 所示）是其然。正是基于上述的原因，课题基本采用了第三种基于"现代"分期观而对中西共认的"现代"20 世纪 20—50 年代及其前后相关阶段的分段处理方式（即 C 所示），即大致把 19 世纪 70 年代—20 世纪 30 年代之间的 60 年确定为课题所论涉的中西共同的"现代"时间范围。

课题把论及的"现代"范围锁定为 19 世纪 70 年代—20 世纪 30 年代之间的 60 年，个中的原因主要来自对两大基本方面的综合考虑。一是论者认为透过对这 60 年的考察，便于将中西 20 世纪与 19 世纪做纵贯式、打通型的整体研究，即便于使课题跨越世纪、年代之墙，探讨中西现代问题在世纪之交前后的内在脉络承续及连贯演进。二是由于课题对世纪之交前后的现代问题脉络的探讨毕竟是以对中西文学现代研究状况的考察为基本内容的，因此就必须力图开掘与保持一种对世纪之交前后中西文学现代研究自身态势的内在洞察力，这体现在论述策略的制定上首先就是必须采用一种特定的、有效的历史分期观，即，这种分期界划方法，虽难免关联于却又不是过分依附于一般社会史、政治史、革命史的动变进程，而是主要遵循于世纪之交前后中西文学研究活动自身内在的现代变迁与现代重构的理路。论者认为，抽取或选择 19 世纪 70 年代—20 世纪 30 年代间的 60 年，这一分期法正便于超越对一般社会史、政治史、革命史分期框架的过于依附，而使课题能深入切中世纪之交前后中西文学研究活动的内在现代转进及重构问题，因为这 60 年实乃是中西文学研究活动均不约而同地萌现、发生现代转变，并实现现代重构的关键的 60 年。

二 "学"与"思"：文学现代研究考论中的学术史——思想史互动角度

课题把对 19 世纪 70 年代—20 世纪 30 年代文学现代研究发生及初步发展状况的研究作为基本内容，以对"20 世纪是文学批评的世纪"现象及论断的思考作为起点，力图对文学研究的知识学术探讨与批评话语的思想文化言说两者的内在学理关联给予整体的认识，并在两者互为背景、互为视野、互为诠释、互为支撑的探析框架中，获得对现代的文学研究领域或对文学研究的现代问题的特定的、较为深入的历史理解。基于这样的需要，课题在研究角度上采取（知识）学术史清理与思想（文化）史理析两相沟通整合、双向互动转化这一根本思路。

　　所谓学术史与思想史研究的沟通与互动，其基本含义是指：把学术史与思想史研究两者各自内在的基本要素，即研究中知识的立场与思想的立场，也就是对史上知识学术问题与思想文化问题两者的追溯、考究熔冶一体、合而并论，主要探讨史上知识学术问题与思想文化问题两者之间，或者学术及思想活动中学术内在一面与思想内在一面两者之间的相互牵连、交织及融汇的关系，从而着力"构建某种思想与学术之间的历史"①。而这种合而并论、关联性内涵探讨、之间性历史构建，则可大致分为两大基本路数：一是客观历史内容上的，即对历史时间进程中某种（些）学术知识与思想文化之间实际存有的互为源泉与背景，互为资源、视野与框架，互为路向与意义，相互奠基、生成、确立、塑造与构建，相互背靠与支持，相互促动、开展与转化，相互诠释，相互表述，相互包蕴等方面的关系做客观的清理与考辨；二是主观研究方式上的，即在对史上学术知识或思想文化活动的考察中，自觉相应地以有关思想文化的问题意识或有关学术知识的问题意识为理解或阐释的资源、视野、框架、角度、进路、取向等。

　　课题尝试采取这一"学术史—思想史"沟通、互动的思路作为认识与考察文学现代研究有关知识原理面相及其相关历史问题的根本角度，在相当程度上是缘于考虑到目前学界在立足思想文化史角度或思想与学术互动的双重视野而对文学现代研究的知识学术问题进行考察方面尚比较欠缺。虽然毫无疑问，近年来学界在整体学术史的清理挖掘上颇有扎实的努力及成果，正如杨俊蕾所言："近年来学术史的修撰成为学界热点，或倾个人之力，或集众贤之功，清理、回顾百年学术史，分别以理论思潮、主要观念、范畴的演变、人物、学派为中心进行检视与反思。有的重在钩沉、评

---

① 罗志田：《裂变中的传承：20 世纪前期的中国文化与学术》，中华书局 2003 年版，第189 页。

述学术史实，有的重在探询深层原因和学术规律"①；具体到专门针对现代时期的文学研究领域而言，也不乏学界在学术史方面的修撰及专门的考察论述，特别值得一提的是，1997 年由中国社会科学院、《文学遗产》等联合举办的"20 世纪中国古典文学研究回顾与前瞻"国际学术研讨会，1999 年在广东举行的"20 世纪中国文学研究的回顾与展望"研讨会，2000 年暨南大学主办的"20 世纪中国文论史建设"研讨会，2002 年由中国社会科学院、《文学评论》等联合举办的"中国现代文学批评理论学术研讨会"，等等，更是学界对现代中国的文学研究活动做出学术史审察及考析的几次集体式努力。而且平心而论，就作为专门史的思想史或学术史研究领域来看，学界对思想与学术的双重的、互动性的考察并不少见，譬如就中国而言，罗志田就谈道："其实思想史与学术史著作的'沟通'或两者间的密切关系渊源较早"，"由于清人（以及清代以及前绝大多数历代学人）本不主张或至少不强调'思想'与'学术'之分，既存关于清代'学术史'最权威的梁启超和钱穆的两本著作，便显然是清代'思想史'的必读书"，他认为继 20 世纪初年"新史学"中出现过"将学术与思想合而并论"的初潮后，到 20 世纪最后 10 年间，思想史与学术史的关系再趋密切，"仿佛又回到 20 世纪初年的起跑线了"；② 确然，如果说，梁启超、王国维、胡适、钱穆等人是 20 世纪初"不经意地"将"思想"与"学术"熔冶一炉、"混为一谈"的先驱，那么近年来，余英时、葛兆光、陈平原、罗志田、艾尔曼（Benjamin A. Elman）等人，以及蔡尚思《中国近现代学术思想史论》、王汎森《中国近代思想与学术的系谱》、丘为君《戴震学的形成：知识论述在近代中国的诞生》、汪晖《现代中国思想的兴起》、程漫红博士学位论文《西学东渐与近代中国思想》、岛田虔次《中国近代思维的挫折》、沟口雄三《中国前近代思想的演变》、佐藤慎一《近代中国的知识分子与文明》等著述，则是在努力打破"思想"与"学术"的藩篱，自觉地将两者接通一体。然而，令人不解的是，具体到对"文学研究"这一学科领域的考察而言，则正如前文曾提及的那样，学界或者是偏重于对文学现代研究中"所说""说什么"问题，即对其有关理论思潮、思想观念、知识评述及相关社会历史语境方面的内容做

---

①　杨俊蕾：《中国当代文论话语转型研究》，中国人民大学出版社 2003 年版，第 29 页。

②　罗志田：《裂变中的传承：20 世纪前期的中国文化与学术》，中华书局 2003 年版，第 189、191—192、199 页。

一般化解读与论析，或者是主要对文学现代研究中"能说""怎么说"问题，即有关知识运思及知识学方面的内容做比较有限、简单、粗略的学术史钩沉与处理，而少有更全面、细致、深入的学术史考察，更少有立足于专门的思想文化史角度或思想与学术沟通互动的视野而对文学现代研究中"何以说"问题，即对其知识运思及知识学内容方面所蕴含或承担的思想文化史原理及思想文化史大义问题做系统的考究与深度的阐发。正是由此，课题对文学现代研究的学理性认识及具体历史性考察力图突破既有的研究模式，而采用专门的思想史或学术史研究领域中较有长足发展趋势的模式，即采用将思想与学术打通互动的双重视野模式。

那么，课题又将如何贯彻、实行或者说如何具体地实际操作这一学术史与思想史沟通互动的思路，如何以此为专门角度而对文学现代研究活动做特定的认识及考察呢？

由于无论是何种领域或对象的学术史或思想史研究，它们所关涉的学术或思想方面的基本知识要素、所针对的知识学术问题或思想文化问题都是纷繁多样、难以尽呈的，文学研究这一知识思想活动领域当然不是个例外，故而若要对"文学研究"做全方位、全面的"学术史—思想史"沟通互动性考察，论涉其学术的与思想的两个方面的各种知识问题，是非常不易的。针对这个情况，为切实求得在对"文学研究"做"学术史—思想史"沟通互动性认识及考察中的系统梳理和深入理解，课题选取了两个特定的中心题旨（论题、命题）和一个特定的研究论述方式，即"学术范式"与"批评话语"这两大题旨（论题、命题），以及"以问题为中心"的研究论述方式。具体说就是，课题是考虑将"学术范式"原理及现象、"批评话语"原理及现象，分别作为文学现代研究中知识学术史问题、思想文化史问题的关键与核心，借助"以问题为中心"的研究及论述方式，系统认识和深入考察文学研究的现代"学术范式"与相关"批评话语"之间内在的知识原理逻辑关联和在具体历史中的相互牵连、交织、融汇及沟通互动的关系。在这场认识及考察中，在"以问题为中心"的理解及论述方式，同"学术范式"与"批评话语"两者合而并论的认识及考察内容之间，构成了某种相互确定、相互牵带、相互促动的关系，即：一方面，可以说课题是把对文学现代研究中诸"问题域"的逻辑清理及历史追究，作为联结或熔冶以"学术范式"为核心的学术史角度及内容与以"批评话语"为核心的思想史角度及内容两者的一个线索、纽带或平台；另一方面，也可以说课题正是在对文学现代研究中以"学术范式"为核心的学术史角度及内容，同以"批评话语"为核心的思想史角度及内容两者在知识原理面相和具体历史运行方面的之间性、牵连性、沟通互动性的内在关联的自觉打量中，原理性地爬梳、厘定文学现代研究诸"问题域"，并具体性地推进对其中有关问题的历史理解和深入思考。由此也可以说：文学现代研究中"学术范式"原理及现象与相关"批评话语"原理及现象之间内在的关联问题，便是本课题所设定并探讨的最基本的"问题域"，而于其下又包含对许多子问题、重要关节点的原理性提掣、爬梳甚或具体的思量与解决；所谓"以问题为中心"的方式，具体到本课题中实则就是以"批评话语"原理及现象为内在关切方向及中心而对文学现代研究范式中基本问题的爬梳、认识及考论方式——这既可被认为是重点选取"批评话语"问题作为特定的角度、框架、资源而对史上文学现代研究范式所做的独特看取及主观阐释，也可被认为是对史上文学现代研究本身所内含的"批评话语"问题与"学术范式"问题两者间内在的知识原理关系的客观清理。

　　总之，课题本于学术史与思想史的沟通互动这一根本角度，把对"学术范式"与"批评话语"问题的研究论述结合、沟通起来，即把对文学现代研究的考察重心放在对其自身"学术范式"原理及现象与相关"批评话语"原理及现象之间诸多方面内在关系这一基本问题的逻辑确定、系统爬梳、历史追究及深入思量上，着重既以"批评话语"为内在关切方向及中心去看取"学术范式"问题，在"批评话语"的视野中提掣、澄清"学术范式"的基本方面，勾勒并思考"批评话语"如何参与对"学术范式"的历史性建构及塑造问题，以及"批评话语"作为一种现代思想话语形式，如何形成对某种"学术范式"及相应思想史意义的表述或表征问题；同时又以"学术范式"为基本论题及重点论域去处理"批评话语"问题，通过"学术范式"话题去厘定、观照"批评话语"的知识问题及知识内容，思考"学术范式"如何将相应的"批评话语"作为自身所蕴含的思想史意义的历史性呈现及展开方式，以及"学术范式"作为一种现代知识资源及架构，如何构成了对某些"批评话语"及相应思想意义表述的合理支撑。

三　"以历史为纲"与"以问题为纲"：文学现代研究考论的基本方式

"以历史为纲"和"以问题为纲"，是学术史、思想史研究中两种基本的、常用的研究方式、论述途径及结构样式。

"以历史为纲"，是指在对史上对象的研究论述中，以具体、仿佛泾渭分明的历史生成演变之时间进程或古今上下、前后左右的承传、影响系统，为基本考察视角、维度与线索，以实在、现象层面的自在性历史对象（或人物、或事件、或著述、或学派思潮等）为切入点、基本单元与探讨中心，也就是说以客观的历史沿革及其中实在的历史现象为中心或纲要，来引导考察进路，架构论述布局。"以历史为纲"的研究包括两个基本类型：一类是那些十分通行的，特别是教科书常采用的，旨在对历史及有关方面做综合、系统、面面俱到地把握的"通史性"研究论述（包括通史、断代史）；另一类是那些秉承中国学术传统渊源及特色的，立足历史个案而着眼于学术一般大体或整体粗略面相的"学案式"研究论述，例如王尔敏曾指出，近50年"在研究思想史的范围中占绝大多数的分量"，作为"处理思想史方法之主流"的，那许多的以人物入手或作为基础，以人物、学派、人物或学派之关系为"中心题旨"的研究方式，便是对"学案式"的无形沿承①，由王瑶、陈平原各自主编的《中国文学研究现代化进程》《中国文学研究现代化进程二编》，即是这方面的代表。

"以问题为纲"，则是指在对史上对象的研究论述中，基于对客观历史进程中种种具体、实在的现象图景，以及一般常识认知下的历史自然脉络或自在架构的理解和超越，而将历史"问题化"，突出研究论述者自身就某历史对象或话题所具有的强烈"问题意识"，在小入口中做深入、宏大的阐释开掘，不仅着力面对或发掘隐藏于历史深处的种种富有张力性的逻辑问题、知识学理问题、思想文化问题，而且以对这些问题的探讨解决作为整个考察审视的基本维度、纲要，以及整个研究论述的中心及归宿，也就是说以"问题"去驾驭历史，以对历史深层"问题"的主观发掘、梳理、探讨及解决去引导对客观历史的观看、考察与论述。例如王尔敏的中国近代思想史研究，就是"以处理一代特见的重大问题为重"，"注重

① 王尔敏：《中国近代思想史论》，社会科学文献出版社2003年版，第435—436页。

看时代问题，不是要考索名家惊人主张"，因此"多以问题之出现为讨论题旨"，"以问题为主轴，人物随问题陈叙"，从而在写作上多采取"以单一概念为中心题旨的著作形式"，用观念本身的发生演变代表一时代思想史的发展，"人物只是环绕着概念而随时提及"，以此"希望完成一个时代的观念的历史"① ——这就是一种典型的"以问题为纲"的研究论述方式。又如陈平原的《中国现代学术之建立：以章太炎、胡适之为中心》不仅采取"以小见大"的论述策略，而且在入手于对章、胡做个案分析的过程中，所着眼的又不是学术的一般大体或粗略面相，而是晚清及五四两代学人"共谋"开创中国现代的"学术转型"及"新的学术范式"这一具体、深层的大问题，因此"既不同于'通史'，也不同于'学案'"，也是典型的"以问题为中心的专题研究"。② 再如龚隽的《禅史钩沉：以问题为中心的思想史论述》是"以论文的方式去面对和开发一个个具体问题"，即尽量挑选禅史上"最具有诠释价值和紧张感的问题"，并通过单篇论文集成的论述形式就这些学术问题开展"深度论辩和穿透性的解释"，③ 同样是"以问题为纲"的研究论述的代表。

　　本课题采用的是"以问题为纲"或"以问题为中心"的研究方式、论述途径及结构样式；在这里，"以问题为纲"或"以问题为中心"这一方式，实际是课题对文学现代研究展开"学术史—思想史"沟通互动角度的认识及考察的一个重要核心与根本支点（另一个重要核心与根本支点，即"学术范式"与"批评话语"两大中心题旨及其关系），因为课题所着力挑选、厘定、发掘并以之为"中心"、为"纲要"的诸"问题"，正是旨在联结、沟通、熔冶"学术史"与"思想史"两大根本角度及话题的一个平台、纽带及线索。课题之所以不采用"以历史为纲"的方式，而采用"以问题为纲"的方式，主要缘于两方面的考虑：

　　其一是考虑到当前的研究现状。前文已提到当前学界对文学现代研究的考虑多是采取"以历史为纲""以历史为中心"的方式，即多形之于"通史性"或"学案式"的论述途径、著作样式；尽管也有一些专门立足

---

① 王尔敏：《中国近代思想史论》，社会科学文献出版社 2003 年版，第 436 页；王尔敏：《中国近代思想史论续集》，社会科学文献出版社 2005 年版，"自序"第 2 页，第 48—481 页。

② 陈平原：《中国现代学术之建立——以章太炎、胡适之为中心》，北京大学出版社 1998 年版，"导言"第 1—17 页。

③ 龚隽：《禅史钩沉：以问题为中心的思想史论述》，生活·读书·新知三联书店 2006 年版，第 2、449、452 页。

于比较独特的"问题意识"而展开的研究论述，但在对"问题"这个中心或纲要的突出、增强及扩展上，在对"问题化"思路的系统化及细化上，不少还显得比较欠缺，甚或有依附于"历史为纲"的倾向，陷入"以历史为经，以问题为纬"的理路中。这种现状的研究使得对文学现代研究的认识及考察往往碍于客观历史之实在现象、自然脉络或自在架构的束缚，而难以有更宽广、深入的审理与挖掘。这就正如龚隽在检视通行禅学"通史性"研究论述方式的缺憾时所指出的那样，"通史性"的研究、论述与写作，无从把思想史、学术史"问题化"，而"化约"了思想史、学术史中"最有紧张性的问题"，"不少地方是在重复制造常识性的知识叙述"，"这样的结果就好像凿井打水，忙着到处开井口，却不问是否打到水"。① 因此，课题正是为了尽力跳脱或突破当前研究的上述普遍格局及缺憾，以获得对文学现代研究的深入、独到的认识及考究，以打捞到有关文学现代研究话题的心仪之"水"，才着力改弦易辙而采取"以问题为纲"的方式。

其二是考虑到课题研究在客观论域及研究内容与主观视域两方面所具有的横向式跨越特征。课题对文学现代研究这一对象的认识及考察，虽然在研究时段上设定为19世纪70年代—20世纪30年代，难免涉及历史前后、古今上下的纵向承续变迁，但同时又在研究的具体论域及内容和具体视域两方面力图实现横向式的跨越，即：一方面，在客观论域及研究内容上，力在跨越文学研究不同的学科领域和不同的民族语言文化地域，而横向涵盖不同分支门类、不同民族语言文化地域的文学研究活动；另一方面，在主观视域上，力在超越单一的民族语言文化视角，而对中西双方做横向的跨越比较及综析，显然，要想确切落实这两方面的横向式跨越的思路，就不能指望主要以历史之纵向承续变迁为经、为纲、为中心的办法。实际上，在19世纪70年代—20世纪30年代间的文学研究活动，无论是文学理论、文学批评、文学史这不同的学科领域之间，还是中国、西方这不同的民族语言文化地域之间，都有着颇为丰富、复杂乃至深层的横向牵扯、纠缠、冲击及影响，因而论者认为保障和落实研究内容及论域和研究视域两方面横向式跨越的思路的最好办法，就是有意淡化对历史承续变迁的纵向意识而强化对历史不同域限之间的空间交缠的横向意识，从而力在

---

① 龚隽：《禅史钩沉：以问题为中心的思想史论述》，生活·读书·新知三联书店 2006 年版，第 452 页。

跳脱出"以历史为纲""以历史为中心"的研究论述方式的束缚，而在文学研究不同学科领域之间、不同民族语言文化地域之间挑选、厘定、梳理与探讨一些共同或相通的"问题"，并着力以这些"问题"为经、为纲、为中心而统筹和展开对文学现代研究这一对象的知识原理认识及具体历史考索过程。简言之，课题采用"以问题为纲"或"以问题为中心"的研究方式，正是为了便于实现在研究内容（或论域空间）和研究视域两方面的横向跨越。

在本课题中，"以问题为纲"或"以问题为中心"，具体来说就是指：以"批评话语"为内在关切方向及中心而对文学现代研究范式中基本问题的原理性认识及具体性考察论述。可以说，现代中西文学研究中"学术范式"原理及现象与相关"批评话语"原理及现象之间内在的学理逻辑关联和具体历史牵扯问题，就是课题要着力探讨解决的最基本的"问题域"或"问题中心"。课题的"以问题为纲"包括两个层次：一是按照逻辑与历史相结合的系统化思路，把对文学现代研究的学术及思想史内容探讨分梳为逻辑上即知识原理上的认识和历史上即具体历史维度的考论两个层面，这两个层面以"学术范式"与相关"批评话语"之间的内在学理关联问题为线索而前后连接起来，可以说，课题具体历史维度的考论其实是知识原理认识中部分内容的实际展开。二是按照把问题细化、实化的思路，在逻辑认识与历史考论两个层面的各自内部，着重梳理、思考涉及文学现代研究"学术范式"与相关"批评话语"之间内在学理关联内容的一些重要关节点或子问题，这些重要关节点或子问题之间相互联结而构成一个有机、贯通的整体，即构成"学术范式"与相关"批评话语"之间内在学理关联这一最基本问题。其中，在对知识原理的逻辑认识层面，旨在清理文学现代研究范式与话语问题及批评话语方面的本身的知识学结合原理，勾勒、爬梳涉及文学研究现代范式的五大方面、共十个关节性专题问题。在对历史维度的具体考论层面，主要是就其中与文学研究现代范式的知识文化发生空间和现代批评话语的发生性结构机理问题有关的环节及内容的考察论述，具体包括：文学研究范式现代转型或新构所背靠的整体知识、学术、思想、文化及意义空间的人间性特征，也即"知识下行"（即知识祛魅化、去形而上化）和"文化解救"问题；"文学的现代建制"中的文学研究的范式化格局问题；"文学的现代建制"与"批评话语"之现代结构性发生及言述机制两者之间的关系问题；文学现代研究的"批评性建制"格局所具有的范式性意义问题。

四　文学现代研究的"场"与"域"：文学现代研究考论的论域空间

课题力图在文学现代研究考论的客观论域空间及内容范围方面实现一种学科门类、文化地域上的横向式跨越，这既是课题采用"以问题为纲"或"以问题为中心"这一研究方式、论述途径及结构样式的主要缘由之一，也是课题"以问题为纲"或"以问题为中心"的研究及论述的一种必然的问题论设及释解路向。下面论者就具体谈谈这种论域空间及内容范围上横向式跨越的基本原理——"场域"及"场域研究"理论的基本含义、主要内容、在课题中的具体运用及其相关问题。

法国当代著名社会学家、社会文化理论批评家布尔迪厄认为：人类社会根本上是在自律结构（形式）与历史存在、文化与社会、个体与社会、主体行动（意识）与客体外部世界（事物）之间的一种本体论交融、统一、契合或同谋的关系中，即在一种名为"实践的关系"中存在的，也就是说社会现实根本上就是一种社会实践或历史性行为，这种实践行为及历史遵循一种"实践的逻辑"，可分为铭写或体现在身体上的"习性"（惯习，habitus）与铭写或体现在事物和现实机制上的"场"（"场域"，field）这两种基本存在状态或基本实现方式（模式），这两种状态或方式（模式）都是制度的产物，彼此之间是一种"双向"、互动互构、"本体论对应"的关系；① "场"（场域）及其与"习性"（惯习）之间的这种关系，正应当是社会科学的"真正对象"和"研究活动的中心"或"焦点"，因为只有把研究对象（如文学现象）场域化、语境化、历史化，即将之置于社会历史的一定场域关系及场域空间中，对研究对象作为某种"场"（如文学场）而生成、运行的逻辑及历史进行解析，才可能是对研究对象（如文学现象）的真正科学的分析，从而建立起有关该对象的真正的科学（如文艺学），彻底祛除或戳穿对有关现象（如文学现象）的一

---

① ［法］布尔迪厄：《文化资本与社会炼金术：布尔迪厄访谈录》，包亚明译，上海人民出版社1997年版，第174—175、184页；［法］布迪厄、［美］华康德：《实践与反思：反思社会学导引》，中央编译出版社1998年版，第171—173、183、396页。

切虚假信仰或幻想，达到对有关对象（如文学）的真相的真正科学的认识到。① 本课题将借用、发挥及化用布尔迪厄这一认识，力图把对"文学现代研究"这一对象的考论放置在对特定"场"或"场域"，即"文学现代研究场"的自觉体认及理解框架中，从"场"或"场域"的角度去看取现代中西文学研究活动，进而提升对文学现代研究活动的思考。也就是说，课题力在将"文学现代研究"这一对象场域化，把现代中西、各类各样的文学研究活动作为各个基本要素而统一放置在由一定社会历史场域关系所围绕与充塞的空间位置当中，凝练、统构成"文学现代研究场"这一特定的"场"或"场域"，从而对"文学现代研究场"的有意发现、理解、营建及开掘，实质上将成为这场文学现代研究考论的思考焦点和论述的中心内容及论述范域（论域）。

作为布尔迪厄文化社会理论与实践理论的架构基石与核心概念之一，"champ"被有的译为"场"，也被有的译为"场域"，但实际上，"场"（field）与"域"（sphere）是两个各有侧重的概念，前者所指是物质的存在的基本形态，侧重于物质之间内在的共同关联、相互作用、位置结构及其张力关系（如"磁场"），后者所指是物质存在的基本范围，侧重于物质那具有特定界限的分布、作用的空间形式，即"界域""范域"（如"音域"、哈贝马斯所谓的"公共领域"等）。不过，在布尔迪厄那里，由于"场"（field）的内涵中同时隐含、交融着"域"（sphere）的内容，因此他所谓的"场"（champ）其实最好被理解为一种"场"与其"域"的关联，即"场域"（field-sphere）。那么，"场域"（champ）及"场域研究"的基本内涵是什么呢？

根据布尔迪厄的认识，客观社会世界是由一些彼此区分而又相互联系的"场"（场域）组成（包括一般社会权力场、经济场、政治场、文化艺术场、科学或学术场等），而所谓"场"或"场域"即"可以被定义为由不同的位置之间的客观关系构成的一个网络，或一个构造"；这些各个位置的界定或者说"场的结构"的形成，则取决于携带不同"习性"和"资本"的占据者或行动者，为争夺在场中的或对场的合法权（即"符合

---

① ［法］布尔迪厄：《文化资本与社会炼金术：布尔迪厄访谈录》，包亚明译，上海人民出版社1997年版，第152、174页；张意：《文学场》，载赵一凡等主编《西方文论关键词》，外语教学与研究出版社2006年版，第579—591页；布迪厄：《艺术的法则：文学场的生成和结构》，刘晖译，中央编译出版社2001年版，"译后记"。

资本""象征资本"，symbolic）而"在权力（或资本）的分布结构中目前的、或潜在的境遇"，以及它们"与其他位置（统治性、服从性、同源性的位置等等）之间的客观关系"。① 也就是说，每个"场"（场域）都是一个独特的、具有一定范围的"关系系统"，一个由许多位置及占位关系构成、涉及权力（资本、话语）角逐的独特的空间"结构"（构型），一个具有一定自律规则的敞开的"游戏"领域或圈层。② 由于"权力场在场的总体性内实施统治"，因而任何分化的、具有特定范围的"场"（场域）都存在"他治"与"自治"这"两条支配性原则"，从而任何分化的、具有特定范围的"场"（场域）都具有"相对自主性"或"半自主性"的特征：一方面，它们"都包含在权力场之内，都与权力场有着控制与被控制、制约与反抗之间的关系"，既"在权力场中占据的是一个被统治的地位"，受到外部的社会的整体支配或者说受到社会大场域的影响及统治，又由于"社会空间的结构（或阶级结构）"之间存在一种全面的、"结构上和功能上的同源性"关系，因而在各自特定范围内部都存在着对各自"特权"的拥有及统治性施行，存在着为争夺对场的合法界定而形成的支配与被支配的权力纠缠关系及角斗；另一方面，它们各自有着特殊的、自主的运行逻辑，从而在"参与场域活动的社会行动者的实践同周围的社会经济条件之间"起到关键性的"调解""中介"的作用，即各个"场"（场域）的逻辑既使得任何场外的权力或者说场外决定性、支配（统治）性因素，只有先通过"场域的特有形式和力量"的特定"调解"或"中介"环节，"经历了一次重新形塑的过程"后，才能间接地对场域范围内的行动者构成影响，也使场域范围内部的权力关系及角斗"在每一个场域中的体现形式，都是各具特色，不可彼此归约"的，还使得一切行动者及其实践活动都会受到某种（些）场域特有形式及力量的制约和规导，只

---

① ［法］布尔迪厄：《文化资本与社会炼金术：布尔迪厄访谈录》，包亚明译，上海人民出版社 1997 年版，第 142、153、154 页；张意：《文学场》，载赵一凡等主编《西方文论关键词》，外语教学与研究出版社 2006 年版，第 581—582 页。

② ［法］布尔迪厄：《文化资本与社会炼金术：布尔迪厄访谈录》，包亚明译，上海人民出版社 1997 年版，第 149—150、152 页；张意：《文学场》，载赵一凡等主编《西方文论关键词》，外语教学与研究出版社 2006 年版，第 581—582 页；王岳川《二十世纪西方哲性诗学》，北京大学出版社 2000 年版，第 540 页。

能以这样而非那样的，即特定的思考、言说及行动方式而存在。① 总之，"游戏性""半自主性"（相对自主性）、边界（占位）的动变性、与权力的纠缠性，是"场"（场域）这一社会空间、关系空间、结构空间、话语空间的基本特性，② 因而所谓"场域研究"（无论是基于场域模式的研究，还是从场域角度的研究，或者说对场域这个对象的研究），实际上正是对特定对象的这些场域特性的考索解读，在其中必然涉及对"与权力场域相对的场域位置"或者说被权力场域包含并支配的场域地位，以及对场域内部"各个位置之间的客观关系结构"等内在关联环节③的分析研究——显然，在这样的分析、研究及解读中，既包括了某种（些）"场"（field）的本身的内容（即"场"基于同社会权力整体的特定权力关系而生成的对自身的本体论圈定），也包括了与该种（些）"场"有关的"域"（sphere）方面的内容（即"场"的域内与域外，以及域内各位置或部分之间的空间分布关系）。例如，布尔迪厄的《艺术的法则：文学场的生成和结构》就是"场域研究"的典范。

如果说，布尔迪厄是基于对自律结构（形式）与历史存在、文化与社会、个体与社会、主体行动（意识）与客体外部世界（事物）之间的二元分离及对立传统的自觉克服与摒弃，从推行一种"方法论上的关系主义（methodological relationalism）"，"为'关系分析'提供一个框架"，以便"系统化地、反观性地探索社会生活"的文化社会学角度，④ 而提出"场域"理论及"场域研究"模式，并抱着对康德先验纯粹美学作出积极反拨，大胆而谨慎地对文化艺术领域、主要是形式主义文学观和纯粹美学

---

① ［法］布尔迪厄：《文化资本与社会炼金术：布尔迪厄访谈录》，包亚明译，上海人民出版社 1997 年版，第 85、151—152 页，"译后记"第 219 页；［法］布迪厄、［美］华康德：《实践与反思：反思社会学导引》，中央编译出版社 1998 年版，第 144—145 页；张意：《文学场》，载赵一凡等主编《西方文论关键词》，外语教学与研究出版社 2006 年版，第 582、589—590 页；王岳川：《二十世纪西方哲性诗学》，北京大学出版社 2000 年版，第 540 页。

② ［法］布尔迪厄：《文化资本与社会炼金术：布尔迪厄访谈录》，包亚明译，上海人民出版社 1997 年版，第 85 页，"译后记"第 219 页；张意：《文学场》，载赵一凡等主编《西方文论关键词》，外语教学与研究出版社 2006 年版，第 581—582 页；王岳川：《二十世纪西方哲性诗学》，北京大学出版社 2000 年版，第 540 页。

③ ［法］布迪厄、［美］华康德：《实践与反思：反思社会学导引》，中央编译出版社 1998 年版，第 143 页。

④ ［法］布迪厄、［美］华康德：《实践与反思：反思社会学导引》，中央编译出版社 1998 年版，"作者前言"第 8 页；布尔迪厄：《文化资本与社会炼金术：布尔迪厄访谈录》，包亚明译，上海人民出版社 1997 年版，"译后记"第 219 页。

观中的"信仰幻象"进行"社会学祛魅"的目的，① 而提出"文学场"这一文学观及文学研究方式；那么，本课题则是为了克服既往对文学现代研究的考察在论述范域及内容上往往在中西之间以及文学研究不同门类或形态之间形成分离与区隔这一欠缺，从力在对现代中西以及不同门类及形态的文学研究做出学科体系意义上的整合性、融通性、总体性把握这一学术史研究角度出发，积极借鉴并发挥、化用布尔迪厄的那种"关系主义"及空间结构主义思维，以及系统论方法，并基于、化用布尔迪厄的那套"场域"及"场域研究"理论及其中有关"文学场""学术场"等相关概念，而提出"文学现代研究场"这一观念。课题在此对"文学现代研究场"观念的提出及运用，既适当吸取了布尔迪厄"场域"批评理论中的经验实证研究和历史、社会及文化语境研究的养分，同时又通过充分引入"世界文学"及"总体诗学"理念中有关世界各种文学、诗学活动及历史乃是人类先定或必然的诗性精神、意志、能力及活动历史的普遍而多样反映的思想，而对布尔迪厄的"场域"批评理论做了适当形而上的化用、改造与提升，从而在一定程度上又回归了康德思想的先验性、统觉性及纯粹性。

布尔迪厄所谓的"文学场"，其全称是"文学生产场"（the field of literary production），涉及的仅仅是对现代时期（即法国 19 世纪下半叶以来）文学创作及生产现象，或者说对有关的规定着文学价值及意义的艺术生成及运行法则的解读，虽不涉及文学研究方面的内容，但实际上却为现代的文学研究提供了"文学场"这一个系统、整体的"真正对象"，构成了文学现代研究活动的一个非常重要且比较完备的内容。论者以为，现代的"文学研究"其实同"文学创作"或"文学生产"一样，无论其所研究的是否是布尔迪厄所谓的"文学场"这一东西，无论其是处于哪一种民族语言文化境域或模子下的、属于哪一门类或形态的文学研究，它们本身都共同拥有，或者说源自，也构成着一个普遍、统一而独立的，本体意义上的场域，这个场域就是"文学现代研究场"，而这个"文学现代研究场"中的一定经验性历史内容，又可在相当程度上纳入布尔迪厄所谓"学术场"体系中，可作为布氏"学术场"下属的一个子场来看。

---

① 张意：《文学场》，载赵一凡等主编《西方文论关键词》，外语教学与研究出版社 2006 年版，第 580、588—589 页。

　　前文已辨明了布尔迪厄所谓"场域"（champ），其实是一种"场"与其"域"的关联，既包括了"场"（field，即物质的内在关联或关系）本身的内容，也包括了与"场"（field）本身有关的"域"（sphere，即物质分布作用的空间范围）方面的内容。因此，课题所谓的"文学现代研究场"指的也正是与"文学现代研究"这一思想学术活动有关的"场"与其相关"域"的关联，由文学现代研究"场本身"和其中各相关的"研究域"两大基本内容组成。所谓文学现代研究"场本身"，即指现实中不同民族语言文化境域、不同门类或形态的文学现代研究活动之间并不是相互孤立与分离的，而是都来自一个共同的本源，即人类在现代时期对文学活动的考索、探究与思考，都被统一或包摄在这一考索、探究与思考的思想学术本体及有机关系空间中，共同构成和拥有在现代对文学进行研究思索的现代式本质、特征及意义。所谓文学现代研究的"研究域"，包括文学现代研究的"民族语言文化域"和"门类形态域"两个层面，是指：在实际经验的研究活动历史中，文学现代研究"场本身"会生成、分化成不同的民族语言文化样式，以及不同的研治类别或形态样式，或者说，现代的不同民族语言文化样式、不同研治类别或形态样式的文学研究其实可以被视为文学现代研究"场本身"在现实当中的不同投射面，这些不同的样式即不同的投射面在文学现代研究的世界整体格局、结构及历史中分别代表着一隅，或占据了一定的空间位置或空间范围，从而各自构成了文学现代研究独特一域。文学现代研究"场本身"与其各"研究域"之间有着本体的关联或扣合：一方面，"场本身"只有借助或依赖现实的各"研究域"及其空间结构、历史结构关系，才能获得存在的表征，才能得以凝练、聚合而体现、昭显；另一方面，各"研究域"作为"场本身"下属的各大要素（位置、范围），其运思及展开都统一背靠或携带着"场本身"的某种（些）特质，依靠"场本身"的现代逻辑而相互间构织、交融成一个整体历史格局和关系结构。

　　显然，从与布尔迪厄"文学场"观念相比较的角度来看，如果说，布氏从文化社会学角度所提出的"文学场"观念，主要是指文学创作及生产运行中的自身纯粹形式或自律结构（即作者、作品、读者等内部因素），与周遭、外部的经济、社会、文化、历史等权力性、决定性、支配性因素、语境或背景之间的交融性空间及其中的权力纠结性关系和发生性结构关系，侧重是要研究"文学场"内部不同习性、资本、话语、传统等，围绕文学的界定权、支配权或文学的价值及意义问题而产生的竞争、冲突、错综纠结关系，以及为取得对文学的某种合法化占有地位而在彼此间形成的某种掩饰、疏离、调解、更新、转换机制，即某种"炼金术魔力"①，核心所在是对艺术的科学认识及艺术的基本法则的构建与寻觅，因此基本可归属于文艺学或文学本体论范畴；那么，在本课题中，论者从文学研究的思想学术史角度所提出的"文学现代研究场"观点，则在承认文学现代研究作为文化生产活动领域之一而具有与上述布氏所谓"文学场""学术场"等文化生产场那样类似的场域空间、场域关系及发生性结构的前提下，主要是指文学现代研究领域内部不同民族语言文化样式、不同门类或形态样式的研究活动之间的一种一体化、整合性、统摄性的横向相交空间及有机结构关系，侧重是要研究在"文学现代研究场"的总摄下，不同民族语言文化样式、不同门类形态样式的文学现代研究活动之间既统合又区分的空间对比关系，核心所在是对文学现代研究的世界整体格局、结构、历史及其中不同样态之间异同关系的构建与寻觅，因此很大程度上可归属于比较文学（诗学）、比较文化与比较学术史的范畴。

　　论者在此提出上述"文学现代研究场"观念，目的是使得文学现代研究考论范域及内容在中西文化地域和不同学科门类形态两方面的双重跨越能获得"文学现代研究场"这一个集中、深刻的概念（理念）支撑体系，从而把对现代中西文学研究的"以问题为中心"且总体的思想学术史考论的焦点、中心论域和中心内容，实际地放在对"文学现代研究场"这个层面的认识、理解及开掘方面。所谓以"文学现代研究场"为支撑概念（理念），把"文学现代研究场"层面作为论述的焦点、中心论域和中心内容，也就是说，课题对现代中西不同民族语言文化样式、不同学科门类形态样式的各种文学研究活动不做单个、零散的处理，不把它们孤立、分离成各有区隔的一个个"界域"，而是把它们凝练、统构成一个统一的"场域"，即通过对文学现代研究中的一个个"界域"进行场域化处理，而把现代中西各类各样的文学研究活动及相关社会、文化、历史语境或因素置于"文学现代研究场"这一场域关系空间中来考察研究。——这就正如户晓辉在谈及对现代民间文学或民俗学的研究时所提出的：为了"寻找现代民间文学或民俗学话语的深层脉络或问题域"，即发掘"现代

---

① 张意：《文学场》，载赵一凡等主编《西方文论关键词》，外语教学与研究出版社 2006 年版，第 584 页。

民间文学话语的发生与现代性的关系问题"，而放弃原先的简单的中外"异同比较和对话"，"不再把中国和外国看作 A 与 B 这样的实体，而是把它们看作现代民间文学或民俗学话语发生的不同场域"。① 课题这种以"文学现代研究场"为中心论域和中心内容的考索研究，将涉及以"场本身"为主体和以各"研究域"为主体这两大方面：首先，对以"场本身"为主体的方面的研究，即对现代中西各类各样文学研究的那种与权力场域相对的，必然处于现代社会、知识、文化及历史等外部大场域包围、影响及支配下的共同或共通的特定场域位置或场域地位的研究，也就是对"文学现代研究场"得以形成的最基本的现代场域条件，具备的最基础的现代品性，或者说场内总体与场外总体之间的权力纠结性、发生结构性的现代总体关系的清理与爬梳；其次，同时对以各"研究域"为主体的方面的研究，即把考索的目标锁定在对文学现代研究场内各"域"、各空间位置或范围（即现代中西各类各样的文学研究活动）在"场本身"的统摄下，相互之间的客观结构关系、空间对比关系的系统分辨、解读方面——这里所要分辨、解读的关系涉及两大层面、三种类型："两大层面"，即现代中国与现代西方这两大不同民族语言文化样态的文学研究之间的"异质同构"关系，以及现代中国或现代西方范围内各种不同门类或形态的文学研究之间的"同质异构"关系；"三种类型"，即无论是现代中西两大民族语言文化样态的文学研究之间，还是在各种不同学科门类或形态的文学研究之间，都存在相异、相同、相通三类关系。在课题的章节展开中，对以文学现代研究"场本身"为主体的方面研究，与对以文学现代研究各"研究域"为主体的方面的研究，这两者相互穿插、交织在一起，其中在前两章有关文学现代研究内在知识原理的逻辑清理及综述中着力突出文学现代研究"场本身"。

　　总之，课题通过借鉴、发挥、化用及改造布尔迪厄"场域""场域研究"理论和"文学场""学术场"等相关概念，以及其中蕴含的关系主义及空间结构主义思维模式，以"文学现代研究场"为一种内在的概念（理念）支撑体系，把对现代中西文学研究的认识及考论的焦点、论域空间和中心内容放在对"文学现代研究场"的体认、理解及开掘方面，着重从场域的眼光和角度，在场域的关系空间中，对现代中西各类各样的文

---

① 户晓辉：《现代性与民间文学》，社会科学文献出版社 2004 年版，第 303 页。

学研究活动进行总体的逻辑勾勒、清理和历史考索，这便于使课题对文学现代研究的"以问题为中心"的思想学术史考论，突破既往研究在论域空间及论述内容上比较局狭的模式，而将中国与西方，以及不同门类或形态的文学现代研究凝练、统构、整合为一个统一的整体，借此不仅利于把握文学现代研究作为一种现代的知识文化生产场域所具有的整体性知识原理和跨文化学理品质，清晰确定文学现代研究整体在现代社会、知识、文化及历史总体中的特定位置，深入爬梳它与现代社会、知识、文化及历史总体之间的独特的场域性权力关系和发生结构性关系，而且利于系统解析和重构文学现代研究内部的整体格局及历史，即清理和考索现代中西、各个门类及形态的文学研究之间所交织构建的"异质同构"和"同质异构"两大层面的结构性空间，以及所具有的既相异，又相同、相通的对比关系。

五　"比较的"与"总体的"：文学现代研究考论的主体视域

在课题对文学现代研究的探讨中，与把逻辑认识及历史论述的焦点、中心范域及中心内容放在对文学现代研究"场"及其"域"的体认和理解上，以实现客体论域及客观论述内容在民族语言文化地域和学科门类形类两方面的横向跨越这一思路紧密相关的是：论者自觉地采用一种比较文学研究的主观视域，即力图超越单一的民族语言文化视角，而对中西双方做横向的跨文化比较、理解及融通处理。这种本于比较文学范式的研究主体视域方面的跨越及融通，既是课题采用"以问题为纲"或"以问题为中心"这一研究方式、论述途径及结构样式的另一个主要缘由，也是课题"以问题为纲"或"以问题为中心"的研究及论述的另一种必然的问题论设及释解路向。下面具体谈谈论者何以认为有必要采用比较文学这一跨越中西的视域来对"文学现代研究"这一对象开展比较及融通性的研究。或者说，采用这种中西跨越性的比较文学视域，开展这种中西比较性、融通性的比较文学研究，之于这番对文学现代研究的思想学术史探讨及有关问题的解决而言，到底有何独特的作用？从而在这样视域下的该课题研究及问题解决，又能带给比较文学学科自身以何样的独特价值及意义？还有，课题在具体运用和展开这种比较文学视域时，又将有什么独特的思路？

按照杨乃乔的理解，比较文学的"比较"不是外在的、现象的、方法论意义的，而是内在的、终极的、本体论意义的，就是一种建基于跨文化的"双向透视"或"双向整合"当中的，源自主体知识结构内部的"内视的融通"，也就是说只有作为一种跨文化意义的"内视且融通的比较"才是比较文学的"比较"——而无论是实证的影响研究、美学的平行研究，还是阐发研究等比较文学不同方法论都最终要归属于这一本体，即"终究要在内视且融通的比较视野上安身立命"。① 比较文学旨在通过这样的"比较"而建立起如张隆溪先生所谓的"真正跨文化的理解"，即：超越单一民族语言文化传统的孤立、有限的眼界，破除"文化相对主义"的偏见和虚构的文化间"非我的神话"，跨越不同文化虚假的"截然对立""极端差异"的鸿沟，通过立足于不同民族语言文化眼界的开放融汇，使不同文化及其文学、诗学能在彼此间相互敞开、相互看视、相互鉴照、相互对话与沟通的过程中，更好地鉴明、反观其本相，在充分彰显不同文化及其文学、诗学之间"令人惊讶"的契合、会通与类同之处的同时，也不忘辨识和挖掘其间"真正的而非想当然的差异"，② 以便更好地解决民族传统乃至世界文化、文学及诗学发展中有关根本的问题。显然，课题在研究主体视域上采用比较文学这一具有文化开放性、跨越性、融通性特征的比较视域，自然是出于对当前有关文学现代研究考论方面所存在的因中西视域封闭、孤立或分离而显得偏狭状况的一种有意纠偏或反拨，这种纠偏或反拨实际上同时与课题的下述三方面考虑有着密切的关联。

首先，由于课题是以"文学现代研究场"为一种内在支撑的理念（概念），把对文学现代研究"场"及其"域"的体认、理解及具体开掘作为考论焦点、中心论域及中心内容，因此对现代中西不同民族语言文化境域中的文学研究活动不拟作单一、分立的界域化、离散式处理，而是将之横向相交而凝练、统构、整合为一体，并共置于"文学现代研究场"这一关系空间及有机结构中，也就是不把中国和西方作为孤立的文化地域实体，而是把它看作一个世界文化总体，视为文学现代研究活动及有关话

---

① 杨乃乔：《比较文学是本体论而不是方法论》，载杨乃乔《比较诗学与他者视域》，学苑出版社 2002 年版，第 476、477 页。

② 张隆溪：《中西文化研究十论》，复旦大学出版社 2005 年版，第 44、46、55、67、110—111、155 页；张隆溪：《同工异曲：跨文化阅读的启示》，江苏教育出版社 2006 年版，"序"第3 页。

语得以发生或实现的具体一"域"，着力于总体、系统地清理、考索和重构中西两大民族语言文化域的文学现代研究活动之间所交织共建的一种逻辑自足、"异质同构"的整体格局及历史，以及彼此既统合又区分的空间结构对比关系。课题这一作为研究客体而定位的中心论域和中心内容的展开，显然离不开研究主体在文化视域上的开放性、跨越性和融通性——而这正是比较文学的"比较视域"。实际上，在本课题中，"场域"的眼光及思维同"比较"的眼光及思维一样，讲究的都是一种整合、总括、统摄全体或世界的范式。如果说，"场域"是为课题比较文学视野的获得和比较文学研究的展开提供了一个内在而合理的可比性理念基石，以及一个独特、确定的内容范围，从而使课题的比较研究不至于流俗为牵强的、皮相式比附，而是牢牢把中西不同文化系统中的文学现代研究活动共同置放在"文学现代研究场"这一具有整体格局性、系统性特征的平台上来进行双向透视与融通，因而真正具有一定深入探讨和理论建构的价值可能；那么，比较文学的"比较"则是为"场域"眼光及思考的展开提供了具体的方法论平台，从而使得对"文学现代研究场"这一理念在实际研究中的现实生成、具体考析，以及对现代中西文学研究思想学术史的总体重构，获得了一种具体的操作上的可能。

其次，课题的研究是以（知识）学术史清理与思想（文化）史理析两相沟通整合、双向互动转化作为根本角度，并结合这一根本角度而采取一种"以问题为纲"或"以问题为中心"的研究及论述方式，采用这样的研究角度，运用这样的研究及论述方式，根本之一是要对具有跨文化特征的"20世纪是文学批评的世纪"这一"世纪论断""世纪现象"的内涵，以及现代中西文学研究中与此论断、现象有关的某些共同或共通的思想学术问题特别是批评话语问题，进行深入、系统认识及考察。对这样的中西文化跨越性、共享性的"世纪现象""世纪论断"及有关问题的"问题为纲"式考察，当然需要一种横向交汇及共时性的文化处理方式，而比较文学的"比较"视域，实际上恰能为本课题提供这一有效的方式。只有在比较文学的"比较"视域下，通过着力突出一种对多元文化的共时性、横向性研究，而淡化那种偏重于对单一文化做历时纵向性理解的传统研究方式，论者的基本认识及具体论述才能便于超越单一文化脉络及其历史发展框架的束缚，并紧紧以对该"世纪现象""世纪论断"及有关问题的学理性考察而非一般历史爬梳为中心。

　　再次，课题采用比较文学的比较视域，也与论者对比较文学、比较诗学研究学科范式本身的有意思考与尝试拓展有关，这里涉及两个问题：

　　一是提到比较文学研究，一般是或者针对文学实践活动现象、历史及规律的一般比较研究（即一般的"比较文学"），或者专门针对文学研究活动中的体系性、理论性、抽象性论述这一支做比较研究（即"比较诗学"或"比较文学理论"），而少有对文学史研究、当下文学批评等其他文学研究活动做专门跨文化的比较与透视，更少有将多样的文学研究活动整合为一体来开展跨文化比较研究。然而，论者认为，在同一民族语言文化里，无论是文学史研究、当下文学批评活动两者，与文学理论（诗学）探讨之间，还是不管哪类文学研究活动与所处时代的文学实践活动之间，实质上都存在着与文学世界的运转、展开有着本体关联的一种同质、同构、同谋的关系；可以说，我们既能从对某个时期某种民族语言文化里的文学的有关史的研究、批评的研究，或者整个文学研究全体的考析中，清理和透视同个时期同种民族语言文化里的文学的有关理论或诗学的研究，也能从对某个时期某种文化里的任何文学研究或文学学术活动的理解中，深入把握和阐释该时期该民族语言文化里的文学实践活动的深刻内涵和丰富意义。由此，论者认为，很有必要把文学史研究、当下文学批评以及其他各种样式各种层次的文学学术活动，都纳入比较文学、比较诗学的范围，对它们不妨也采取跨文化的比较研究，以更加完善和丰富比较文学、比较诗学的研究对象与研究内容。正是基于这样的考虑，课题把现代多类多样的文学研究、文学学术活动整合一体，将比较文学视域及方法迁延引入到对不同民族语言文化之间这个文学研究、文学学术现代"整体"的考察当中，使对现代中西文学理论、诗学的跨文化比较扩大成对现代中西整个文学研究系统及文学研究思想学术史的跨文化比较，力图深入清理现代中西文学研究之间的"异质同构"关系，或者说文学现代研究基本要素、基本符码、基本成分或方向维度在中西之间的相同、相通、相异现象，这实际上成为"比较文学"（比较诗学）与"比较学术史（文学学术史）"的一种有意味的结合。

　　二是就比较文学研究领域所涉文学活动的时段范围来看，普遍都偏重于甚或仅限于19世纪以前的文学，而少有将19世纪以来的现代文学、特别是现代中国文学作为研究的对象。如费勇就曾认为："在所谓的'中西'比较文学研究领域中，对象之一的'中国小说'、'中国诗歌'之类，都只指 19 世纪末以前的，而将以后的弃之不论"，可以说，"19 世纪末以来的'中国文学'，不论在文学史领域，还是在比较文学领域，都是一种'特例'"。这个中的原因在费勇看来：或许是由于 20 世纪东方与西方之间"文化上的互逆运动"造成了"20 世纪世界文化的'世界性'色彩"，再加上 20 世纪海外汉语文学或华文文学的特殊存在，因而使"19 世纪末以来的'中国文学'，其神韵气质难以纳入纯粹的'中国文学'范畴"，一旦涉及 19 世纪末以后的"中国文学"，"就引出无数复杂的问题，用'影响研究'也罢，用'平行研究'也罢，有时都难以说明究竟"。①

　　当然，学界也有把 19 世纪末以来的现代中国文学纳入比较文学研究领域，对"20 世纪中外文学关系"问题进行跨文化梳理考察的，不过这样的研究长期以来却是以狭隘的"影响研究"及其拘泥于求索事实联系的"实证方法"作为支配性的主流观念和基本方法，是被制约在影响研究及事实考证的范畴里，从"外来（西方）影响—本土（中国）接受"这一单一立场、模式或向度来解释"关系"，从而把复杂、立体、多面的"关系"简单化、片面化，仅仅把中国现代文学描述成"一个纯粹的、被动的接受体"，"一个西方文学潮流'影响'下的'回声余响'"，唯有在"对世界文学样板的模仿与追求"中，才可能产生"世界性"、从而现代性的意义，——这种研究实际上已不专属于比较文学本身，而更多归属于、也局限于一般国别及民族文学研究、即中国现代文学研究的范围，或者说它实际上就是以中国现代文学的研究"架空"了比较文学的研究。正是由此，陈思和在"20 世纪中外文学关系"课题上，曾基于对上述旧格局及偏颇的质疑、纠正与颠覆，为超越"传统的"比较文学影响研究乃至平行研究模式，以便重新审视、全面确切把握中西文学关系，而在前些年提出了"20 世纪中国文学的世界性因素"研究这一新的理论设想、命题、思路及视角，即认为：由于 20 世纪中外文学关系的大语境不应该是"不平等的'影响'"而应该是"地位对等的'世界性因素'"，因而在 20 世纪中外文学关系研究中，应该"以中国文学史上可供置于世界文学背景下考察、比较、分析的因素为对象"，采取"跨越语言、国别和民族的比较研究"方法，着力关注中国现代文学自身的价值及内在的主体性、创造性特征，系统放眼于中国现代文学如何以一个独立自足的"单

---

　　① 费勇：《汉语·汉语理论·现代汉语诗学》，载饶芃子主编《思想文综 NO.1：语言与思想文化专集》，暨南大学出版社 1995 年版，第 220、225 页。

元"，"以自身的独特面貌加入世界文学行列"及"体系"中，深入考索中国与其他国家的文学如何"在对等的地位上共同建构起'世界'文学的复杂模式"。尽管这一新设想，新命题、新思路、新视角的提出引发了比较文学学界、中国现当代文学学界持续两年的热烈讨论，也产生了张新颖《20世纪上半期中国文学的现代意识》、张业松《创建现实：抗战前中外现实主义文学关系史论》、王光东《五四新文学中的生命意识》、刘志荣与马强《张爱玲与现代末日意识》、张光芒《中国近现代启蒙思潮研究》等相关的具体研究实践及成果，然而综合孙景尧、陈建华、查明建、陈伯海等曾在讨论中的辨识与分析，不难总结出该命题或主张的三大保守性：首先，20世纪中国文学或20世纪中外文学关系研究中"世界性因素"这一新命题、新主张，其实并不与影响研究本身相左，而是仍属于一种影响研究理念及思路，即实质上是一种有别于"过去的""传统的"影响研究的，由"全球多元化态势所催生并意识到的当代影响研究理念"，是一种与中西文学关系中的跨文化现象及其特点相符的"影响研究新理念和新方法"，因而与国际学界影响研究发展的当代第三个阶段，即"跨文化影响研究"的新思路"不谋而合"。其次，该命题或主张虽然在方法、视野、观念等方面强调"世界性"，注重在世界的范围、世界的背景、世界的关系中考察文学现象，具有一定层面的拓展比较文学与世界文学研究的意义，但其"中国现当代文学研究"的"学科背景过于明显"，即"始终以中国文学为出发点"，并"从中国现当代文学研究的一个方向出发"，以中国现当代文学为主要研究对象，或侧重于中国现当代文学方面，"只能彰显中国文学发展的特质"，因而若站在比较文学与世界文学的学科立场来看，该命题所主张的有关中外文学关系及其研究的思路，无疑因缺乏一种中外双向性、互动性、总体性的眼界，而缺少了对国外文学、世界文学的"足够的涵盖面"，从而大大影响了其"普适性"或"普效性"，实质上仍更多地属于一种国别或民族文学研究即中国现当代文学研究范畴。再次，正是由于前述两点，因而该命题所提供的仍根本归属于影响研究、国别或民族文学研究范畴的所谓新思路，对于"20世纪中外文学关系"本身或20世纪中外文学中"世界性因素"本身的研究来说就具有相当的局狭性、偏颇性，因为对于"20世纪中外文学关系"本身或20世纪中外文学中"世界性因素"本身这个"长时段的内涵丰富的课题"的研究，不仅可以从中国现当代文学学科角度，还可以更多地从比较文学、世界文学等多学科角度来展开，并"根据不同的时段和不同的研究对象"而综合采取影响研究、平行研究、阐发研究等多种研究模式和方法。①

　　实际上，前文述及费勇曾谈到的 20 世纪东方与西方之间"文化上的互逆运动"、20 世纪世界文化的"世界性色彩"，以及置于其中的 20 世纪中国文学的复杂性与特殊性等现象，本身具有一种双面性的特点，即一方面使得对 19 世纪末以来的中西文学做同时的双向性、互动性的平行比较，具有一定的难度；另一方面也使得很有必要对 19 世纪末以来的中西文学做跨文化的、总体的世界性研究。本课题采用比较文学的比较视域，正是一种"绝处逢生"，想借此对 19 世纪末以来的、现代的中西文学研究活动进行跨文化的比较研究，这场研究既力图超越长期以来有关"20 世纪中外文学关系"问题上的影响研究及事实考证模式，又特意避免重蹈陈思和近来"20 世纪中国文学的世界性因素"命题或主张的保守性；具体讲就是既要突破国别或民族文学研究，即中国现当代文学研究的范畴，而真正站入比较文学与世界文学研究的学科范畴及学术立场中，以 19 世纪末以来中西双方的文学研究为同时的研究出发点及方向和共同的研究对象，充分涵盖现代时期文学研究的中、西两大阵营及诸面相，又要在具体的跨文化考察中，无论中西文学研究之间是否存有影响性事实关系，而重在大胆地、全面地对中西双方进行同时的、双向的、融通的、互看互照的平行比较与总体把握。课题希望以此更好更充分地拓宽比较文学与世界文学研究所触及的文学历史时段范围，突破其长期特定的影响研究及事实考证的单一考察理念与方法，丰富对 19 世末以来的、现代的文学及其学术活动作专门考察的学科角度、学术思路及研究模式，从而使得对现代时期文学研究活动及与此有关的"20 世纪是文学批评的世纪"论断与现象的思想学术史考察具有足够的中西涵盖面及普适性，并开掘、考索出足够的跨文化内容，总体性内涵及其世界性意义，同时在中国方面于"现代汉语诗学"的资源清理、内涵重构及其之于现代世界诗学体系开掘的价值意义上打开一个比较宽敞的方向及维度，获取一种比较坚实的平台。

---

　　① 　参见陈思和《20 世纪中外文学关系研究中的"世界性因素"的几点思考》、孙景尧《中西文学关系研究的"有效化"：兼论"影响研究"和"世界性因素"》、陈建华《关于"20 世纪中国文学的世界性因素"命题的几点看法》、谢天振《论文学的世界性因素和影响研究：关于"20 世纪中国文学的世界性因素"命题及相关讨论》，分别载《中国比较文学》2001 年第 1 期、第 3 期、第 4 期。

　　课题在对比较文学的具有文化开放性、跨越性、融通性特征的主体视域的具体运用及展开上，注意有意区分与兼采"比较的"与"总体的"这两种看取角度、认知层面及其跨文化把握方式。

　　一般而言，"比较文学"（comparative literature）与"总体文学"（general literature）是被学界作为比较文学领域两种相关却又彼此区别的学科概念来看待。根据这样的基本区分及认识，例如基于杨乃乔在《比较文学概念的语言分析及五种相关学科概念的界分》中对"比较文学"与"总体文学"两者的概念辨识①，我们不妨也可以把"比较的"（comparative）与"总体的"（general）同视为比较文学之比较视域所形成的两种具体不同的视角或认知层面，以及该视域下属的两种各有侧重的具体跨文化把握方式。具体相参照地说，"比较的"视角及把握方式，虽然既不受所要研究的不同民族（国别）语言文学之间发生的历史关系之时间性状况（即是短期关系还是长时关系，是历史共时性关系还是历史历时性关系）的限制，也不论所要涉及的是文学的实践、史事层面上的比较还是文学的学理评说层面上的比较，但却无疑都是侧重于对跨界"关系"的研究，即自觉强调对不同民族（国别）语言文学之间直接的相互"比照""对话"与"互视"关系的把握，而于此把握当中，由于不同民族（国别）之间的界限被自觉突出、强化，因而分界及其跨越的痕迹昭然分明（如图示 A）；这是一种较为普遍、一般的文化跨越汇通方式。而"总体的"视角及把握方式，则不仅只注重于处理不同民族（国别）语言文学之间发生在某特定时期的横断面上的历史共时性关系，而且偏重于以文学本身的理论化形态，即其学理评说、思想流派层面为研究对象，并且所侧重研究的不是跨界"关系"，而是一种无界"通象"，即自觉强调对不同民族（国别）语言文学之间所内在共存、共属的某（些）共同、共通的文学现象的综合性、整体性的把握，而于此把握当中，由于不同民族（国别）之间的界限被有意淡化、整合，因而分界及其跨越的痕迹趋于消弭（如图示 B）；这是一种"升华"了的比较，是文化跨越汇通方式中的一种"特例"。

　　"比较的"与"总体的"，这两种具体的跨文化视角及把握方式之间存在着一定的区别，但更多的还是一种密不可分的本体论联系。从前文所

---

① 杨乃乔：《比较诗学与他者视域》，学苑出版社 2002 年版，第 532—534、540—543 页。

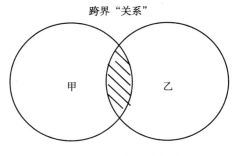

A："比较的"视角及方式

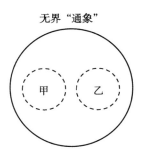

B："总体的"视角及方式

交代的比较文学之比较视域的本体论内涵及其终极价值追求来看，一方面，无论是"比较的"还是"总体的"，两种具体的跨文化视角及把握方式实质上都共同内在源自、归属于比较文学的比较视域；另一方面，两者之间本身有着互为因果、相互背靠、相互包蕴的关系，即那种旨在求同存异的"比较的"视角及把握方式其实正奠基于一种对人类文化本相、共相的"总体的"关怀，而那种旨在寻同求通的"总体的"视角及把握方式其实也正属于一种不露痕迹的比较，既可以说是"比较的"视角及把握方式的原初、自发形式，也可以说是它的寻解、思考的基本动力、方向与终极理想。正是基于这样的联系，课题在对比较文学之比较视域的具体运用及展开中，将综合采纳"比较的"与"总体的"这两种跨文化视角、层面及把握方式，将两者融为"比较视域"这一有机的整体。这种在研究视域上实行有机结合的思路实际上也正好与前文已述及的课题在研究内容上将文学现代研究"场"及其"域"两方面统合起来的考虑相照应，具体地讲，对文学现代研究总体"场"方面内容的考究及理解，决然离不开从"总体的"跨文化视角、层面来对中西双方文学现代研究进行整体性、综合性的把握，而对文学现代研究所在民族语言文化"域"方面内容的探讨与处理，则要依靠从"比较的"跨文化视角、层面来对中西双方进行直接的、具体比照。

　　由于课题的探讨对象是"文学研究"这一思想学术活动，即重在对有关文学的知识思想、学理及论说方面的问题进行认识、清理和考察，加上由于课题在这种偏于学理性而非史事性的探讨中，是把中西双方共同置于"现代"这个特定时期的横断面上来进行共时性的把握，致力于综合性、整体性地发掘在19世纪末至20世纪初这个历史时期，中西双方在文学研究方面所内在地存在、或归属的某些共同、相通的思想、文化与学术现象及规律，因而课题在对"比较的"与"总体的"两种跨文化视角、层面及把握方式的综合采用及展开中，将以"总体的"方面为经为纲，以"比较的"方面为纬为要，着力突出"总体式"的把握角度及方式，即以"总体式"的、且中且西的视角、问题及论说贯通各章、框架全篇，而把"比较式"的、分述中西的视角及具体论述编织于课题总体论说的有关关键环节中。

总之，本课题专门针对当前学界相关考察的欠缺，在研究考论的过程中，着力从研究时段、研究角度、研究方式、研究内容或论域空间、研究视域五大相互嵌套、渗透、扣合的核心环节形成自身系统的理论方法自觉、预设及支撑，即采行一套独特的创新的研究思路。这套思路归纳起来就是：有别于学界的已有处理而确立 19 世纪 70 年代—20 世纪 30 年代为文学研究世纪及代际转型与现代重构的关键期，把这个时段的现代中西各种门类的文学研究活动统合、视作为一个文学现代知识场域整体，以这个文学现代研究整体系统作为研究的论域空间，并通过将比较文学视域拓展、引入对该整体系统的考察中，综合采用"比较的"与"总体的"两种跨文化视角及把握方式，且以"总体的"方面为经为纲而贯通各章、框架全篇，以"比较的"方面为纬为要而具体编织于其间，从而对文学现代研究整体系统的中西双方做充分平等的、同时的、互看互照的总体把握与异同比较，致力把握文学现代研究的整体问题、整体格局及整体特征。同时，更为核心的是，在这种致力把握文学现代研究整体的过程中，课题从对文学现代研究实行学术史与思想史整合、互动考察的根本角度出发，选取作为文学现代研究中知识学术问题核心的"学术范式"与作为文学现代研究中思想文化问题核心的"批评话语"作为两大中心题旨，借助"以问题为中心"的运思架构及研究论述方式，即通过以"学术范式"与"批评话语"之间的内在基本学理关联问题为线索而将知识原理的逻辑思辨与具体环节的历史考论两个考察层次前后连接起来，并在逻辑思辨与历史考论两个层次各自内部，重在梳理、论述那些构织、支撑着"学术范式"与"批评话语"之间内在基本学理关联内容的一些重要关节点或子问题，从而把对"学术范式"与"批评话语"问题的研究论述结合、沟通起来，着重既以"批评话语"为内在关切方向及中心去看取"学术范式"问题，在"批评话语"的视野中提挈、澄清"学术范式"的基本方面，同时又以"学术范式"为基本论题及重点论域去处理"批评话语"问题，通过"学术范式"话题去厘定、观照"批评话语"的知识问题及知识内容。

按照上述研究思路，本论著主体部分的论述分为三个大的层次：

第一层次，即第一章，是具体研究论述的"入口"。主要涉及三部分内容：一是从跨文化、整体性地认识把握现代中西文学知识活动体系目标出发，对现代的"文学研究"内涵外延给予概念性的辨识、确认；二是对19世纪70年代—20世纪30年代之于文学研究现代转型及重构的关键历史意义的梳理；三是对"20世纪是文学批评的世纪"现象及论断的跨文化内涵问题的基本思考、提挈及审视。该章旨在为后面三章以批评话语为中心而对文学现代研究范式问题的跨文化的系统逻辑爬梳、理解和重点历史考察、论述，提供一个研究分析的起点和展开的平台。

第二个层次，即第二章，是立足于知识原理的逻辑思辨层次，就文学现代研究中学术与思想的核心关联、即学术范式与批评话语的内在关联的诸多学理问题给予系统的原理性提挈、爬梳和解释。主要逐层涉及三大内容：一是对文学现代研究中的思想学术系统勾连及其知识探询问题的描述确定；二是对文学研究的现代范式问题的知识学性质与内容，以及其与话语问题相互结合的基本理据、含义和主要内容的思考辨析；三是对现代"批评话语"的基本意涵、在文学现代研究中的知识思想位置、与文学现代研究学术范式之间的知识学问题关联体系的梳理。

第三个层次，即第三、四两章，是在第二章对知识学理问题的系统逻辑厘定基础上，立足于具体环节的历史考论层次，旨在基于文学研究范式现代转型的知识文化空间特征，围绕"文学的现代建制"现象，以批评话语为中心，充分论析和扎实澄清文学现代研究范式与批评话语两者合谋关系的一些基础（入口）问题。

其中，第三章主要是立足"知识下行"与"文化解救"两大时代境遇问题，对文学研究范式现代转型及架构得以发生、背靠的整体知识文化空间的考察、厘定；重点在于分梳、比较现代西方的人文社会科学突破性发展与现代中国的"经消史长"行程，现代西方的生活意义性解救与现代中国的民族存亡性解救。该章实质上所要审理的是文学研究现代转型及现代范式的根本的"人间性"特征。

第四章是在第三章基础上，主要论述内在于"知识下行"与"文化

解救"空间的"文学的现代建制"对文学研究范式现代转型的启动意义
和对文学现代研究的范式化格局影响（结构性促成）问题，并探讨内在
于"文学的现代建制"行动而发生的批评话语在文学现代研究范式化格
局中的广泛渗透及核心影响；重点在于整体澄清、辨识中西"文学的现代
建制"基本意涵及历史发生，由此造成的文学现代研究的中国"史学化"
格局与西方"理论化"格局的区别，以及现代中西批评话语在文学现代
建制中的结构性发生原理与建制性品质和在文学现代研究格局中的表述问
题。该章实质上所要审理的是文学研究现代范式在与现代批评话语深层关
联中的"建制性"特征。

　　结语部分是从现代性话题的角度对课题整个思考论述的一个开放式归
结，是课题研究的一种衍伸式、拓展式思考。主要是在总体检视当前学界
有关现代性问题研究欠缺的基础上，基于论者自身对现代性核心内涵及学
理问题的深入理解，明确提出文学研究现代"学术范式"与现代"批评
话语"之间的"合谋"及其清理、还原、审视，所具有的现代性结构内
涵，以及对于直接捕获现代性的本质及核心问题，推进对现代性问题的跨
文化总体性体认与独特性理解所具有的激活意义。

第一章

文学研究的现代阶段与
"文学批评的世纪"问题

要跨文化地整体考察现代中西文学研究知识活动体系，要进入和展开对文学研究现代范式问题的分析和探究，我们首先必须面对和解决的是三个基本的预设性、基础性问题：一是我们该如何认识现代的"文学研究"概念的内涵外延，以便基于此而跨文化、整体性地认识把握现代中西文学知识活动体系；二是我们该如何确定"现代"的某个特定时期，即19世纪70年代—20世纪30年代之于现代中西文学知识活动体系发展的特定历史意义；三是我们该如何获得自身的特定的问题意识，以便为自身确立一个特定的入思、考索的内在起点，搭建一种基本的问题平台。而这在论者看来实在与对"20世纪是文学批评的世纪"这个现象及论断的基本理解及审视有关。

第一节　"文学研究"的内涵及外延：关于
韦勒克"文学研究"观

什么是现代的"文学研究"以及文学研究的"现代"？这两个问题其实可以合而为一，因为正如一时代有一时代的文学观念一样，一时代也有一时代的文学研究观及文学研究学科体系，在现代"文学研究"概念的基本内涵外延中，同时即包含着文学研究在现代时期的基本学科架构、知识分类形态及学术活动体系。

一　韦勒克"文学研究"观的中西普适性

在1949年出版的《文学理论》中，韦勒克将"文学研究"（Literary

scholarship）定义为"应该说是一门知识或学问"，即"研究者必须将他的文学经验转化成知性的（intellectual）形式。并且只有将它同化成首尾一贯的合理的体系，它才能成为一种知识"，也就是说文学研究是关于文学的"一个不断发展的知识、识见和判断的体系"。① 进而他从便于可能开展系统、整体的文学研究工作出发，认为文学研究包括文学理论、文学批评、文学史三个中心学科结构领域或三大方法论分支。按韦勒克的界定，"文学理论"是指"对文学的原理、文学的范畴和判断标准等类问题的研究"，即有关文学的基本原理建构或共时性规律探究，包括"文学批评理论"和"文学史的理论"；"文学批评"是指对具体文学创作及作品的个别的、孤立的静态式研究，即把具体文学活动当作与研究者当下共时的存在，而对之做与当下切身相关的共时性或同时性评析和理解；"文学史"则是把具体文学作品排成依年代次序出现的序列，并将之作为历史过程的组成部分而之做的编年系列的、动态式研究，即把具体文学活动当作与过去历史时序相关的存在，而对之做与过去历史紧密相关的、历史性或历时性的知识审视。② 尽管韦勒克上述"文学研究"观是针对其当时（即20世纪中、上叶）周遭的文学研究及批评现状而提出的，透露出一种特定的时代知识取向和个人及其学派的主观诉求，即努力挑战与反击一切"非文学主义"观点、传统实证主义和印象主义学风，"综合式继承"俄国形式主义、布拉格学派、英美"新批评"三个学派理论观点，以知识界定的方式坚决捍卫文学的"文学性"、内在本质及价值，强调文学的内部研究，追求对文学研究的新的科学化、学理化、体系化建设，③ 然而实际上这一取向与诉求却也正是对这个"文学研究"观提出前大半多个世纪期间，即19世纪末到20世纪上叶西方欧美文学研究主流趋势的客观总结，因此韦勒克的"文学研究"及其学科体系架构观可以说是对西方现代时期文学研究活动的知识及学术体系的一个确切反映。

　　也许是由于"东学西学，道术未裂；南海北海，心理攸同"的缘故，韦勒克"文学研究"及其学科体系架构观同样也可为19世纪末叶至20世

　　① ［美］勒内·韦勒克、［美］奥斯汀·沃伦：《文学理论》，刘象愚等译，江苏教育出版社2005年版，第3、8页。

　　② 同上书，第32页。

　　③ 刘象愚：《韦勒克与他的文学理论》，载［美］勒内·韦勒克、［美］奥斯汀·沃伦《文学理论》，刘象愚等译，江苏教育出版社2005年版，代译序。

纪初叶中国文学研究客观态势所印证，同样可用以切实指涉这个时期中国文学研究活动的知识及学术体系。下面对此作些说明。

自然，在韦勒克及沃伦的《文学理论》被译介进中国前，20 世纪中、上叶的中国本土学人并没有类似于韦氏这样独立、严整、简明而系统的"文学研究"学科观及分类体系架构意识。在这个时期主要以教科书形式出版的各类以"文学理论""文学概论""文学通论""文学原理"或"文学入门"为名的专著与译著，也许由于主要不是用于"正式高校"的学问研究，而是用于"一般没有条件更多开设研究式课程"的"那些小规模的'大学'、专科学校以及大学预科和高中"的普及性课堂讲授①的原因，基本上都只涉及对文学基本原理、基本概念与知识的一般性交代，而不像韦氏《文学理论》那样首先就超出文学基本原理知识范围，独辟专章区分"文学"与"文学研究"，并从总体上对"文学研究"基本内涵及其所含的几个平行的分支门类作出界定；大多著述在谈到类似"文学研究"这种原理性话题时，都只是混杂着"文学"的基本话题而一味地、着重地谈"文学批评"，如 1925 年出版的由汪馥泉所译的日本本间久雄《文学概论》、1931 年版的曹百川《文学概论》、1933 年版的夏炎德《文艺通论》、1946 年版的林焕平《文学论教程》等，而 1935 年版的陈君冶《新文学概论讲话》虽然在"文艺批评"专章之外，还专章谈及"文学史方法"，但仍与其他著述一样缺乏独立、严整、系统的"文学研究"学科意识；虽然也有著述辟出专章谈"文学研究"，但内中涉及的却只是文学研究主体当具有的认知观和基本立场、素养、知识，以及当研究文学哪些方面等内容，仍然混杂在"文学"的基本话题中，不具有一种独立、完整、总体意义的"文学研究"学科建构观，如 1933 年版的张希之《文学概论》、1948 年版的张梦麟《文学浅说》。②

但是，倘若我们跳出当时学人的这类专著与译著的局狭性言述框架，而审视 19 世纪末叶至 20 世纪初叶整个中国的文学教育与文学研究实践大潮，就会发现这个时期的中国，文学研究有一个简明而宏大宽阔的主流走势，即努力脱弃与突破传统非文学性的文学观（一种依附于经学政教话语的杂文学观、泛文学观），从零散、经验印象及直观感悟式的评点式研究

---

① 程正民、程凯：《中国现代文学理论知识体系的建构：文学理论教材与教学的历史沿革》，北京大学出版社 2005 年版，第 7—8 页。

② 同上书，附录二"文学理论教材目次选辑（1914—1962）"。

的衰败中寻求研究领域及方法的新变与拓展，强调一种内含启蒙叙事及启蒙诉求的纯文学和俗文学观，追求文学研究从传统的一般文化论述中独立出来，而获得科学化、专科化、体系化的建设发展，即追求从传统"文论"中嬗变而实现"文学理论""文学批评""文学史"等分途研治局面。显然，这个主流走势碰巧与前文提及的这个时期西方的文学研究趋势有相似之象。当然，在这种碰巧相似的背后，中西这个时期简明而宏阔的文学研究主流态势之间存在巨大的异质性，这主要是指：两者的生成背景、深层原因和各自背靠的知识话语框架、学理资源及价值谱系与诉求，都有着根本分别；如果说在西方，其主流态势更多地源自一种学派间的分歧与争斗，显示的是文学学科的繁复、创新及发展，那么在中国，其主流态势则更多源自一种知识文化活动整体的自觉的时代断裂及转进意识，显示的是文学学科的在世纪之交的初创。而也许正是由于处在这种时代整体断裂转进及文学学科初创阶段，19 世纪末叶至 20 世纪初叶中国的文学研究活动，在那类似同时期西方一样的简明而宏阔的主流涌荡态势中，其文学学科内部知识学术体系的分支架构却并不是那么简明，反而总体涵盖性较差而显得枝蔓驳杂。这无论是从这个时期中国分科设学的大学堂教育规制中"文学"专科（即文学门目、文学系别）的分支学科规划及专业科目（课程）设置情况方面——以从 1903 年清廷颁行《奏定大学堂章程》（即"癸卯学制"，一种初步的现代学制），到 1912—1913 年教育部公布推行《大学令》《大学规程》（一种正式的现代学制的开始），再到北京大学自 1919 年"废门改系"开始的多次大规模国文系课程设置调整，为一条中心演进线索——还是从北京大学国文门研究所和国学门研究所、清华国学研究院等有关研究机构及众多研究人员的文学专业研究实践方向及成果方面，都可得到明证。[①]

然而，对于这个时期中国斑驳纷繁的文学学科架构形态，我们仍然可

---

① 参见璩鑫圭、唐良炎编《中国近代教育史资料汇编·学制演变》，上海教育出版社 1991 年版；朱有瓛主编《中国近代学制史料》，华东师范大学出版社 1992 年版；萧超然等编《北京大学校史（1898—1949）》增订本，北京大学出版社 1988 年版；王学珍、郭建荣主编《北京大学史料（1912—1927）》，北京大学出版社 2000 年版；马越编《北京大学中文系简史（1910—1998）》，北京大学出版社 1998 年版；左玉河《从四部之学到七科之学——学术分科与近代中国知识系统之创建》，上海书店出版社 2004 年版；王铁仙、王文英主编《二十世纪中国社会科学·文学学卷》，上海人民出版社 2005 年版；程正民、程凯《中国现代文学理论知识体系的建构：文学理论教材与教学的历史沿革》，北京大学出版社 2005 年版。

以基于韦勒克的"文学研究"学科体系架构观来进行归整合并。具体地说，在自 19 世纪末叶至 20 世纪初叶中国各种各样的文学专业课程教育和文学知识研究实践中，像"文学研究法""古人论文要言"（原理部分）、"文学概论""美学概论""文学"等科目或课程，以及像文艺学、文艺美学、文学批评学（文学批评原理）、文学史学（文学史理论）、民间文学（俗文学）原理、文学理论史、比较文学原理等研究，大致可归属于"文学理论"学科一支；像对古代文学、近代文学、新文学、民间文学（俗文学）、外国文学等作家作品的各种批评式的研究，大致可归属于"文学批评"学科一支；而像"历代文章流别""周秦至今文章名家""周秦传记杂史·周秦诸子""古人论文要言"（作家作品部分）、各类"中国文学史""外国文学史""文学史概要""诗文名著选""外国文学书之选读"等阵营更为庞大的科目或课程，以及像古代文学史、近代文学史、新文学史、民间文学（俗文学）史、外国文学史、文学批评史、各类文学史学史等研究，则大致可归属于"文学史"学科一支。①

　　总之，韦勒克的"文学研究"及其学科体系架构观具有相当的中西普适性和有效性，它既是对 19 世纪末到 20 世纪上叶西方文学研究学科主流趋势和文学研究知识及学术分类体系的一个自觉总结和确切反映，也可被同个时期中国文学研究学科客观态势所印证，同样可以用以切实指涉这个时期中国文学研究活动的知识及学术分类体系。

二　如何整体认识现代中西文学知识活动体系：对韦氏"文学研究"观的应用与完善

　　由于韦勒克"文学研究"及其学科体系架构观具有相当的中西普适性和有效性，因此我们基本上可基于韦氏的学科观来认识现代中西文学研究的基本的学科架构及知识分类形态，但是要想做到跨文化、整体性地认

---

　　①　参见璩鑫圭、唐良炎编《中国近代教育史资料汇编·学制演变》，上海教育出版社 1991 年版；朱有瓛主编《中国近代学制史料》，华东师范大学出版社 1992 年版；萧超然等编《北京大学校史（1898—1949）》增订本，北京大学出版社 1988 年版；王学珍、郭建荣主编《北京大学史料（1912—1927）》，北京大学出版社 2000 年版；马越编《北京大学中文系简史（1910—1998）》，北京大学出版社 1998 年版；左玉河《从四部之学到七科之学——学术分科与近代中国知识系统之创建》，上海书店出版社 2004 年版；王铁仙、王文英主编《二十世纪中国社会科学·文学学卷》，上海人民出版社 2005 年版；程正民、程凯《中国现代文学理论知识体系的建构：文学理论教材与教学的历史沿革》，北京大学出版社 2005 年版。

识现代中西文学研究的知识学术活动体系，则同时又需要对韦氏"文学研究"观的内涵及外延给予一定合理性的发挥应用和补足完善。这主要包括三方面：一是要整体认识现代中西文学知识活动体系，就必须注重"文学研究"三大学科之间的相互联结性、包容性或蕴含性，对文学现代研究活动中的学科及知识归别问题作模糊化、总摄化处理；二是要整体认识现代中西文学知识活动体系，就必须充分认识到"文学研究"知识学科格局在现代中西之间的实际的差异性，从而注意突出现代中西文学研究各自的重点学科领域或专业形态，对中西双方作区别性、非对等性的对待；三是要整体认识现代中西文学知识活动体系，就必须补足、完善被韦勒克所略过或轻视了的"文学研究"在知识学术活动基础环境方面、制度方面、过程方面的有关形式化要素或内容，不放过对文学知识研究过程中某些基础的知识性构成、规制工作的形式化、实证性清理及分析。下面依次做必要的解释。

首先，要充分重视、发挥和应用韦勒克有关文学理论、文学批评、文学史三者"完全是互相包容"、有机联系而可彼此合作的观点。① 可以说，韦勒克的这种文学研究各学科及专业"包容观"有两方面意义：一是它表明"文学研究"是一种知识学术结构总体，现代历史上各类学科形态、各类专业分支、各类探考方式的文学知识研究活动其实都是被某些共同或共通的知识与思想、范式与话语问题所"包容"、包裹在同一片文学现代学术史空间中的。二是，如果说韦勒克关于"文学研究"所涵摄各学科形态及分支专业的"区划观"，显示了"文学研究"宽广的内涵外延，那么，其关于"文学研究"所涵摄各学科形态及专业分支的"包容观"，则对于整体地、有机地、核心地就认识与把握这具有宽广内涵外延的现代"文学研究"知识活动，具有十分切实便利的指导意义。这个"便利"就在于，在对文学现代知识研究活动的具体认识和把握上，可以讲求两个原则及"两个不必"：其一是模糊化原则，"不必守界"，即不必恪守某具体的文学知识研究必定只归属某类专业分支，而是淡化门户之界，将各类、各专业的文学研究一律视为关涉文学的一种知识学术认知；其二是总摄化原则，"不必求全"，即不必对文学研究各学科形态或知识领域都一一去

---

① 参见［美］勒内·韦勒克、［美］奥斯汀·沃伦《文学理论》，刘象愚等译，江苏教育出版社 2005 年版；［美］雷内·韦勒克《批评的概念》，张今言译，中国美术学院出版社 1999年版。

认识，而是突出中西各自的重点学科形态或专业领域，一以总万，管以窥豹。

历史地看，确实，无论是在现代中国还是在现代西方，有不少具体的文学研究都是不应当被简单、牵强、粗率地画地为牢而圈定为只属于某某专业分支的；"理论"在"批评化"，"批评"在"理论化"①，"文学史"也成了"批评"和"理论"的言说场，这种边际的不确定性和游动性，是现代中西文学研究知识学科格局中的一个共通特点。

例如，在现代西方，许多"文学理论"其实涉及的是"文学批评""文学史"的内容，完全可另命名为"文学批评理论"（即文学批评学，如瑞查兹《文学批评原理》）、"文学史理论"（即文学史学，如尧斯《文学史作为向文学理论的挑战》中所表达的接受美学观）；反之，许多"文学批评"实践与"文学史"研治及书写，又都不忘以对相关"文学理论"（诗学）的思考及建构为根本着眼点。也许，韦勒克正是看到了现代西方文学研究中各学科及知识形态交融互涉这种状况及特点，并出于要同其《文学理论》中的理论立场包括其"文学研究"及其学科"包容观"达成"相互阐发"、相互支持②的目的，故其《近代文学批评史（1750—1950）》所阐发与论述的就既有批评的"实践"也有批评的"理论"，既关注批评与文学创作、思潮及运动的联系，也关注批评与哲学、美学的联系。③ 又如，在现代中国，其中比较突出的一个现象是"文学史"几乎渗透蔓延到文学研究的方方面面，不仅有一般的关涉历代创作层面的"文学史"（即文学创作史），其中有的研究带有浓厚的文论意识，常旁及古典文论史的内容，利于拓展对古典文论的研究视野④，而且还有专门论及文学学理层面的"文论史"（即文学批评史、文学理论史），以及基于对一般"文学史"书写的学理提升及学术史清理而生成即"文学史学"（即围绕文学史编纂、书写而形成的有关学术问题探讨及理论观念，也就是文学史理论，如胡适的"双线文学史"观念）和"文学史学史"（即对文学史编纂、书写本身的历史，以及与其有关的学术问题及理论观念的历史采取

---

① 王达敏：《理论与批评一体化》，安徽教育出版社 2003 年版。

② ［美］勒内·韦勒克、［美］奥斯汀·沃伦：《文学理论》，刘象愚等译，江苏教育出版社 2005 年版，"第三版序"。

③ 同上书，"代译序"第 13—14 页。

④ 参见蒋述卓等《二十世纪中国古代文论学术研究史》，北京大学出版社 2005 年版，第 90—96 页。

历史的考察）——一方面，这些都可归属于泛指的"文学史"（即一切有关文学的"史"）；另一方面，在这泛指的文学"史"中，其中"文学批评史"又关联着"文学批评"，"文学理论史"和"文学史理论（文学史学）"又关联着"文学理论"。另一个比较突出的现象是：在对新文学的"文学批评"实践中有比较普遍的对文学基本原理的一般性、普及性的思考，因此带有文学理论（文学概论）的内涵。再如，无论中西，凡是对具体古典文学作家作品的孤立、静态研究，都既是一种当下批评视界的研究，而属于"文学批评"，又同时是一种对历史上文学的回溯与检视，而带有"文学史"的内涵。

也许是由于现代中国学术仍然受到古典知识分类不严格、研究中追求文史哲会通、学术崇尚博通致远这一传统的深层影响，因此充分发挥和应用韦勒克文学研究学科及专业"包容观"而对具体文学研究活动的学科及知识归别问题做模糊化、总摄化处理，这眼界特别适用于对现代中国文学知识研究活动体系的整体认识及把握。王瑶、陈平原先后各自主编的《中国文学研究现代化进程》《中国文学研究现代化进程二编》，之所以没有采取其他类似著述①那样"综述研究"、整体把握、分学科专业俱述的思路，也许正是多少看到这种思路之于对现代中国文学研究的把握不免显得有些捉襟见肘、画地为牢，在分析上会陷入"汗漫无所归依"、画蛇添足而难以深入的困境，于是便不如采用了以各个大学者为中心的"学案体"——由于在实际的文学研究中，这些大学者基本都有"兴趣广泛、课题不够专一"的倾向，其对文学的治学门径普遍是以"文学史"（这里是泛指的一切有关文学的"史"）、古典文学类研究为中心，同时兼及时下文学批评、文学理论和新文学的辐射式思考，从文学学科专业体系角度看本就有牵一动万的研究特点，因此立足于对他们的"个案分析"，对于现代中国文学研究的学术考察，更是得"体贴入微"，更利于细致开掘，从而更能有力地触及和透视现代中国文学研究的学术整体变迁趋势及发展脉络。②

其次，现代中西之间，在文学研究的知识学科格局方面表现出比较大

---

① 例如：赵敏俐等：《二十世纪中国古典文学研究史》，陕西人民教育出版社 1997 年版；王铁仙、王文英主编：《二十世纪中国社会科学·文学学卷》，上海人民出版社 2005 年版。

② 参见王瑶主编《中国文学研究现代化进程》，北京大学出版社 1996 年版，"小引"；陈平原主编《中国文学研究现代化进程二编》，北京大学出版社 2002 年版，"后记"。

的差异性，而其差异性之一便在于双方各有不同重点、不同中心的学科形态或专业领域，这各自的重点、中心性形态或领域，在各自文学研究整个知识学科体系中都占有十分关键、十分核心的地位，对全个的文学研究活动具有知识学术整合的作用。具体地说，在现代西方，那种追求体系、流派纷呈的"文学理论"（诗学）构建是文学知识研究活动的专业重心，这个重心因其强烈的学说体系性和理论知识性而对"文学批评""文学史"等专业研究的开展具有很强的范型架构及牵引作用，因而我们几乎可以把现代西方"文学研究"的内涵就等同于"文学理论"（诗学）的具体构建，从而不妨对现代西方文学知识研究学科整体给予更具体贴实的另行命名，即从立足"文学理论"的角度可分别名为"文学元理论（即文学理论学）""文学批评理论"（即文学批评方面的"理论"）、"文学史理论"（即文学史方面的"理论"），从立足"文学批评""文学史"的角度则可名为"文学元批评"（"文学批评学""文学理论性批评"，即以批评的理论建构为本，以批评的实践指向为末）、"文学史学"（即以文学史的原理及理论思考为本，以文学史的实际指述为末）。而在现代中国，或许是由于史学传统对现代学者治学取向及思路的深刻影响，以及新文学及文化运动对时代转型的影响，两者同样都是巨型、深广而摄取知识思想中心的事件，因此，在文学知识研究上存在两个专业重心：一是以出入子史的专家学者为主体的一切有关文学的"史"类（即泛化的"文学史"），古典文学类研治；二是以新文学作家及评论群为主体的"文学批评"（新文学批评）实践。这两个重心彼此相对独立，虽然都不追求体系性的"理论"构建，但各自都渗透、蔓延或扩展到文学研究的其他有关专业中（参见前文论述），从而造成了文学知识学科格局上的两大特点现象：一是对泛化的"文学史"（参见前文论述）的研治书写异常兴盛，这可以从王瑶、陈平原先后各自主编的《中国文学研究现代化进程》《中国文学研究现代化进程二编》所涉猎的个案情况见出；二是新文学的"文学批评"实践与"文学概论（文学基础原理、文学通识）"的知识普及与建设两者在相互渗透、相互裹挟中言述纷呈①。

　　总之，由于现代中国与现代西方在文学知识研究的专业重心建设及学科格局发展上有着上述实际的不同之处，并从前文所述的基于韦勒克文学

---

　　① 参见程正民、程凯《中国现代文学理论知识体系的建构：文学理论教材与教学的历史沿革》，北京大学出版社 2005 年版。

研究学科及专业"包容观"而对具体文学研究活动的学科及知识归别问题做模糊化、总摄化处理，即不必因专业形态之别而画地为牢或求全责备的角度出发，论者认为在跨文化、整体性地对现代的文学知识研究活动体系进行认识和把握时，对于西方一方无疑应突出集中于追求体系、流派纷呈的"文学理论"（诗学）活动方面，而对于中国一方则应同时突出两大方面，即泛"文学史"及古典文学类研治和新文学批评实践及文学概论知识普及。

再次，韦勒克将"文学研究"定为"一门知识"，应当具有"知性的形式"，但其"文学研究"学科体系架构观更多的是关注"文学研究"这门知识活动的内在学术理路（包括研治重点、方式、角度、理论框架等）、思想论域和学术思想及价值体系方面，即包含"解释、分析和评价等精细的研究项目"在内的"文学研究的特点"方面①，换言之即文学研究的"本体"方面，而对文学知识研治过程中的知识环境因素、某些初步的知识活动形式或知识工作制度、个人研治如何借助一种公众活动形式或知识体制而获取知识的公度（即公认）性效应等与知识性的基础过程、规制、建构密切相关的外在形式方面（即"技术方面"）却比较忽略或轻视。也许，他之所以认为用"research"，这一"仅仅强调初步的材料搜集和研究工作"的名词来指称"文学研究"，相较于用"Scholarship"而言"更加不恰当"，② 正是缘于他的这一偏识。实际上，这些看似外在的形式化内容是现代中西文学研究作为一种知识学术活动的重要因素，对于各专业各类别的文学研究能否具有扎实的知识性、学术性内涵及效力，能否统合地构建起一套有关文学的现代知识系统，有着关键性的作用。可以说，只是认识到"文学研究"包含"文学理论""文学批评""文学史"三个知识分支是必要但不充分的，正如"无论是'批评'还是'理论'，都是'研究'的一个组成部分，但却不是'研究'的全部"③，三个知识分支相加的结果最多也只是构成了"文学研究"内涵及外延的主体（即本体）部分，而不是全部。因为，既然是"文学研究"，就涉及研究的过程，涉及研究过程当中的知识领域涉猎工作、知识活动的展开环境及方

---

① ［美］勒内·韦勒克、［美］奥斯汀·沃伦：《文学理论》，刘象愚等译，江苏教育出版社 2005 年版，第 32 页。

② 同上。

③ 郭英德等：《中国古典文学研究史》，中华书局 1995 年版，"绪论"第 2 页。

式，以及一些具体细致而基础的工作制度与工作形式，如对各种资料包括
对"那些描述或体现文学研究具体实践过程及其效果的资料"① 的整理考
订等。正是基于上述的道理，论者认为应把对涉及文学知识研究之基础环
境、过程、规制、建构方面的外在形式化因素及内容的实证性清理分析，
即"形式化分析"② 及审理作为整体认识现代中西文学知识活动体系的一
个重要方面（戴燕、陈国球对现代中国文学史研治及书写的学术考察，以
及王铁仙、王文英主编的《二十世纪中国社会科学·文学卷》等著述都
涉及了这方面内容），而其中对涉及文学教育、文学出版、文学研究机构
运行、文学从业队伍机制、文学公共文化建设等方面的"文学的现代建
制"现象及有关问题的总体性分析，则无疑是这方面内容中很重要的
环节。

综上所述，从跨文化、整体性地认识和把握现代中西文学知识活动体
系这个目标出发，现代的"文学研究"活动是指包括文学理论、文学批
评、文学史三大学科门类或三大知识分支在内的，有关文学方面的一套不
断发展变化的治学体系及知识求索活动系统；文学理论、文学批评、文学
史三大学科门类或三大知识分支，作为文学研究活动的内在主体要素或本
体内容，共同显示了文学研究的学术理路、思想论域、知识方向、理论观
念、价值体系等，而围绕这三大学科门类或三大知识分支而出现的，涉及
文学知识研究之环境、过程、规制、建构方面的种种基础活动，作为文学
研究活动的外缘形式，则是构建文学研究的知识性及学术性的重要技术
性、形式化要素；文学理论、文学批评、文学史三大学科门类或三大知识
分支，不仅彼此之间既相互区分、相互独立，又相互联结、相互包孕、相
互蕴含，是一个系统的有机整体，而且在现代西方与现代中国两大不同知
识文化境域之间，表现出知识学科格局性的差异，即现代中、西文学研究
各自以不同门类（分支）的治学形态及论说领域为学科重点与知识中心，
并以此为核心各自统合为一种现代文学知识学术整体，也就是说，现代中
国文学研究以有关文学的"史"类（即泛"文学史"）及古典文学类研
究和新文学批评实践及相关概论性知识普及为两个核心，而现代西方文学
研究则以追求体系、流派纷呈的文学理论（诗学）活动为核心。

---

① 郭英德等：《中国古典文学研究史》，中华书局 1995 年版，"绪论"第 25 页。
② 左玉河：《从四部之学到七科之学：学术分科与近代中国知识系统之创建》，上海书店出
版社 2004 年版，"导论"第 3 页。

第二节　19 世纪 70 年代—20 世纪 30 年代：中西文学研究现代转变及重构的一个关键期

　　19 世纪 70 年代—20 世纪 30 年代间的 60 年，无论对于中国还是对于西方，都是文学研究发生现代转变及现代重构的关键时期。这场转变及重构植根于中西知识学术及思想文化总体的转型境域，并受到中西文学实践总体面貌现代变迁的影响，而表现在诸多方面。进入 19 世纪 70 年代—20 世纪 30 年代这 60 年间世纪及代际递嬗的视野，对于进一步探讨和把握文学现代研究活动的现代的学术及思想品格具有特殊的意义。

一　19 世纪 70 年代—20 世纪 30 年代的转型特征和其间文学研究的现代变局

　　文学研究活动首先是一种学术思想活动，因此其转入现代建设的内在理路自当内在于其所置身的总体学术思想语境，即必内在地归属于总体知识学术及思想文化活动从传统到现代的转变主脉。而根据学界已有的研究，中西知识学术及思想文化总体由传统到现代的转变，其发生及展开不超出于 19 世纪 70 年代—20 世纪 30 年代这 60 年间。

　　先看中国方面，正如张灏认为："1895 年至 1925 年前后大约 30 年的时间"，"是中国思想文化由传统过渡到现代，承先启后的关键时代。无论是思想知识的传播媒介，或者思想的内容，均有突破性的巨变。就前者而言，主要变化有二：一为报纸杂志、新式学校及学会等制度性传播媒介的大量涌现，一为新的社群媒体（intelli-gentsia）的出现。至于思想内容的变化，也有两面：文化取向危机与新的思想论域（intellectual discourse）"。他将此称为"转型时代"。① 又如，陈平原认为中国学术的现代嬗变、转型及现代学术之建立，发生在"清末民初三十年间"（即 1897—1927 年），对这三十年间"晚清"与"五四"两个"关键时刻"的论述应相互兼及，即"谈论'五四'时，格外关注'五四'中的'晚清'；反过来，研究'晚清'时，则努力开掘'晚清'中的'五四'"；因为正是"活跃于 19 世纪 80 年代至 20 世纪 30 年代"之间的晚清的戊戌

---

① 张灏：《张灏自选集》，上海教育出版社 2002 年版，第 109、281 页。

与五四两代人在 1897—1927 年这 30 年间的"共谋与合力","开创了中国现代学术的新天地",也"完成了中国文化从古典到现代的转型",而至于"1927 年以后的中国学界,新的学术范式已经确立,基本学科及重要命题已经勘定,本世纪影响深远的众多大学者也已登场。另一方面,随着舆论一律、党化教育的推行,晚清开创的众声喧哗、思想多元的局面也不复存在,取而代之的是立场坚定、旗帜鲜明的党派与主义之争,20 世纪中国学术从此进入了一个新的时代";这一种在 1897—1927 年由两代人共创的学术新范式起码包括"走出经学时代、颠覆儒学中心、标举启蒙主义、提倡科学方法、学术分途发展、中西融会贯通等"内容。① 罗志田也认为庚子后的清季民初 30 年间(20 世纪初—20 世纪 30 年代),中国学术思想界发生了一场非常大的持续论争及其转进现象,即"从清季保存国粹的朝野努力及由此而起的争论开始,到新文化运动时的整理缘故,再到北伐前后两次关于国故和国学的大讨论,这一系列论争都以学术为题,却远远超出了'学术'的范围,而形成了社会参与相对广泛的思想论争","这一系列思想论争最显著的主线是(广义)的学术与国家的关系,在近三十年间大体经历了从保存国粹到整理国故再到不承认国学是'学'这一发展演化进程"。② 再如,丘为君通过对章太炎、梁启超、胡适三位近代"启蒙学者"的戴震论述或"戴震学"的个案研究,认为"转型期中国"(1895—1925)通过"将 18 世纪的知识领袖戴震,转化成一个近代的文化生产场域"而产生了"戴震学",它标志着与清代知识思想主流考证学问有着内在源流关系的中国近代"重要知识论述"(intellectual discourse)之诞生与思想文化之转型,而这种知识论述"基本上具有一种'过渡性'的特质",其中"大体而言具备三大特征:第一,传统形态与现代形态的混合体;第二,政治论述与文化论述的混合体;第三,非经验主义论述与经验主义论述的混合体"③。此外:刘梦溪认为,19 世纪末 20 世纪初,即"1898 年至 1905 年前后这段时间,应该是中国现代学术的发

---

① 陈平原:《中国现代学术之建立:以章太炎、胡适之为中心》,北京大学出版社 1998 年版,"导言"第 1—7 页;陈平原:《触摸历史与进入五四》,北京大学出版社 2005 年版,"导言"第 3—5 页。

② 罗志田:《国家与学术:清季民初关于"国学"的思想论争》,生活·读书·新知三联书店 2003 年版,"自序"第 1、4 页。

③ 丘为君:《戴震学的形成:知识论述在近代中国的诞生》,新星出版社 2006 年版,"序"第 1、3 页,"导言"第 6 页,第 196 页。

端时期"，而此后将近 20 年的时间，则基本上是"现代学术发展的准备期和交错期"，"只有到了二十年代以后，也就是进入后'五四'时代"，或者说"在二十年代后半期和三四十年代"，中国现代学术才出现"创造实绩的拓展和繁荣"；①左玉河也认为中国现代学术"发轫和初步确立"于晚清而"最终确立"于五四之后；②冯天瑜等在《中国学术流变》中认为，清末甲午战后，新兴学科进一步萌生，"由此掀开中国现代学术学科体系建设之序幕"，而"民国学术承接晚清新学，又有拓展"，清民鼎革之际，"现代学科分类体系基本确立并日臻完善。与此同时，以实证和分析为特征的研究范式应时而生，开拓者是梁启超、章太炎、王国维"，再往后，从民初以降、五四前后开始，则进入"学派迭出，巨子争胜"阶段；③郭颖颐在论述中国现代思想时认为，"1900 年以后的 30 年隐含了后来中国发展的大量线索。在头 10 年旧秩序迅速坍塌；在第二个 10 年对新观念应用于中国进行了批判的讨论；在第三个 10 年看到了大众对新文化的运用。30 年代的事件是 20 年代潮流的紧密延续"④；王尔敏在谈近代中国思想史研究问题中提及"全盘西化论"思想时认为，"全盘西化论在 1898 年为创生的起始，在 1930 年代是爆发高潮的顶点"⑤；郭湛波《近五十年中国思想史》、陈建华《"革命"的现代性：中国革命话语考论》、陈永森《告别臣民的尝试：清末民初的公民意识与公民行为》、佐藤慎一《近代中国的知识分子与文明》，都把 19 世纪八九十年代至 20 世纪二三十年代视为一个独特的历史整体时期，认为该时期是中国知识思想发生重要转型、递嬗的历史关头。

　　而对于西方，可以于文杰的认识为证，他认为：西方学术思想及其三分理论体系的历史变迁早自古希腊至中世纪时代形成"萌芽"，中经 18 世纪启蒙运动及休谟、康德时代的"全面建立"及"成熟"后，便开始进入第三个阶段的新的"总体转换"时代，即步入"以民族国家崛起为

---

　　①　刘梦溪：《中国现代学术经典·总序》，河北教育出版社 1996 年版，第 50、53 页。
　　②　左玉河：《从四部之学到七科之学——学术分科与近代中国知识系统之创建》，上海书店出版社 2004 年版，"导论"第 1 页。
　　③　冯天瑜等编著：《中国学术流变——论著辑要》下册，华东师范大学出版社 2003 年版，第 562—563、659—660 页。
　　④　［美］郭颖颐：《中国现代思想中的唯科学主义（1900—1950）》，雷颐译，江苏人民出版社 1990 年版，第 8 页。
　　⑤　王尔敏：《中国近代思想史论》，社会科学文献出版社 2003 年版，"叙录"第 3 页。

背景的社会学语境中的学术世界",现代学术迎来了"由以人为本推向以社会为本"的"社会学转向",以"由近代学术中的世俗化、理性化向技术化和权力化的变迁"为"根本标志"而进入"社会学时代",相应地,以"技术理性"为背景、"以社会为本的哲学"为基础的"技术—经济、政治和文化"为主体的学术新三分形态取代了康德时代以"神性"为背景、"以人为本的哲学"为基础的"哲学、美学和伦理学"为主体的学术旧三分形态。也许是由于考虑到韦伯的学术思想"不仅从总体上标志着近代学术社会学转向的完成,更有力地以社会学思想影响着现代人类文明的发展",因此于文杰将这"总体转换"的第三阶段命名为"韦伯时代",并认为"韦伯时代标志着现代社会诸多变迁的完成"。① 于文杰所谓西方学术思想及其三分理论体系的"韦伯时代"变迁,也就是在现代技术帝国时代的变迁,其形成的关键时刻正在于 19 世纪末叶至 20 世纪初叶。

其次,文学研究活动又是属于文学活动的一种(即文学活动的知识化、甚至理论化表现方式),因此其转入现代建设的内在理路同时也必内在于其所置身的整个文学活动包括文学实践活动,即同时受到文学观念、文学形态、文学性质、文学或文化取向、文学或文化思潮、文学生产消费环境特征等方面现代变迁的内在影响与制约。而根据学界已有的研究,中西文学观念、文学形态、文学性质、文学或文化取向、文学或文化思潮和文学环境特征的这场现代转变,其发生展开同样也不超出于 19 世纪 70 年代—20 世纪 30 年代这 60 年间。

早先胡适先生在《五十年来中国之文学》中就曾认为 1872—1922 年间的 50 年"在中国文学史上可以算是一个很重要的时期",这个时期里清末至五四作为一个整体"乃是新旧文学过渡时代",即:既是古文学的"末运史",在古人文自身范围内"逐渐变化"以"勉强求应用"而最终"大结束"的历史,又是白话文学("活文学")势力上涨并最终形成自觉的新文学革命运动的历史;② 陈子展也把清末与五四视为同一段历史,把 1898—1928 年 30 年间的中国文学视为"在文学史上是一个最重要的时期",称为"近代文学",他在讲到谈中国近代文学变迁为何要从 1898 年戊戌维新运动而不是从 1840 年鸦片战争开始时认为,1898 年戊戌变法之

---

① 于文杰:《欧洲近代学术思想的心灵之旅——论西学三分及其中介理论的历史可能性》,商务印书馆 2006 年版,第 162、168、170—172、218—219 页。

② 胡适:《胡适说文学变迁》,上海古籍出版社 1999 年版,第 79—82、114 页。

前的中国社会，其变化"只是形式的，虚伪的，敷衍一时的，其本来的实质，精神，根本未变"，直至 1894 年甲午之役及 1898 年戊戌变法，才"实在是中国从古未有的大变动，也就是中国由旧的时代走入新的时代的第一步。总之，从这时候起，古旧的中国总算有了一点近代的觉悟"，而由于时势思潮互为影响，这个时候也"实在真是中国文学有明显变化的时候"，即"文学的各部分都显现着一种剧变的状态"；① 钱基博也认为晚清及清末至五四时期是一个整体，都有着"新文学"的实践②。而在近年来"现代性"视角的探讨中，李欧梵认为在中国，"现代性的观念实际上是从晚清到五四逐渐酝酿出来的"，"中国现代文学的起源，可以追溯到清末，特别是 19 世纪的最后五年"，由此他将 1895—1927 年作为一个由传统向现代转变的独特时期，整体称之为"追求现代性"或"现代性探索"时期（这场对现代性的追求或探索包括 1895—1911 年清末文学、1911—1917 年向五四转变、1917—1927 年五四时代三个阶段），而从更加"成熟"的 30 年代文学（1927—1937 年）开始，文学与政治日益"难解难分"，并在"1937 年后这种现代性就中断了"，这就是进入了继"追求现代性"之后的另一个整体时期，即"走上革命之路"时期（1927—1949年）；③ 刘禾也把 1900—1937 年视为中国"现代性"发生的一个根本阶段或重要时期，着重从"跨语际实践"的视角，考察了这 37 年间中国文学及民族文化中的各个层面"被译介的现代性"的生成情况；④ 杨联芬也认同应当"将晚清与五四看作中国现代性历史的同一过程"，认为"晚清和五四，处于中国现代性过程同一历史选择的不同阶段"，并以具体论述明证了自 19 世纪 90 年代至 20 世纪 20 年代"五四"时期，是中国文学告别传统时期而发生现代性现象的重要阶段，其间 30 多年的文学发展历史显

---

① 陈子展：《中国近代文学之变迁·最近三十年中国文学史》，徐志啸导读，上海古籍出版社 2000 年版，第 5—6、121、124—125 页。

② 钱基博：《现代中国文学史》，上海书店出版社 2004 年版。

③ 李欧梵：《现代性的追求：李欧梵文化评论精选集》，生活·读书·新知三联书店 2000 年版，第 177—193、248—249 页；李欧梵：《中国现代文学与现代性十讲》，季进编，复旦大学出版社 2002 年版，第 5 页；李欧梵：《徘徊在现代和后现代之间》，陈建华录，上海三联书店 2000 年版，"前言"第 7—8 页。

④ ［美］刘禾：《跨语际实践：文学、民族文化与被译介的现代性（中国，1900—1937）》，宋伟杰等译，生活·读书·新知三联书店 2002 年版。

明了"中国文学的现代性由萌芽到成长的过程";① 王德威的晚清现代性
发生眼界虽越过了清末世纪之交阶段，而扩展或回溯到了 19 世纪中叶，
但由于基于"五四其实是晚清以来对中国现代性追求的收煞——极匆促而
窄化的收煞，而非开端。没有晚清，何来五四？"这样的认识，他重识晚
清，实则是为说清五四，他通过对晚清小说的论述，实则是"重理世纪初
的文学谱系"，从而明证了清末至五四年间实则是自晚清之始（19 世纪中
叶）以来中国文学现代性发展线索或发展趋势中"被压抑"现象的一个
重要历史关节点，即这二三十年间实则是中国文学现代性完成由本土的活
力创造到唯西方是尚，由"众说纷纭"的复杂多重到"定于一尊"的狭
窄一元，由"文艺试验"的放肆大胆而完形到其因不入"感时忧国"之
主流而"被视为无足可观"，而被"以不断渗透、挪移及变形的方式幽幽
述说"，这一变迁的关键性、决定性历史阶段;② 王一川基于对清末民初
文化、文学转型及中国现代性体验发生问题的探讨，引申性地把中国现代
文学定义为"表达中国人的现代性体验"的"中国现代性文学"，并从长
时段的视角，进一步引申认为中国现代文学是"涵盖以往近代、现代和当
代文学的更广阔的文学史时段"，并且"应当是一个包含若干长时段的超
长时段过程"，其中从 1840 年鸦片战争至 20 世纪末的文学则是这超长时
段中的第一个长时段，即是"中国现代文学发生时段或发生期中国现代文
学"，而其中 1898 年至五四运动的 20 多年间则是这发生时段或发生期文
学发展的"定型期"，在此之前，由 1898 年上溯至 1840 年则为"转型
期"，在此之后，由五四后下延及 20 世纪末则为"演化期"③。又如在对
文学思潮的探讨中，张光芒认为中国近现代"出现了大规模的两次启蒙思
潮与启蒙运动"，"19 世纪末一直到 20 世纪 30 年代的时期"，正是连接这
"两场启蒙运动高潮"及其前前后后的一个整体阶段，是中国近现代启蒙
思潮发展的主体阶段或中心阶段，显示了中国近现代启蒙思潮的内在演

---

　　① 杨联芬：《晚清至五四：中国文学现代性的发生》，北京大学出版社 2003 年版，第 15、
17 页。
　　② 王德威：《被压抑的现代性：没有晚清，何来"五四"？》，载王德威《想象中国的方法：
历史·小说·叙事》，生活·读书·新知三联书店 1998 年版，第 3—17 页。
　　③ 王一川：《中国现代性体验的发生：清末民初文化转型与文学》，北京师范大学出版社
2001 年版，第 390—391 页。

进。① 再如在对文学形态的探讨中，陈平原认为 1898—1927 年的 30 年间是中国小说叙事模式从传统到现代的转变时期，是中国小说现代化品格及形态的生成及奠定时期;② 夏晓虹、王风等著的《文学语言与文章体式：从晚清到"五四"》同样将晚清与"五四"勾连为一体，通过通论与个案研究相结合的方式而彰显了"晚清文界革命的发生、新名词的输入、报章文体的出现，以及拼音化与白话文运动的兴起、白话文（包括政论文与学术论文）的书写"，与"'五四'文学革命、国语运动、现代文体意识，以及现代散文与论说文走向"，前后两者之间的内在意义关联，从而客观上明证了由清末至五四的几十年是中国文学语言现代变迁、文章观念及文章体式现代演化的一个重要文学史阶段。③

而对于西方，从弗雷德里克·R. 卡尔的《现代与现代主义：艺术家的主权（1885—1925）》、贝尔的《资本主义的文化矛盾》、弗瑟斯通的《消费文化与后现代主义》等著述中都可见出，19 世纪末二三十年至 20 世纪初二三十年的时期，是西方文化思潮的又一历史转型期，是现代主义主宰的时期。

19 世纪 70 年代—20 世纪 30 年代间的上述转型特征造成这个时期文学研究活动的现代转变及重构。可以说，这 60 年文学研究的整体状况和总体趋势已经根本有别于此前的传统，无论从研究方法、研究视角、研究重点、研究格局，还是从话语样态、言说体式等方面看，这 60 年都比较完整地呈现了中西现代样式的文学研究从萌芽到结构生成到全面展开再到变轨转进的生长过程。

首先，这个时期是中国现代的文学学制改革及研究格局变迁的一个大的历史阶段。这主要具体表现在：一是在文学学制改革方面，尽管现代的文学学制的初步创立不过始于 1903 年清廷颁布并实行的"癸卯学制"（即《奏定大学课堂章程》），但实际上早自甲午战争前后（即 19 世纪90 年代）开始，冯桂芬、王韬、郑观应、康有为、梁启超、严复、盛宣怀、孙家鼐、吴汝纶、张百熙、张之洞、王国维等人有关"变革旧式书院

---

① 张光芒：《启蒙论》，上海三联书店 2002 年版，第 2、28 页；张光芒：《中国近现代启蒙文学思潮论》，山东文艺出版社 2003 年版。

② 陈平原：《中国小说叙事模式的转变》，北京大学出版社 2003 年版。

③ 夏晓虹、王风等：《文学语言与文章体式：从晚清到"五四"》，安徽教育出版社 2006年版，"序"。

课程""创办新式学堂"、建立现代"学术分科体系及知识系统"及倡言新学的探索中就开始了对现代的文学学制的酝酿，这种初步探索中的酝酿一直持续到 1902 年清廷"壬寅学制"（即《钦定京师大学堂章程》）的颁布，① 同时伴随着这种探索中的酝酿，一些基于现代观念与现代方法的文学研究活动已自 19 世纪 90 年代开始在梁启超、章太炎、王国维等人的手中得以萌生。二是在整个文学研究现代格局变迁历程方面，正如王铁仙、王文英在其所编《二十世纪中国社会科学：文学学卷》中认为：1900—1915 年是"中国现代学术的发轫期"，标志着"中国文学研究现代化的开端"；五四时期是"中国现代学术确立的重要标志"，是"文学研究方法的实验时期"；三四十年代则是中国文学研究"现代化的深化时期"，即"朝系统化、专业化的方向发展"时期，自此"二十世纪中国文学研究的基本格局才得以确立"。② 三是在文学现代研究方法论确立方面，正如赵敏俐认为：考据学和进化论的结合，从实证主义的近代完善到分解析主义的初步成功，这是 20 世纪初到三四十年代中国古典文学研究方法论的主流，正是这带来了五四前后中国文学研究现代学科体系的建立。③ 四是在 20 世纪中国古代文论学术研究历程方面，正如刘绍瑾认为 20 世纪初至 20 年代末是中国古代文论研究的现代形态的逐步形成期（即现代转型期），20 年代末至 30 年代中期是其极盛期（即"黄金时代"、学科奠基期），而自 30 年代后期开始则进入了延续进展期。④ 五是在文学史的现代研究、编写及教学历程方面，正如戴燕所给出论断："20 世纪最初的二三十年，是中国文学史写作的起步阶段"，"中国文学史的叙事格局，大体形成在 20 世纪的 20—30 年代"，"这是中国文学史研究史上的一个相当重要的时期"，而且"1930 年代，中国文学史的出版在数量上达到了一个高峰"，并认为从 30 年代开始加倍出现了"文学教学向'史'的方面的偏

---

① 参见璩鑫圭、唐良炎编《中国近代教育史资料汇编·学制演变》，上海教育出版社 1991 年版；朱有瓛主编《中国近代学制史料》，华东师范大学出版社 1992 年版；萧超然等编《北京大学校史（1898—1949）》增订本，北京大学出版社 1988 年版；左玉河《从四部之学到七科之学——学术分科与近代中国知识系统之创建》，上海书店出版社 2004 年版，第 145—200 页；陈国球《文学史书写形态与文化政治》，北京大学出版社 2004 年版，第 1—30 页。

② 王铁仙、王文英主编：《二十世纪中国社会科学：文学学卷》，上海人民出版社 2005 年版，第 3、20、37、43 页。

③ 赵敏俐编著：《文学研究方法论讲义》，学苑出版社 2005 年版，第 8—22 页。

④ 蒋述卓、刘绍瑾等：《二十世纪中国古代文论学术研究史》，北京大学出版社 2005 年版，第 5、9、31 页。

斜"，即"理论的淡化和史的增强"；① 赵敏俐也认为 20 世纪的中国文学史编写从世纪初发端直至三四十年代，才"基本上全部采用了现代的文学观念"，而以后的时期基本上是对"在这种文学观念下形成的文学史编写模式"的沿袭。②

实际上，从早先胡适《五十年来中国之文学》的论述中，就可见出中国文学研究的现代转变实际上开始于古文学在其走向末运的时期，为继续"勉强求应用"而产生的两种自身范围内的"逐渐变化"及"革新"，即一种是始于梁启超为代表的结合文学变革问题的"议论的文章""时务的文章"，另一种是章太炎为代表的围绕古文学学理问题的"述学的文章"，而它们的发生时间正是胡适所谓的"五十年的下半"，即 19 世纪 90 年代后直至 1922 年期间；③ 而早先陈子展的论述也更全面地彰显了 1898—1928 年伴随文学实践的变迁而出现的文学研究方面前所未有的新气象，这其中除了胡适曾同样提及的章太炎有关"述学文"、梁启超有关"论政文"（"新文体"）外，还包括数量更多、持续时间更长的对词曲、小说及各种民间文艺的大力研究及整理，以及围绕文学革命运动及新文学现象而出现的种种论争与评说。④

近年来有关学人的著述也明证了 19 世纪末叶至 20 世纪初的这几十年是一个整体，文学研究的诸多方面在此期间发生了现代的新变。例如，周海波立足于文学批评方面，明确指出 19 世纪中后期即 19 世纪 40 年代至80 年代，中国古典式的文学批评已式微或"呈现出了衰败气象"，从 19 世纪末，即 19 世纪 90 年代则开始了"中国文学批评的新变"，"如果做硬性划分的话，那么，1897 年，梁启超发表《变法通议·论劝学》，严复、夏曾佑发表《国闻报·附印说部缘起》，可以看作是现代文学批评的起点"，从而 1897 年后直至 20 世纪 30 年代的近 40 年间即是现代文学批评的萌生及创建时期（包括"五四"前 20 来年在梁启超、章太炎、刘师培、王国维、鲁迅等人手中的文体初创期和"五四"以降十年间在胡适、周作人、成仿吾等人手中的文体建构期）和逐步成熟期；⑤ 陈平原立足于

---

① 戴燕：《文学史的权力》，北京大学出版社 2002 年版，第 37、49、65、74、84 页。
② 赵敏俐编著：《文学研究方法论讲义》，学苑出版社 2005 年版，第 10—11 页。
③ 胡适：《胡适说文学变迁》，上海古籍出版社 1999 年版，第 80—81、99 页。
④ 陈子展：《中国近代文学之变迁·最近三十年中国文学史》，徐志啸导读，上海古籍出版社 2000 年版。
⑤ 周海波：《中国现代文学批评史论》，上海人民出版社 2002 年版，第 11—34 页。

小说理论方面，认为 1897—1927 年的 30 年是"中国现代小说理论"的发生及发展期[①]；王攸欣则立足于文艺美学方面，其著述《选择、接受与疏离：王国维接受叔本华、朱光潜接受克罗齐美学比较研究》把王国维与朱光潜这两个分别活动于不同年代的中西文艺美学融会典型放在一起做比较研究，实际上暗在地显现了处于这两个典型端头或两座高峰之间的时期，即 19 世纪与 20 世纪之交直至 20 世纪 30 年代的 30 多年间是中国大力接受并试图融汇西方美学的重要阶段。另外，夏晓虹等《文学语言与文章体式：从晚清到"五四"》、仲立新博士学位论文《晚清与五四：新文学现代性的理论建构——中国文学观念的现代化与五四文学理论》、莫海斌博士学位论文《1900 至 1920 年代：汉语诗学及批评中的形式理论问题》，都将晚清与五四勾连为同一期历史过程，着力凸显了清末世纪之交直至"五四"时期的几十年是文学观念及文学论述体式发生现代变迁、新文学理论或现代汉语诗学逐步得以构建的整体阶段。

其次，对于西方，这 60 年同样是文学研究现代转变及建设的关键时期。一方面，就上限而言，正如韦勒克认为 19 世纪后期或 19 世纪下半叶（即 19 世纪 50 年代以后），"看来理所当然是批评的黄金时代"，但实际上"在某些方面形成了批评史上的一次衰替甚或是一次出轨"，也就是说，这个时期文学批评在因得力于"一般文学研究探讨的空前发展"而"成为一项首要关注的中心活动，一个受人青睐的品类"的同时，却"并未推进浪漫派大批评家们自成系统的成果，而是每每后退了"，这使文学批评及研究在"当时主要的创举是仿照自然科学去建立一门诗学的科学这种尝试"，不过是努力为即将到来的 20 世纪继续"提供了一个批评的实验场所"，正是在这样的"创举"或努力中，产生了圣伯夫、泰纳、布吕纳介、波德莱尔、马修·阿诺德、尼采、狄尔泰、桑克蒂斯、布兰代斯、爱默生、亨利·詹姆斯等一批"当时最了不起"的、作为"公众和民族心目中的大人物"的批评家，这批批评家的批评活动在 19 世纪早期和 20 世纪的文学批评及研究之间建起了一座"沟通"的"桥梁"，如当时的圣伯夫力图"重建法国批评的盟主地位"，阿诺德则"几乎单枪匹马"地

---

① 陈平原：《小说史：理论与实践》，北京大学出版社 2005 年版，第 200 页。

"使英国批评走出了漫游主义时代的盛况之后所陷于的低潮"，①　总之，19世纪末甚或19世纪后期的文学批评及研究实际上正是新的时代即20世纪文学批评及研究的启端甚或先驱。罗杰·法约尔也认为法国文学批评继19世纪后期在圣伯夫、泰纳、勒南等的研究中被倡导成单纯的"文学科学"后，于19世纪末开始进入一个新的发展时期，而开始变得"不和"与"复杂"起来，即"一边是作者的批评和爱好者的批评，另一边是批评界的教授式或专业的批评。于是，批评的历史到此分为两股潮流：一是反理智的潮流，它放弃以理性深入了解艺术奥秘的可能性和权利；二是实证主义的潮流，它寻求新的方法以便进一步理解作品"②。而伊格尔顿更是明确指出，在英国，现代意义上的文学研究是在19世纪后期得以"增长"而开始逐渐"被构成为一个学科"的，它自19世纪后期以来经历了从先是开设在"技工学院、工人院校和大学附属业校"而作为给"穷人""提供最便宜的'人文'（liberal）教育的一种办法"，到最后"花了很长时间才侵入牛津和剑桥的统治阶级权力的堡垒"而得以成为大学的一门学科，这样一个初步创建历程；而这一切之所以始自19世纪后期，则缘在于早在维多利亚时代中期（即19世纪中期），因"科学发现和社会变化的双重冲击"而产生了"宗教的衰落"，即"宗教这个一向可靠的、无限强大的意识形态陷于深刻的困境……它原先那无可怀疑的统治正处于消亡的危险之中"，而由于"像宗教一样，文学主要依靠情感和经验发挥作用，因而它非常宜于完成宗教留下的意识形态工作"，因此面对这种"强烈的意识形态危机"，文学"被构成为一个学科，以从维多利亚时代起继续承担这一意识形态任务。这里的关键人物是马修·阿诺德"③。徐岱则明确认为，"为批评价值所作的辩护使阿诺德成了现代批评的第一人"④。

　　另一方面，就下限而言，以20世纪30年代捷克结构主义登台、新批评派进入第二代而正式形成并开始在美国长足发展、法兰克福学派创立等

---

　　①　[美]雷纳·韦勒克：《近代文学批评史》第三卷，杨自伍译，上海译文出版社1997年版，"三、四卷引论"，第40页；[美]雷纳·韦勒克：《近代文学批评史》第四卷，杨自伍译，上海译文出版社1997年版，第210页。

　　②　[法]罗杰·法约尔：《批评：方法与历史》，怀宇译，百花文艺出版社2002年版，"译者前言"第5—7页、第243页。

　　③　[英]特雷·伊格尔顿：《二十世纪西方文学理论》，伍晓明译，北京大学出版社2007年版，第21—29页。

　　④　徐岱：《批评美学——艺术诠释的逻辑与范式》，学林出版社2003年版，第18页。

作为一个分界点，西方现代的文学研究从 19 世纪末一路走来至此，不仅在由实证理性转向非理性、由认识论转向语言论、由"历史主义—实证主义"范式转向"审美形式主义"范式的轨道上，充分延承与发展了传统"作者创作为中心"的研究模式，并顺利完成了由"作者创作为中心"到"作品文本为中心"的第一次重要转移，而且开始酝酿由"作品文本为中心"到"读者接受为中心"的第二次重要转移，出现了早期的阅读现象学文论（即英伽登的本体论现象学文论、海德格尔的诠释现象学文论）和文艺阐释学文论（即海德格尔的存在阐释学或本体论阐释学文论），同时其对文本形式的研究开始酝酿从单篇言辞析读向深层结构系统考察的转变，对社会文化系统的研究也开始从现实及其意识形态的一般解析深入到批判理论层次。[①]

总之，19 世纪 70 年代—20 世纪 30 年代之间的这 60 年确称得上是中西文学研究发生现代转变及重构的一个共同的关键期、核心期。如果说在西方，它是一个从现代前期往现代后期乃至后现代的过渡期，即可名为"现代中后期"的话；那么在中国，它则是一个从近代往现代乃至当代的过渡期，即可名为"前现代"或"近现代"期——如果说，作为"近代"的 1840—1917 年（或 1919 年）是 19 世纪以来中国的第一个"转型时代"（即从古典中国到现代中国之转型），那么作为"近现代"的 19 世纪 90 年代—20 世纪 30 年代则是 19 世纪以来的中国同前一个"转型时代"有着内在交错叠合关系的又一个"转型时代"（即从近代中国到现代中国之转型）。因此，这 60 年可统中西而一体，简称为（中西）"现代"期。

二　19 世纪 70 年代—20 世纪 30 年代视野之于文学现代研究跨文化探讨的意义

由于 19 世纪 70 年代—20 世纪 30 年代这 60 年间的时代转型特质，以及文学研究在此期间实际发生的多方面转变重构，因此充分进入这 60 年的世纪及代际递嬗视野，不将上限定为 19 世纪 50 年代、或 80 年代、或

[①]　参见［英］特雷·伊格尔顿《二十世纪西方文学理论》，伍晓明译，北京大学出版社 2007 年版，第 43—46、64 页；胡经之、张首映《西方二十世纪文论史》，中国社会科学出版社 1988 年版，第 4—12 页；朱立元《当代西方文艺理论（增补版）》，华东师范大学出版社 2005 年版，第 4—8、41、92、128、195、272 页；董学文《文学理论学导论》，北京大学出版社 2004 年版，第 207、223 页。

90 年代、或 20 世纪初，而定为 19 世纪 70 年代，不将下限断为 20 世纪 20 年代而断为 30 年代，这对于进一步探讨和把握文学现代研究活动的现代的学术及思想品格具有特殊、关键的意义。

第一，基于 19 世纪 70 年代—20 世纪 30 年代视野，便于充分跨越世纪之墙，而对文学现代研究这一活动在 19 世纪与 20 世纪之交前后的内在脉络承续及连贯演进做打通型的整体研究。

第二，基于 19 世纪 70 年代—20 世纪 30 年代视野，便于更好地超越对一般社会史、政治史、革命史分期框架的过于依附，而最大限度地遵循或切入文学研究活动自身现代转型、现代重构的内在发展理路，因为相较于 19 世纪 40—50 年代（中国在 1840 年发生鸦片战争，欧洲在 1848 年“革命层出不穷”① ）、1848—1870 年（欧洲小规模的战乱不断②，中国也在大致相同的这个时期遭受了帝国主义列强的第一轮侵略的重创）、19 世纪 90 年代（甲午战争前后，中国因甲午战争而遭受帝国主义列强的第二轮侵略重创，从而进入戊戌变法时期）、20 世纪 20 年代（“五四”十年时期）而言，1870 年左右与 1930 年左右这两个端头较少地受到重大政治革命事件包括战争的干扰。这两种意义，论者在导论中已有提及，在此不再详述。下面谈谈另外两种意义。

第三，这实际上与第二种意义有密切的关系，即基于 19 世纪 70 年代—20 世纪 30 年代视野，便于在探讨中进入现代转型及重构期文学研究的多个学科形态，而不仅仅是文学理论或文学批评一支，并获取一种（知识）学术史及思想（文化）史沟通互动的宏大角度，而非仅仅对文学实践、文学思潮、文学思想观念、文学理论观点及其社会历史语境的一般化解读与评析。也就是说，要想不仅仅是对现代文学理论或批评而更是对整个文学现代研究总体作出探讨，就不能局限于现代各文学理论（批评）学派或流派及其基本主张及论域所覆盖的主要时期范围，而必须扩大视野，更内在相关于总体知识学术及思想文化史的现代转进脉络，务必涉及作为一种现代学术研究活动所必包含的现代的学术建制、研究格局、研究方法、研究视角、知识话语及论述体式等方面的问题。这就必然要求在探讨中应当从 20 世纪初或 19 世纪、20 世纪之交现代文学思潮、文学理论（批评）学派或流派及其基本主张与论域的诞生再往上追溯，对于西方则

---

① ［法］布罗代尔：《文明史纲》，肖昶等译，广西师范大学出版社 2003 年版，第 362 页。

② ［英］汤因比：《历史研究》下册，曹未风等译，上海人民出版社 1964 年版，第 331 页。

溯及文学研究新气象开始突破初露端倪阶段而得到更广泛展开的 19 世纪 70 年代（换句话说 19 世纪 70 年代再往上溯及 50 年代之间的 20 年，西方文学研究新气象尚只处于初露端倪阶段），对于中国则上溯及文学现代学制在一批中国学人力图创建新学堂、进一步倡言新学的探索中开始得到酝酿，并且梁启超、章太炎、王国维等已着手基于现代观念及方法而论述文学、研究文学的 19 世纪 90 年代；而对于探讨的历史下限，则最好以 20 世纪 30 年代为断，因为无论是西方 30 年代捷克结构主义登台、新批评派进入第二代而正式形成并开始在美国长足发展、法兰克福学派创立，还是中国 30 年代《中国新文学大系》的编写出版，无论史、理论还是批评类的研究都取得了体系化的总结性成果，实际上各自都标志着现代的文学研究已发展到一个变轨转进点，新一阶段的文学研究正得到开启。

　　第四，基于 19 世纪 70 年代—20 世纪 30 年代视野，便于在探讨中基于跨文化比较视域而对中西双方文学现代研究问题做一种统合性、总体性的研究。也就是说，要想使探讨所及的既非专属“中国”的现代，也非专属“西方”的现代，而是具有一定总体性意义的“现代”，是被统摄在同一时期及其知识思想变迁范围内的现代中西文学研究的“同”与“异”，就必须使“现代”的分期视野具有一种对中西取其中而兼顾中西、统合双方，并在具体探讨中又中西有别、不完全一刀切的特点。这就必然要求对所探讨的“现代”视野的分期界定，最好在总体上限方面既不远设于西方的 19 世纪 50—60 年代，也不近设于中国文学现代学制开始酝酿、现代的文学研究论述开始出现的 90 年代，而是定于取其中的 70 年代，以 70 年代西方文学研究新气象开始得以广泛开展为端点，而在总体下限方面则定于对中西都有标志性意义的 20 世纪 30 年代。这就使得对文学现代研究的跨文化探讨必然立足于 19 世纪 70 年代—20 世纪 30 年代视野，这 60 年间对于西方而言，文学研究经历了从 19 世纪 70 年代文学研究新气象开始突破初露端倪阶段而得到更广泛展开到 20 世纪 30 年代捷克结构主义登台、新批评派进入第二代而正式形成并开始在美国长足发展、法兰克福学派创立这一现代变迁，而对于中国而言，文学研究则经历了从 19 世纪 70 年代文学现代学制开始酝酿、现代的文学研究论述开始出现，到 20 世纪 30 年代《中国新文学大系》编写出版，无论是史、理论还是批评类的研究都取得了体系化的总结性成果这一现代变迁。

　　总之，在对文学现代研究的进一步探讨和把握中，充分基于和进入

19 世纪 70 年代至 20 世纪 30 年代视野，对于力图跨越世纪之墙、力图遵循文学现代研究内在发展理路、力图充分展开对文学现代研究活动的学术及思想史考论、力图跨文化而进行中西比较及融通，以此而较为全面、深入地理解现代中西文学研究从发生到初步发展时期的丰富的现代学术及思想品格，具有特殊、关键的意义。

第三节　"文学批评的世纪"：现代中西文学研究中的一个问题

　　韦勒克指出的 "20 世纪是文学批评的世纪" 这个 20 世纪现象，不仅存在于西方欧美国家，也存在于中国，而这个跨文化的世纪现象的产生实际上正与跨中西文化范围整个文学研究活动总体在 19 世纪 70 年代—20 世纪 30 年代间、在 20 世纪的现代知识及思想新变、包括其学术范式的现代嬗变有关，可以说正是这个时期文学现代研究活动的某种现代学术及思想品格的内发性体现，因此具有特定的跨文化学术及思想史内涵和现代知识学意义。

一　"文学批评的世纪" 现象及论断的中西普适性

　　在《20 世纪文学批评的主要趋势》一文中，韦勒克开篇即说："18 世纪和 19 世纪都曾被人称为'批评的时代'，然而把这个名称加给 20 世纪却十分恰当。我们不仅积累了数量上相当可观的文学批评，而且文学批评也获得了新的自觉性，取得了比以前重要得多的社会地位，在最近几十年内还发展了新的方法并得出了新的评价，甚至在 19 世纪后期，除了法国和英国，文学批评还不能超越地区的局限。今天，在以前似乎处于批评思想外围的一些国家中，文学批评已经开始受到重视……对 20 世纪文学批评想得到一个概观就必须看到这种地理上的扩展和同时发生的方法上的革命。"① 在编写《20 世纪世界文学百科全书》的 "文学批评" 条中，他也指出："人们把 20 世纪和 19 世纪称为'批评的世纪'，不过，20 世纪

---

　　① ［美］雷内·韦勒克：《批评的概念》，张今言译，中国美术学院出版社 1999 年版，第 326 页。

才真正担当得起这一称号。"① 这就是 20 世纪是"文学批评的世纪"的著名论断。对于此论，很长时期里学界应者四起。法国著名学者让-伊夫·塔迪埃认为："20 世纪里，文学批评第一次试图与自己的分析对象文学作品平分秋色。""20 世纪的文学批评和文学理论发生了巨大的变化。""批评在我们的时代里无限膨胀"②；法国比较文学泰斗艾田伯在《关于文学批评》一文中说："20 世纪应该竭尽全力赋予这个词③以全新的意义"④；国内学者徐岱认为："作为一种活跃的人文话语形态的文学批评的崛起，是 20 世纪以来的事。"⑤ 诸如此类的言论可以说多少都得自于韦勒克著名论断的深刻启示，表现出对"20 世纪是文学批评的世纪"这一观点的会解、赞同及采纳。80 年代初，张隆溪在《管窥蠡测：现代西方文论略览》一文中也是对此深为认同并干脆直言道："十九世纪可以说是以创作为中心的"，而"二十世纪可以说是批评的时代"。⑥

　　当然，应该承认，在认定或认同"20 世纪是文学批评的世纪"这一论断的诸多学者中，大家所指涉的"文学批评"这一概念或术语的具体内涵并不尽然相同，但是基本上也不过两大类别。一类是基于"批评"一词在欧洲语文中的一种广义、扩大、至高无上的用法，"文学批评"主要被用以既区别于文学理论，又部分"兼指"、涵盖、融通从而"取代"文学理论和诗学，甚至"囊括全部文学研究"；是通过运用理智去接触、理解、诠释及评判具体文学活动及作品，而旨在获取、开展或应用、验证"有关文学的系统知识"，即旨在建立、支持或发展文学理论的，一门有关文学的"可靠的"专门性"学问"或"知识性陈述"；它主要属于学院派学者的一种人文科学活动，是自觉的文学研究和文化发展的"重要部分"，韦勒克、张隆溪等人上述所指的"文学批评"是该类的代表。另一类则基于"批评"一词在欧洲语文中的另一种"狭隘""缩小"、卑微的

　　① 转引自江西省文联文艺理论研究室编《外国现代文艺批评方法论》，江西人民出版社 1985 年版，第 570 页。

　　② ［法］让-伊夫·塔迪埃：《20 世纪的文学批评》，史忠义译，百花文艺出版社 1998 年版，第 1、6、9 页。

　　③ 即"文学批评"。

　　④ ［法］艾田伯：《比较文学之道：艾田伯文论选集》，胡玉龙译，生活·读书·新知三联书店 2006 年版，第 64 页。

　　⑤ 徐岱：《批评美学：艺术诠释的逻辑与范式》，学林出版社 2003 年版，第 17 页。

　　⑥ 张隆溪：《二十世纪西方文论述评》，生活·读书·新知三联书店 1986 年版，第 6、7 页。

用法，"文学批评"主要被用以指严格有别于文学理论，被排斥在文学研究及文学科学之外的那种有关文学的一切"实用批评""公众批评""日常书评"和"武断看法"；本质上是旨在直接"领会和通达"文学的一种特殊"艺术形式"或"文类"，而非专门的知识形式或可靠的学问形态；它主要是在学院派学者以外的创作家领域及媒体等社会日常公共语文领域中进行，更多地属于一种主观随意的、意见随想性的、"只有暂时意义"的"文学风尚史"，艾田伯、让-伊夫·塔迪支埃、徐岱等有关"文学批评"的见解包含有这方面内容。① 据此分别，我们可以认为，所谓"文学批评的世纪"，在前一类那里其实可更具地换言之为"文学批评理论的世纪""文学理论批评的世纪"或"批评性文学知识（学问、科学）的世纪"；而在后一类那里同样可更具体地换言之为"文学批评实践的世纪""文学实用批评（公众批评）的世纪"或"批评性文学风尚（文学文体）的世纪"。

　　然而，见解的分别并不能抹杀彼此的通性或共性。首先，无论是哪一见解，总之它们指称的"世纪现象"所关涉的都是同一个话语：这个话语既非纯理论的体系性构成，也非文学创作及其作品的纯经验性展示，而是"批评"，一种既依存于理论的构成，又依存于文学的阅读，而力图在"理论文本"与原初而自给自足的"文学文本（第一文本）"这上下、先后两个层次之间"进行调停"的体认性陈述；这种批评话语或批评陈述，既需得力于理论话语或"理论陈述"的知识性架构，而被"说明"、被"理解"和被承纳，又承担着领会、理解及评析"文学文本"话语，即"说明文学词语的特殊文学品格"的责任，② 换言之，它既属于理论，是对理论的延续，对理论效力的展示与发挥，又"属于作品，延续作品"，是力在"将作品的内部世界展示出来"而使作品得以实现的"一个空洞

---

　　① 关于对"文学批评"概念的这两类的辨识参见 ［美］韦勒克《文学理论、文学批评和文学史》和《文学批评：名词与概念》，载 ［美］雷内·韦勒克《批评的概念》，张今言译，中国美术学院出版社 1999 年版，第 1—33 页；［美］雷纳·韦勒克《近代文学批评史》第四卷，杨自伍译，上海译文出版社 1997 年版，"跋语"第 547 页；［法］艾田伯：《关于文学批评》，载［法］艾田伯《比较文学之道：艾田伯文论选集》，胡玉龙译，生活·读书·新知三联书店 2006 年版，第 60—89 页；吴兴明《主题还是尾巴：语言学转向与文学批评中的形上性问题》，载饶芃子主编《思想文综 NO.1：语言与思想文化专集》，暨南大学出版社 1995 年版，第 192—193 页。

　　② ［美］莫瑞·克里格：《批评旅途：六十年代之后》，李自修等译，中国社会科学出版社 1998 年版，第 226、235、237 页。

而活跃的空间""一个回声区"。① 只不过在前一类见解中，批评话语与理论话语、与知识性架构之间有更多的关联性、依存性和一致性；而在后一类见解中，批评话语则与文学文本话语、经验性阅读之间有更多的关联性、依存性和一致性。也许只有将两派见解相加或相整合，这个属于20世纪的"文学批评"话语才是完整的，相应地和相对"文学批评的世纪"现象的定位才可能是全面而不偏颇的。

其次，无论是哪一类见解，它们所谓的"文学批评的世纪"现象，都仅仅是针对20世纪欧美西方文学批评状况的一个指述，是仅仅对20世纪欧美西方文学研究现象的关注，而全然排开了20世纪中国方面。

那么，综观两类学人对现代西方"文学批评的世纪"现象的共通性关注，我们可反躬自问：在20世纪中国，是否也存在"文学批评的世纪"现象？如若存在，它所关涉的又是怎样一种批评话语或批评陈述？是否与西方方面存在类通性或一致性。

答案其实是显见的。在20世纪的中国，"文学批评"走出了19世纪中后期古典式批评衰败式微，对作品的理解及评析力不从心的局面，不仅立足于新文学实践而迎来了一场新变——即"新文学批评"时代，而且"新文学批评"不断探索与突破、流变与演进，派系纷起，话语纷呈，观点及方法更迭，论争不断，是其时文学研究活动中的一个中心或重镇，也许正缘于此，近些年来学界对20世纪中国文学研究的考察及探寻，也是以对"新文学批评"方面的论述居多。因此，论者认为，将"文学批评的世纪"这一论断用以指陈20世纪的中国，仍然是适当和贴切的，也就是说，我们可以认为，中国的20世纪同西方一样，也是一个"文学批评的世纪"。

倘若把作为"世纪现象"的20世纪中国新文学批评拿来与同样作为"世纪现象"的20世纪西方文学批评作个大略的比较，我们当然不难发觉两者的异同关系。在20世纪中国，"新文学批评"显然不具有同时期西方"文学批评理论"对体系性、抽象性之纯理论话语及知识架构的那种深刻密切的关联性和依存性，并不像西方该类批评话语那样以学院派学者为主体，以建立、支持、验证、发挥和发展各自专题化的、深闳多样、

---

① ［法］让-伊夫·塔迪埃：《20世纪的文学批评》，史忠义译，百花文艺出版社1998年版，第6页。

多学派的理论知识体系为主要目的，从而实际上涵盖、取代了文学理论，甚至可囊括全部文学研究，而倒是与同时期西方的另一类批评话语、即"文学批评实践"或"文学实用批评（公众批评）"，有着更多的相似性，例如：更多地以直接而实在地解读及评析文学活动及作品为目的，更多地表现出与文学文本话语、经验性阅读之间的亲密性、一致性，更多地呈现为一种文类样式（即现代散文、现代随笔等）而非知识形式或研究样态，更多地是以作家、书评家、社会文化活动家、报人等而非学院派学者为从业主体。但是，如果我们就此便将 20 世纪中国的"新文学批评"完全等同于 20 世纪西方的"文学批评实践"或"文学实用批评（公众批评）"，认为 20 世纪中国的"新文学批评"缺少理论性的内涵及知识性的思考向度，则有失偏颇。其实，在 20 世纪中国，"新文学批评"有着一种与 20世纪西方文学批评不同的、自身独特的同理论知识话语的亲密关联方式：在西方"文学批评理论"中，"批评"所关联、所依存、所指向、所支持、验证及发展的理论知识话语是专论性及多元性的、学理深度性的、体系架构性的、纯学派性及探究性的；而在中国"新文学批评"中，"批评"的背后所携带的理论知识话语则是概论性及一般性的、基础性的、新知普及性及讲义（教义）性的——可以说，"新文学批评"与"文学概论（文学基础原理、文学通识）"的新知普及及大众化建设，两者在相互渗透、相互裹挟、相互推进中，彼此都言述纷呈[①]，这是 20 世纪中国文学研究中的一个突出现象。

通过上述简单的比较，我们似乎可得到这样一种模糊的印象或感觉，即在 20 世纪，中国的"新文学批评"仿佛是介于西方的"文学批评理论"和"文学批评实践"之间，仿佛是对西方"理论性批评"话语和"实用性批评"话语两者的一种调和。因此整体性、模糊性地看，在 20世纪，中国的文学批评就与西方的文学批评一样，都是一种夹在理论知识活动与文学经验活动之间的话语陈述行为，都既有着理论性、知识性的思考与指向，又有着实用性、文学性的内涵与效力。这样，我们便不难认为，在 20 世纪，"文学批评的世纪"现象在中国与在西方，其实基本上就是类似、相通或一致的，故此，"文学批评的世纪"现象及论断就当然具有了一种跨文化、融通中西的整体性，是一种中西普适、会通双方的跨

---

① 参见程正民、程凯《中国现代文学理论知识体系的建构：文学理论教材与教学的历史沿革》，北京大学出版社 2005 年版，第 7—8 页。

文化现代通象及通则，即它应当至少同时关涉到中西文学研究双方，至少同时指述或包含西方"文学理论性批评"、西方"文学实用性批评"和中国"新文学批评"三者在内。

二　"文学批评的世纪"现象及论断的跨文化学理内涵及问题审视

"20 世纪是文学批评的世纪"这一融通中西的跨文化论断到底涵盖了怎样的洞识？相应地，其所指涉的这一同样融通中西的跨文化"世纪现象"又到底包含了哪些方面内容？长期以来，学界对此问题并没有一个自觉、专门、系统而深入的探讨与发掘。拿有关 20 世纪西方的研究来说，学界对西方"文学批评的世纪"现象及论断的认识及首肯，深深受缚于"批评"之名而仅仅限定在 20 世纪西方"文学理论性批评"和"文学实用性批评"这一文学分支专业或分支分科范围内，仅仅从 20 世纪文学批评数量庞大、流派纷繁且彼此间关系复杂、多元发展及转进的态势显明、新学说新思想迭出、自觉地在"文学四要素"关系的总体四维架构空间中理解文学、追求摆脱创作依附地位的学科独立性、偏重语言形式或符号技巧批评、体系建构或总结意识强烈、学科渗透而知识含量渊博、方法论驳杂而求新突出、术语概念纷繁而表述新颖抽象等[1]文学批评形态研究活动自身的各种特征或特色方面去理解或领会这个"世纪现象"所在。论者认为，这样仅仅以对批评分支形态自身"量"的考定及"面"的清理为基点的认识套路或理解模式，对于"文学批评的世纪"现象及诊断的考究而言，是狭隘、片面而肤浅的。

"文学批评的世纪"现象何以会一并出现在 20 世纪的西方及中国？倘若说，在中国，"新文学批评"本就是一个深深断裂于传统文论而在 20 世纪方才大兴的新生事物，因此以这新式"批评"为中国 20 世纪命名，尚不难理解，那么，在西方，韦勒克等人何以要用"批评"去命名 20 世纪而非 19 世纪、18 世纪……？因为，毕竟西方在 20 世纪前就曾有过批

---

[1]　参见胡经之、张首映《西方二十世纪文论史》，中国社会科学出版社 1988 年版，第 9—12 页；张隆溪《二十世纪西方文论述评》，生活·读书·新知三联书店 1986 年版，第 6—14 页；朱立元主编《当代西方文艺理论（增补版）》，华东师范大学出版社 2005 年版，第 1—8 页；[法] 让-伊夫·塔迪埃《20 世纪的文学批评》，史忠义译，百花文艺出版社 1998 年版，第 1—2 页。

评的繁华，韦勒克就提到过 18 世纪和 19 世纪曾一度被人称为"批评的时代"，以及 19 世纪后期曾被认为是"批评的黄金时代"。①韦勒克不赞成以"批评"为名去命名 19 世纪，是由于他站在 20 世纪的角度认为，在 19 世纪，文学批评最多只是在各个方面做了些"繁多努力"，即"批评著述层出不穷，批评主张日见扩大，批评方法和材料大量涌现，批评威望有所提高"，但若要论及"真正批评"——即"促使整个文学得到理解"的文学批评理论或理论性批评②方面的成就，就应当被给予"较少赞许"，"甚至可以这样说，十九世下半叶在某些方面形成了批评史上的一次衰替或说是一次出轨"，从而他认为，严格来说，19 世纪只是为 20 世纪"提供了一个批评的实验场所"。③正是基于对 20 世纪同 18、19 世纪的内在比较，在指出西方 19 世纪文学批评的不足之处，并明晰了西方 20 世纪文学批评的某些非同凡响之处后，韦勒克进而才认为把西方"批评的时代"这个名称加给 20 世纪"却十分恰当"④，即在西方真正配得上以"批评"为名的世纪是 20 世纪而非 19 世纪。

　　然而，问题犹存，那就是：何以要用"批评""文学批评"作为名字，去命名整整一个时代、一个世纪，而且其所名能涵括中西双方？或者说，在这宏大论断、宏大话语及其所指述的宏大现象中，"批评""文学批评"到底在中西担纲了怎样的角色、承负了怎样的内涵，而足以具备这种命名时代及世纪的力量？围绕着这样的角色，在这种命名性力量的背后，中西"批评""文学批评"的周遭世界到底发生了什么？……显然，这实际上涉及对"文学批评的世纪"现象及论断的跨文化知识学理内涵的进一步追问。而这样的追问，如果放在对于韦勒克的那段言简意富的、精辟的、针对西方的论述的理解方面来看，其实就是要深入细致地考究和审视韦勒克所谓的以"批评"命名西方 20 世纪"却十分恰当"以及西方 20 世纪文学批评"新的自觉性""比从前重要得多的社会地位""方法上

---

　　①　[美]雷内·韦勒克：《批评的概念》，张今言译，中国美术学院出版社 1999 年版，第 326 页；[美]雷纳·韦勒克：《近代文学批评史》第三卷，杨自伍译，上海译文出版社 1997 年版，"第三、四卷引论"第 1 页。

　　②　参见［美]雷内·韦勒克《批评的概念》，张今言译，中国美术学院出版社 1999 年版，第 4 页。

　　③　[美]雷纳·韦勒克：《近代文学批评史》第三卷，杨自伍译，上海译文出版社 1997 年版，"第三、四卷引论"第 3、5 页。

　　④　[美]雷内·韦勒克：《批评的概念》，张今言译，中国美术学院出版社 1999 年版，第 326 页。

的革命"等①判词，到底蕴含了怎样宏富而深刻的道理——尽管韦勒克本人可能也许并没有自觉地察识到这些道理。显然，要想实现这些深度内涵及道理的追问、考究与审视，我们便不能仅仅局限于"文学批评"这一专业形态或学科分支领域，仅仅对"批评"自身方面做"量"上的、"面"上的审理。

"文学批评的世纪"现象属于20世纪的全个文学研究，其实是20世纪中西文学研究领域诸多具有共性和根本性意义的关键性现象之一，其论断所指涉的实际上不仅仅是"文学批评"这专一门类，更是整个"文学研究"领域；这个现象及论断所包含的许多值得探讨的问题，绝不仅仅限于20世纪，绝不仅仅是"文学批评"这一单独文学分支学科形态或分支专业话语的问题，绝不仅仅是"批评"的问题，而更是整个文学研究本身，乃至整个人文知识学术研究本身的问题，这些问题早在19世纪末叶就开始萌现。正是基于此，论者认为很有必要采取一个新的、独特的认识思路或模式，而对"文学批评的世纪"现象及论断的内涵做深入的追问、发掘及审视。也就是说，"文学批评的世纪"现象及论断隐含着较为丰富、深刻的知识思想内涵，实际上正与跨中西文化范围整个文学研究活动总体在19世纪70年代—20世纪30年代间、在20世纪的现代知识及思想新变、包括其学术范式的现代嬗变有关，乃这个时期文学现代研究活动的某种现代学术及思想品格的内发性体现，并构成了现代以来的、20世纪的中西文学研究整体乃至整个人文学术研究中的一种内在的、较为核心的学理问题和知识话语系统，因而对现代中西"文学批评"、中西"批评话语"的考究无疑应实质性地纳入对现代中西文学研究整体乃至中西整个人文学术研究本身的审察视野及论述框架中，着重在有关文学学科的现代学术史、知识史，乃至思想史坐标或坐标系中考论中西"批评""文学批评"那更深刻的"质"和那具有命名性力量的内在隐秘，从中系统清理并审视这个著名的"世纪现象"及"世纪论断"所隐含的中西知识及思想理据。

在论者看来，"文学批评的世纪"现象及论断所隐含的跨文化知识学理内涵，以及其所构成的思想学术问题，也就是其所内在蕴含的深在

---

① ［美］雷内·韦勒克：《批评的概念》，张今言译，中国美术学院出版社1999年版，第326页。

思想、深刻道理、深层隐秘及理据，实际上至少涉及四大方面的跨文化性深度问题，这四大方面的跨文化性深度问题分别构成了现代"批评话语"的四种性质与四种向度，即，一是现代"批评话语"作为一个本于"批评"这一基础概念之基本意涵而在批评实践中形成的一套独立、关键、核心性的，与文学乃至整个人文、文化活动息息相关的观念形态（类型）、范畴形式（体系）及议题符码，其基本、特定的整体现代内涵、现代意义、谱系性运用及本质诉求如何；二是现代"批评话语"作为在批评实践中产生的一种现代知识、思想及人文现象，其在特定阶段社会、文化及人文社科学术的历史遭际变迁中得以发生并开展的内在结构机理是怎样的；三是现代"批评话语"作为一种现代的文学知识与文学观念表述、意义读解与人文精神生成的基本、核心的方式、规则或机制，其与文学的"现代"、社科知识体系的"现代"、人文学术研究的"现代"、思想文化关怀的"现代"之间，在知识、思想、价值等方面，有着怎样内在的、相互纠葛而密不可分的制度格局关联及陈述性、建构性关系；四是现代"批评话语"作为一套宽阔宏大的有关知识、意义、人文精神方面的话语陈述类型、符号言说系统，其具体言说运思的完整路径及空间又如何？这就包括：它有着哪些核心观念和哪些深在言路？这些观念与言路呈现出怎样一种知识结构面貌，即其内在的历时性谱系和共时性范型如何？

　　显然，要想对中西"批评话语"做上述系统性、深入性的追问，对"文学批评的世纪"现象及论断做上述自觉性、专门性的考察及审视，就必须系统突入理论方法盲区，尝试一种特定的甚或新的探讨思路，这个思路的"新"及"特定"之处主要在于两点：首先，要充分看到"文学批评的世纪"现象及论断本身所具有的三个跨越性特征：一是跨越文化地域而属于现代中西双方的通象、通则；二是跨越文学学科门类而普泛地渗透到各种分支形态、分支专业的文学研究中，即与整体的、全个的文学现代研究活动都有知识意义关联；三是跨越时代及世纪而包容了自19世纪末叶开始直至20世纪（至少是19世纪70年代—20世纪30年代）的文学批评有关问题——因为虽然"文学批评的世纪"所指述、所命名、所断定的是20世纪而非19世纪，但这一命名及论断所涉及的现象，其缘起、其肇端却早在19世纪末叶。其次，要立足于两个方法论核心：一是要把"文学批评的世纪"现象及论断当作内在于整体文学研究乃至人文学术研究的一个核心而系统的"学理问题"，而不仅仅是个简单的、"量"上或"面"上的"历史现象"，围绕着这个专门学理问题而发问、思考、展开考察；二是要以学术史和思想史的沟通互动为基本的解析角度及方向维度。综合上述这两个特点，不难见出，这种特定的甚或新的探讨思路实质上就是要克服或冲破当前学界在对现代的中西文学研究领域或中西文学研究的现代问题方面的考察审理上所存在的一些基本欠缺（参见导论部分的清理），并实现对现代中西批评话语的考察与对现代中西整体文学研究的考察两者之间的沟通互动，既着力于对现代"批评话语"这个中心对象的考究，以此为点和线索，切入并推进对现代整体文学研究的审理，又同时在推进对现代整体文学研究的审理这一整体视野或框架下，实现对现代"批评话语"的系统性、深入性的学术史及思想史追问与考释。

第二章

学术范式与批评话语：
文学现代研究的思想学术核心

在基本正视和思考了何谓现代的"文学研究"概念、"现代"对于文学研究何为、文学现代研究中的"问题"起点何在这三个基础性的问题后，我们应该已经能自觉地、整体性地进入文学现代研究的知识活动空间内部，而这样的进入则正联结于对文学知识学术研究与批评话语活动的同时性审理，所进入的也正是文学现代研究活动中那学术与思想相互勾连、结合的知识系统整体性空间。文学现代研究活动的这个知识系统整体性空间，其核心就是现代学术范式与现代批评话语的内在有机关联。本章专在于对文学现代研究的这个学术与思想相互勾连、结合的知识系统整体性空间，即现代学术范式与现代批评话语的内在关联的诸多学理问题给予逻辑的系统清理和考索，其中主要涵盖四个方面内容：一是"范式""话语"基本概念；二是"范式问题""话语问题"及其两相结合、沟通的基本理据、含义和主要内容；三是"学术范式"与"批评话语"为何分别构成了文学现代研究中知识学术与思想文化方面的核心；四是"学术范式"与"批评话语"这两个核心之间在哪些隐秘的知识性问题中扭结、融合起来。

第一节　文学现代研究中的思想学术系统

现代的中西文学研究及其知识论说具有十分鲜明、强烈的学术与思想内在关联、相互结合、彼此渗透的特征，因此它既属于人文知识学术史，也属于人文知识思想史。可以说，文学现代研究及其论说中无论是学术史

的一面还是思想史的一面都包含有极其丰富的知识要素系统，这两大系统
共同构成了文学现代研究及其论说的完整的知识空间，因此对文学现代研
究及其论说的知识探询无疑应同时涉及学术史研究与思想史研究两大角度
及方向维度。

一 文学现代研究中的学术与思想勾连

在文学现代研究的知识运思及知识系统运行中，其学术的一面与思想
的一面紧密地结合在一起，这是由文学研究的知识本性和文学现代研究所
处身的现代总体知识文化境域、所具有的话语新形式两者共同赋予的
特点。

首先，文学现代知识研究活动中的学术与思想勾连是缘于"文学研
究"本身所具有的基本性质及本质特征。"文学研究"是一种知识活动，
是围绕文学活动、文学现象、文学规律、文学理解、文学评价等问题而展
开的一种知识探讨、知识分析与知识论述。而知识与思想本为一体，任何
知识的、学术的现象及活动，都是与某种思想文化的现象及活动密切交
融、相互勾连的，正如葛兆光所言"我并不相信离开知识性的学术，思想
可以独立存在，也不相信没有思想，而学术可以确立知识的秩序"[1]。关
于这一点学界已多有共识，并基于这一认识而多有具体的研究论述，例
如，葛兆光站在思想史研究立场，对知识、知识史之于思想、思想史的意
义、作用及价值问题有过充分的论述，并认为对精英的、创造性的新思
想、新文化借助制度化、习俗化、常识化手段而面向民众社会的逐渐普及
与妥协过程，即思想向知识的转化过程的研究，应是"另一个重要历史脉
络"的思想文化史研究，是"思想的另一种角度的历史"[2]。又如，陈平
原站在学术史研究立场，认为"无论是追溯学科之形成，分析理论框架之
建构，还是评价具体的名家名著、学派体系，都无法脱离其所处时代的思
想文化潮流。在这个意义上，学术史与思想史、文化史确实颇多牵连。不
只是外部环境的共同制约，更有内在理路的相互交织。想象学术史研究可
以关起门来，就学问谈学问，既不现实，也不可取"。为此，他的学术史
著述《中国现代学术之建立：以章太炎、胡适之为中心》正是"在思想

---

① 葛兆光：《思想史的写法：中国思想史导论》，复旦大学出版社 2004 年版，第 27—28 页。
② 葛兆光：《思想史的写法：中国思想史导论》，复旦大学出版社 2004 年版，第二节；葛兆
光：《思想史研究课堂讲录》，生活·读书·新知三联书店 2005 年版，第九讲、第十二讲。

史背景下，探讨学术思潮的演进"，着力于"谈论思想史视野中的学术转型，注重的是研究思路的演进，而不是具体著述的品述"。① 再如，罗志田的《权势转移：近代中国的思想、社会与学术》《二十世纪的中国思想与学术掠影》《裂变中的传承：20 世纪前期的中国文化与学术》等多部著述都是将学术问题与思想问题放在一起论述，其《国家与学术：清季民初关于"国学"的思想论争》则更是"主要探讨学术的思想和社会语境与学术发展的关系"，"是一种介乎思想史和学术史之间的探索"②；而汪晖的《现代中国思想的兴起》，也多有在思想与学术之间双重的、互动性的考究③。另如，在丘为君眼里，"知识论述"问题同时也是思想史问题④；而在刘梦溪看来，"其实讲学术，很大程度上讲的就是学术思想"⑤。

总之，学术认知之所以成为"知识"、成为"学"，乃因它关联于"思想"，智性思考之所以成为"思想"，乃因它关联于"知识"，知识学术与思想文化两者之间从来都互为源泉、背景、资源、视野、框架、路向和意义，是相互奠基、生成与确立、塑造与构建、背靠与支持、促动与转化、诠释与表述、开展与包蕴的关系。广义的知识学术史本就包含有思想文化史内容，广义的思想文化史也本包含有知识学术史内容。如果说，知识学术史是另一种形式的思想文化史，那么同样可说，思想文化史是另一种形式的知识学术史；如果说，对思想向知识的转化的研究，是另一个脉络中的思想文化史，那么同样可认为，对知识向思想转化的研究，是另一个脉络中的知识学术史。因此，"文学研究"虽本质上是一种知识学术活动，但根本上仍与任何知识学术活动一样，不脱其与相关思想文化活动的交缠勾连，从而以文学问题为中心而内在地含有知识学术与思想文化之间的上述丰富、复杂的关系。

其次，文学现代知识研究活动中的学术与思想勾连，同时也缘于其在

①　陈平原：《"学术史丛书"总序》，载陈平原主编"学术史丛书"，北京大学出版社 1998年版；陈平原：《中国现代学术之建立：以章太炎、胡适之为中心》，北京大学出版社 1998 年版，"导言"第 15、16 页。

②　罗志田：《国家与学术：清季民初关于"国学"的思想论争》，生活·读书·新知三联书店 2003 年版，"自序"第 13、15 页。

③　汪晖等：《关于汪晖〈现代中国思想的兴起〉的讨论》，载丁耘、陈新主编《思想史研究：思想史的元问题》，广西师范大学出版社 2005 年版，第 241—282 页。

④　金观涛：《中国式自由主义的自我意识》，载丘为君《戴震学的形成：知识论述在近代中国的诞生》，新星出版社 2006 年版，"序"。

⑤　刘梦溪：《学术思想与人物》，河北教育出版社 2004 年版，第 368 页。

现代时期所置身的总体知识文化境域以及其所受到的批评话语影响。一方面，在 19 世纪 70 年代—20 世纪 30 年代这个现代时期，伴随着知识分子转型而生的知识学术的整体转轨、思想文化的潮流变迁，以及两者间的相互牵扯、干扰与影响，是一个十分突出而重要的时代现象。例如在中国方面，正像王汎森认为，"建立一个学术社会"是现代中国知识分子在仕、学分途之后的"志业与命运"①；王尔敏也认为学术问题乃近现代中国历史发展中一大重镇，"中国文化学术全面之重省与重建"是近代中国思想史发展的重要方面②；罗志田也指出"清代以及近代中国学术与思想演变的互动关系"是一个应当值得大加梳理的主题③……总之，这样的总体知识文化境域无疑通过转化为某种（些）时代知识要求的方式，而浸入文学现代研究的具体知识活动空间中。另一方面，在 19 世纪 70 年代—20 世纪 30 年代这个现代时期，无论中西，在"文学研究"这一知识活动系统中都出现了一个共同的、十分突出的现象，即："批评"成为文学研究生成、展开、运思及表述的一个关键乃至核心的方式，"批评话语"成了文学研究的一种重要话语形式；"批评"及"批评话语"之于文学研究、之于知识学术和思想文化的影响如此之深，以至于 20 世纪成了一个"文学批评的世纪"（参见前文有关论述）。——这种"批评话语"形式的兴盛及强烈影响，实际上正是文学知识研究的思想性、文化性一面在现代时期更加突出，围绕文学问题的种种知识学术论述对于总体思想文化世界及其历史的参与、干扰、牵引及建构，在现代时期更为全面、系统而深入的表现。

文学现代知识研究及其论说中无论是知识学术还是思想文化方面的要素或问题，都是一个非常丰富、多样而复杂的系统，这两大系统共同构成了文学现代研究及其论说的完整的知识空间。如果说，文学现代知识研究及其论说所涉及的知识学术要素或问题可以寄居在文学学术思潮现代变迁、文学学术的现代内在理路、文学学术内部的现代科层化制度、文学学术现代遭际的外部环境、具体文学现代学人学派的治学思路与策略、方法

---

① 王汎森：《中国近代思想与学术的系谱》，河北教育出版社 2001 年版，"自序"第 2—3 页。

② 王尔敏：《中国近代思想史论续集》，社会科学文献出版社 2005 年版，第 484—485 页。

③ 罗志田：《裂变中的传承：20 世纪前期的中国文化与学术》，中华书局 2003 年版，第 192 页。

与视角、内容与范围、观点与成就等诸多面相当中，那么其所涉及的思想
文化要素或问题，则是寄居在"文学研究中的思想"所具有的两大层面、
四小方面中。所谓"文学现代研究中的思想"，当然是一个不同于"文学
思想"的概念，它除了包含文学现代研究中的"文学现代思想"这一层
面外，还包含文学现代研究中的"现代的文化思想"这另一层面。具体
分疏地讲，"文学研究中的文学现代思想"层面涉及的是文学现代研究所
研究或考量的"文学现代思想内容"，和文学现代研究所体现或运用的
"文学现代思想观念（理论）"这两小方面，它们都包含文学理论思想、
文学批评思想、文学史思想等内容，其中前者还包含文学创作思想的内
容①；"文学研究中现代的文化思想"层面涉及的则是文学研究所置身或
背靠的"现代文化思想语境"和文学研究所生成、蕴含或承担的"现代
文化思想意义"这两小方面。

二　学术史与思想史：对文学现代研究知识系统探寻的两大角度

文学现代知识研究及其论说中的知识学术要素系统与思想文化要素系
统，两者紧密融合一体而共同构成了文学现代研究及其论说的完整的知识
空间。这要求对文学现代研究的知识系统的完整探询应同时引入学术史研
究与思想史研究两大角度及方向维度，并实现两者之间的沟通整合、互动
转化。那么什么是"学术史"研究？什么是"思想史"研究？与这两项
知识研究相关的知识活动又有哪些？

这里所指的"学术史"是一种专称，即是罗志田所谓的"作为一种
专门史"的"学术的历史"，而不是"作为一种广义的泛称以区别于'不
够学术的历史'和'以政治为中心的历史'"的那些"以学术的方式"
所写的各种历史。② 这个"学术的历史"（即作为专称的"学术史"）作
为"知识的历史"（即"知识史"）的一种类型（"知识史"的另一种类
型是"常识或习俗的历史"），其与同样作为专门史的"思想的历史"
（即作为专称的"思想史"）有不同的分野。③ 论者在此不妨分别侧重于

---

① 参见郭英德等《中国古典文学研究史》，中华书局 1995 年版，"绪论"第 2—3 页。
② 罗志田：《裂变中的传承：20 世纪前期的中国文化与学术》，中华书局 2003 年版，第
189—190 页。
③ 葛兆光：《思想史的写法：中国思想史导论》，复旦大学出版社 2004 年版，第 27 页。

三个不同角度，以有关学人的相关陈述代表当前学界对"学术史研究"的三种简单定义：一是侧重于"知识"的角度，如葛兆光认为，学术史"研究的是知识在历史中的变化与增长"①；二是侧重于"历史"的角度，如罗志田认为，学术史即是研究"总体的学术或某一具体学科之研究发展演化的历史"②，陈平原认为，学术史研究即"辨章学术，考镜源流"，"通过评判高下、辨别良莠、叙述师承、剖析潮流"而"努力体贴、描述和评判某一学术进程"，掌握"一代学术发展的脉络与走向"；③ 三是侧重于"学术研究"的角度，如陈泳超认为，学术史研究即"是对某类对象已有研究的再研究"④。

　　至于学术史研究的具体内容、路数或视角，更是丰富多样。例如，常乃惪认为学术史的内容"注重的是学说的内容，师徒传授的门户派别，以个人为中心的学者传记等等"，"尽可以个人为中心，多少忽略时代和地域等背景"。⑤ 又如，按陈平原的认识，学术史研究包括"追溯学科之形成，分析理论框架之建构，评价具体的名家名著、学派体系"，描述和探讨"学术转型或范式更新"，评说"学术与政治""学科与方法"、学术与教育学制的勾连纠结，讨论学人的文化理想、文化心态、文化策略、学术思路、治学方法、治学成就，勾勒"学术思潮的变迁"等等，总之，可以是"学术思潮的描述以及思想史路向的分析""学科史的回顾与自我反省"或"学科建制的剖析"，"也可以是学术传统的建构、学者著述的评判"。⑥ 再如，根据比利时学者钟鸣旦对基督教在华传播史研究新趋势的分梳剖析，学术史研究的一个重要路数是对史上学术研究"范式变换"现象的考察，而这涉及史上学术活动中研究对象（研究中心）、研究视

---

① 葛兆光：《思想史的写法：中国思想史导论》，复旦大学出版社 2004 年版，第 28 页。

② 罗志田：《裂变中的传承：20 世纪前期的中国文化与学术》，中华书局 2003 年版，第 190 页。

③ 陈平原：《"学术史丛书"总序》，载陈平原主编"学术史丛书"，北京大学出版社 1998 年版。

④ 陈泳超：《中国民间文学研究的现代轨辙》，北京大学出版社 2005 年版，"前言"第 1 页。

⑤ 常乃惪：《中国思想小史》，葛兆光导读，上海古籍出版社 2005 年版，第 1 页。

⑥ 陈平原：《"学术史丛书"总序》，载陈平原主编"学术史丛书"，北京大学出版社 1998 年版；陈平原：《中国现代学术之建立：以章太炎、胡适之为中心》，北京大学出版社 1998 年版，"导言"；王瑶主编：《中国文学研究现代化进程》，北京大学出版社 1996 年版，"小引"第 5 页；陈泳超：《中国民间文学研究的现代轨辙》，北京大学出版社 2005 年版，"序"第 2 页。

角、方法论采用问题、研究课题的性质、阐释的模式等方面内容;① 根据刘士林对 20 世纪中国学术的批评性导论, 学术史研究也可集中在对学术活动的"先验批判"上, 也就是对学术活动所立足的"先验认知图式"、时代"学术史观"及其深层"语法结构"("话语结构")与"精神生产内在观念"等方面作出纯粹理性批判或先验综合分析②, 而这实际上正是一种对学术活动所属"范式"的批判与检视; 而耿云志也认为, 治学术史"当着重在彰显学术模型的变化"③。另如, 王桧林、左玉河在谈及对知识学术流变及转型问题的学术史研究时, 都将学术史研究的具体路数总体性地划分为内、外两大板块, 一是"从学术发展的内在理路入手", 即"关注于学术思想自身之演变", 采取力图"发掘文本之义理"的"思想史研究"方式, 对包括学术研究方法、立场、观点、内容、形态转变等在内的诸多方面进行考察; 二是"从学术发展的外部环境入手", 即将着眼点放在引起学术发展之众多外在因素上, 关注学术发展之外在表现, 力图在"实证性研究"基础上, 通过"形式化分析", 考察"社会结构、阶层变动、思潮涌动等因素"对学术的影响, 考论"学术共同体"构成、"学术体制"构建及对学术的意义, 清理学术中的分科、分门类、知识系统构建等方面的活动。简言之, 重点探讨学术发展中的诸多"制度化、体制化、分科化、职业化等问题", 综述内外两方面, 即学术史研究包括对"学术研究的主体、学术研究机构及学术中心、学术研究理念及宗旨、学术研究方法、研究对象及范围、研究成果及交流机制、学术争鸣与成果评估等问题"的考察。④

　　综合上述对学术史研究的几种简单定义及其不同研究路数或视角的各种归纳, 论者认为:"学术史研究", 是对史上既往学术研究及其发展历史的再研究, 这种再研究既属于"历史"又属于"知识", 即它既立足于历史立场, 以对学术研究的具体历史轨辙的客观辨章、考镜、叙述和理析为底线, 又本源和回归于知识立场, 以对史上学术研究所展开的种种知识

---

　　① 孙尚扬、[比利时]钟鸣旦:《1840 年前的中国基督教》, 学苑出版社 2004 年版, "导言"。
　　② 刘士林:《先验批判: 20 世纪中国学术批评导论》, 上海三联书店 2001 年版, 第 7、97 页。
　　③ 左玉河:《从四部之学到七科之学——学术分科与近代中国知识系统之创建》, 上海书店出版社 2004 年版, "序"第 2 页。
　　④ 同上书, "序"第 7—8 页、"导论"第 2—3 页。

方向、知识论域及知识谱系传统的深入评析、阐扬、彰显及建构为旨归；概言之就是，通过对史上总体学术思潮变迁、具体学科发展、学术传统及范式构建、学术的内在思想理路、学术的种种内部科层化制度、学术遭际的社会政治与文化思潮等外部环境、具体学人学派的治学思路与策略、方法与视角、内容与范围、观点与成就等诸面相的不同路数式考察，而获得对学术活动中知识论述与知识话语的历史脉络及走向，以及知识成果与知识交流的历史变化及增长谱系等方面的不同层面的理解、审视与掌握。

下面谈谈与上述作为专门史的"学术史"有不同分野的作为专门史的"思想史"概念，包括思想史研究的基本边界与基本路数或类型两方面。

关于思想史研究的基本边界，常乃惪、王尔敏、葛兆光三人都已有比较简明的说明。常乃惪在与学术史内容的区分中认为，思想史的内容"注重的乃是一时代思想递嬗的源流大概，及于当时及后世的波动影响"，其研究"完全不能不注意到时代、地域等等交互的影响"——这按葛兆光的解释，即思想史"应当关注思潮、历史背景、地域环境"，"应当在历史与地理中寻找发生的背景与意义的解释"。[1] 王尔敏则主张，思想史研究的重点"尤在思想与人生社会种种活动之直接关系"，其"用心之处"在于追寻某个（些）思想观念的创意与创生，以及其嗣后经后学的深密思考而发展延续，甚或逐步得以体系化，并走向分流的过程，即思想史研究的基本任务在于"澄清一个时代一切思想理念的意义，追究各个理念的根源与其时代的关联性，以及评估他们对于后世的影响"[2]。而按葛兆光的认识，思想史研究及思想史写作"主要讨论的是刺激思想的历史环境、思想在不同社会环境和不同历史时代中的变迁，要整体地描述时代、环境和思潮"，通过这种对"实际存在过的思想历程"的讨论与描述而"在历史时间中制作思想路程的导游图"，从而追寻和重构史上思想的"连续性、整体性以及连贯的脉络"，换言之，"思想史描述的是思想在时间流程中的建构、定形与变异的连续性历史"，即描述"固有的思想资源不断地被历史记忆唤起，并在新的生活环境中被重新诠释，以及在重新诠释时

---

① 常乃惪：《中国思想小史》，葛兆光导读，上海古籍出版社"导言"第1页、"导读"第7页。

② 王尔敏：《中国近代思想史论》，社会科学文献出版社2003年版，"叙录"第2—4页。

的再度重构这样一种过程"。①

　　关于思想史研究的基本路数或类型，可以说大致有三种分梳方式，这三种方式虽各自偏重三个不同的方面，但基本都趋同或相似地将思想史研究分为两大类。

　　第一种方式是从研究所属的性质、意义和所及对象与视野的客观范围、领域来看。例如葛兆光认为：一类是传统固守的"站在思想立场"、属于思想性质，"意义在于确立历史上值得表彰的'道统'，建立一个思想的'系谱'"的研究；这类研究"执着于思想系谱的连续性"，仅仅专注于"形而上的、精神性的层面"，专注于"思想天才辈出的时代"，即仅仅瞩目、专注于"可以称作'哲学家'和'哲学'的精英与经典"的那些"创造性思想"或"新思想新文化现象的创造"，因此，"只是思想家的思想史或经典的思想史"，一种"大号哲学史"，"一个悬浮在思想表层的历史"。另一类则是他所着力阐扬并实践的"思想的另一种形式的历史"，即"站在历史立场"、属于历史性质，意义在于"叙述一个思想的历史过程"的研究；这类研究"执着于历史过程的连续性"，同时关注"精英与经典思想发生的真正的直接的土壤与背景"，同时关注"思想凡俗平庸的时代"，即同时瞩目、关注一种"近乎平均值"的、"日用而不知"的、作为文化底色与思想基石而存在的、"普遍、一般的知识、思想与信仰世界"，同时兼顾精英和经典之"创造性思想"面向民众社会的逐渐"普及和妥协"（即"妥协性思想"），也就是新思想新文化的"制度化、世俗化、常识化"及过程，因此，是从形而上哲学层面"眼光向下"后，与社会史、政治史、文化史、学术史等方面"携手"与"结合"的，更具连续性、完整性和深层性的思想史；在这种类型的思想史那里，那种精英和经典思想的"看似断裂的地方""仿佛停滞"与"出现'空白'"之处，恰恰是思想史的"一种有意义的连续"，是思想史连续性的表现形式之一。② ——这前一类即是王尔敏所谓的对"合理的思想，有系统的理论架构"的探讨，后一类则是王氏所谓的对"一般心理反应，意趣风尚，

---

　　① 葛兆光：《思想史研究课堂讲录》，生活·读书·新知三联书店 2005 年版，第 266 页；葛兆光：《思想史的写法：中国思想史导论》，复旦大学出版社 2004 年版，第 54、56、98 页。

　　② 葛兆光：《思想史的写法：中国思想史导论》，复旦大学出版社 2004 年版，第 9、14—17、66、70、76 页；葛兆光《思想研究课堂讲录》，生活·读书·新知三联书店 2005 年版，"自序"第 3 页，第 294、298、301、310 页；葛兆光：《思想的另一种形式的历史》，《读书》1992 年第 9 期。

以至习性感染"的探讨。①

第二种方式是从研究所采用的学科思维方式方法来看。例如李弘祺认为：一类是哲学（史）家的方式，即传统"哲学史或哲学方式的思想史"，也就是思想史的哲学研究；另一类是历史家的方式，即"历史法思想史"，也就是"思想史的历史研究"。前一类是一种"内在于思想的方法"，即"忠实于思想的理想面，而研究每一个人，每一个时代思想或思潮的内容与特色，追索彼此之间的因果脉络，加以评价"；该类研究偏向于对"单一哲学家完足的哲学系统的研究"，重在"研究独立于历史文化的精神业绩"，"因昧于历史变化的深度，以至于只能从静态方面去刻画思想与时代风尚间平行的关系"。后一类则是"由历史事件与思想意识间的交互影响"探讨两者间的关系，即"探究历史人物对其周遭境遇的了解、评价和反应"，研究"一个人如何由于他心境上的气质，他的现实考虑，他的思想背景与时代要求而塑成了他的思想，并且进而研究一个人如何用他自己的思想去认识生存的时代与环境，如何根据他的思想而决定他对环境所生的反应"；该类研究"一方面必须对历史史实、经济、社会的发展有所了解，另一方面则应对整个时代思潮的特质有基本的把握，而至于单一哲学家哲学体系的窥探和领悟则反而落在其次"，即偏向于研究思想本身"在不同时代中的反复涌现"，"探测思想本身的形貌与时代背景的关系"，重点在于关注"思想对于历史事件所能形成的动态关系"，能够"进一步描述变动中的历史背景所衬托出来的思潮流动性和反映"；由于这是一种范围"广袤的思想史撰述"，"是在于归还到历史对象（时代、思潮、人物、典制）的思想内涵，探索支配历史活动的思维努力"，因此必须依靠对"通史精神的掌握"，借由"通盘史学"的研究方法来进行。②

第三种方式是从研究所持的阐释角度、取向和所开展的思路进程来看。例如龚隽认为：一类是传统的、以李泽厚等为代表的，从"哲学或观念史的角度"来选择、观察思想史问题，"独取观念的内在开展或'内在理路'"，具有"'观念史'取向"的内缘性研究；这类研究持一种"哲学观念史的内在论"或"内在观念论"立场，实行"观念史或哲学史的内在解释"策略，"以若干'中心观念'的开展来把握思想史脉络"，因

---

①　王尔敏：《中国近代思想史论》，社会科学文献出版社 2003 年版，"叙录"第 4 页。

②　李弘祺：《试论思想史的历史研究》，载康乐、彭明辉主编《史学方法与历史解释》，中国大百科全书出版社 2005 年版，第 134—135、141、142、145—146、150、159 页。

而"'精于哲学却短于历史脉络',是一种'过度简化的叙事'",即过度"关联于一种历史'连续性'和'进步观念'的模式","过于简单地把某些特殊事件、思想联系到一种统一性的历史流程中,忽视问题本身的异质性"、偶然性和断裂性。另一类是艾尔曼(Benjamin A. Elman)主张的,从"知识社会学和社会史"的角度来选择、观察思想史问题,"进入到观念所赖以形成、存在的特殊历史脉络,即注意观念文本形成过程与社会历史类型(如政治、社会、经济制度等)之间复杂的互动关系"的,"具有'文化史'倾向的外缘性或背景化研究";这类研究实行一种文化史的、"背景化外缘解释"策略,力图"把隐藏在思想史文本背后的经济、政治、社会等背景揭示出来","以期寻找出'决定'思想形成的更基本的要素",因而是一种"过度决定"的叙事;它又包括传统的、具有"历史学的求证风格"的"社会史取向"进路与后现代的、以福柯为代表的、具有"哲学论辩的意趣"的"话语结构决定论"进路这两种基本形式,其中"话语结构决定论"进路尤其对"观念史取向"的内缘性研究类型中的"连续主义历史观"与"起源基础主义形式"持一种强烈批判姿态,力图拆解一切思想、观念之间的连续性、统一性,而强调思想史背后的异质性、偶然性、断裂性。龚隽主张,最为恰当的思想史解释应处于上述不同类型的进路之间,即思想史最好是兼采哲学史、观念史研究与社会史、文化史研究两者之长的一种通盘研究,这种研究应恰当处理"断裂和连续之间的关系"。①

综合上述对思想史研究基本边界的说明和对其基本路数或类型的分梳,论者认为:"思想史研究",是对史上既往思想活动、思想现象及其发展历史的研究,这种研究既属于"思想"又属于"历史",即它既本源于思想立场,与哲学史、观念史、形而上精神史等的研究有内在的交织关系,因此旨在纵向地探讨、追究、描述与阐释史上思想及观念的历史意涵、源流脉承、发展变迁与代际递嬗,又立足于历史立场,与社会史、政治史、文化史、学术史、形而下物质史等的研究有根本的关联性,因此同时重在横向地挖掘、清理这种思想及观念与特定时代、环境、历史事件、人生社会诸面相之间的交互关系。也就是说,"思想史研究"一方面采取内在于思想理路的方法,通过立足于对史上思想理论的内在系统及内在诸

① 龚隽:《禅史钩沉:以问题为中心的思想史论述》,生活·读书·新知三联书店 2006 年版,第 25—36、96—97 页。

面相、诸问题做形而上的观念性诠释、静态的哲理性描述与独立文本中的内缘性体认，而获得对史上诸形而上精神、精英及经典思想的创造性意涵、特定话语演变历程及谱系关联的专门理解与系统重构；另一方面也采取超出思想本身而内在于历史的方法，基于广袤的历史视野和通盘的历史解释，通过着力于对思想本身与周遭实践世界之间复杂的交互关系与要素关联性做形而下的社会史求证、动态的文化史追寻与背景交织中的外缘性考探，而获得对时代文化环境、人生社会实践诸面相、大众一般性知识思想世界之于史上形而上精神、精英及经典思想理论与话语的发生发展所具有的建基性意义的深入认识，以及对史上形而上精神、精英及经典思想理论与话语在发展历程中的大众化、制度化、习俗化、常识化衍变延续情况的历史清理及考证。总之，"思想史研究"是既以"思想"为角度和中心而探询历史，又以"历史"为视野和资源而理解思想，从而借此实现对思想与历史、思想与环境、思想的形而上理论及精英样态与思想的形而下常识及大众样式等方面的整体性描述，以及对思想在历史流变中的连续性与断裂性、统一性与异质性、必然性与偶然性等现象及关联的追寻、澄清与重构。

　　与"学术史研究""思想史研究"两者密切相关的是哲学史、社会文化史、观念史、话语史、知识史等方面的知识活动。由于这几个领域的知识活动与学术史研究、思想史研究之间的关系本身微妙而错杂，因而学界对其间边界及关系的已有认识不乏差异，且较为粗略模糊。例如：在常乃惪看来，"哲学史"被包含在"学术史"中，而不同于"思想史"。① 在王尔敏眼中，"哲学史"也不同于"思想史"。② 在李弘祺、葛兆光、龚隽三人各自的有关论述中，实际上都认为，"哲学史"与"社会史""文化史""知识史"，可以作为"思想史"的两大研究路数或类型而存在，只不过这种路数或类型之别在李氏看来是研究方法及思维方式上的，在葛氏看来是研究视野、领域及内容范围上的，而在龚氏看来则是研究所持的阐释角度、阐释取向及阐释进路上的（参见前文陈述），并且李氏与葛氏都主张"思想史"应告别哲学色彩过浓的传统路数而结合、采用"社会史""文化史""知识史"研究这一新潮路数，而龚氏则主张"思想史"的解释最好处于"哲学史"与"社会史""文化史""知识史"路数之间而兼

---

① 常乃惪：《中国思想小史》，葛兆光导读，上海古籍出版社 2005 年版，第 1 页。
② 王尔敏：《中国近代思想史论》，社会科学文献出版社 2003 年版，"叙录"第 4 页。

采两端之长，即根据解释中"所面临的问题的性质"来决定具体采用何类路数。① 而在对"观念史"的认识上，王尔敏认为，"思想史"可以通约于"观念史"，为此他的对中国近代思想史的研究就专采了"以单一概念为中心题旨的著作形式"，并明确以此"希望做到更清楚地用观念本身的发生演变代表这一时代思想史的发展"，"希望完成一个时代的观念的历史"；② 龚隽把"观念史"与"哲学史"并置一起而作为同一类，认为它是思想史研究中的两类阐释角度、取向及进路之一；③ 葛兆光则明确认为"观念史"既不同于"哲学史"那"把观念抽象出来自行繁殖和推衍"的研究，而是须把观念"放在'环境'里面"，"研究的反而是观念背后的历史"，又有别于"思想史"，即不是"整体地描述时代、环境和思潮"，而"主要是围绕一个或者一组观念的历史过程进行研究"。④

　　论者认为，对哲学史、社会文化史、知识史、观念史、话语史五种知识活动与学术史、思想史之间的边界及关系问题，可以这样大概地去认识，即：无论是讲究仅对观念本身作抽象解读及专门爬梳的"哲学史"，还是讲究对观念置身的具体历史、周遭世界、各种关系做深入考探的"观念史""话语史""社会文化史""知识史"，无论是力图做整体性追寻与描述的"哲学史""知识史""社会文化史"，还是专注于某个（组）具体问题的"话语史""观念史"，这五种知识方面的历史研究都既可以是学术史性质的，也可以是思想史性质的，既可以有学术史意义，也可以有思想史意义，都会与对学术、对思想的历史研究发生交织、重叠的关系。这种交织、重叠关系有着不同的样式：第一种是呈现表述与被呈现表述的关系，即根据研究所着力的中心题旨主要是属于思想方面的还是学术方面的，可以把"哲学史""观念史""话语史""知识史""社会文化史"，

　　① 李弘祺：《试论思想史的历史研究》，见康乐、彭明辉主编《史学方法与历史解释》，中国大百科全书出版社 2005 年版，第 134—162 页；葛兆光《思想史的写法：中国思想史导论》，复旦大学出版社 2004 年版，"小引"、第一节、第二节；葛兆光《思想史研究课堂讲录》，生活·读书·新知三联书店 2005 年版，第九讲、第十二讲；龚隽《禅史钩沉：以问题为中心的思想史论述》，生活·读书·新知三联书店 2006 年版，第 34—35 页。

　　② 王尔敏：《中国近代思想史论》，社会科学文献出版社 2003 年版，"叙录"第 2—3 页，第 436 页。

　　③ 龚隽：《禅史钩沉：以问题为中心的思想史论述》，生活·读书·新知三联书店 2006 年版，第 25—36 页。

　　④ 葛兆光：《思想史研究课堂讲录》，生活·读书·新知三联书店 2005 年版，第 266、272 页。

分别视为是思想史研究或学术史研究的各种表现形式，是对思想史问题或学术史问题的各有侧重的具体表述；第二种是包涵与被包涵的关系，即若分别从思想、学术的角度来看，这五种历史研究可以说都被包含在思想史研究或学术史研究整体中，都属于思想史或学术史研究的一个组成部分，而且若再从整个知识、文化的角度看，"学术史""思想史"同时又反向被包含在"知识史"（"知识史"除包括"学术史"外还包括"常识史"）、"文化史"（"文化史"除包括"思想史""学术史"外还包括"物质文化史"）当中；第三种是理解、阐释、重构与历史资源的关系，这主要是指知识史、社会文化史的清理往往能为思想史、学术史研究的开展提供解读资源上的支持，以及隐含背景或深层要素方面的说明。

第二节　文学研究的现代范式问题

在文学现代研究及其论说的知识学术要素系统中，学术范式现象及问题是一个核心和根本。整体范式的现代转型和构建，在文学现代研究的学术史要素及问题体系中占有十分核心而重要的位置，它涵括、凝练着文学现代研究整体寻求现代突破及新变的学术发展脉络与总体知识品质及隐秘，沉淀、隐藏、支撑与推进着文学现代研究乃至整个人文学现代研究在"主义"论述甚嚣尘上的现代言述境域下的知识积累和知识进路，具有非常关键的现代知识学术史意义。文学现代研究范式问题位于文学现代学术史要素及问题体系的深处，连系着一种知识学性质及隐秘，涵摄着一套丰富、复杂、多方面、多层次的知识学内容体系。

一　"范式"概念与文学研究现代范式问题的学术史位置

托马斯·库恩于 1962 年在《科学革命的结构》中提出了历史主义科学哲学的一个基本概念，用以标明有别于学派林立、众说纷纭时期的"前科学"活动的，所谓"（常态、常规、成熟）科学"活动所具有的基本特征，这就是"范式"或"范型"（Paradigm）。库恩的"范式"或"范型"（Paradigm）是指在某特定时期，某特定"科学共同体"及其所属或所从事的学科领域、研究活动所共有的"基本理论结构"或"学科基质（disciplinary matrix）"之集合，即它代表着由该"科学共同体"成员及其研究活动所集体公认、承诺与遵循的理论与应用、观点与方法、价值与信念、标准与规范、定律与概念、程序与技术等方面构成的系统总和或有机整体，而其核心深处则又特别指谓某种"具体的谜题解答"，即某种典型的、"示范性"的科学成就事例、"共有的范例"或"模式"（Pattern、model）。这个"共同体结构""科学基质""有机整体""共有范例及模式"，既是作为某种潜在的合法"权威"，作为"某一时期内人们普遍认同的某种自明性的'精神景观'的类型"，以及"人们进行某种思想和理论活动不自觉的深层预设"，能为特定的"科学共同体"及其研究活动提供思考、选取、提出及解决问题的先在性、优先性"视野""参照框架"及准则，从而作为"塑形"者，乃一定连贯的科学研究传统的模型、样板和生成的据点，以及特定"科学共同体"得以形成、协同与持存的基石；同时又是作为一种研究纲领与"推进器""标本"与"动力""地图"与"绘图指南"，指引某科学研究在常规期间所要解决的谜题及其解决的思路、方向、方法、深度及范围等，保证科学研究能相续而累积性、稳定而迅速深入地得以进展。① 在董学文看来，"范式"由内向外包含"观念范式""规则范式""操作范式"这三重"相互嵌套"的意涵或层面，因此它实则上乃"一种科学的方法系统，甚至类似于一种'世界观'，它决定着特定时代、特定科学的'总结构'，特定科学的不同形态都在这种'总结构'中得到组织"②。也就是说，若从认识论角度看，库恩的"范式"实际上与后来福柯于 1966 年在《词与物》中提出的"知识型"（"认识型""知识文化构型""认知体系"，episteme）这个结构主义知识（文化）史类型学概念有相似或一致之处。③ 福柯所谓的"知识型"指的是在不同的历史时期中，"将那些产生认识论的基本形态、科学以及各种可能的形式化系统的话语实践构成一个整体的全部关系"④，是"由'词'与'物'建构出来的独特的'事物的秩序'的方式"，而这一"全

---

① ［美］托马斯·库恩：《科学革命的结构》，金吾伦、胡新和译，北京大学出版社 2003 年版，第 9、21、99—100、157—168 页；［美］托马斯·库恩：《必要的张力：科学的传统和变革论文选》，范岱年、纪树立等译，北京大学出版社 2004 年版，第 287—306 页；葛力主编：《现代西方哲学辞典》，求实出版社 1990 年版，第 271、300、387 页；董学文：《文学理论学导论》，北京大学出版社 2004 年版，第 207—216 页；寇鹏程：《古典、浪漫与现代：西方审美范式的演变》，上海三联书店 2005 年版，第 3 页。

② 董学文：《文学理论学导论》，北京大学出版社 2004 年版，第 205 页。

③ 汪民安主编：《文化研究关键词》，江苏人民出版社 2007 年版，第 492 页。

④ ［英］约翰·斯特罗克编：《结构主义以来：从列维—斯特劳斯到德里达》，渠东等译，辽宁教育出版社、牛津大学出版社 1998 年版，第 98 页。

部关系"或"方式"即"代表了特定历史时期的社会感知方式和思维方式，它规定着特定时期不同学科的知识生产自身的可能性条件"，这就是特定时期在各种知识认取及其"被时间化和空间化的语言表述方式"、文化呈现等方面，具有共时性、静止性、独立性特征的一种先在而无意识的话语权力构型或话语生产体制，其中包括决定和支配科学认识及知识活动，组织和结构不同学科知识谱系及知识文化总体的认识论上根本原则、重要形式、基本信码、先在秩序、深层语言结构及话语表述等的总体；①简言之，"知识型"就是指某个特定时期作为不同科学领域之间或各种领域科学中的不同话语之间的"关系集合"，"是'词'与'物'借以被组织起来并能决定'词'如何存在和'物'为何物的知识空间，是一种先天必然的无意识的思想范型""思想框架"。② 其实，"知识型"正是法国结构主义体系中的"范式"概念，而"范式"也正是英美历史主义科学哲学中的"知识型"概念；人文科学某"范式"总是难免深受福柯所谓"知识型"的塑造与影响，库恩"范式"概念的背后所隐藏着的正是福柯的"知识型"意涵及本质，即意味着知识构成及运作的"结构性"和"历史先验性"，以及知识表述中的"话语优先性"及其权力空间。③

"范式"命题是学术史问题核心及根本，文学研究整体范式的现代转型、构建及有关问题在文学现代研究的学术史要素及问题体系占有十分核心而重要的位置，具有相当突出、关键的现代知识学术史意义。这是因为：

首先，"范式"及"范式研究"本身在科学史（学术史）上具有突出位置和重要意义。"范式"的基本内涵及其之于科学（学术）活动的基本功能、作用充分表明了其是"任何一个科学领域在发展中达到成熟的标志"，而"范式"的转渡也成为"成熟科学通常的发展模式"，④ 也就是说，"范式"正"是使学科成为科学的一个标志"，"是决定一门学科成熟度并可以说明该学科许多问题的一个最小基元"，"既具有标本学的意义，

---

① 汪民安主编：《文化研究关键词》，江苏人民出版社 2007 年版，第 492、493 页；葛力主编：《现代西方哲学辞典》，求实出版社 1990 年版，第 273—274、319、563 页。

② ［法］福柯：《词与物——人文科学考古学》，莫伟民译，上海三联书店 2001 年版，"译者引语"第 4 页。

③ 汪民安主编：《文化研究关键词》，江苏人民出版社 2007 年版，第 492、493 页。

④ ［美］托马斯·库恩：《科学革命的结构》，金吾伦、胡新和译，北京大学出版社 2003 年版，第 10、11 页。

又具有动力学的意义"，① 从而针对"范式"的研究便成为研究科学（学术）发展、演进及革命，即科学史（学术史）研究的"一个基本单位"②。正是基于此，文学研究的范式问题当然正是文学研究学术史方面的一个重要问题。可以说，在文化急剧转进、学术走向成熟与自觉的时期，某种特定的整体范式总能对各类、各层次文学研究活动及其丰富多样的话语形态具有结构性生成、规范或融汇与整合等作用，能以"简约化和类型化"的知识架构方式，表征与呈现该时期成熟而自觉的文学研究活动系统的某一"横断面"，③ 能凸显文学研究活动在某新变及新建时期的内在运行机制、深层历史结构和诸多问题，以及与此相关的知识学术、思想文化方面某些隐蔽的"绝对而自明的集体资源"④，诸如知识的客观谱系与文化眼界、学科的权力格局、文化入思的基本路数、思想话语的深在建构、时代的精神结构及精神面貌等。

　　其次，具体看 19 世纪末至 20 世纪上叶的文学现代研究发展状况。19世纪末至 20 世纪上叶无疑是一个社会文化发生全面"地震"，传统产生新变并被革命性地突破，知识、思想转进到全新发展阶段的时期，文学研究作为其中的知识、思想、文化活动之一，自然也受着这个现代整体情势的影响及洗礼，深烙着这个现代整体变局的印记，从而使其本身在知识、观念思想、价值等层面都发生了某种急剧的变化，出现了学派纷纭如林、流派更迭不定、学科知识交混、研究样态及形式多样、话语观念繁复涌现等前所未有的新特征、新面貌，而这一切的新变其实本质上都缘于一种范式的调整、转型及重构，可以说，现代范式问题正集中涵括、凝练了文学现代研究整体旨在激烈寻求突破、新变的学术发展脉络与总体知识品质及隐秘。因此，如果按照并套用库恩的"范式"思想及"科学革命"理论去检视这个现代时期，特别是 19 世纪 70 年代—20 世纪 30 年代间的中西文学研究活动，则不难断定：在这个时期，中西双方的文学研究活动都通过自身的内在震荡及断裂性承续而较此前更为成熟、更为自觉、更有系统，可以说，现代中西文学研究活动的发生与发展，本质上就是文学研究

① 董学文：《文学理论学导论》，北京大学出版社 2004 年版，第 209、212、213 页。
② ［美］托马斯·库恩：《科学革命的结构》，金吾伦、胡新和译，北京大学出版社 2003 年版，第 10 页。
③ 董学文：《文学理论学导论》，北京大学出版社 2004 年版，第 216、203 页。
④ 寇鹏程：《古典、浪漫与现代：西方审美范式的演变》，上海三联书店 2005 年版，第3 页。

在学术范式及其话语系统上的一场深刻转型，以及新范式通过一套特定、严密的话语系统而得到的某种具体、全新的建构，是一场断裂性"科学革命"及其后所生发的持续性"科学累进"。这当中逻辑性地包括界限模糊的两个内在阶段：其一，19 世纪末叶至 20 世纪初的革命性范式转型阶段。先是中西文学研究领域出现并日渐意识到以传统文论（诗学）为核心的文学研究旧范式及其话语体系不能解答一些反常的文学问题或疑难；随着社会历史及文化精神的裂变与迁移，以及整个的深在人文知识构型及话语的动变与改塑，这种反常日益增多、剧烈而形成文学研究旧范式及其话语危机，同时逐渐产生与传统范式及话语不能相容、不可通约的文学研究新范式及其话语；在文学研究新旧范式之间的革命性斗争中，现代新范式及话语最终革命性地取代了传统旧范式及其话语，于是中西文学研究便从传统旧范式及其话语框架中的发展，进变到新范式及其话语框架中的发展上来。其二，20 世纪初至 30 年代的累进性范式建构阶段。即在已确立权力规训地位的现代新范式之纲领性框架与助推性平台上，各种样态及形式的文学研究侧重于不同的文学谜题，展开各有特色的解谜研究及言说，通过特定的话语系统而对现代新范式作出不同样态、不同言路、不同侧面的具体而全新的建构，从而形成了文学研究的现代繁荣局面。总之，中西文学研究在现代时期表现出的各种新动荡、新突破、新特征、新局面，实际上正是一种范式意义上的"新"。

再次，更具体地从文学现代研究乃至整个现代人文学研究的知识言路来看，现代范式现象及问题同时也沉淀和隐藏着在一定程度上被现代、特别是 20 世纪知识话语的"主义"论述偏颇所遮蔽了的知识积累及推进的隐秘。刘小枫把 19 世纪以来的现代时期称为"'主义'的世纪"①。吴兴明认为："20 世纪的中国文论乃至中国文学可以说是'主义'论述的时代。……急剧的'主义'更迭是 20 世纪中国文论，包括古文论研究在内乃至整个人文学研究的独特景观，也是世界范围内现代文化现象的独特景观。问题是：繁复无穷的'主义'论述已严重地阻碍了对人文学学理的冷静审视，持续一个世纪之久的千变万化的'主义申诉'已严重地干扰了中国现代人文学知识的有效积累……"，从而阻碍了人文学知识的有效推进与创新，因此"使人文学研究从'主义'论述向知识学考察的转变

---

① 刘小枫：《现代性社会理论绪论》，上海三联书店 1998 年版，第 198 页。

刻不容缓"。① 然而尽管如此，论者认为，文学现代研究乃至整个现代人文学研究的知识言路仍受控于现代范式转进的影响，可以说，切实的、学理性的范式问题正是被"感觉化泛滥"的"主义"论述所遮蔽而隐藏于"主义"论述深处的一种知识学核心。范式的现代转型及重构追求隐在于文学现代研究乃至整个现代人文学研究的知识言路中并成为一种论述核心，如果说这对于西方而言，意味着 20 世纪西方人文学实际上"已经告别了意识中心主义的时代"而着力于"对人文学独特对象的客观性的不断寻求"②，那么对于中国而言，则意味着在现代中国的文学研究活动中，依然存有那些被"主义"论述所遮蔽着、干扰着的客观性知识审视及现代学理，它们虽然微弱、轻浅，但仍不妨贯通、形成现代中国的一种亦中亦西而奇特的学术理路、人文学统与知识积累及推进。总之，在现代中西文学研究乃至整个人文学研究的知识论述言路中，被"主义"论述所严重遮蔽着的切实、客观的知识学寻求、知识学审视、知识背景及谱系构建等问题正沉淀、隐藏在现代范式现象当中，因此在"主义"论述甚嚣尘上的现代时期，文学研究的现代范式转型及重构无疑葆藏、支撑着"种种论述之间知识积累的有效推进"，自觉成为"知识创新的公共前提"③ 而推动着文学现代研究在文学学术史总体位置中的发展、承续与嬗变。

二　文学研究现代范式问题的知识学性质

文学研究现代范式问题所涉及的内容是一个丰富的体系，这个体系包含哪些具体方面、哪些具体环节，这取决于首先如何去认识范式问题、范式现象本身在学术史内容体系中的性质及地位。

从学界已有的对现代中西文学研究范式问题的考察（这些考察主要体现为一些零散的单篇论文，并对中国与西方进行分别、孤立的处理）来看：一方面，周宁论文《20 世纪西方文学批评的四种范式》、彭立勋论文《后现代主义与美学的范式转换》、王晓路论文《批评范式与文化研究》及《范式的迁移与文学意义的扩延：评〈当代文学批评〉的改编》等论文，对现代西方文学研究有关范式问题做了探讨；而寇鹏程《古典、浪漫与现代：西方审美范式的演变》则更是少有的专门涉及对与现代西方文学

---

① 吴兴明：《中国传统文论的知识谱系》，巴蜀书社 2001 年版，第 1—2 页。
② 同上书，第 7 页。
③ 同上书，第 4、6 页。

研究有关的西方现代美学范式的专著，董学文在专著《文学理论学导论》中，也对现代西方文学研究所属的范式阶段或类型，以及其中几个主要理论范型之间的演进轨迹，做了粗略考察。另一方面，张政文论文《文学研究的自在、他在、实在——中国 20 世纪文学研究基本范式的描述与批判》、杜书瀛论文《学术范型的转换——关于百年美学和文论的断想》、张清民论文《传统诗学的三种现代转换模式》等，都从各自特定角度对 20 世纪中国文学研究范式做了一定总体性的梳理与思考，刘进才论文《1917—1927：现代文学批评范式的初步确立》则对现代中国文学批评范式的基本形成问题及相关时期做了较为深入的研究，董乃斌论文《中国文学史的演进：范式的视角》则从现代中国学界对传统文学史的书写与研究这一特定角度出发，窥见现代中国文学研究范式的某种演进；而 1996 年由华中师范大学主办的"文学史研究的方法与范式"学术研讨会，则更是一次对现代时期中国文学研究的范式问题所做的集体式研讨。显然，上述的范式研究是具体的、微观的、零散的、历史的，都尚不是针对文学现代研究整体范式问题及其知识学理及方法论系统本身而做的系统、全面、深入的学术史探究，同时也没对中西双方的范式问题做跨文化的比较与完整把握。论者认为，应该进一步站在专门的学术史问题及内容体系当中，面对整个文学研究学科系统，并跨越在中西总体视域之间，扩大、夯实与深化对文学研究现代范式问题的自觉而专门的认识。而在此当中，首要的就是要深刻认识范式问题、范式现象本身在学术史内容体系中的性质及地位。

　　范式问题不是一种一般的学术问题，甚至也不仅仅是学术史问题系统中的一种典型样态，而同时更是学术史问题系统的一种深层存在，即它本性上凝聚着学术史问题系统中的深度隐秘，这个本性或深度隐秘就包含于学术史问题的内在本质方面。从前文对学术史及其研究的内涵外延的解释交代来看，学术史问题本质深处应当是一种知识学意义上的问题，也就是说，既往知识学术活动的"历史"层面，只是学术史问题及内容体系的底线和起点，而这个"历史"层面下深在的"知识"层面，即种种知识学问题、知识学内容，才是学术史问题及内容体系的核心要素和内在旨归。基于此，我们可以认为，范式问题本身的性质即"隐秘"，一言以蔽之，即它集中凝聚和呈现着史上知识学术活动深层的知识学问题及规律。这意味着每一特定范式方面的诸多内容都既内在地统辖于又广泛地关涉有一系列特定的知识学内容、知识学问题及其规律，对范式问题的认识与考察也应当是一种知识学方式认识与考察。那么哪些东西才是知识学问题、知识学内容？什么又是知识学方式的认识与考察呢？

刘小枫认为，有"现代主义话语"和"现代学"这两种基本类型的关于现代现象及其现代性的知识话语，而其中的"现代学"，即"关于现代现象的社会理论之建构"，就是一种"知识学"，它立足于一种不同于现代主义之"主义"论述的知识学或知识性方式的论述："现代学作为关于现代性事件的知识学，虽然也是一种现代性话语，但它要求首先抑制现代主义式的主观感受性表达和现代性的情绪躁动，寻求建立一种有知识学观察距离的论述体制"，即要求"现代现象首先被实证知识性地推距为一个审视的对象，将现代现象先予客观化，以便有效地审视它，而非激进、保守地批判之"①。

接着刘小枫的意思，吴兴明对何谓"知识学考察（方式）"有更详备的解释。他认为，知识学方式大致在"论者的处身位置""论述方式或手段""论述成果或知识建制"三个层次上，与"主义"论述形成分野、恰好相反，具体地说，在"论者的处身位置"方面，知识学方式不将思想、观念、理论、情感、冲动、欲念等"一些人类文化中最具流变性、主观性，最复杂难言的领域"做"思想化"的申诉处理，即不将它们"作为直接表达的主题"，而是对它们"置身事外"，将它们"对象化""作为对象来加以考察和审视"，"因而在态度上要求抑制主观感受性表达和躁动的情绪，具有知识学观察的客观距离"；在"论述方式或手段"方面，知识学关心"知识的限制和确定性"，即它懂得"与日常语言、文学话语相比较，知识是一个更规范、更具可公度性的公共话语场。……知识不是思想。知识的标志……是在公共状态的话语场中对'所说'、话语陈述的公共性领会、理解及其效力的发挥。……进入知识的公共场域是思想或私人陈述转化为知识的关键"，因而它便"注重实证性的分析、描述与说明"；在"论述成果或知识建制"方面，知识学方式力图"寻求建立一种有知识学观察距离的论述体制"，即"它的关注核心不是要考察作为个别人的思想，而是要考察作为社会公共符号系统的知识；它要考察那些作为公共支配性话语的机制构成、流变及其言述空间，并力求将这种考察纳入

---

① 刘小枫：《现代性社会理论绪论》，上海三联书店1998年版，第5页、"前言"第3页。

公共意义的有序增值"。在与"主义"论述区分基础上，吴兴明最后认为：所谓知识学考察，"首先是一种态度：它抑制'主义'论述的主观表达性，而将表达置换为陈述，它将传统上思想史研究加以论述的东西'推拒'为客观考察的对象而以实证性方式力求精确、客观地描述之。……所谓知识学方式，首先是一种知识性谈论思想—文化的姿态，一种力图在知识建制内追求关于人类精神的有效知识的姿态"。其次，"知识学考察的核心对象不是作为意识内容的思想、观念、理论体系或某种人文情绪的体验内容，而是作为社会现象的知识话语及其相关性"——包括知识的"精神相关性"和"社会相关性"，也就是说，在知识学中，"思想、观念、理论、情绪等仍然要被考察，但那是作为知识话语的相关性内容而被考察"，即对它们"不是作为阐释对象、不是作为申诉'主义'的材料加以思想化的处理，而是作为社会学对象，作为需要描述、认知的对象加以历史学的考察"，也就是"企图将它纳入一个具有良性积累效应的论述体制中来知识性地考察与言谈"，是力求把它们的关切"纳入有效的知识学建构"的那样一种考察。①

综述刘、吴的认识，所谓"知识学"或"知识性"考察（方式），即在考察及论述中，论者将自我设定在一个与所论现象（事物）具有"对象性""距离性"关系的处身位置上，同时保持一种"客观性""冷静性""中立性"的学理性态度（姿态），通过着力采用一种"实证性""描述性"的历史学方法或手段，并在考察对象及内容上不是以思想的观念性形态及相关的意识性、精神性及个体性为关切重心，而是以知识的"社会性"运作及相关的"历史性""建制性""公共秩序性"及其"符号性"为关切重心，最终追求与形成在知识建制和论述体制中某种知识及公共意义之历史进路的"积累性"与"增值性"。

至于哪些是知识学问题、知识学内容？或者说，知识学的考察（方式）具体包括、涉及哪些方面的问题及内容？这实际上从知识学考察对象的核心及关切内容的重心方面可得到说明。按吴兴明的理解，知识学考察的核心对象及关切重心是"作为社会现象的知识话语及其相关性"——包括知识的"精神相关性"和"社会相关性"。从这个理解中，我们不难认识到，知识学问题或知识学内容大致包括三个方面或三个层次：一是作

_____

① 吴兴明：《中国传统文论的知识谱系》，巴蜀书社 2001 年版，第 3—6 页。

为社会现象的学术研究活动及一切知识话语，包括学术思潮、学科发展、学术传统、学术环境、学派分野、研究对象与范围、治学视角及方法、课题性质及据点等学术史诸要素及面相，以及知识框架及谱系构型、知识类型及眼界、知识论述及话语形态、知识的运思方式及维度、知识的论域空间及问题域设置等更为深层，复杂、隐蔽的问题。前文曾提及的众多从一般学术史角度对现代中西文学研究及美学活动的审理性著述都涉及这方面的问题及内容；比利时学者钟鸣旦对基督教在华传播史研究近年的范式变换及新趋势的分梳剖析①，以及瞿东林编《中国史学史研究》、路新生《经学的蜕变与史学的"转轨"》、罗志田主编《20 世纪的中国·学术与社会·史学卷》（上）等，也是论述这方面内容的典型。二是知识话语、学术活动的精神相关性内容及问题，即被纳入某种知识性考察范围和知识学建构之关切空间当中的相关人文思想、形上观念及理论、精神信念、情感体验、欲念冲动等内容，涉及学术的内在理路、先验认知图式、深层的理论资源及话语结构、知识质态、知识的精神基质、知识的意义及思想空间等问题。杨乃乔《东西方比较诗学——悖立与整合》、刘士林《先验批判：20 世纪中国学术批评导论》正是典型涉及这方面内容；余虹《中国文论与西方诗学》、吴兴明《中国传统文论的知识谱系》、曹顺庆等《中国古代文论话语》、马睿《从经学到美学：中国近代文论知识话语的嬗变》等，涉及的则是此一方面内容与前一方面内容的综合。三是知识话语、学术活动的社会相关性内容及问题，也就是"知识的社会运作方式。这方面包括知识体制、传播形态、话语权力及其现实相关性、知识选择—压制的社会机制和规则等"内容，涉及"论述体制、学科建制、知识制度、社会传媒、权力效应、知识人、知识谱系等"问题。② 左玉河《从四部之学到七科之学：学术分科与近代中国知识系统之创建》、程正民和程凯《中国现代文学理论知识体系的建构：文学理论教材与教学的历史沿革》，是这方面内容的典型；王铁仙和王文英主编《二十世纪中国社会科学：文学学卷》、罗岗《危机时刻的文化想象：文学·文学史·文学教育》、杨国荣主编《现代化过程中的人文向度》、罗志田主编《20 世纪的中国：学术与社会·史学卷》（下），也很注重突出这方面的内容。

---

① 孙尚扬、［比利时］钟鸣旦：《1840 年前的中国基督教》，学苑出版社 2004 年版，"导言"。

② 吴兴明：《中国传统文论的知识谱系》，巴蜀书社 2001 年版，第 6、96 页。

总之，对史上知识学术活动深层的诸多层面知识学问题及规律的集中凝聚与呈现，这是范式问题、包括文学研究现代范式问题本身内含的知识学性质、隐秘及要义；力图进入并保持一种知识学或知识性的方式，即确立与确保认识位置上的对象性、距离性，认识态度上的客观性、冷静性、中立性，认识方法上的实证性、描述性，认识对象上的社会性、历史性、建制性、公共秩序性、符号性，认识成果（追求）上的积累性、增殖性，这是认识、提炼、归纳与把握范式问题、包括文学研究现代范式问题的一些基本的知识学准则。

三　文学研究现代范式问题的知识学内容

根据文学研究现代范式问题的知识学性质和认识、提炼及把握文学研究现代范式问题的知识学准则，论者认为中西文学研究现代范式问题主要包括下述三大方面知识学内容体系：

首先，现代中西文学研究各自所属的总体范式类型及其异同特征，这是范式问题的一项重点而核心的内容。这方面内容实际上所照应的前文所述的知识学问题或内容的第一、二个方面（层次），因为文学现代研究活动中诸学术史要素、面相及其基本的知识话语层面，以及与此相关的诸精神性内容和深层的知识及思想话语问题，这两方面（层次）是凝练、构建、确定并命名某种范式类型的最基本而核心的维度——倘若说前者（即属于第一个方面或层次的知识学内容及问题）显示了某类范式的知识性、技术性展开，涉及的是范式活动的操作性、方法性、规训性层面，那么后者（即属于第二个方面或层次的知识学内容及问题）则显示了某类范式的思想性、价值性支撑，涉及的是范式活动的观念性、精神先验性、思维内在性和"知识型"意蕴等层面。

论者认为，在现代时期，中国和西方的文学研究都出现了与传统的承继性断裂，而不约而同地发生了一定的范式转型，并构建形成了各自特定的现代新范式；从总体上看，现代中国文学研究整体是在启蒙诉求的话语论说和史学建构的知识格局两者的融合中形成自己的范式类型，不妨名之为"启蒙史学"范式；而现代西方文学研究整体，则是在语言论与意义论内在关系的话语论说和理论建构的知识格局两者的融合中形成自己的基本范式类型，不妨名之为"言意理论"范式。文学研究的这两种现代范式类型，其具体特征体现在上文所述的知识学问题或内容的第一、二个方面（层次）的许多要素上。基于两种范式类型的各自总体架构、基石、纲领，以及其中各自典型的具体研究论说范例与模式，现代中国与西方的文学研究活动，在研究对象及重心（涉及知识的框架、类型及论域空间）、研究方式方法（涉及知识的运思维度）、研究视角（涉及知识的眼界）、研究的意义性质及诉求据点、核心的话语观念及谱系关系、知识言路及深层问题（论题）域或研究路向的设置及谱系样态，以及与上述有关的深层理论资源、知识之精神基质、知识之思想空间、知识之意义质态等核心方面既表现出明显的差异，也具有某些共同相通之处。

其次，文学研究现代范式问题的第二大方面内容是：文学研究的两种现代范式类型，即中国的"启蒙史学"范式和西方的"言意理论"范式，各自的某种历史演进与阶段性分划。严格来说，这方面的内容其实只是对上述第一大方面核心内容的补充及延伸，不妨也可归属于第一方面的内容中，但由于第一方面的内容主要涉及的是对某类范式之基本内涵、核心内容和知识要义的共时的、静态的提炼和把握，而于此的第二方面内容则更多的是对某类范式做出历时的、动态的认识，故而有意将其别而论之。

中西两种现代范式类型的历史演进与阶段性分划，不仅包括各自现代范式的如何开始生成，即各自范式如何发生从传统到现代的转换这一环节，而且还包括这两种现代范式在基本生根后，其各自自身在内在演化、完善基础上所发生的某次阶段性跃迁。

关于现代范式发生阶段及情况，即 19 世纪末叶各种知识、思想传统的式微问题，学界已基于不同的学科领域或研究对象而多有论述，而文学研究作为知识学术领域之一，其范式的传统式微与现代发生问题，自然与同时期某些学科知识领域特定的，或整个文学界、思想界及知识学术界总体的传统式微及现代发生情况有内在相通相连之处，因此论者对此无须再多言，唯一在此想说明的只是：由于中西文学研究在 19 世纪末叶到 20 世纪之际的传统范式微及现代范式生成问题，与当时整个知识学术及思想文化的社会运作机制、现实话语建制及其宏观的历史时代背景等有深层、复杂的关联，因此文学研究现代范式的如何发生这个环节，实际上也可纳入或归属于后文将提及的范式问题的第三方面（层次）内容。

关于中国"启蒙史学"和西方"言意理论"这两种现代范式类型在基本生根形成后所发生的一次阶段性跃迁，以及其由此而形成的前、后两个内在阶段现象，论者认为这实质上显示了两种现代范式类型在历史演进中的自我调整机制，通过这次阶段性调整而有效地把 20 世纪初到 30 年代中西文学研究众学派及学说分别合法性地统摄、整合到同一个知识话语范式结构当中。至于"启蒙史学"和"言意理论"这一中一西两种文学研究现代范式这次内在跃迁的发生时间以及由此形成的前后两个内在阶段划定的历史界点，论者基本上认同并借鉴陈平原先生所谓"晚清"（戊戌）与"五四"乃两个"关键时刻"，晚清戊戌与五四两代人在中国学术、思想、文学、文化的现代转型方面乃一种"共谋与合力"的关系的观点，①认为"五四"前后乃"启蒙史学"范式发生由生根发展到典范确立之内在跃迁，并自此标划形成前后两阶段的历史分界点；而于西方方面，则认为"一战"前后大致是"言意理论"范式发生由生根到完全扎根之内在跃迁，并自此标划形成前后两阶段的历史分界点。

　　最后，文学研究现代范式问题的第三大方面内容是：与"启蒙史学"和"言意理论"这一中一西两种文学研究现代范式之建构及演化密切相关的同时期知识学术、思想文化、文学、社会等方面总体历史境遇问题。这方面内容实际上所照应的主要是前文所述的第三个方面（层次）的知识学问题及内容，以及对作为社会历史语境及时代思潮背景的部分第二方面（层次）知识学问题及内容。论者认为文学研究现代范式问题的这方面内容主要是集中于四个问题系统，这四个问题系统深刻决定、影响及塑造着"启蒙史学"与"言意理论"这两种文学研究现代范式的生成建构，也就是说它们实际上与中西文学研究现代范式类型之基本内涵、知识要义、意义质态及思想取向等有着本体性关联。这四个方面问题是：一是现代时期，中西知识学术活动的时代变局及整体知识特征，包括知识学术分化及选择的历史走势、学科及学术的分布格局、知识论述体制及谱系结构等；二是现代时期，中西思想文化潮流（思潮）的整体意义指向及诉求；三是现代时期，中西文学文化跨语际交流融汇中的"他者"形象构想，即关于"他者"的话语想象，以及关于"他者"的意义建构；四是现代时期，中西文学活动及其知识系统、话语空间的整体学科认同与制度建构。这四个问题系统分别从知识学术方面的"知识下行"、思想文化方面的"文化解救"、中西跨语际关系方面的"异域之镜"、文学社会运作方

　　①　参见陈平原《中国现代学术之建立：以章太炎、胡适之为中心》，北京大学出版社 1998年版，"导言"；陈平原《触摸历史与进入五四》，北京大学出版社 2005 年版，"导言"；陈平原《中国小说叙事模式的转变》，北京大学出版社 2003 年版，"导言"。

面的"建制行动"四个维度的现代变局及追求上，为中西文学研究范式的现代转型及运行搭建了宏观的时代坐标及历史背靠空间，它们彼此相对独立，同时又有深刻的相互牵扯、缠绕关系，而且其中的"建制行动"这个维度本身直接就包含在中西文学知识及批评活动的传统式微与新范式萌生的关键环节问题，即"文学的现代建制"，以及其中批评话语的现代发生、表述和文学知识学科的范式化格局形成等问题中。

综上所述，在文学现代研究及其论说的知识学术要素系统中，中西文学研究的现代范式问题是一个具有根本的知识学性质的问题，这个问题包含了现代中西各自总体范式类型特征及其发生、构建、演进，以及其所背靠的总体历史境域空间等一套知识学内容体系。文学研究的现代范式问题及内容是文学现代研究的学术史及知识学要素及问题体系的核心和根本，具有非常关键的现代知识学术史意义。

但同时要看到，在文学现代知识研究及其知论说中，"学术范式"现象及问题其实一直是与另一个关键而核心的现象及问题，即"批评话语"现象及问题，相互结合、连通在一起的。那么，为何说现代"话语"现象及问题连系着现代"范式"现象及问题？"话语"现象及问题与"范式"现象及问题研究之间是怎样的一种内在位置或结构关系？"范式"现象及问题与"话语"现象及问题相互结合的基本含义和主要内容是什么？进而，为何说在现代"话语"现象及问题中，"批评话语"是一个关键、核心？文学研究现代"学术范式"现象及问题与相关"批评话语"现象及问题之间的内在勾连关系涉及哪些环节、哪些方面、哪些具体问题，其中又包含着"批评话语"方面的哪些内容？这些是下面要系统解释的内容。

第三节　文学研究现代范式中的话语问题

在文学现代研究及其论说的知识运思及知识系统运行中，其思想文化要素系统的核心和根本是一种话语现象及问题。话语问题的核心及问题性所在存在于话语构型空间中，话语问题的内容主要来自考古学和谱系学两个方向上的厘定，并表现为多种样式。具体在文学现代知识研究活动中，话语问题与范式问题缘自并立足于文学研究的语言建构特性、文学研究置身的现时代言说语境、文学研究的知识言说路向、文学研究的知识言说内容（要素）、话语与范式双方本身的属性五个方面的基本位置或基本理据而发生相互结合的关联，这种结合有着具体的含义、指向、原则与内容。

一　"话语"概念与话语问题的核心及内容

作为米歇尔·福柯思想的一个理论核心概念，同时也作为他旨在对抗历史先验主义、本质主义、整体主义，旨在反叛传统"历史现象学"① 式知识学道路、思想史道路的，一种后现代历史主义知识学（即"知识考古学"与"知识谱系学"）的方法论核心概念，"话语"（discourse）指的是在维系于特定文化传统、社会历史、知识思想语境中而形成的"一种陈述的系统"②，也就是由一些"陈述"（statemnet）构成的，且通过身处于、依靠于该"陈述"而运行的"一种复杂的符号与实践"、一种"物质性的和实证性的实践"活动，③ 即一种特殊的、具有自我复制能力的"经验性的历史事件"。④ 由于作为其最小构成因素的"陈述"是一种普遍性的言语深层结构，因而"话语"作为"实践"、作为"事件"（event），常常是在各种言说、书写、阅读及交流中展开的，而话语性实践、话语性事件的这种言说性展开，既拥有醒目的外在形态，即集中呈现为知识、理论、思想、文化方面一系列相对稳定的基本概念、范畴或术语，又具有系统的、内在而深层结构，即根本关联着一套特定的运思、言述的基本方式、基本理路、基本空间、基本法则，特定的知识、文化的内在根基、基本理念、基本眼界、基本构架、基本体系及谱系，以及特定的意义、价值建构的基本理据、基本设定、基本取向等——因此可以认为，尽管福柯竭力反抗对起源、目的论、连续性、总体性、普遍形式、先验结构等的迷恋，⑤ 但"话语"的基本内涵实际上处于言说"结构"与实践"事件"（event）之间。

"话语"与"权力""欲望""知识""现实"之间具有复杂的内在历

---

① ［法］福柯：《知识考古学》，谢强、马月译，生活·读书·新知三联书店1998年版，第262页。

② 廖炳惠编著：《关键词200：文学与批评研究的通用词汇编》，江苏教育出版社2006年版，第76页。

③ 廖炳惠编著：《关键词200：文学与批评研究的通用词汇编》，江苏教育出版社2006年版；汪民安主编：《文化研究关键词》，江苏人民出版社2007年版，第490页。

④ 汪民安主编：《文化研究关键词》，江苏人民出版社2007年版，第490页。

⑤ 吴兴明：《中国传统文论的知识谱系》，巴蜀书社2001年版，第24页。

史关系，具体来说就是：特定的话语实践、话语事件、话语生产的发生及其内外言说形态、结构的生成展开，并不是独立自足的、优先的、必定的、超历史恒态的，而是具有历史偶然性、任意性，因为"一切话语（并不只限于现代话语）都隐藏着一种权力特征，都源于权力实践"①，是那些非话语的权力关系、"权力意志"运作的产物，是"欲望和权力这两种力量运作的体现"，是权力"最明显、但也最难以识别"地，或说既自我揭示又自我掩藏地运作的地方；② 而由于"权力意志"正是人类"一种意图支配他人、建构模式化知识且排他性极强的'真理意志'（the will to truth）"或"求知意志"借助社会机构、组织、制度、实践等途径的"普遍化""制度化"，③ "权力关系"也总是来自并导致对"知识"的某种建构与掌握，因此，话语权力便"构成了规训社会和个体生活的制度、学科，乃至知识分子"，能够"在塑造机构和学科的同时建构行动、知识和社会存在的各个领域"，④ 因而话语实践、话语事件本身亦即源于一种知识关系，内含并产生了一种知识行为、知识效果，成为知识特别是现代社会的知识得以形成和运作的一种具根本意义的"历史的可能性条件"⑤，构成了一切社会现实特别是"一般的文化实践的基础部分"⑥。从上述复杂关系，一方面可见出"话语"的本质，即它是一种基于言说交流行为当中的，有关人类及其社会的知识生产系统或知识构架机制，这个系统或机制通过某种制度化过程和框架化效能而使"知识"获取、乃至成为某种"构成性权力"，⑦ 以至于能对知识行动自身、人类社会和个体生活现实方方面面施以构建、规训、调控等决定性影响，即话语"构成了看待世界的一种方式，构成了对经验的组织或再现，构成了用以再现经验及其交

① ［德］哈贝马斯：《现代性的哲学话语》，曹卫东等译，译林出版社 2004 年版，第 312—313 页。

② ［英］约翰·斯特罗克编：《结构主义以来：从列维—斯特劳斯到德里达》，渠东等译，辽宁教育出版社、牛津大学出版社 1998 年版，第 84、94、121 页。

③ ［德］哈贝马斯：《现代性的哲学话语》，曹卫东等译，译林出版社 2004 年版，第 312 页；廖炳惠编著：《关键词 200：文学与批评研究的通用词汇编》，江苏教育出版社 2006 年版，第 78 页。

④ 赵一凡等主编：《西方文论关键词》，外语教学与研究出版社 2006 年版，第 229 页。

⑤ 汪民安主编：《文化研究关键词》，江苏人民出版社 2007 年版，第 489 页。

⑥ ［英］约翰·斯特罗克编：《结构主义以来：从列维—斯特劳斯到德里达》，渠东等译，辽宁教育出版社、牛津大学出版社 1998 年版，第 84 页。

⑦ 赵一凡等主编：《西方文论关键词》，外语教学与研究出版社 2006 年版，第 228 页。

际语境的语码。……话语构成了一种意识形态……是意义、符号和修辞的一个网络，与意识形态一样，话语致力于使现状合法化"①，从而现实世界成为"话语"的某个组成部分而不是"话语"作为现实世界的一部分。另一方面，从上述复杂关系也可见出"话语"的基本历史功能，即借助或透过"话语"，能形成不同的主体位置，建构起（当然同时也能消解）"不同的主体性"，形成主体与客体之间、人际之间的"权力关系"和"权力网络"，使"社会的现实世界可以为世人所了解、应用且运作"，使"认知世界并生产意义"成为可能，特别"可以组构社会存在，使文化有其再复制的可能性"。②

具有上述基本内涵、本质、基本历史功能的"话语"，其历史化、游戏化的形成、建构与运行总是隐藏、遵循、服从着一套特定的实践规则或原则，这套实践规则或原则同时即是"在一定话语分布中的存在条件（也是它们共存、保持、变化和消失的条件）"；这些构成（运行）规则、原则或条件不外乎涉及"话语对象""陈述行为的方式""概念"，"主题选择"或"策略"等"四个体系或者称为四个关系网络"及其相互作用关系，③其中大致包括话语主体位置及诉求、主导性话语观念、核心概念（语汇）及命名实践、修辞及叙事等述说策略、述说方式与模式或风格、话语生成机制、话语场域及语境、述说交流条件、合法化过程及有关经验或制度领域等具体要素或组成部分。正是这些规则、原则或条件共同建构成了"话语实践规律的整体"，即"话语的形成体系"；而这个"形成的体系所勾画出的，是必定会发挥作用的规则体系"，④正是它"使事物成为一个'话语对象'，并构成其出现的历史条件，使其成为特殊事件的系列"⑤，正是它能"使某对象发生转换、某个新的陈述行为出现、某概念的提出、隐喻化或者传入某策略的改变——，而又不因此而中断属于同一话语形成体系所勾画的……使其他话语中的变化（在其他的实践中、在机构中、在社会关系中、在经济过程中）能够出现在既定话语的内部，从而

---

① 赵一凡等主编：《西方文论关键词》，外语教学与研究出版社 2006 年版，第 276 页。

② 廖炳惠编著：《关键词 200：文学与批评研究通用词汇编》，江苏教育出版社 2006 年版，第 76 页。

③ ［法］福柯：《知识考古学》，谢强、马月译，生活·读书·新知三联书店 1998 年版，第 47、89 页。

④ 同上书，第 92 页。

⑤ 汪民安主编：《文化研究关键词》，江苏人民出版社 2007 年版，第 491 页。

构成新的对象，引发出新的策略和新的陈述行为或新的概念"①。由此可以认为，一定的话语"构成规则（原则、条件）"或"形成体系"，便意味着、建构着一定的话语领域、话语模态和话语边界，造就着特定的话语体系、话语类型或"话语构型"（discourse formation）②。而"话语构型"正构成了话语问题的核心，或者说，话语问题的核心就存在于某种特定的"话语构型"空间中。由于决定"话语构型"，并决定话语发生、建构与运行等方面话语问题的上述构成性规则及其关系体系"是断裂的、异质的、表面化的、特殊性的、事件性的，而不是结构性的、总体性的和类型化的"，③ 因此可以说，"话语"及话语问题的根本特性正在于它的历史性、偶然性、临时性、断裂性、异质性、多元性、事件性、现场性、关系性、主体性、弥散性等方面。

话语问题的核心存在于"话语构型"，即话语建构当中的构成性规则或规律体系及其有关要素当中。这个核心决定了话语问题的问题性所在，是以话语构成及建构实践（事件）的隐秘本质、根本特性及基本历史功能为中心，并表明"在所有话语的背后，都是欺和骗的结构"④，在话语的迷雾背后存在着被压抑的历史和历史的非连续性、非总体性、非目的化、非体系化、非结构化、无秩序性、片断性本真状态，从而系统涉及话语实践（事件）如何产生知识与真理，如何参与对历史真实、社会及个体生活的创建与塑造，如何既建构又消解人的主体性，以及话语与知识、权力、欲望主体、历史现实（即语言—世界）的复杂关系，包括"制度""学科"和"知识分子"等方面的问题⑤。

话语问题的核心及其当中的问题性所在，从根本上决定了话语问题的内容体系，这个内容体系正如福柯的努力所体现的那样，主要来自考古学和谱系学两个方向上的厘定。一是对话语的考古学方向上的厘定，即通过立足于对"知识和话语之形成和运作的可能性条件"的历史追溯与批判

---

① ［法］福柯：《知识考古学》，谢强、马月译，生活·读书·新知三联书店1998年版，第92页。

② 赵一凡等主编：《西方文论关键词》，外语教学与研究出版社2006年版，第227页；汪民安主编：《文化研究关键词》，江苏人民出版社2007年版，第490页。

③ 汪民安主编：《文化研究关键词》，江苏人民出版社2007年版，第490页。

④ ［英］约翰·斯特罗克编：《结构主义以来：从列维—斯特劳斯到德里达》，渠东等译，辽宁教育出版社、牛津大学出版社1998年版，第97页。

⑤ 赵一凡等主编：《西方文论关键词》，外语教学与研究出版社2006年版，第229页。

性分析，并着力追溯、描述和分析"话语实践规则的构成以及不同的话语构成之间的转换"，而"力图发现在话语实践以及机构的、政治的、经济过程等非话语实践之间相互伴生的社会关系的整体性"，① 以及话语事件对其"作为纯粹的述说存在具有任意性"的"既揭示又隐藏"的"风格"② 和"各种不同话语领域的界限"③，并揭示不同时代特定的"知识型"特征及其前后时代知识话语间的结构性断裂，从而"使思想史摆脱其先验的束缚"，达到"要在没有一种目的论能预先限制的不连续性中分析思想史；在没有一个预先的范围能封闭的扩散中测定思想史在无名之中展开，任何一个先验的结构都不能强加给它们主体的形式；要思想史向不预示任何黎明归返的时间性中开放。……剥离思想史的一切先验的自我欣赏的成分；必须把它从这个它被封闭在其中的失而复得起源的循环中解脱出来"的目的，④ 即实现对"以任何目的论、连续性、普遍形式、先验结构等等预设来面对思想史""封闭思想史""限制对思想史的在扩散中的测定"这样的传统知识学道路的反抗，⑤ 而让思想史无限制地、无遮蔽性地、扩散性地展开自身，回复到知识及历史的本身状态。二是对话语的谱系学方向上的厘定，即基于"权力""知识""身体"的三角关系⑥，在清除科学之整体主义、秩序主义、系统主义意识背景前提下，从知识史的局部入手，通过采取非体系性、非科学化、无秩序和片断性的"局部挖掘"方式，⑦ 着力"关注局部的、非连续性的、被取消资格的、非法的知识"⑧，从而便于考察"产生知识的真理体制和求真意志是如何在某种权力形式和权力关系中诞生的"，以及"某种话语是如何被权力—知识关系在欲望的主体上产生出来并散播的"，⑨ 以此力图"让历史知识能够对抗

---

① 汪民安主编：《文化研究关键词》，江苏人民出版社 2007 年版，第 489、490、491 页。

② ［英］约翰·斯特罗克编：《结构主义以来：从列维—斯特劳斯到德里达》，渠东等译，辽宁教育出版社、牛津大学出版社 1998 年版，第 91 页。

③ ［德］哈贝马斯：《现代性的哲学话语》，曹卫东等译，译林出版社 2004 年版，第298 页。

④ ［法］福柯：《知识考古学》，谢强、马月译，生活·读书·新知三联书店 1998 年版，第261 页。

⑤ 吴兴明：《中国传统文论的知识谱系》，巴蜀书社 2001 年版，第 24 页。

⑥ 汪民安主编：《文化研究关键词》，江苏人民出版社 2007 年版，第 231 页。

⑦ 吴兴明：《中国传统文论的知识谱系》，巴蜀书社 2001 年版，第 28 页。

⑧ ［法］福柯：《权力的眼睛：福柯访谈录》，严锋译，上海人民出版社 1997 年版，第219 页。

⑨ 汪民安主编：《文化研究关键词》，江苏人民出版社 2007 年版，第 231 页。

理论的、统一的、形式的和科学的话语的威胁", 而从"科学的知识等级, 以及知识权利的效应"的压制中解放出来,① 同时也力图发现"权力是如何在话语中运作的, 话语是如何发挥规训功能的"②, 揭示出"话语"对自身权力本质的企图掩盖, 以及"权力"在话语中既体现自身又掩藏自身的主要特征,③ 进而"认出真实的历史中被各种权力和话语所构成的事件网络、偶然游戏和斗争状态"④。

　　话语问题的内容体系的基本厘定路向虽只有两个, 但其内容的具体形态或具体表现角度却是非常多样的, 这点可透过近年来诸多话语问题的研究著译成果而得到明证, 例如: 它可以体现为某些关键范畴、重要术语、核心概念或观念, 如户晓辉《现代性与民间文学》对"民""民俗"和"民间"的分析, 陈建华《"革命"的现代性: 中国革命话语考论》对"革命"概念及观念的考释, 林少阳《"文"与日本的现代性》对"文"概念的语言思想意义及谱系的发掘, 刘禾《跨语际实践: 文学, 民族文化与被译介的现代性 (中国, 1900—1937)》和《语际书写: 现代思想史写作批判纲要》对"国民性""个人主义"概念及观念的考察, 许纪霖主编《公共性与公共知识分子》与刘泽华等《公私观念与中国社会》中对"公""公共""公民""公私"观念的考释, 顾红亮及刘晓虹《想象个人: 中国个人观的现代转型》对现代中国"个人"观的考察论述, 子安宣邦《东亚论: 日本现代思想批判》对"东亚"概念的考察, 以及更多的对文学、文化研究关键词、术语、概念、范畴的清理与汇编。它可以体现为某种文学、语言等事物、现象之起源、发生与确立之制度化品格及合法化逻辑, 如陈方竞《多重对话: 中国新文学的发生》、高玉《现代汉语与中国现代文学》、柄谷行人《日本现代文学的起源》、小森阳一《日本近代国语批判》等著述所表明的那样。它可以体现为某类思想言述的跨语际书写、理解与对话实践, 如刘禾《跨语际实践: 文学, 民族文化与被译介的现代性 (中国, 1900—1937)》和《语际书写: 现代思想史写作批判纲要》、陈建华《"革命"

---

① ［法］福柯:《权力的眼睛: 福柯访谈录》, 严锋译, 上海人民出版社 1997 年版, 第220 页。

② 赵一凡等主编:《西方文论关键词》, 外语教学与研究出版社 2006 年版, 第 230 页。

③ ［英］约翰·斯特罗克编:《结构主义以来: 从列维—斯特劳斯到德里达》, 渠东等译, 辽宁教育出版社、牛津大学出版社 1998 年版, 第 94、121 页。

④ 汪民安主编:《文化研究关键词》, 江苏人民出版社 2007 年版, 第 232 页。

的现代性：中国革命话语考论》、王晓路《中西诗学对话：英语世界的中国古代文论研究》等著述所表明的那样。它可以体现为某种思想、理论的历史谱系及其历史场景中的权力关系，如陈建华《"革命"的现代性：中国革命话语考论》、林少阳《"文"与日本的现代性》等著述所表明的那样。它也可以体现为某核心观念、事物所隐含的思想史、文学及文化史的某些深层问题，如现代性问题，如陈建华《"革命"的现代性：中国革命话语考论》、户晓辉《现代性与民间文学》、刘禾《跨语际实践：文学，民族文化与被译介的现代性（中国，1900—1937）》与《语际书写：现代思想史写作批判纲要》、顾红亮及刘晓虹《想象个人：中国个人观的现代转型》、林少阳《"文"与日本的现代性》、柄谷行人《日本现代文学的起源》、小森阳一《日本近代国语批判》、子安宣邦《东亚论：日本现代思想批判》等著述所表明的那样。它还可以更多地体现为理论知识、学科活动研究领域及其历史状况之不同方面的有关知识学与现象学问题，这当中又可以有以下诸多维度：如户晓辉《现代性与民间文学》、刘禾《跨语际实践：文学，民族文化与被译介的现代性（中国，1900—1937）》第三部分、子安宣邦《东亚论：日本现代思想批判》等著述所表明的，以知识、学科、学术的历史建制领域及其文化规划与合法化问题为角度；如林少阳《"文"与日本的现代性》、陈建华《"革命"的现代性：中国革命话语考论》、许纪霖主编《公共性与公共知识分子》、子安宣邦《东亚论：日本现代思想批判》等著述所表明的，以知识的核心观念、问题所涉及的知识主体即知识分子史为角度；如王晓路《中西诗学对话：英语学界对中国古代文论的研究》、程丽蓉《对话场景中的中国现代小说理论话语》、陈方竞《多重对话：中国新文学的发生》等著述所表明的，以知识活动的对话语境及其中的知识主体位置为角度；如杨俊蕾《中国当代文论话语转型研究》等著述所表明的，以知识处身的文化语境、文化场域及文化权力构架为角度；如吴兴明《中国传统文论的知识谱系》、马睿《从经学到美学：中国近代文论知识话语的嬗变》、余虹《中国文论与西方诗学》、杨乃乔《东西方比较诗学：悖立与整合》、张岱年主编《中华学术与中国文学研究丛书》，以及牛宏宝论文《西方现代美学话语转换的四个方面》、刘月新论文《从语言批判到意识形态批判：对现代西方文学理论的一种分析角度》、孙辉论文《从语言到话语：当代文学理论批评两度转向之学理逻辑探析》、赵凌河论文《谈中国现代文学批评的话语形态》等著述所表明的，以知识的谱系构型、表现形态及内在质态、学科资源、理论框架为角度；如杨乃乔《东西方比较诗学：悖立与整合》、张隆溪《道与逻各斯：东西方比较的文学阐释学》等著述所表明的，以知识栖居与发展的深度范畴、原理、规则、语言论语境、知识学科体系为角度；如余虹《中国文论与西方诗学》、李杰《中国诗学话语》、曹顺庆等《中国古代文论话语》、向天渊《现代汉语诗学话语（1917—1937）》、莫海斌博士学位论文《1900 至 1920 年代：汉语诗学及批评中的形式理论问题》、晏红博士学位论文《认同与悖离：中国现代文论话语的生成》，以及孙文宪论文《论中国现代文学批评的语言意识》、郭昭第论文《中国 20 世纪文论话语建构的症结》等著述所表明的，以知识的某种语言文化性传统，包括其内在的言说方法、言述空间、入思方式及理路、传统眼界、文化精神的意义架构、现代遭际等为角度。

二　文学现代研究中话语问题与范式问题结合的基本理据

文学现代研究中的话语问题与范式问题之间是一种什么关系？尽管上文提及的马睿、杨俊蕾、程丽蓉、户晓辉、林少阳的研究著述，以及余虹、杨乃乔、张隆溪、刘禾、吴兴明著述中的有关论说内容，自觉而系统涉及了现代中国或西方文学学术研究中的有关知识话语问题，但显然对文学现代研究中的范式问题却没有同样自觉而系统的论述。论者认为，文学现代研究中的话语问题与范式问题两者相互勾连结合在一起，作为文学现代研究之思想文化要素系统的核心的话语问题，其实内在于作为文学现代研究之知识学术要素系统的核心的范式问题，实乃文学现代研究范式的一个内在中心。文学现代知识研究活动中话语问题与范式问题两者的相互勾连结合主要缘自、立足于下述五个方面的基本理据或基本位置：

一是缘自和立足于文学研究的语言建构特性方面的理据。一切知识学术活动其实都是一种语言建构工作，而由于文学的本质就在于是一种独特的语言活动，因此“文学研究”这一专门针对“文学”的知识学术活动就更是一种语言建构工作。这种强烈的语言学属性决定了“文学研究”及其历史，不是一种一般的知识学术活动及学术史，而是一种专门关于特定言说（即文学言说）及其建构隐秘的活动及历史，更多地承担着洞悉话语言说本身的隐蔽性、构建性的知识本质、知识规律、知识特征的任务，具有相当强的在对某种话语言说之权力知识结构的嵌入、纠缠中开展知识话语及权力生产的学科本性，拥有很大程度的话语性意义及其知识文化功能。特别在转型期历史中，文学研究乃至整个文学的转型往往"亦即语言体系和话语方式转型"①，从而话语问题也就更是其知识运思的一种内在的、关键性焦点。

　　二是缘自和立足于文学研究置身的现时代言说语境方面的理据。19世纪70年代—20世纪30年代，甚至整个20世纪，正是一个话语新旧转换、不断更迭、纷呈繁复的时代。在这个时代的知识学术、思想文化活动中，一些核心概念、术语、命题频繁涌现、潮起潮落，而每一个概念、术语、命题的提出或意义嬗变都指涉、牵带甚至标志着一套特定话语体系的生成、运转及嬗变，而特定的概念、术语、命题及其话语体系则又总是特定地造就或推进着知识学术活动中的方法论转换，并不断"进而形成新的研究和切入问题的起点"，规导着新的研究思路和论域及言说空间，这就是这个时期的知识学术活动"深深受到与意识形态交织在一起的话语型构（discursive formation）的塑造"的体现②。刘小枫把19世纪以来的现代时期称为"'主义'的世纪"，吴兴明也认为急剧的"主义"更迭"是世界范围内现代文化现象的独特景观"，也就是因为看到了：作为一种独特层次之话语形式或话语模态的"主义"话语，即一种力在"以某种知识学（科学）的论证来加强价值论断的正当性"，以便"进入社会化推论和诉求"而"促成不同程度的社会化行为"，从而"成为社会实在的一个结构因素"，并具有向意识形态转换的潜能（倾向）的"社会化思想言论"纷繁呈现，深入渗透进而影响着知识学术及思想文化活动的机体，并深刻"构成了现代社会的一个基本现实"。③ 显然，作为现代社会文化现实和现代知识学术活动组成部分之一的现代文学及文学现代研究活动，也难逃这一时代总势及言说语境的影响，而深烙着一系列核心概念（术语、命题）及话语（包括"主义"话语）的结构性、本体性影响，具有话语言说深

---

　　① 高玉：《现代汉语与中国现代文学》，中国社会科学出版社2003年版，第62页。

　　② 黄宗智主编：《中国研究的范式问题讨论》，社会科学文献出版社2003年版，第115、298页。

　　③ 刘小枫：《现代性社会理论绪论》，上海三联书店1998年版，第198页；吴兴明：《中国传统文论的知识谱系》，巴蜀书社2001年版，第1页。

刻转型并纷呈繁复的根本特点。正是因此，单就现代中国一域的文学及其研究活动来看，才正如高玉所言："中国文化和文学的现代转型从根本上是由汉语的转型决定的"，"语言的现代性是构成新文学现代性的深层基础，正是新概念、新术语、新范畴、新话语方式包括新的文学概念、术语、范畴和话语方式，一句话，新的语言体系改变了文学的内容并从根本上改变了文学的艺术精神"，亦即"是'话'的变革而不是'说'的改良导致了中国文学的现代转型……新文学的本质在于'话'，新语言体系、新话语方式的发生也是中国现代文学的发生"。① 也正如吴兴明所说，"20世纪的中国文论乃至中国文学可以说是'主义'论述的时代。……急剧的'主义'更迭是20世纪中国文论，包括古文论研究在内乃至整个人文学研究的独特景观"②。可以说在中国，不仅"当代文论中最突出的现象就是话语转型"③，而且在现代时期的文论乃至整个20世纪文论和文学研究中，话语急剧转型、纷繁涌现的现象都是其一个带有根本性意义的深刻事件。总之，置身于现时代言说语境的文学现代研究无疑具非常鲜明、强烈、深刻的话语特征。

三是缘自和立足于文学研究的知识言说路向方面的理据。文学研究在本性上是归属于一种知识学、知识性方式的论说，而按照吴兴明在对福柯解读中的认识，知识言说总有两种路向，也就是迄今为止人类面对知识史不外乎在知识学上采取两种基本道路或基本取向，即坚守"历史—先验"取向的广义现象学道路和坚守"实证—考据"取向的历史主义道路。尽管也许诚如吴氏所认为的：由于长期以来，这两种基本知识言说道路或取向间彼此对立、冲突、荡摆、扭结或非法僭越，④ 而造成了针对知识史的知识学考察中的一个基本困境，即"知识史研究难题"中"谱系分析"与"观念释义"间的互不搭理、彼此分离状况——"知识史研究中的难题之一是如何处理谱系、释义和比较三者之间的关系。没有谱系分析，释义会流于观念史、思想史之观念内容的空疏分析，释义会落不到实处，得不到知识史的形式化确认；而光有谱系罗列，没有观念释义，就无法分析

---

① 高玉：《现代汉语与中国现代文学》，中国社会科学出版社2003年版，第6、73、75页。

② 吴兴明：《中国传统文论的知识谱系》，巴蜀书社2001年版，第1页。

③ 杨俊蕾：《中国当代文论话语转型研究》，中国人民大学出版社2003年版，第1页。

④ 吴兴明：《中国传统文论的知识谱系》，巴蜀书社2001年版，第一章。

谱系构成的内在理路，会只剩下一堆概念的空壳……"① 因此，突破困境、解决难题的关键就在于超越长期以来的知识言说路向二元分立的模式，而"让现象学道路和历史主义归位：谱系学方法用于历史的知识学清理，现象学之路承担开启知识的合法性。在谱系学阶段悬置理论化和先验性倾向，让'局部挖掘'实证性显凸历史知识的复杂性、多样性和异质性；在现象学层面则凸现对历史知识的反思和新知识开启的地基。"② 以此实现历史主义"谱系分析"与广义现象学"观念释义"间的彼此联结、有机交融、相互推进。然而论者认为，在人文学研究包括文学研究中，其实长期以来都始终存在着将知识言说的上述两条道路结合在一起的潜在基质或潜力倾向，而其所包含的范式问题和话语问题，由于两者各自都既有历史主义、实证性、形式（技术）化构成方面的内容，又有广义现象学式的内在入思空间、先验理路、整体观念方面的内容，因此它们正隐含有、或正归属于这样的潜在基质或潜力倾向当中。可以说，目前，无论是吴氏本人在《中国传统文论的知识谱系》中，力图"不是在与现象学方法对立的意义上运用知识谱系学"，在知识谱系学考察中不排除对知识史整体特征、知识史逻辑进程、知识观念内容的分析、探讨、确认和阐释，③ 即采取一种立足知识谱系学思路而同时吸纳现象学方法的论述策略，还是余虹在《中国文论与西方诗学》中，力图在现象学还原中不排除对知识对象的扎实清理、客观描述或实证凸显，即采取一种立足现象学思路而同时吸纳知识谱系学方法的论述策略，另外还有户晓辉《现代性与民间文学》、柄谷行人《日本现代文学起源》等著述表现出的对两种言路的相互结合的成功推进，实际上都恰好明证了在文学研究中，其所包含的话语问题其实一直都是内在于文学知识的完整言路中的，具有把"历史—先验"取向的广义现象学道路和坚守"实证—考据"取向的历史主义道路两者结合起来的潜质。

　　正是由于在文学研究中，范式问题和话语问题都隐含有把文学知识言说中"历史—先验"取向的广义现象学道路和坚守"实证—考据"取向的历史主义道路两者结合起来的潜在基质或倾向，因此它们以有意或无意地对这两种言路的潜在结合为媒介，而同时造成了彼此间的相互结合。或

---

① 吴兴明：《中国传统文论的知识谱系》，巴蜀书社2001年版，"序言"第2页。
② 同上书，第31页。
③ 同上书，"序言"第1页。

者换个方向说，文学研究中范式问题与话语问题的相互结合其实是构成了一个切点或基石，从而为文学研究中知识谱系学的局部考掘、谱系清理与广义现象学的整体直观、观念释义两种知识言路的有机结合及相互推进提供了可能、潜质与基础条件。

　　四是缘自和立足于文学研究的知识言说内容（要素）方面的理据。文学研究的知识言说不仅存在上述的两种路向（即类似能指层面），还存在两种所要言及的内容或要素系统（即类似所指层面），即前文所谓的知识学术的一面和思想文化的一面，如果说范式问题是其知识学术内容或要素系统的核心和根本，那么，话语问题则是其思想文化内容或要素系统的核心和根本。由于学术与思想本然具有彼此渗透、内在关联、相互推进的品质，因此范式问题与话语问题也就有相互结合的内在本性。范式问题与话语问题的作为知识言说内容方面的内在相互结合渗透、相互沟通推进，意味着文学研究既以"学"的方式来对文学展开"知识性言说"，又以"思"的力量构织、开掘这种知识性言说"深处的内核"，[1] 从而着力构建文学知识研究活动与社会思想文化深层问题（包括现代性问题）的内在关联。因为在文学研究的范式问题与话语问题两者的结合渗透、沟通互动中，代表思想文化一面的话语问题其实构成了文学研究知识学术范式得以建构、展开、运行自身的一种具体而内在的运思框架、思想论说眼界和文化意义资源；而正是二者的这种内在结合渗透、沟通互动，成为一种切入口、渠道和平台，把文学知识研究与社会思想文化论说两者在知识话语、思想论域意义上连通、交织起来。实际上，换言之也可以说，文学现代研究的范式问题与话语问题两者的结合渗透、沟通互动，其实正是文学现代研究出于"跳开现代学术制度中的'文学'去思考'文学'"[2] 的内在要求，努力在对文学的知识性思考中开掘与涵纳文学知识活动内在及周遭有关的社会、思想、文化因素，而在广阔的社会、思想、文化研究视域中思入文学知识问题，努力超越文学及文学知识本身的视野范畴而让对文学的知识思考突入思想史、社会史、文化史深处，也就是努力把文学及文学知识文本当作社会性文本、思想文化性文本来解读，把文学知识活动这一知识行为、学科行为当作思想史的有机部分，转进或扩展、提升为更具历史全局性意

---

　　① 杨俊蕾：《中国当代文论话语转型研究》，中国人民大学出版社 2003 年版，第 32 页。
　　② 林少阳：《"文"与日本的现代性》，中央编译出版社 2004 年版，第 373 页。

义的社会文化建构、知识文化批评、知识分子之思想论说等活动形式来考量，从而力图深入考量文学及文学知识活动的思想作为、文化作为、社会历史作为，审视社会历史场域、意识形态背景、理论构成、文化叙说及精神架构、思想眼界及内在理路等对文学及文学知识的内在规导、塑形与话语呈述。

五是缘自和立足于话语与范式双方本身属性方面的理据。首先，范式、范式问题，与话语、话语问题，两者都本体性地涵摄知识及知识学问题，这种共通的属性令它们能够内在地结合在一起。虽然范式、范式问题与话语、话语问题，两者之间有诸多鲜明区别和差异——例如：前者更多用于指涉专科化的知识、学术领域，与客观的"学"密切相关，后者则广泛用于指涉社会历史、现实生活、思想文化、知识学术等各种领域，与带价值倾向的"思"密切相关；前者侧重于知识、学术、思想、言说在专科化的运思开展或具体解决科学问题的过程中所形成或依靠的某类具体的运思总纲（总结构）和总体性方法系统，涉及一整套技术性框定、知识性样板和对诸操作环节的方法论规范，后者则侧重于知识、学术、思想、言说乃至整个社会现实在一切形式、层次之运作中都必建基于其中的某种核心的构成性历史实践（事件）与规训性知识权力品质；前者是个科学哲学概念，是内敛性、平面性、横向性的，专门指涉于知识、学术、思想内部，呈现的是决定各样态的知识、学术、思想活动中乃至彼此间的特定科学共同体或科学传统得以形成、存在的某种知识据点、学科基石、秩序基质和格局关系，后者则是个历史哲学式概念，是扩散性、立体性、纵深性的，超越知识、学术、思想而涉足于社会历史、现实生活生产诸关系场域中，言"知"而及其他，呈现的是知识、权力与主体、现实之间复杂的历史性纠葛这一深层的历史哲学意识和"语言—世界"隐秘关系，是决定知识行为能够得以产生的一种根本历史性可能条件，也是塑造、建构、规训知识行为本身、一切制度行动、社会存在及个体生活现实诸方面的一种"求真—权力"意志及机制。——然而，正如前文的解释，由于：一方面，从范式来看，"范式"与福柯所言的"知识型"有一致之处，某"范式"总是深受"知识型"的塑造影响，总是内在隐藏或蕴含着"知识型"的意涵及本质；范式问题具有根本的知识学性质，面对的是较为深层的知识学问题，涉及或拥有的是一套知识学内容。另一方面，从话语来看，"话语"的本质在于它是一种"知识—权力"生产系统或架构机制，一切"话语"形式或领域，无论是偏于形而上的还是偏于形而下的，是理论的还是实践的，是学术的还是思想的，是历史的还是逻辑的，其实质都是一种知识话语，都根本体现了一种知识眼界，都是一种以对知识命题的关切为本体旨趣，针对知识学层面，以知识为切身问题的言说事件；话语问题的内容体系主要来自于考古学和谱系学两大方向的厘定，而这两大方向都是属于专门针对知识及其历史问题的知识学方向。因此可以说，两者都直指知识问题，都以知识学话题、知识命题作为中心内容及关切重点，也就是说两者在运思基本路向、论域主要空间的知识性内涵和知识性本质上是一致的，都属于一种以知识为主题、涉及知识深在层面的知识空间。

　　其次，范式、范式问题与话语、话语问题，两者之间还有一种"你中有我、我中有你"的直接性内涵扭结及关联。先从范式方面看，不难理解"范式"本身所具有的话语性内涵。前文提到，"范式"在本质上可等同于福柯的"知识型"，"知识型"总是隐含在"范式"的背后或深处而深刻塑造、决定着"范式"。而由于福柯这一在其知识考古学时期所提出的"知识型"概念，不仅带有深刻的范式性、构型性、结构性思想内涵，而且也带有一种独特的话语性指向，即它"赋予话语相对于非话语的实践以优先性"①，也就是说"话语优先性"是"知识型"的一个重要特征，"话语"是"知识型"的一个优先性的、即深在性和决定性的内容，因此，通过福柯"知识型"概念及思想，不难洞悉"范式"与"话语"在内涵上的紧密联结关系。再从话语方面看，也不难理解"话语"本身所具有的范式性内涵。前文提到，虽然"话语"是一种实践、一种事件，但由于其"陈述"、言说的品质，因此同样存在一种类似语言的结构性特征，其基本内涵实际上处于言说"结构"与实践"事件"之间，只不过在"话语"那里，其所涵纳的结构性内容的生成运作并不是先验的、预定的、独立自足的、超历史的，而是历史性、事件性即偶然性和任意性的，带有欺瞒性和权力性的本质。而"话语"中的这个结构性内容正是作为话语问题之核心的"话语构型"，"话语构型"意味着：任何话语都可能根本关涉到的某种特定的运思、言述的基本方式、基本理路、基本空间、基本法则，某种特定的知识、文化的内在根基、基本理念、基本眼

---

① 汪民安主编：《文化研究关键词》，江苏人民出版社 2007 年版，第 492 页。

界、基本构架、基本体系及谱系，以及某种特定的意义、价值建构的基本理据、基本设定、基本取向等，显然这其中很多方面都具备了范式（范型）性的内涵及特征。

范式、范式问题与话语、话语问题，两者之间的直接性内涵扭结及关联，主要包括两方面：一是"话语"是"范式"的深层内容，"范式"则是"话语"的一个内在特征；二是"话语"是"范式"获取具体化表征的最主要形式，而"范式"则是背后能对各种"话语"形式进行组构并集结的最主要的知识体制。

一方面，"话语"是"范式"的深层内容，"范式"是"话语"的内在特征。"话语"是福柯"知识型"当中的"优先性"内容，所谓"优先性"正是指谓其决定性、深在性、规训性，而由于"知识型"隐含在"范式"结构的深处，因此"话语"自然也正是"范式"结构当中的"优先性"、决定性、深在性、规训性内容。任何学术活动范式、知识活动范式的深在层面、核心层面，都存在着或者说都是一种深层的、具有决定性和规导性意义的语法结构、叙述结构，这个深层、决定性、规导性的语法结构、叙述结构，即"话语"。"范式"之"科学革命"功能的实现以及在"科学累进"中的具体建构，正是借助于这特定的"话语"结构的不同样态、不同言路、不同侧面的权力规训性言说；一定的"范式"之中或之下必定形成一定的"话语"结构核心，一定的"话语"结构核心之上或周边也往往会滋生、构建起某一种"范式"，这种"范式"仿佛一种大的场域结构，也必定同时赋予其当中的"话语"结构核心以相应的范式性、结构性品质。因此，范式问题的核心及重心中必定有"作为社会现象的知识话语及其相关性"问题，无论是范式类型、范式结构本身方面，即某类范式结构的知识性、技术性规训层面与思想性、价值性支撑层面，包括其研究对象、方法论、研究视角、观念诉求、论域及路向，以及有关理论资源、精神基质、思想空间、知识质态等方面的问题，还是某范式类型、范式结构所处身的历史境遇或所背靠的历史空间方面，都必然涉有话语问题；而一旦准确、深入把握住作为某范式结构之内在核心层面之一的有关话问题及其内在范式性、结构性品质，便能深刻、系统地认识与推进相关知识学术、学科活动在诸多方面对自身的范式化建构及其内在思想文化原则。

另一方面，"话语"是"范式"的最主要表征，"范式"是"话语"

背后的最主要知识体制。"范式"是"知识型"的另一面，是"知识型"在具体知识活动、学术研究、科学工作中的历史化具体样态，因此"范式"与"知识型"一样是一种"关系集合"、关系整体或关系构型，即它是能把不同学科或学术领域、知识形态、话语实践聚合、规训为一个认知整体，从而能为知识的确立、学术的开展提供历史可能条件和秩序基础的一种"秩序空间"；① 而这个"关系集合"，"关系整体""关系构型""秩序空间"作为一种"无意识的知识总体""知识空间"②，具有一种历史构成性的机制功能，即它"其实是一种生产话语的体制"，能使不同学科、学术、知识活动借助于某个相同的"范式"或"知识型"而组构起其各自特定的话语构型、话语模态。③ 从这个意义上说，"范式"相对而言更具有结构上的抽象、普适性，而"话语"则相对而言更具有历史的具体性、特殊性；某类"范式"总要体现为历史中一定的知识文化"话语"，某个特定历史的、具体的"话语"，也总是作为某类"范式"之关系集合、秩序空间当中的某一环，并整体折射、反映出其所身处的"范式"这一"集合"或"空间"，即成为"范式"的历史性折射和具体化表征。

总之，我们既可以说，"话语"作为一种隐含的叙述结构、语法结构，它处于"范式"的深处，乃"范式"的核心性、优先性内容，对"范式"的建构及运行发挥着决定性、规导性的作用，也可以说，"话语"作为一种外在言说形态，它处于"范式"的表层，乃"范式"这一关系空间、知识秩序的历史性折射和具体化表征；既可以说，"范式"作为某种抽象的结构性品质，它处于具体、特定的"话语"内部而内在于"话语"，也可以说，"范式"作为某种关系聚合、秩序规训之机制，它藏在"话语"的背后或"话语"和"话语"之间的关系里，乃各话语之间秩序关系的集合，决定着特殊的、历史的话语生成和话语组构。"范式"与"话语"之间这种在内涵上相互支撑、相互塑形、相互规导、相互隐藏、相互涵纳的复杂扭结关系，即决定着话语问题难以避免地要与范式问题形成相互结合渗透、相互沟通推进的关系。

---

① ［法］福柯：《词与物——人文科学考古学》，莫伟民译，上海三联书店 2001 年版，"译者引语"第 2、4 页。

② 同上书，"译者引语"第 4、6 页。

③ 汪民安主编：《文化研究关键词》，江苏人民出版社 2007 年版，第 493、494 页。

三　文学现代研究中话语问题与范式问题结合的基本含义和内容

基于上文对文学现代研究中话语问题与范式问题相互结合的五个基本理据或位置的梳理，文学现代研究中话语问题与范式问题的相互结合，其基本含义可归纳如下：人文知识活动中范式问题与话语问题两者之间本身的内在本质性扭结关联体现在文学现代研究活动中并从深处决定着文学现代研究的知识言说品质和知识价值指向，具体地说就是，文学现代研究在其整体学术范式的现代转型、构建及运行展开中，与同文学及文学知识活动密切攸关的话语问题及有关"知识—权力—体制"问题构成一种深深的相互联结、渗透、沟通及互动机制，这种机制关系使文学现代研究一方面在知识言路上既能够有历史分析、实证考索、局部挖掘、形式（技术）化架构方面的取向，又能够有内在入思、先验预设、整体直观、观念释义、合法意义诉求方面的取向；另一方面则在知识言说内容上既有知识学术的一面，又有思想文化的一面，从而在"学"（学术）与"思"（思想）两者之间的边际游移、沟通、整合、互动中，把文学现代知识问题当作现代学术问题与现代社会问题、现代思想文化问题的结合来处理和理解，把文学现代知识活动当作现代思想史的有机部分，作为现代社会文化建构、批评及思想论说形式来实施和运行；文学现代研究正是通过基于范式问题与话语问题、"学"（学术）与"思"（思想）这种双重视野、双重关联的知识言说，维护和加强着自身语言建构追求的学科本性，并自觉站入现代时期话语深刻转型、纷呈繁复这一时代总势深处去理解、透视现代的文学及文学知识问题，令自身对文学的现代知识思考能突入现代思想史、文化史、社会史深处，这种"突入"具体而言包括两个内在关联的方向，即：一方面，通过现代话语及有关"知识—权力—体制"问题作为一种内在运思框架、思想论说眼界和文化意义资源而参与对现代特定学术范式的历史性建构与塑造，以及现代话语作为一种现代思想言说形式而构成对现代特定学术范式中思想意义诉求的合法性表述或表征，使现代社会历史场域、意识形态背景、知识权力体制、理论构成、文化叙说及精神架构、思想眼界及内在理路等切实形成对文学现代研究自身的内在规导、塑形与话语呈述；另一方面，通过特定的现代学术范式将相关的现代话语作为其自身所蕴含的思想史意义诉求的合法性历史呈现及展开方式，以及该现代范式作为一种现代知识背景、资源及架构而构成对某（些）现代话语及相关思想意义表述的合理支撑，使文学现代研究知识学术活动发挥出自身的现代思想作为、文化作为、社会历史作为。

那么，文学现代研究中话语问题与范式问题相互结合的主要内容是什么呢？对这个主要内容，我们可以从话语方面的两个基本点，也就是话语的两大知识特性——话语的"范式性"和话语的"谱系性"——的角度来一以窥之。

一是话语的"范式性"。既然"话语"与"范式"有内在的、本质的联系，那么特定话语中当然就内含、遵循相应范式的基质、结构、规则及要求，这就是"话语的范式性"。可以说，只要理解了"话语的范式性"，便理解了"话语"与"范式"之间直接性的内涵联结。所谓"话语的范式性"，从话语方面看，指的是与文学现代研究密切攸关的某（些）话语所具有的特定的范式性结构内涵及构成特征，而从相应的范式方面看，就是指文学现代研究特定范式的具体话语性核心构建及话语性言说表征，这其中主要包括三项具体内容：某相关话语及知识体制对与文学研究现代范式相关的特定的文学现代研究整体学科格局、知识格局的核心性建构；该话语通过文学现代研究活动的研究对象及重心、研究方式方法、研究视角、研究的意义性质及诉求等方面，而对文学现代研究之特定范式类型及其历史阶段演进的折射与呈现；以及该话语对文学现代研究基于特定类型范式架构上的具体研究题域（问题域、论题域）或路向的促成。

二是话语的"谱系性"。既然一切话语都直指知识及其权力、体制问题，都体现了"知识—权力"眼界，实质都是一种知识话语、知识空间，并且"知识"作为一种具有较强规范性、可公度性的陈述或符号，并不是先验自足、先天预设的，而是在偶然、多元、不确定的历史事件中具体、特定地发生或被构造、被建制的，且必定历经诸多不确定的流变、繁衍、播撒、斗争、断裂、分化、消退、衰替、转换、更新等复杂过程，也就是说知识都是有谱系的，是谱系性的，那么"话语"、知识话语也就是有谱系的，是谱系性的，它具体包括：话语的历史发生发展谱系、话语的观念谱系和话语的言路（即知识在言述中的开展之路）谱系三者。可以说，"只有'谱系'才能为人们提供一些线索"，才能在纷繁复杂又具有规律的现象中"看到概念与概念的汇合、交融和创新"；① 只要理解了"话语的谱系性"，便理解了"话语"作为一种知识问题、一种"知识—权力—体制"互动现象而与"范式"之间的内在牵连。所谓"话语的谱系性"，主要体现文学现代研究知识学术范式方面与相关话语方面两者之间层层递进的具体三组沟通、对应关系，即：某类相关话语及有关知识体制的基本的历史性发生，与文学现代研究范式所背靠或处身的文学现代建制性学科、知识格局两者之间的建构与被建构关系；该话语之现代核心观念及其知识权力倾向的谱系形态、分布关系及走势，与文学现代研究"范式"类型及历史阶段性演进两者之间的印证与被印证关系；该话语的系统性言路形态及谱系，与文学现代研究范式构架当中的研究题域（即问题域、论题域）或路向设定两者之间相互阐释、叙说、呈现的一一对应关系。

　　在与文学现代研究范式问题紧密联结、融合的各类现代话语中，有一个非常关键的、核心的话语类型或话语形态，这就是"批评话语"。可以说，在文学现代研究知识活动中，"话语的范式性"很大意义上其实正是"批评话语的范式性"，而"话语的谱系性"，也很大意义上就是"批评话语的谱系性"。下面进一步就"批评话语"方面的问题作一番专门解释。

第四节　作为文学现代研究的一种知识思想核心的"批评话语"

　　无论是在现代西方范式的文学研究中，还是在现代中国范式的文学研究中，都存在着同一个关键、核心而重要的话语——"批评话语"。这个"批评话语"作为架构文学研究现代范式的一种知识思想方面的深层基因、深层脉络和核心方向维度，其内在涵摄的诸多知识学理问题和知识思想要素，充分融合在文学现代研究的知识学术活动中，从而不仅成为文学研究现代范式现象的一个话语表征，造就了文学现代研究活动的现代品质，而且导致了文学现代研究中某些深在问题的产生，其中包括对"20 世纪是文学批评的世纪"这种世纪架构现

---

　　①　董学文：《文学理论学导论》，北京大学出版社 2004 年版，第 175 页。

象的历史塑造。

一　现代"批评话语"的基本意涵及内在于文学知识活动的两个层面

　　所谓"批评话语",不是指"批评"这一概念、范畴、术语、关键词,也不是简单地仅指狭义的文学实用批评实践,而是指一种话语类型(形态)、话语形式、话语体系。"批评话语"这种话语类型(形态)、话语形式、话语体系所陈述、实践与展开的正是与"批评"这一基础概念、范畴、术语、关键词的普遍性内在意涵所对应的某种知识、思想言述空间,它既体现和应用于旨在研究、分析、阐释、评论具体作家作品及文学现象的文学实用批评实践中,也体现和应用于更为广阔的社会、思想、文化批评领域。作为一种话语类型、形式及体系的"批评",它是与一般性知识话语、纯理论话语、某种独立的学科(如历史学、哲学、美学等)话语既相区别相比较、又相联系而成立的。① 如果说"知识话语"可以是对一切话语的本质性称谓,"理论话语"是相对于现实实践而言,并处于与现实实践相对的一端,而各类学科话语都具有极强的各自学科独立性、专门性、自闭性,那么"批评话语"则是指本于"批评"这一基础概念或范畴的基本意涵,综合运用有关知识话语、理论话语、学科话语而针对具体社会、思想、文化现象,包括针对具体文学活动的一种评介性、评析性言述实践,以及在此言述实践中所产生的与认知、入思、意义诉求有关的系列范畴(概念)形态、结构规则、权力机制等。也就是说,"批评话语",它包含了"批评"概念(范畴)而又不止于"批评"概念(范畴),包含了文学实用批评而又不止于文学实用批评,包含了批评实践而又不止于批评实践,它是从"批评"这一概念(范畴)出发,立足批评实践并从中形成的一套由内而外的言说体系。可以说,"批评话语"这一独特的言说形式及体系,是以"批评"这个概念(范畴)所内在普遍性意指或要求的对现象或知识的鉴赏识别(即对"差异"的贴切辨别、揭示、寻求、表述),以及在此基础上的对价值的评判、对意义的诠释、生

---

①　董学文:《文学理论学导论》,北京大学出版社 2004 年版,第 145—152、321 页。

产及诉求为言说核心和本质内容，① 一方面它承担着一种在纯理论学说与现实历史及物质实践之间、学术认知与具体文本（包括诸具体现象、具体活动等）阅读之间的中介功能、中介机制、中介位置的作用，② 即它实质上是知识理论、学术认知面向现实历史、物质实践，各种文本阅读的一种功能性言述发挥，也是现实历史、物质实践、各种文本阅读基于知识、理论、学术认知的一种自省性言述鉴别、评判与开掘；另一方面它又能超越某一具体的言域空间或学科领域而具有十足的行为开放性与人文联结性，即能"举一反三""声东击西"，面对各种文化关系、历史事物、现实问题而开放③，并以此促成一个有机的人文评述空间（机制）与文化公共场域的形成④。

显然，与"批评"概念、批评实践的近现代含义⑤一致，"批评话语"实际上也是与近现代社会文化、知识思想活动结伴而生的，是近现代以来的一个独特现象，而且正是由于具有上述重在鉴别性、重在差异的寻求及表述、重在价值评判与意义诉求方面的言说核心及本质，以及中介性、开放性特征，因而在近现代社会文化、知识思想进程中，"批评话语"及批

---

① 参见［美］雷内·韦勒克《批评的概念》，张今言译，中国美术学院出版社1999年版，第23、33页；［英］雷蒙·威廉斯《关键词：文化与社会的词汇》，刘建基译，生活·读书·新知三联书店2005年版，第97—98页；［法］罗兰·巴特《批评与真实》，温晋仪译，上海人民出版社1999年版，第6、62页；［美］芭芭拉·约翰逊《批评的差异：巴尔特/巴尔扎克》，黄锡祥译，载周宪等编译《当代西方艺术文化学》，北京大学出版社1988年版，第436页；［美］乔治·E.马尔库斯、米开尔·M.J.费彻尔《作为文化批评的人类学：一个人文学科的实验时代》，王铭铭、蓝达居译，生活·读书·新知三联书店1998年版，第159页；［美］理查德·沃林《文化批评的观念》，张国清译，商务印书馆2000年版，"中文版序言"第2页；王晓路《视野·意识·问题》，四川人民出版社2003年版，第230—231页。
② ［美］雷内·韦勒克：《批评的概念》，张今言译，中国美术学院出版社1999年版，第28页；［法］罗兰·巴特：《批评与真实》，温晋仪译，上海人民出版社1999年版，第62页。
③ Robert Con Davis, Ronald Schlieifer, eds, *Contemporary Literary Criticism*：*Literary and Cultural Studies*. Longman，3rd edition 1994，p.6；转自王晓路《视野·意识·问题》，四川人民出版社2003年版，第229页。
④ 廖炳惠编著：《关键词200：文学与批评研究的通用词汇编》，江苏教育出版社2006年版，第49—54页。
⑤ ［美］雷内·韦勒克：《批评的概念》，张今言译，中国美术学院出版社1999年版，第22—23页；［英］雷蒙·威廉斯《关键词：文化与社会的词汇》，刘建基译，生活·读书·新知三联书店2005年版，第97页；廖炳惠编著：《关键词200：文学与批评研究的通用词汇编》，江苏教育出版社2006年版，第49页。

评实践日益形成一种现代的"精神机制"①，"可能永远被社会研究引以为自身存在的合理性证据"，甚至成为广泛的人文社会科学领域的"学术研究的基本理念"或重要"维度"——例如在 19 世纪，"19 世纪的所有的主要社会理论家和哲学家的作品，均可被视为是对工业资本主义发展所导致的欧洲社会转型作出的反应，而这些作品均包含着一种批评的维度。其中，最伟大的作家如马克思、弗洛伊德、韦伯以及尼采，激发了一种连贯的多样化的自我批评传统……"②——同时也造就了 J. H. 哈特曼所言的"批评的文化"这一现代现象，即"在批评这一领域里文化与学术之间发生了冲突"，"批评可以利用学术来反对文化，同时也可以利用文化观念来反对学术"，因而"对学术的检阅"中出现了日益注重"批评与文化的关系"的现象，"文化、学术和批评三者之间的相互关系"日益成为"一个关系到文学研究中最佳思维的问题"③。

现代"批评话语"中与文学知识活动内在相关并主要存在和运行于文学及文学知识活动领域中的那部分，由于仍根本遵循和立足于上述作为"批评话语"本身所具有的现代特定含义及根本性质、核心内容、基本特征和本质性的知识文化品质，因而它们绝不仅仅只属于文学领域，而是具有两个层面的意涵空间，即：狭义的实用性现代"文学批评"话语和蕴含在广泛文学知识及研究活动中的现代"思想文化批评"话语。

具体来说，前者指的是韦勒克所谓的作为文学研究三大分支（门类）之一的、文学学科或文学知识论域意义上的"文学批评"，即直接对批评者所置身其中的当下具体文学实践活动（包括具体作家、作品及有关文学现象）的理解与评论，是一种与一般原理式的体系性"文学理论"和历时性"文学史"研究相区别、相互补的实用性文学批评实践。这层意涵的批评话语，实质是文学知识研究历史上的一种普遍的"知识叙说话语形式（形态）"，一方面，它不专属于现代时期，而在文学研究的古典及近代时期也有相应的表现形式；另一方面，它相应的传统性的运行发展模

---

① ［美］J. H. 哈特曼：《批评的文化》，德万译，载周宪等编译《当代西方艺术文化学》，北京大学出版社 1988 年版，第 82 页。

② ［美］乔治·E. 马尔库斯、米开尔·M. J. 费彻尔：《作为文化批评的人类学：一个人文学科的实验时代》，王铭铭、蓝达居译，生活·读书·新知三联书店 1998 年版，第 158、160、161 页。

③ ［美］J. H. 哈特曼：《批评的文化》，德万译，载周宪等编译《当代西方艺术文化学》，北京大学出版社 1988 年版，第 90、93 页。

式、运思样态及言说形式，自 19 世纪下叶已经衰微或没落，在现代时期里它获得了新的批评叙说特征和知识论品质。

后者指的是蕴含在广泛文学知识及研究活动中的一种现代思想文化意义上的批评，即文学研究活动中的"思想文化批评"诉求。这层意涵的批评话语，实质是文学现代知识研究中的"意义诉求话语形式（形态）"，乃一个典型的现代话语现象，既显存于狭义的实用性"文学批评"实践中，也分布、渗透、涌动于更学术性、学究性的一般"文学理论"和"文学史"研究中。虽然韦勒克认为"学术性文学研究当然未必带有批评性质"①，但在现代时期，从内在的思想文化价值诉求上说，任何形式、任何门类的文学研究都一定具有意义性话语层面的批评性，不关涉任何意义诉求性之批评话语的纯粹学术性、学究性的文学研究是不存在的。实际上，批评话语的这一层意涵通过对文学现代知识研究三个分支门类的渗透，而在相当程度上将文学现代知识研究的三个分支门类黏合为一个共同内在于文学知识叙说问题的现代意义诉求整体，并充分体现了"批评"与"学术"的一种内在关联：一方面，在学术的专业化、学究式研治中，常常内化有意义诉求性的思想文化批评话语，作为一种现代的"精神机制"②，批评的意义诉求往往是学术研治的认知原动力、价值归宿，甚至乃其"自身存在的合理性证据""基本理念"或重要"维度"③，但同时，批评的言说及意义诉求往往也由此而在学术的研治中受到"学"和"术"的言说体制、叙说规范的压抑，在此压力下，批评便如 J. H. 哈特曼所言的往往通过其与文化的关系，"利用文化观念来反对学术"而展开"对学术的检阅"④、反抗与超越；另一方面，带有鲜明意义诉求倾向的批评往往是对学术研治中所形成的某种理论学说、知识观念及思想主张等，在针对当下具体文学实践活动的理解中的应用与展开，学术的研治常常是为批评言说及意义诉求的开展寻求知识学的理据，往往能规范、提

---

① ［美］雷纳·韦勒克：《近代文学批评史》第三卷，杨自伍译，上海译文出版社 1997 年版，"三、四卷引论"第 2 页。

② ［美］J. H. 哈特曼：《批评的文化》，德万译，载周宪等编译《当代西方艺术文化学》，北京大学出版社 1988 年版，第 82 页。

③ ［美］乔治·E. 马尔库斯、米开尔·M. J. 费彻尔：《作为文化批评的人类学：一个人文学科的实验时代》，王铭铭、蓝达居译，生活·读书·新知三联书店 1998 年版，第 158、160、161 页。

④ ［美］J. H. 哈特曼：《批评的文化》，德万译，见周宪等编译《当代西方艺术文化学》，北京大学出版社 1988 年版，第 90 页。

升、推进批评的发展，即 J. H. 哈特曼所言的批评也可以"利用学术来反对文化"①。关于现代"批评话语"与文学现代研究之知识学术方面在具体知识学问题及要素上的内在系统关联，后文还有专门的梳理。

作为一种专门的文学知识叙说形式的狭义的实用性现代"文学批评"，和作为一种蕴含在文学知识及研究活动中的广泛的思想诉求形式的现代"思想文化批评"，这两个层面的、均内在于文学知识活动的现代"批评话语"意涵空间，通过一种内在方式，即通过以"文学的现代建制"活动为批评诉求内核，基于文学、文化的现代建制需要及追求而紧密、有机地联结、融合于一体。关于"文学的现代建制"问题，以及其所促成的现代"批评话语"的历史发生、其两层意涵空间的内在结合等问题，论者将在第四章另论，此处不多叙。

二　现代"批评话语"在文学现代研究中的知识思想核心位置

现代"批评话语"特别是其中与文学知识活动内在相关并主要存在和运行于文学及文学知识活动领域中的那部分"批评话语"，同文学现代知识学术活动之间发生了深刻的知识思想关联，它实际上与前面谈的"学术范式"一起，一个作为学术上的基因或学术史的核心方向维度，一个作为思想上的基因或思想史的核心方向维度，两者共同构成了文学现代研究活动之所以是"现代的"的关键性的知识基础和核心性的知识隐秘。可以说，占据文学现代研究活动深处之知识思想性核心位置的现代"批评话语"，内涵有诸多知识学理问题和知识思想要素，这些问题与要素与前述的占据文学现代研究活动深处之知识学术性核心位置的现代"学术范式"问题及要素之间相互联结、合谋，共同造就了文学现代研究活动的现代品质，构成文学现代研究中的某些深在问题的，其中同时也包括塑造了"20世纪是文学批评的世纪"这种批评话语之世纪架构现象。下面先谈谈现代"批评话语"在文学现代知识学术活动中的位置问题，也就是，何以说现代"批评话语"可能涵纳着文学现代研究活动的知识思想性基因，即何以说现代"批评话语"可能占据着文学现代研究活动深处之知识思想性核心位置？

---

① ［美］J. H. 哈特曼：《批评的文化》，德万译，见周宪等编译《当代西方艺术文化学》，北京大学出版社 1988 年版，第 90 页。

现代"批评话语"之所以能够涵纳文学现代研究活动的知识思想性基因，能够占据着文学现代研究活动深处之知识思想性核心位置，这其实是由"文学批评"在整个文学活动体系（包括文学实践、文学学科研究体系）中的位置、"批评话语"在整个人文社科话语体系中的位置、"文学批评"及"批评话语"在现代时期的时代品质三方面共同决定的。

从"文学批评"在整个文学活动体系（包括文学实践、文学学科研究体系）中的位置看。一方面，"文学批评"无论与"文学理论"之间，还是与"文学史"之间，都有一种相互渗透、内在统一的关系：如果说批评与理论之间的这种互渗与统一表现为一种"互动"，"文学理论是文学批评的普遍化"，文学批评是文学理论的实践性应用，文学批评具有合理"生成"、合理"转化"（过渡、通向）为文学理论知识的特质及因子，也具有"启示""建构""推动"文学理论发展的功能；[1] 那么，批评与史之间的互渗与统一则表现为一种"互补"，文学史是文学批评言述的历史化形式，文学批评则是文学史意识及眼界的当下性延续及展开，即文学史是转述为历史记忆的文学批评，文学批评则是化身为当下鲜活实践的文学史。从文学批评与文学理论之间、与文学史之间的这样双重互渗、统一关系来看，我们可以认为，任何形式的文学研究，包括文学理论、文学史，都带有一种"批评"的指向，都是文学批评乃至文化批评诉求的不同形式。另一方面，"文学批评"还在两重的三角关系中都占据着一种中介的位置，即：它既处在与文学学理研究、文学文本创作的三角关系中，在依存于文学文本世界的同时又依存于理论文本世界，是理论与创作之间的中介环节，"可使理论话语与文学文本进行实际对话"，努力在文学文本与理论文本之间进行"调停"，[2] 从而既激活、挖掘理论话语又引导、促进文学创作，也就是说它在参与有关文学的理论、学术生产的过程中也在参与文学的创作实践；同时，它又处在与整个文学活动（包括文学实践及文学研究体系）、广阔的文化及社会现实实践的三角关系中，是文学虚构及文学学科研究与（社会、文化）现实实践世界之间的中介环节，正

---

[1]　董学文：《文学理论学导论》，北京大学出版社 2004 年版，第 145—152 页。

[2]　［美］莫瑞·克里格：《批评旅途：六十年代之后》，李自修等译，中国社会科学出版社 1998 年版，第 235、237 页；董学文：《文学理论学导论》，北京大学出版社 2004 年版，第 152 页。

是借助它，文学虚构及文学学科研究活动与实际的广阔社会现实、文化实践世界之间才可能发生遭遇、碰撞乃至交汇，也就是说文学批评既能将文学虚构活动及文学学科研究的过程、成果带向、引入广阔的现实实践世界，也能促成广阔的现实实践世界的"声音"在文学虚构及文学学科研究领域中形成"回响"，从而参与到广阔的社会、文化现实实践中。正是由于上述双重的互渗统一关系和双重的中介位置及角色，我们可以说，"文学批评"在文学整体活动（包括文学实践、文学研究体系）中占有关键、核心性的位置。

从"批评话语"在整个人文社科话语体系中的位置看。某种"批评话语"的生成、运行及展开来自对多种有关的一般知识话语、纯理论话语、各学科话语的综合采集、融汇及化用，也就是说，它是对多种话语类型（形态）、话语形式的一个综合折射，是多种话语在面对现实实践时的一个综合集合带，是多种话语的知识效力、权力效能得到综合执行或发挥的一个特殊场域，这种特殊的位置能使它较其他类型、形式的话语，与其所身处时代、社会的诸多语言文化实践、知识学术现象（例如文学文本从生产到传播与消费的过程、文学与文化建设的制度规划、文学经典及文化典律的确立、学术机构、学科及教育制度、出版、传媒、文学社团等等）有更繁复、直接、密切的渗透关联，能更集中、系统、深入地指涉、关注、凸显与思考那些充分代表着其所处身的时代深层本质及主题的系列知识、思想、理论、制度方面的大境遇、大问题（如现代性问题等），从而较其他类型、形式的话语具有更直接、更快捷、更现实的文化力量。由于"对文学、社会与文化惯例、人类关系的阐释性批评是人文学者最为重要的事情"①，因此这种来自批评话语的"文化力量"对文学等人文研究带来极大影响，往往左右、牵制与引导着文学等人文研究活动的时代主题（主旨）、时代本色及时代走势。

从"文学批评"及"批评话语"在现代时期的时代品质来看。刘禾认为："体制化的（institutionalized）文学批评逐步发展为 20 世纪中国的一种奇特建制（establishment），成为一个中心舞台，文化政治与民族政治经常在这个舞台上轰轰烈烈地展开"；贯穿整个 20 世纪，"文学批评在中

---

① Robert Con Davis, Ronald Schlieifer, eds, *Contemporary Literary Criticism: Literary and Cultural Studies*. Longman, 3rd edition 1994, p. 6；转引自王晓路《视野·意识·问题》，四川人民出版社 2003 年版，第 229 页。

国成为一种合法性话语"，即在文学批评众议题中，"合法性问题始终占
据着核心位置"。① 其实这一论断不仅适用于现代中国，也基本适切于现
代西方，也就是说，无论在现代中国还是在现代西方，文学批评及批评话
语都具有一种突出的品质，那就是强烈的制度化与建制性品格，具体讲就
是：文学批评及批评话语的现代生成、运转及展开，不仅具有文学及文学
学科、人文社科方面的学科性建制的意义，而且还常常与现代社会、文化
领域广泛的建制现象之间有着一定的渊源或源生关系，或者说它们与现代
社会、文化等领域中的种种实践、事物、知识行动、价值取向等之间存在
"制度上的共谋"② 与相关背靠的关系，甚至它们本就是一种制度，是
"一种奇特建制"，是一个承担着建制行动的"中心舞台"，而这种共谋的
焦点、背靠的基础或建制的中心所在就是种种"合法性问题"。只不过中
国与西方之间的差别在于：如果说在现代中国，在批评建制这个"中心舞
台"上轰轰烈烈展开的是刘禾所谓的"文化政治与民族政治"，其"合法
性问题"的焦点是在"解决与西方的窘困关联"的同时"反思自身的存
在状况"③ 的话；那么，在现代西方，在批评建制这个"中心舞台"上轰
轰烈烈展开的则是对存在的入思和对生命个体、理性主体的批判反省，其
"合法性问题"的焦点则是对自身内在的现代性困境、现代性危机的反思
及解决。

　　文学批评及批评话语的这种现代制度化、建制性品格及其"合法性问
题"的取向，使自身成为一个特殊的历史"话语场域"，即同时作为一个
自律化、惯性化的话语生产场域空间或机制，成为"复杂的合法化过程中
矛盾性状况与争议之声"的"发生地"④，其中，围绕特定的时代主题及
合法性问题焦点，各种文化议题、文化建设、知识立场、政治规划、价值
取向、主体意识、历史诉求、意识形态都在此集结、建构、消解与重构，
从而自身成为整个文学实践及研究活动乃至整个人文话语体系之知识权力
生产及运作的一种独特、复杂、极强劲的展开或表现形式，成为一个处于

　　① ［美］刘禾：《跨语际实践：文学、民族文化与被译介的现代性（中国，1900—1937）》，
宋伟杰等译，生活·读书·新知三联书店2002年版，第265页。
　　② ［日］柄谷行人：《日本现代文学的起源》，赵京华译，生活·读书·新知三联书店2003
年版，"译者后记"第269页。
　　③ ［美］刘禾：《跨语际实践：文学、民族文化与被译介的现代性（中国，1900—1937）》，
宋伟杰等译，生活·读书·新知三联书店2002年版，第265页。
　　④ 同上书，第266页。

话语权力结构深层、知识权力取向鲜明强烈的、针对特定合法性话语问题的"检验场"。——譬如在现代中国，文学批评及批评话语这一话语之生产场域、各种声音之发生地，就正是围绕现代中国深层的时代主题及特定的合法性问题焦点，成为围绕民族文学、民族文化、民族国家规划及建设而具有鲜明、强烈的知识权力取向，① 既采用线性及目的论式的"启蒙历史的叙述结构"，又以"民族"作为"启蒙历史主体"或"中心"、即以民族主义话语问题为核心议题的，② 兼有启蒙和民族文化志业双重性质及意义诉求的合法性话语及"检验场"。

实际上，正是由于具有上述制度化、建制性品格和"合法性问题"取向，并作为话语"生产场""发生地"机制，文学批评及批评话语才造成了自身的现代意涵转轨、发生与展开，也就是使得"批评"概念、批评实践、批评话语坚持立足于鉴别性及价值评判与意义生产及诉求这一言说核心及本质内容，并不断形成、巩固、扩展自己的中介性、开放性、综合性特征，从而也才提升了"文学批评"在整个文学活动（包括文学实践、文学学科研究体系）中的双重互渗统一、双重中介参与的特殊位置，以及"批评话语"在整个人文社科话语体系中的综合折射、集合、展开的特殊位置，同时也就强化了文学批评及批评话语既"渗入参与"理论、学术生产，又"渗入参与"历史记忆的叙事、整理及重构，既"对话参与"文学的创作及虚构实践，又"对话参与"广阔的社会、文化现实实践这四大基本角色。关于现代的"文学批评"及"批评话语"的制度化、建制性品格及特征，以及与此相关的其现代观念发生、现代观念表述等方面的内在问题，论者将在第四章中基于对"文学的现代建制"现象的分析，并结合中国与西方具体历史情况，再作探讨。

总之，正是由于"文学批评"及"批评话语"在上述两个层次体系中都占据着特殊的位置，并具有上述制度化、建制性的现代品格和"合法性问题"取向等现代特质，才使现代"批评话语"在实际上得以涵纳着文学现代研究活动的知识思想性基因，得以可能占据着文学现代研究活动

---

① 可参见［美］刘禾《跨语际实践：文学、民族文化与被译介的现代性（中国，1900—1937）》，宋伟杰等译，生活·读书·新知三联书店 2002 年版，第七章；刘禾《语际书写：现代思想史写作批判纲要》，上海三联书店 1999 年版，第六章。

② ［美］杜赞奇：《从民族国家拯救历史：民族主义话语与中国现代史研究》，王宪明译，社会科学文献出版社 2003 年版，"导论"、第一章。

深处之知识思想性核心位置。正是因此，"文学批评"及"批评话语"方面所内含的诸多知识学理问题和知识思想要素，便作为文学现代研究活动之知识思想性基因或思想史核心方向维度所在，而与作为文学现代研究活动之知识学术性基因或学术史核心方向维度所在的"学术范式"方面的有关学理问题和学术要素一起，两者之间通过一种本体性、有机的知识学联结、合谋关系而深度造就着文学现代研究活动的现代品质，构成文学现代研究中的某些深在问题，其中同时也包括塑造了"20 世纪是文学批评的世纪"这种批评话语之世纪架构现象。

三 现代"批评话语"与文学研究现代范式之间的知识学问题关联

那么，现代"批评话语"方面到底涵括有哪些与文学现代研究"学术范式"方面具有本体联结及合谋关系的知识学理问题和知识思想要素？或者更进一步说，作为文学现代研究活动之知识思想性基因或思想史核心方向维度所在的现代"批评话语"与作为文学现代研究活动之知识学术性基因或学术史核心方向维度所在的"学术范式"，这两者之间到底是从哪些环节、哪些方面、哪些具体内容及问题的深在关系上造就文学现代研究活动的现代品质，构成文学现代研究中的某些深在问题，同时深刻塑造了"20 世纪是文学批评的世纪"这种批评话语之世纪架构现象的？接下来论者专就这个问题做一些面相式的粗略的知识学提挈。

查检当前学界，应该说并不鲜见专门针对现代"批评"或"文学批评"方面的著述，例如，国外方面有：罗兰·巴特《批评与真实》（温晋仪译）、韦勒克《批评的概念》（张今言译）及《近代文学批评史》（杨岂深、杨自伍译）、让–伊夫·塔迪埃《20 世纪的文学批评》（史忠义译）、罗杰·法纳尔《批评：方法与历史》（怀宇译）、理查德·沃林《文化批评的观念》（张国清译）、乔治·E. 马尔库斯和米开尔·M. J. 费彻尔《作为文化批评的人类学：一个人文学科的实验时代》（王铭铭、蓝达居译）中有关内容、周宪等编译《当代西方艺术文化学》有关内容、刘禾《跨语际实践：文学、民族文化与被译介的现代性（中国，1900—1937）》（宋伟杰等译）第七章和《语际书写：现代思想史写作批判纲要》第六章、帕翠西亚·比泽厄（Patricia Bizzell）《学术话语与批评意识》（*Academic Discourse and Critical Consciousness*）、罗伯特·迪·毕伍葛兰德（Robert De Beaugrande）《批评话语：文学理论探究》（*Critical Discourse*：*A Survey of Literary Theorists*）、罗伯特·康·戴维斯（Robert Con. Davis）《批评与文化：现代文学理论中批评的作用》（*Criticsm and Culture*：*the Role of Critique in Modern Literary Theory*）、Chouliaraki《晚期现代性话语：对批评话语分析的再思》（*Discourse in Late Modernity*：*Rethinking Critrcal Discourse Analysis*），等等；国内方面有：徐岱《批评美学：艺术诠释的逻辑与范式》、张利群《多维文化视域中的批评转型》及《批评重构：现代批评学引论》、吴炫《否定与徘徊：现代批评精神》、程文超《意义的诱惑：中国文学批评话语的当代转型》、阎嘉《多元文化与汉语文学批评新传统》、李凤亮博士后报告《批评理论与话语实践：文化视野中的批评个案研究札记》、莫海斌博士学位论文《1900 至 1920 年代：汉语诗学及批评中的形式理论问题》、孙辉博士学位论文《批评的文化之路：20 世纪以来文学批评研究》，以及赵凌河论文《谈中国现代文学批评的话语形态》、孙文宪论文《论中国现代文学批评的语言意识》，等等；另外，国内外学界还有众多对现代中西文学批评思想言述所进行的总体、宏观、系统性的史编、史述与史论。然而，这些研究、著述由于基本上都不是从专门的思想史审理或思想史问题开掘的角度，而多仅仅是从文学史、文学理论史、批评实践史的角度切入"批评"这个话题，并且基本上都是既以"批评"话题为起点、也以"批评"话题为终点，其对"批评"的考辨并不与对整个文学研究范式的学术史深度考察相勾连，因此它们中无论是历史资料的汇整、宏观或总体的一般性综述与审视，还是就某现象、议题的探讨，都没能足以充分发掘"文学批评"及"批评话语"方面到底内涵有哪些作为文学现代研究活动之知识思想性基因或思想史核心方向维度所在的诸多知识学理问题和知识思想要素，以及这些问题及要素又与作为文学现代研究活动之知识学术性基因或学术史核心方向维度所在的"学术范式"方面的有关问题和要素如何有机地联结、合谋一体，从而从哪些环节、哪些方面、哪些具体内容的本体性关系上造就文学现代研究活动的现代品质，构成文学现代研究中的某些深在问题的。

论者以为，作为文学现代研究活动之知识思想性基因或思想史核心方向维度所在的现代"批评话语"与作为文学现代研究活动之知识学术性基因或学术史核心方向维度所在的"学术范式"，这两者之间至少在五大方面、十个关节性专题问题上具有本体性的复杂牵连、交融、合谋的关系；这五大方面、十个关节性专题问题犹如一种交织线索、关系纽带或合谋平台，于其中扭结、隐藏和涵纳着现代"批评话语"作为文学现代研究活动之知识思想性基因或思想史核心方向维度所在的至少两大层面、四环节的知识学理问题和知识思想要素，这两大层面、四环节的问题及要素，与前文所述文学研究现代"学术范式"三大基本知识学内容及有关问题之间，具体有机地联结、合谋而构成三项基本关系内容；现代"批评话语"与文学现代研究"学术范式"之间正是通过这些方面、环节、问题、要素及内容的本体性勾连、扭结、交融、合谋，而共同造就了文学现代研究活动的现代品质，构成了文学现代研究中的某些深在问题，其中同时也包括塑造了"20 世纪是文学批评的世纪"这种批评话语之世纪架构现象。在下面，论者就此首先择要做些原理性的解释与概述，部分内容的有关历史考察将放在第三、四章中进行。

（一）现代"批评话语"与文学研究现代"学术范式"之间在五大方面、十个关节性专题问题上具有的本体性的复杂勾连、交融、合谋的关系。一是"人间性"方面，即：文学研究范式现代转型或新构所背靠的整体知识、学术、思想、文化及意义空间的人间性特征，也即"知识下行"（即知识祛魅化、去形而上化）和"文化解救"问题。二是"建制性"方面，即："文学的现代建制"中的文学研究的范式化格局问题；"文学的现代建制"与"批评话语"之现代结构性发生及言述机制两者之间的关系问题；文学现代研究的"批评性建制"格局所具有的范式性意义问题。三是范式的"批评性异质"方面，即：中西现代批评话语观念及谱系各自对中西两类文学研究现代范式（即中国的"启蒙史学"范式与西方的"言意理论"范式）及演进的历史性建构及塑造问题；中西两类文学研究现代范式（即中国的"启蒙史学"范式与西方的"言意理论"范式）的基本要素在中西各自现代批评话语系统中的呈现、表述或表征问题；中西两类文学研究现代范式（即中国的"启蒙史学"范式与西方的"言意理论"范式）的基本方面对中西现代批评话语观念系统的合理性支撑问题。四是批评的"范式性同构"方面，即：文学现代研究范式的深层题域构型与现代批评话语的深层系统言路两者间的谱系性"对位"问题；中西两类文学研究现代范式（即中国的"启蒙史学"范式与西方的"言意理论"范式）结构深处在批评性话语言路追求及相关题域方面的跨文化相通性问题。五是"现代性"方面，即：现代批评话语与文学研究现代学术范式两者间构成的现代性合谋，以及由此导致的现代性内在症结、现代性结构悖论问题。在上述各大方面及问题中，"人间性""建制性"两大方面的共四个问题，是现代"批评话语"与文学研究现代"学术范式"两者产生本体性复杂勾连、交融、合谋关系的端口或基础；范式的"批评性异质"与批评的"范式性同构"这两大方面的共五个问题，是两者关系内容的核心与重镇；而"现代性"方面的一个问题，则是两者关系内容所具有的历史隐秘及一种开放性的归结或衍伸点。

（二）现代"批评话语"两大层面、四个环节的知识学理问题和知识思想要素，以及其与文学研究现代"学术范式"三大基本知识学内容及有关问题之间交融、合谋而构成的三项基本关系内容。

现代"批评话语"的两大层面，即批评话语的观念史层面与深在言路系统这两层面。观念史层面，是指中国和西方现代"批评话语"观念各自有自己的历史发生、生长线索，这个线索涉及中国与西方批评话语观念的现代正式发生或确立各自是来自哪里、其观念的现代表述各自处于怎样的动力机制当中、其观念特别是核心观念又各自大致经历了怎样的历史性演进等问题；深在言路系统层面，是指深一步地看，无论是中国和西方，还是文学理论、文学批评、文学史，其实都不必是 A、B、C 一样的孤立性实体，而是融化、整合在一块的一个世界总体，不过是现代批评话语深在系统言路得以发生或实现的不同文化地理性场域和文学学科性场域，共同拥有现代批评话语具体涵摄的某些跨文化的、共时性的、共通性的深层言路系统。现代批评话语的观念史层面和深在言路层面，两者所牵涉的具体文学研究活动门类及时限范围并不一定完全一致，譬如，在现代中国方面，如果说现代中国批评话语的观念史层面及有关线索问题，主要是在这个时期那些狭义的、以实践性或实用性为主要取向的、主要针对现代文学创作问题的文学批评实践活动上有较为活跃的反映，而这个富有活力的反映一直延续到 30 年代中后期《中国新文学大系》编写出版而对文学批评的合法化、经典论等问题作出决定论性质的体制性裁定，从而标志着现代中国批评话语观念已开始走向僵化为止；那么现代中国批评话语的深层系统言路，则主要是沉积、涵化在那些以学究（学理）性为主要取向的文学研究活动，即一大批对古典文学及批评史和文艺学、美学原理的考察活动中，由于这些基于 30 年代以前现代批评话语资源的许多学究（学理）性研究及成果的推出一般具有沉积性、滞后性的特点，因此其活动的端绪则往往超出 30 年代范围而继续延展到 40 年代。

现代"批评话语"的四个环节方面的问题，即现代"批评话语"的发生结构、表述机制、核心观念、深在言路。"发生结构"，是指现代的"批评话语"，其主要观念正式开始得以产生的最初时间与基本原理是怎样的；"表述机制"，是指这种现代的"批评话语"，其观念能得以持续言呈、演进的内在动力机制是什么；"核心观念"，是指现代"批评话语"在其运行发展中主要形成、持续、巩固了哪些最核心的评判及诉求观念；"深在言路"，是指现代"批评话语"围绕其主要的、特别是核心的评判及诉求观念，主要形成了哪些比较有系统的、深层次的言述路径、言说走向及运思轨迹。其中，"核心观念"与"深在言路"两个环节实际上共同构成了现代"批评话语"的完整的符号性内容，也就是说，如果把现代"批评话语"视为一种现代符号系统，那么我们可以认为，"核心观念"其实正代表了该符号系统的所指内容，而"深在言路"则正代表了该符号系统的能指空间。

作为文学现代研究活动之知识思想性基因或思想史核心方向维度所在的现代"批评话语"上述两大层面、四个环节的知识学理问题和知识思想要素，并不是泛泛、笼统地存在于文学现代研究"学术范式"问题之外的东西，而其实是文学研究现代"学术范式"得以架构的一种知识框架或思想资源，因此与中西文学研究的现代"学术范式"及有关知识学术问题之间存在着一种本体性的勾连、交融、合谋关系。这种勾连、交融、合谋关系作为一种知识学原则或尺度，引导、规范着现代"批评话语"在造就文学研究现代品质方面的更为具体、深入的知识学取向。这种原则、尺度及取向，与现代"批评话语"的两个层面一致，主要包括两方面：

一方面，现代中西"批评话语"的观念史层面（包括"发生结构""表达机制""核心观念"等环节），并非指现代中西"批评话语"本身所产生的所有批评思想及有关文学评判观点方面的实际文本内容，而主要是涉及这种"批评话语"在结构深处包含了怎样一种建构模式问题。也就是说，在实际的、广泛的现代文学批评思想及文学评判观点的历史发生与历时生长面相下，现代中西批评活动围绕"文学的现代建制"这个中心问题，先后产生、衍化出了哪些核心的评判观念？并且这些核心的评判观念是通过怎样的文学研究格局、模态及范式而得以知识性地客观建构、巩固起来，从而发挥作为知识话语的公度性效力的？——具体言之：首先，这些批评话语活动是要通过一种特定的文学研究形式，真正关心什么？即它们是怎样面对一种知识学术的整个历史下行局面，为承当怎样的现实关怀或解救怎样的文化现实问题，而努力让文学活动负荷起怎样一种现代意识形态指向？同时相应地造就了，文学活动由此应该在现代文化、思想、学术上有怎样一种地位（即文学在现代何为？文学在现代的意义及价值何在？），文学研究及教育的现代学科性应该怎样定位？其次，上述关心所在具体又是借助于批评话语活动中怎样的现代观念发生、现代观念表述、现代核心观念演进等而得以展开？另一方面，现代中西"批评话语"的深在言路层面（即"深在言路"环节），主要涉及的是现代"批评话语"的言说运思空间与文学研究现代范式结构中的深层题域构型或主要研究路向之间的谱系性"对位"关系问题，其中既关系到现代"批评话语"几种深在系统言路的知识谱系性内涵及意义，即它们作为几种知识话语线索是如何参与、形成了对文学现代研究范式中主要研究题域或路向及其分布谱系的历史性建构、塑造与意义性表征，也关系到这几种深在系统言路的知识范式性特质，即它们是如何接受中西不同语言文化际遇条件下文学研究特定范式类型从知识背景、学科资源及学术架构方面的合法性支撑与合理性制约，而相应在中、西之间表现出不同的知识性、方法论特点。

显然，在上述两相勾连、交融、合谋的知识学原则、尺度及取向范围内，我们既可以说，在"批评话语"这个中心中包含着"学术范式"问题，在"批评话语"这个视野中不难见出"学术范式"之基本方面，"批评话语"确实实际地参与了对"学术范式"的历史性建构与塑造，它作为一种现代思想话语主要形式确实具体地形成了对某种"学术范式"及其相应思想内容的意义表述或表征；也可以说，在"学术范式"这个领域里涉及"批评话语"问题，在"学术范式"问题上包含着"批评话语"的知识内容及基本意义，"学术范式"实际上是将相应的"批评话语"作为自身所蕴含的思想史意义的历史性呈现及展开方式，它作为一种现代知识背景、资源及架构，实质性地构成了对某些"批评话语"及相关思想意义表述的合法支撑与合理制约。

基于现代"批评话语"与文学研究现代"学术范式"之间上述两相勾连、交融、合谋的知识学原则、尺度及取向，现代"批评话语"两大层面、四个环节的知识学理问题和知识思想要素，与中西文学研究范式的现代总体类型架构之基本要义（涉及现代范式架构下的文学研究对象及重心、研究方式方法、研究视角、研究的意义性质及诉求据点等）、现代总体类型架构的历史发生及演进（大致是前、后两个内在阶段）、现代转型及架构所背靠与处身的周遭知识文化及社会诸历史空间或境遇（主要是"知识下行""文化解救""建制行动"这三方面，另外还有"异域之镜"方面）这三大基本知识学内容之间，以及与这三大基本知识学内容有关的诸知识学术面相、知识话语规训及精神、社会相关性问题之间，彼此交融、合谋而共同构成了三项基本关系内容。这三项关系性内容之间是一种层层递进、不断深入、不断提升的关系，它们包括：

一是现代"批评话语"在观念史"发生结构""表述机制"方面与文学研究范式现代转型及架构所背靠、处身的整体知识文化空间或境遇之间的关系。这种关系是两个层次的：一个层次是，现代"批评话语"的特定"发生结构""表述机制"问题，伴随文学及文学学科在现代时期的"建制行动"而来，文学研究范式现代转型及架构所背靠、处身的整体知识文化空间或境遇（即"知识下行""文化解救"两方面），同时也正是从根本上产生文学现代"建制行动"，并形成现代"批评话语"的特定发生及特定表述的决定性条件；在这个层次上，"知识下行""文化解救"共同构成了文学现代"建制行动"及其中"批评话语"方面的知识学术及思想文化史背景。另一个层次是，文学的现代"建制行动"以及由此伴生的"批评话语"观念的现代新生及现代表述，本来也属于文学研究范式现代转型及架构所背靠、处身的整体知识文化空间或境遇之一，与这个整体知识文化空间或境遇的其他两方面，即"知识下行""文化解救"之间有内在的牵连、交织、相互影响关系；在这个层次上，"知识下行""文化解救"两者与文学现代"建制行动"及其中"批评话语"方面一起构成了文学研究范式现代转型及架构的知识学术及思想文化史背景。根据上述两层关系，可以说，现代"批评话语"观念的最初发生及最初的机制性表述，于中国方面，在黄遵宪、梁启超、严复与夏曾佑、谭嗣同、裴廷梁、陈荣衮等有关批评话语活动中有较为清晰的反映；于西方方面，则在法国圣伯夫、泰纳（属历史博学—社会实证主义），英国阿诺德（属人文道德主义），法国戈蒂叶、波德莱尔、龚古尔兄弟、法朗士，英国斯温伯恩、佩特，美国洛威尔、惠特曼、亨利·詹姆斯，意大利桑克蒂斯，德国狄尔泰等（属印象—唯美—直觉—象征主义及生命有机论一系）有关批评话语活动中有较为清晰的反映。

二是现代"批评话语"在"核心观念"基本形态及其谱系分布、历史演进方面与文学研究范式的现代总体类型架构及其历史演进之间的关系。例如，"革—新"与"形构—诗学""美—文"与"生命—体验""人—国"与"纯诗—幻象"，这是三对现代中西核心批评话语观念，它们分别以"五四"前后与"一战"前后作为标划自身演进前后两期（两大阶段）的重要分界点，其显示出的基本形态及其在文学研究整体活动中的横向谱系分布与纵向历史演进规律，恰切地表征或反映了一中一西两种文学现代研究活动，从文学研究重心、研究方法、研究视角、研究的意义性质及诉求据点等方面对自身所属现代范式类型（即中国的"启蒙史学"范式与西方的"言意理论"范式）的架构，以及这两种现代范式类型（即中国的"启蒙史学"范式与西方的"言意理论"范式）由基本"发生"到初步"生根"到完全"扎根"的内在生长进程。粗略说来，于中国方面，"革—新"观念形态在现代中国文学研究整体活动特别是文学批评实践领域中的横向谱系分布与纵向历史演进，主要涉及从"五四"以前梁启超、青年鲁迅、到"五四"时期胡适、成仿吾，再到后"五四"时期《现代》群体、《中国新文学大系》的编写出版这条主线；"美—文"观念形态在现代中国文学研究整体活动特别是文学批评实践领域中的横向谱系分布与纵向历史演进，主要涉及从"五四"以前章太炎及刘师培、王国维，到"五四"时期周作人、梅光迪，再到后"五四"时期闻一多、朱光潜这条主线；"人—国"观念形态在现代中国文学研究整体活动特别是文学批评实践领域中的横向谱系分布与纵向历史演进，主要涉及从"五四"以前王国维、青年鲁迅，到"五四"时期周作人、郑振铎、再到后"五四"时期梁实秋、李健吾、李长之、朱自清、"左翼"群体这条主线。于西方方面，"形构—诗学"观念形态在现代西方文学研究整体活动特别是文学理论知识领域中的横向谱系分布与纵向历史演进，主要涉及从19世纪中后期的圣伯夫、阿诺德、戈蒂叶、桑克蒂斯，到世纪末至"一战"前夕的斯温伯恩、马拉美、兰波、尼采、西美尔，再到"一战"后属于"形式构型系统"的俄国形式主义、新批评、小说诗学或叙事学（卢伯克、福斯特）、克莱夫·贝尔、卡西尔及苏珊·朗格（情感—意象符号学），属于"心灵表现系统"的荣格、阿恩海姆，属于"意义读解系统"

的英伽登，属于"社会—文化介入系统"的巴赫金、马尔库塞这条主线；
"生命—体验"观念形态在现代西方文学研究整体活动特别是文学理论知
识领域中的横向谱系分布与纵向历史演进，主要涉及从 19 世纪中后期的
叔本华、爱默生、波德莱尔，到世纪末至"一战"前夕的尼采、狄尔泰、
克罗齐，再到"一战"后属于"心灵—生命表现系统"的里尔克、亨
利·詹姆斯（意识流批评）、柏格森主义（佩吉、蒂博代），属于"意义
读解系统"的海德格尔、杜夫海纳、乔治·布莱（日内瓦学派"主体意
识批评"），属于"社会—文化介入系统"的萨特这条主线；"纯诗—幻
想"观念形态在现代西方文学研究整体活动特别是文学理论知识领域中的
横向谱系分布与纵向历史演进，主要涉及从 19 世纪中后期的龚古尔、戈
蒂耶、爱默生、波德莱尔，到世纪末至"一战"前夕的法朗士、斯温伯
恩、佩特、王尔德、马拉美、兰波，再到"一战"后属于"心灵—生命
表现系统"的瓦雷里、叶芝、艾略特、乔治·摩尔、庞德，属于"意义
读解系统"的海德格尔、巴什拉（客体意象批评），属于"社会—文化介
入系统"的考德威尔、本雅明这条主线。

　　三是现代"批评话语"在深在系统言路方面与文学研究现代范式类
型架构当中的深层题域或研究路向之间的关系。归纳起来，现代"批评话
语"共涵括了三组、共六种基本的深层言路，即现代批评行为的六种言述
运思空间，这六种言路或言说运思空间作为六种知识话语线索也一一对应
地建构与表征着文学现代研究中的主要研究题域或研究路向，也就是说，
现代"批评话语"的这六种深层言路或言说运思空间，同时也正是文学
现代研究的六种深层研究题域或主要研究路向——它们是：从"语言的形
构与意味"到"意义的生成与释解"，从"生命的体认与幻象"到"美的
纯粹与至上"，从"族类的构想与认同"到"历史文化的转译与通识"。
在现代"批评话语"深在系统言路与文学研究现代范式类型架构当中的
深层题域或研究路向之间的关系方面，中国与西方之间既有"合"与
"通"的关系，又有"分"与"别"的关系。"合"与"通"，即无论中
国"启蒙史学"与西方"言意理论"哪类范式的文学现代研究，其范式
的本质都是"现代"的，其学术活动都是深深、隐秘地遭遇了现代"批
评话语"相同、相似的深在系统言路及其所表征的知识线索的谱系性形态
建构及意义轨导，从而涵化（acculturation）了大致相通、相同的六种深
层研究题域或主要研究路向，形成了中西大致相通、相似的六种文学现代

研究谱系；"分"与"别"，即现代"批评话语"每种深层言路及其所参与塑造、轨导、表征的文学现代研究的每种深层题域（路向）及谱系，都是具体地落定在或中国、或西方的具体语言文化场域中，同时归属、受制于或融入进了或中国的"启蒙史学"、或西方的"言意理论"这两种不同的文学研究现代范式类型的架构，体现出两套中西有别的知识性、方法论特点。相应于六种批评言路、研究题域或路向，西方与中国之间的这种"分"与"别"可分别见证于瑞查兹与胡适、海德格尔与朱自清、尼采与鲁迅、佩特与朱光潜、艾略特与郑振铎、庞德与钱锺书这六组文学研究大师有关的具体文学研究论述中。

（三）作为文学现代研究活动之知识思想性基因或思想史核心方向维度所在，并为文学研究现代"学术范式"架构提供某种核心的知识框架或思想资源的现代"批评话语"，它在与文学研究现代"学术范式"及有关知识学术问题之间彼此交融、合谋而共同构成三项基本关系的过程中，并不只是单纯、精巧地涉及与自身某些观念、范畴、概念、议题或主题相关的语汇的意义及使用问题，而同时也涉及在话语范型、话语体系、陈述形式、言说方式、规则及机制等方面的内容，即可能超越"批评话语"文本书写内容的内在语义及意义范围，而自觉"涵纳周边因素"①，涉及有关话语主体、话语语境、话语策略、话语权力规则、话语活动的时空场域及机制性质、某些特殊的话语事件及话语条件等方面的知识要素，甚至表现出其在自身展开过程中所处身的与文学学术研究及周遭中一般"知识话语""理论话语"之间复杂的内在统一关系问题，以及在此关系当中主动发挥知识表述、文化分析、社会批评功能，且向"知识""理论"合理转化而不断生成、建构、激活"知识""理论"的作用②问题。也就是说，"批评话语"既包括了文本内容又涵摄文本周遭条件，既被当作知识学文本书写又被"当作社会性文本"③，从而综合地与文学研究现代"学术范式"及有关知识学术问题之间发生交融、合谋关系，这种关系是历史化、场域化的，具有十分强烈的历史关系性、文化场域性本质取向，具有多方向维度、复杂的文化架构、知识架构方面的内容。

（四）现代"批评话语"与文学现代研究"学术范式"之间正是通过

---

① 杨俊蕾：《中国当代文论话语转型研究》，中国人民大学出版社 2003 年版，第 26 页。
② 董学文：《文学理论学导论》，北京大学出版社 2004 年版，第 145—152 页。
③ 杨俊蕾：《中国当代文论话语转型研究》，中国人民大学出版社 2003 年版，第 26 页。

在五大方面、十个关节性专题问题，以及在诸多知识学问题及知识要素方面具体三项基本关系内容上的本体性勾连、扭结、交融、合谋，而以学术（即文学现代研究活动的知识学术性基因或学术史核心方向维度）与思想（即文学现代研究活动的知识思想性基因或思想史核心方向维度）之间沟通、互动、联姻及共谋的方式，造就了文学现代研究活动的现代品质，构成了文学现代研究及范式中的某些深在话语问题，这其中就包括"文学批评的世纪"现象及旷世论断所内在蕴含的某些超越中西界限而跨文化性的深在思想、深刻道理、深层隐秘及理据。"文学批评的世纪"现象及旷世论断所内在蕴含的这些深在思想、深刻道理、深层隐秘及理据，也就是其所隐含的跨文化知识学理内涵，以及其所构成的思想学术问题，实际上至少内在涵摄四大方面的跨文化性深度问题，这四大方面的跨文化性深度问题在包含文学批评及批评话语的现代制度化及建制性品格、"合法性问题"取向以及由此引发的其他相关现代内在特质等方面关键性内容的基础上，分别构成了现代"批评话语"的四种性质与四种向度。这四大方面的跨文化问题即：一是现代"批评话语"作为一个本于"批评"这一基础概念之基本意涵而在批评实践中形成的一套独立、关键、核心性的，与文学乃至整个人文、文化活动息息相关的观念形态（类型）、范畴形式（体系）及议题符码，其基本、特定的整体现代内涵、现代意义、谱系性运用及本质诉求如何；二是现代"批评话语"作为在批评实践中产生的一种现代知识、思想及人文现象，其在特定阶段社会、文化及人文社科学术的历史遭际变迁中得以发生并开展的内在结构机理是怎样的；三是现代"批评话语"作为一种现代的文学知识与文学观念表述、意义读解与人文精神生成的基本、核心的方式、规则或机制，其与文学的"现代"、社科知识体系的"现代"、人文学术研究的"现代"、思想文化关怀的"现代"之间，在知识、思想、价值等方面，有着怎样内在的、相互纠葛而密不可分的制度格局关联及陈述性、建构性关系；四是现代"批评话语"作为一套宽阔宏大的有关知识、意义、人文精神方面的话语陈述类型、符号言说系统，其具体言说运思的完整路径及空间又如何？这就包括：它有着哪些核心观念和哪些深在言路？这些观念与言路呈现出怎样一种知识结构面貌，即其内在的历时性谱系和共时性范型如何？

　　总之，现代"学术范式"代表了文学现代研究的知识学术核心，现代"批评话语"代表了文学现代研究的知识思想核心，两者之间通过在五大方面、十个关节性问题，以及具体知识要素方面三项基本关系内容上的内在扭结、合谋，造就了文学研究的现代范式品质，构成了文学现代研究范式中的某些深层内涵问题，其中包括"批评话语"在四种建构向度意义上的跨文化知识学理内涵问题，从而同时塑造了"20世纪是文学批评的世纪"这种批评话语之世纪架构现象。

　　下面在本章对知识学理问题的系统逻辑厘定基础上，论者立足于具体历史层面，专就文学现代研究范式与批评话语两者合谋关系的一些基础（入口）问题，即"人间性""建制性"两大方面的共四个问题，做个专门的考察澄清。

第三章

知识下行与文化解救：文学研究范式现代转型的知识文化空间

　　无独有偶，从 19 世纪晚期开始，中国与西方的文学研究活动都开始酝酿一场深刻的、伟大的结构转型，这种酝酿是当时特定知识文化整体空间的必然要求的结果，是文学及文学研究当时不得不应对自身所遭逢的两大境遇及问题的产物，这两大时代境遇及问题就是：知识学术方面的"知识下行"与思想文化方面的"文化解救"。"知识下行"与"文化解救"，可以说是现代时期的中西文学、文学研究共同首先遭遇的最直接、最内在的现代性问题。

第一节　知识下行：文学研究范式现代转型的知识学术空间

　　"知识下行"，是论者对张志扬"历史下行"概念的一个化用，它用以指 19 世纪晚期以来，中西知识及学术活动方面共同存在的某个关键性的结构位移现象。张志扬在对刘小枫《现代性社会理论绪论》的反省性分析中提出"历史下行"这个概念。"所谓'下行'，就是'神性'—'理性'—'感性'的日趋萎靡，一代不如一代，'体现人类发展的一种衰微'。"① 即世界"去魅"后，不仅"神义论"变成"人义论"，人的现世生活"按此世的经验理性的法则来营构"，"人自身的实存或属性作为现世制度与人心秩序的合理性根据"，并且"人义论"还随着现代性的展

---

　　① 张志扬：《创伤记忆：中国现代哲学的门槛》，上海三联书店 1999 年版，第 228 页。

开而"走着'精神—理性—工具理性—审美理性—感性—身体及其欲望的色情化'这样的下坡路","几乎用遍了人身上的实在与属性"。①

"知识下行"现象与张志扬所谓的"历史下行"现象有内在关联,指的是19世纪晚期以来,中西知识及学术活动的合法性根基、知识学术构成及运作的原则与重心、知识学术的话语权利构型基础,从形而上在场的抽象位置走下到形而下现世的具体历史生活、实在世界中,从以先验为中心走下到以经验为中心,从知识理念的绝对自在之域走下到知识理念的相对他律之域(或者对绝对自在之域的悬置与虚化),从对本质性问题的终极追问走下到对现世实际问题的实证解决,这意味着知识学术注重从对其自身无限法权的统揽转移到对其自身有限规则的运行,从话语的整体同一性转移到话语的个体差异性,从论域的笼统独断转移到论域的区别分立,从维护学统的稳定性、恒态性转移到追求学统的扩张性、变革性。作为从"高位知识"向"低位知识"② 的位移,"知识下行"现象其实正是知识及学术活动从以舍勒所谓的"本质知识或教化知识"类型为中心转变下移到以其所谓的"宰制知识或成效知识"类型为中心。③

19世纪晚期以来的"知识下行",在西方是源自以反思启蒙理性、钳制知识的科学化、解决现代资本主义文化矛盾与现代性主体危机为起点、动力和目标,主要表现为知识型及知识中心形态的"替换";在中国则是源自于在"经世致用"和"西学(科学)东渐"两大思潮双重冲击下,以致力于理性启蒙、促进知识的科学化、追求现代性进步为起点、动力和目标,主要表现为传统知识学术中心因拆分、消解而带来的"分化"。一中一西,两者的起点、动力、目标、实施路向显然不同甚至恰好相反,但却造成了相类似的知识后果——"下行",在下行当中,"传统的信仰知识转化为一种现代的人文知识理论","并与现代的政治文化理念融贯"。④

---

① 张志扬:《创伤记忆:中国现代哲学的门槛》,上海三联书店1999年版,第185页;张志扬:《现代性理论的检测与防御》,社会科学文献出版社2000年版,第326、327页;张志扬:《后叙西方哲学史的十种视角》,载萌萌主编《启示与理性:从苏格拉底、尼采到施特劳斯》,中国社会科学出版社2001年版,第125页。

② 张志扬:《创伤记忆:中国现代哲学的门槛》,上海三联书店1999年版,第193页。

③ [德] 舍勒:《哲学的世界观》,曹卫东译,载刘小枫选编《舍勒选集》下卷,上海三联书店1999年版,第1058页。

④ 刘小枫:《基督教理论与现代》"选编者导言",载 [德] 特洛尔奇《基督教理论与现代》,刘小枫编,朱雁冰等译,华夏出版社2004年版,第7页。

一　西方：现代人文社会科学领域的突破性发展

西方早自 17、18 世纪以后，原传统的宗教与形而上学一体化的知识理性及文化领域一分为三：属于真理方面的认识问题、属于正义或善方面的道德问题、属于美方面的趣味问题，① 并且由于科学理性"为现代世界打上了自己的印记，并将现代文化建立在反思的基础上"而"成为现代生活的真正向导"②，因此各种知识文化领域都变成体制下、专业化、学科化的科学"研究"③，一方面，传统哲学形而上学通过不断与近代科学理性调和成一个"统一体"，成功维持着自己作为纯粹理性、纯粹认识论的形而上学统治地位，整个近代也因此而以哲学形而上学为特征；④ 另一方面，哲学以外的其他各种人文知识、社会科学领域愈益受自然科学影响，特别在 19 世纪中叶前后表现出"完全依据'实证的、确实的'事实"，以"观察与实验"作为真理唯一标准的突出的实证主义特征⑤，这个时期无论是作为知识学术重心的"史学热"、作为人文社会知识主导性理念的"历史意识"，还是作为社会文化生活主要心态和人文社会科学研究中支配性思潮的"历史主义"，⑥ 都有浓厚的实证论倾向。虽然科学的这种对知识、学科领域的"处处渗透""对世界的全面理性化"⑦ 一直到 19 世纪晚期都还存在⑧，但是，也正是从 19 世纪晚期开始，西方知识学

① Jurgen Habermas, "Modernity: an incomplete project", in H. Foster (ed): The Anti-Aesthetic: Essays on Post-Modern Culture, Washington: Port Townsend, 1983.

② ［德］特洛尔奇：《基督教理论与现代》，刘小枫编，朱雁冰等译，华夏出版社 2004 年版，第 53 页。

③ ［德］伽达默尔：《赞美理论——伽达默尔选集》，夏镇平译，上海三联书店 1988 年版，第 30 页。

④ ［德］伽达默尔：《哲学解释学》，夏镇平、宋建平译，上海译文出版社 1994 年版，第 109—110 页。

⑤ 郭华榕：《法兰西文化的魅力——19 世纪中叶法国社会寻踪》，生活·读书·新知三联书店 1992 年版，第 256—257 页。

⑥ 郭华榕：《法兰西文化的魅力——19 世纪中叶法国社会寻踪》，生活·读书·新知三联书店 1992 年版，第 236—237 页；［美］怀特：《元史学：十九世纪欧洲的历史想象》，陈新译，译林出版社 2004 年版，第 51—52 页；［美］伊各斯：《历史主义》，周樑楷译，载张京媛主编《新历史主义与文学批评》，北京大学出版社 1993 年版，第 283、285、288、291 页。

⑦ ［德］特洛尔奇：《基督教理论与现代》，刘小枫编，朱雁冰等译，华夏出版社 2004 年版，第 53 页。

⑧ ［德］西美尔：《1870 年以来德国生活与思想的趋向》，李放春译，载［德］西美尔《宗教社会学》，曹卫东译，上海人民出版社 2003 年版，第 182—235 页。

术领域开始露出新的端倪，开始进入一个新的时代，这个"新"，一言以蔽之，即哲学理性（纯粹理性）和科学理性（工具理性）开始走下圣坛，失去它们对各种人文知识、社会科学领域的僭越性控制权，各种人文知识、社会科学领域从而不再向上依靠自身之外的某"理性"来为自己提供合法性基础，而是埋下头来凝视自身，从人类社会文化生活本身的特性及当下所遭遇的问题出发，实现自己的开创性发展。这就是现代西方的"知识下行"。

这种"新""知识下行"反映的是身陷 19 世纪最后 30 年所形成的"对西方历史传统的价值和历史知识的客观性已大表怀疑"的"历史主义危机"① 和人文社会科学实证论困境中，人文知识、社会科学领域表现出独立、自为的学科意识和知识实践，这至少包括三个方面：

首先，人文社会科学开始自觉到自身知识追求、学术探索的原则、信念与志向等问题，这主要表现在从 19 世纪 80 年代开始德国知识界关于社会科学的正当性及其方法论问题的论争，促使西方知识学术界日益重视人文社会科学与自然科学的联系与区别，② 正是在这样的背景下产生了韦伯的"以学术为业"的学问论，这个学问论重点关涉作为基本知识学原则的"经验理性的正当性和限制"③，虽然其申述的只是以韦伯为代表的社会学其中一翼的观点，但在一定程度上却折射了其时人文社会科学界的一种普遍的自觉意识，即力图确立自身治学的根本态度以及知识学术的基本品质、功能与原则，将知识学术活动限制在当下现世生活世界而不上行逾越进超验、信仰的形而上位置。

其次，人文社会科学开始奠定自身独立、坚实、普遍的性质及方法论基础，并因此而首次超越学科形态差异及专业界划而汇集为一个"人文科

---

① ［美］怀特：《元史学：十九世纪欧洲的历史想象》，陈新译，译林出版社 2004 年版，第 53 页；［美］伊各斯：《历史主义》，周樑楷译，载张京媛主编《新历史主义与文学批评》，北京大学出版社 1993 年版，第 282 页。

② 刘小枫：《现代性社会理论绪论》，上海三联书店 1998 年版，第 234—235 页；霍桂桓《译者前言：文化哲学史大师的扛鼎之作》，载［德］狄尔泰《精神科学引论》（第一卷），童奇志、王海鸥译，中国城市出版社 2002 年版，"译者前言"第 9 页。

③ 刘小枫：《现代性社会理论绪论》，上海三联书店 1998 年版，第 222—235 页；［德］韦伯：《以学术为业》，载［德］韦伯《学术与政治》，冯克利译，生活·读书·新知三联书店 1998 年版，第 17—53 页。

学"（Human Studies）、"精神科学"（Geisteswissenschaften）① 整体体系，
"形成一种能够为生活世界提供统一的价值系统的文化"②，在整个体系上
与形而上学、自然科学分庭抗礼，为自身根本克服和抵制形而上学、实证
论倾向赢得了重要力量，这个坚实、普遍的方法论基础就是"历史—诠释
学"的方法及其所伴随的"历史理性批判"的方法③，这个方法论造成了
诠释学与历史学的相互奠基关系④。在这方面狄尔泰有多方面扛鼎、奠基
之功：他基于历史探讨、经验探讨、哲学探讨的相互依赖或三位一体关
系⑤而发现了这个普遍的方法论基础，既由此强调各种人文社会科学之间
的有意义的、多层面的"相互关联"，用"精神科学"（Geisteswissen-
schaften）之名囊括"社会科学和人文科学在内的、几乎所有与人的知识
有关的学科"并给予系统构建⑥，使整个现代人文社会学科体系得以验明
正身和提升认识水准，从而"从集中关注和研究人类的社会文化实在的目
的出发……对'形而上学'及其各个方面进行批判和扬弃"⑦；又由此促
使历史诠释意识和阐释学从此成为现代人文社会科学发展的重要支撑，
"现象学—解释学—社会批判理论与经验—实证论的基本冲突，成为现代
人文—社会科学知识积累的动力因素"⑧；而且还由此特别将历史科学纳
入"精神科学"范畴，以对历史理论、对历史科学与自然科学之间区别

---

① ［英］H. P. 里克曼：《狄尔泰》，殷晓蓉、吴晓明译，中国社会科学出版社 1989 年版，
第 114 页。

② 刘小枫：《基督教理论与现代》"选编者导言"，载［德］特洛尔奇《基督教理论与现
代》，刘小枫编，朱雁冰等译，华夏出版社 2004 年版，第 6 页。

③ ［英］H. P. 里克曼：《狄尔泰》，殷晓蓉、吴晓明译，中国社会科学出版社 1989 年版，
第 65、141 页；［德］伽达默尔：《哲学解释学》，夏镇平、宋建平译，上海译文出版社 1994 年
版，"编者导言"第 3 页；［德］伽达默尔：《伽达默尔集》，严平编选，灯安庆等译，上海远东
出版社 1997 年版，第 389—391、394 页；刘小枫《现代性社会理论绪论》，上海三联书店 1998 年
版，第 135、139 页。

④ ［德］伽达默尔：《伽达默尔集》，严平编选，灯安庆等译，上海远东出版社 1997 年版，
"编选者序"第 5 页。

⑤ ［英］H. P. 里克曼：《狄尔泰》，殷晓蓉、吴晓明译，中国社会科学出版社 1989 年版，
第 64 页。

⑥ 霍桂桓：《译者前言：文化哲学史大师的扛鼎之作》，载［德］狄尔泰《精神科学引论》
（第一卷），童奇志、王海鸥译，中国城市出版社 2002 年版，"译者前言"第 7 页；［英］H. P.
里克曼：《狄尔泰》，殷晓蓉、吴晓明译，中国社会科学出版社 1989 年版，第 121、129、130 页。

⑦ 霍桂桓：《译者前言：文化哲学史大师的扛鼎之作》，载［德］狄尔泰《精神科学引论》
（第一卷），童奇志、王海鸥译，中国城市出版社 2002 年版，"译者前言"第 13 页。

⑧ 刘小枫：《现代性社会理论绪论》，上海三联书店 1998 年版，第 139 页。

的性质问题、对"体验"和"理解"之于历史研究中的关键意义的重视，而与文德尔班、李凯尔特、西美尔一起发动了一场"批判的历史哲学"运动，① 使历史科学开始走出19世纪长期的实证主义史学束缚，摈弃历史"实在论"（历史客观主义）和"历史编纂学"模式②，这场运动后来在马克思和尼采以及胡塞尔等人那里得到了"最为深刻"的推动，以至历史知识开始全面"转变成当前社会和文化生活的需要"，历史意识的问题开始"直接"置入"哲学的核心"，③ 从而，这场"批判的历史哲学"运动与"对实证主义的反抗"一起作为一体两面，给19世纪末叶的西方哲学带来了"一个新的生长的春天"。④

最后，人文社会科学开始出现对资本主义"现代现象""现代结构"的知识学反应，围绕对现代社会生活秩序的合理安排或正当性论证问题产生大量不同样式、不同质态的知识言论，这就是具有现代性关怀、现代性问题意识的社会学、社会理论的产生，⑤ 也可以说是社会学、社会理论因应对现代社会生活秩序危机并从中获取"发展的根源和动力"，而"专门研究传统社会系统瓦解和现代社会系统形成时的反常状态"，即变成了"危机科学"，⑥ 或按戴维·弗里斯比的说法，"19世纪晚期和20世纪初年，社会学在争取一门独立的学科地位的斗争中，常常将现代性后果作为自己的研究对象"和讨论主题⑦。这种具有现代性关怀、现代性问题意识

---

① ［英］柯林武德：《历史的观念》，何兆武、张文杰译，商务印书馆1997年版，第238—251页；张广勇：《法国史学的新视野》，载［法］保罗·利科《法国史学对史学理论的贡献》，王建华译，上海社会科学出版社1992年版，第6—8页。

② ［美］怀特：《元史学：十九世纪欧洲的历史想象》，陈新译，译林出版社2004年版，第363、378；［英］汤因比等：《历史的话语：现代西方历史哲学译文集》，张文杰编，广西师范大学出版社2002年版，"译文集序"第2—3页。

③ ［美］怀特：《元史学：十九世纪欧洲的历史想象》，陈新译，译林出版社2004年版，第378、379页；张广勇：《法国史学的新视野》，载［法］保罗·利科《法国史学对史学理论的贡献》，王建华译，上海社会科学出版社1992年版，第8页。

④ ［英］柯林武德：《历史的观念》，何兆武、张文杰译，商务印书馆1997年版，第198页。

⑤ 刘小枫：《现代性社会理论绪论》，上海三联书店1998年版，第6—12、64、235—237页；刘小枫：《基督教理论与现代》"选编者导言"，载［德］特洛尔奇《基督教理论与现代》，刘小枫编，朱雁冰等译，华夏出版社2004年版，第34—36页。

⑥ 单世联：《哈贝马斯现代性理论述论》，载包亚明主编《现代性与空间的生产》，上海教育出版社2003年版，第124页。

⑦ ［英］戴维·弗里斯比：《现代性的碎片》，卢晖临等译，商务印书馆2003年版，第5—6、18页。

的，作为"危机科学"的社会学、社会理论，因其对时代症状的关键把握和深刻思考而对西方学术思想发挥着主导性的影响，甚至可以说使西方学术思想由原康德开创的"以人为本"的近代"知识哲学时代"（"知识时代"）下行转进到了由韦伯开创的浓重"社会学语境中的""以社会为本"的"社会学时代"（"社会哲学时代""技术时代"）①。

　　上述三方面充分表明从 19 世纪晚期开始，西方知识学术活动出现了一个转向的趋势，即知识分子不再作为学问而学问的古典学究与近代纯粹理性思辨的奴仆，而敢于以"现实主义的热情""背叛"自己那种曾经身居形而上高位，"脱离世俗社会，追求形而上的学问，追求终极的真理的圣职者"传统，② 把知识和学术思想的矛头指向对现代人类生活、社会生活的关切和对现时、现世的经验性、历史性、批判性的考察及理解中；充分表明从 19 世纪晚期开始直至 20 世纪，西方学术思想的展开"不是仅仅在狭义的哲学舞台上进行的。与哲学的展开相并列，关于人的科学以及社会科学由于提出新的理论，创造了新的概念，更新了思想的构图，从而拓宽了以往连想都不敢的关于人的理解的问题"③，是"现代科学的第二胎生子（历史学）和第三胎生子（社会科学）"继续加大"置换了传统的神学形而上学，致力于建构关于国家、社会、法律、道德、宗教的理性化知识系统……负担起解答生活世界疑难的大任"④，是社会学、心理学、人类学，而不是作为形而上学的哲学代表了"典型的现代科学"⑤；充分表明从 19 世纪晚期开始，西方知识型已处于以"人"及其建构为主体和中心，以"人文科学"为结构核心的现代知识型向以"话语"及其建构为主体和中心，以"反人文科学"（"反—科学"）为结构核心的 20 世纪当代知识型的过渡阶段，即人种学、精神分析、语言学这三门"特别强调语言的特权地位""更加接近了产生话语的那个虚空"的新的"主导学科"初具雏形的阶段，这场过渡与雏形生成意味着现代人文学术思想的主

---

　　① 于文杰：《欧洲近代学术思想的心灵之旅——论西学三分及其中介理论的历史可能性》，商务印书馆 2006 年版，第 162、168、171、173、184 页。

　　② ［法］朱里安·本达：《知识分子的背叛》，孙传钊译，吉林人民出版社 2004 年版，"出版说明"第 1、16、74、80 页。

　　③ ［日］今村仁司等：《马克思、尼采、弗洛伊德、胡塞尔——现代思想的源流》，卞崇道、周秀静等译，河北教育出版社 2002 年版，第 8 页。

　　④ 刘小枫：《现代性社会理论绪论》，上海三联书店 1998 年版，第 135 页。

　　⑤ ［德］雅斯贝斯：《时代的精神状况》，王德峰译，上海译文出版社 1997 年版，第 139 页。

宰权所在开始从"人"向着"语言"下行，"人"开始走向消亡。①

　　先是纯粹神学的形而上学、后是纯粹理性特征的近代哲学形而上学的走下知识圣坛和统治位置，当然不意味着作为形而上学的神学、哲学从现代学术思想领域的彻底退出，而是呈现出这些形而上学自19世纪晚期开始的自我调整与转型。

　　先看哲学方面，这种自我调整与转型开始于以尼采与狄尔泰的生命哲学、胡塞尔现象学为代表的"更新哲学基础"②的努力，舍勒的"现象学社会哲学"、海德格尔与雅斯贝斯的"存在哲学"等则是后继者；它可以界定为由认识论（主体论、人本论、意识哲学、反思哲学）范式转向语言论（语言哲学、语言学分析）范式③，由绝对主义转向经验层面的相对主义与根基层面的虚无主义④，由形而上学转向后形而上学⑤，由哲学与自然科学逻辑（工具理性）的调和⑥转向哲学与人文科学逻辑的调和，由抱着"真理的愿望"、以认识论为中心、作为认知性典范和"自然之镜"的、"建设性"的"系统哲学"转向抱着"教化的愿望"、以怀疑论为出发点、保持历史主义和相对主义意识、作为诠释学典范、"反动性"的"教化哲学"或"无镜的哲学"⑦。显然，这场调整与转型得以依靠的最大

　　①　［法］福柯：《词与物——人文科学考古学》，莫伟民译，上海三联书店2001年版，"译者引语"第8—9、449—506页；［英］海登·怀特：《米歇尔·福柯》，载［英］约翰·斯特罗克编《结构主义以来：从列维—斯特劳斯到德里达》，渠东等译，辽宁教育出版社、牛津大学出版社1998年版，第107—113页；［美］道格拉斯·凯尔纳、斯蒂文·贝斯特：《后现代理论：批判性的质疑》，中央编译出版社2004年版，第54—55页；汪民安等编：《福柯的面孔》，文化艺术出版社2001年版，"编者前言"第4页；盛宁：《人文困惑与反思——西方后现代主义思潮批判》，生活·读书·新知三联书店1997年版，第69页。
　　②　［日］今村仁司等：《马克思、尼采、弗洛伊德、胡塞尔——现代思想的源流》，卞崇道、周秀静等译，河北教育出版社2002年版，第8页。
　　③　［德］哈贝马斯：《后形而上学思想》，曹卫东、付德根译，译林出版社2001年版，第7、13页；张志扬：《后叙西方哲学史的十种视角》，载萌萌主编《启示与理性：从苏格拉底、尼采到施特劳斯》，中国社会科学出版社2001年版，第122页；张志扬：《缺席的权利——阅读、讲演与交谈》，上海人民出版社1996年版，第105页。
　　④　张志扬：《后叙西方哲学史的十种视角》，载萌萌主编《启示与理性：从苏格拉底、尼采到施特劳斯》，中国社会科学出版社2001年版，第116页。
　　⑤　［德］哈贝马斯：《后形而上学思想》，曹卫东、付德根译，译林出版社2001年版，第28、33页。
　　⑥　［德］伽达默尔：《哲学解释学》，夏镇平、宋建平译，上海译文出版社1994年版，第109—110页。
　　⑦　［美］理查·罗蒂：《无镜的哲学》，李幼蒸译，载洪汉鼎编《理解与解释——诠释学经典文选》，东方出版社2001年版，第553、556、561、562、582页。

的知识思想资源及动力恰好来自当时那些人文社会科学领域特别是历史意识、历史解释学、广泛的批判实践等方面"向形而上学发起的攻击"①，即哲学正是"从关于人的科学的知识革新中受到很大刺激，才从根本上改变了理解人的视角"②，才获得了"一个新的生长的春天"③。这表明了哲学正从过去君临一切人文知识、社会学科的特权位置走下来，转而向人文知识、社会学科俯首寻求发展的动力；而就在这样的俯首寻靠中，哲学"必须放弃其信仰地位"，"把偶像化的抽象理性重新放回到其语境当中，并把理性定位在它所特有的活动范围内"，所剩下的以及力所能及的就是"担任解释者的角色"并"只能发挥批判力量"，"通过解释来把专家知识和需要探讨的日常实践沟通起来"，"通过阐释来推动生活世界的自我理解进程"，④ 这个必然要求造成了理性的程序化（方法化）、情境化（非先验化）、语言化、实用化四个变化⑤，造成了早先奠基于哲学那里的有关知识的"合法化元叙述机制的衰落"⑥ 的萌现，造成了哲学在现代的发展呈现出瓦尔特·舒尔茨所认为的科学化、内在化、肉体化、历史化、责任化五种趋势⑦，这种变化、这个衰落、这些趋势明证的不仅是西方哲学也是西方整个学术思想的"知识下行"的趋势。

再来看神学方面，它的自我调整与转型主要来自以特洛尔奇为代表的"综合性"神学家，努力将时代的知识进展、主要是现代人文社会科学引入神学论题，通过"将传统的神学论题与现代的人文—社会科学（历史理论、社会理论）整合起来"而改塑传统神学，⑧ 显然这与哲学方面一样

①　[德]哈贝马斯：《后形而上学思想》，曹卫东、付德根译，译林出版社2001年版，第32、33页。
②　[日]今村仁司等：《马克思、尼采、弗洛伊德、胡塞尔——现代思想的源流》，卞崇道、周秀静等译，河北教育出版社2002年版，第239页。
③　[英]柯林武德：《历史的观念》，何兆武、张文杰译，商务印书馆1997年版，第198页。
④　[德]哈贝马斯：《后形而上学思想》，曹卫东、付德根译，译林出版社2001年版，第7、18、37、49页。
⑤　单世联：《哈贝马斯现代性理论述论》，载包亚明主编《现代性与空间的生产》，上海教育出版社2003年版，第276页。
⑥　[法]利奥塔尔：《后现代状态：关于知识的报告》，车槿山译，生活·读书·新知三联书店1997年版，"引言"第1—2页。
⑦　倪梁康：《现象学及其效应：胡塞尔与当代德国哲学》，生活·读书·新知三联书店1994年版，第6—7页。
⑧　刘小枫：《基督教理论与现代》"选编者导言"，载[德]特洛尔奇《基督教理论与现代》，刘小枫编，朱雁冰等译，华夏出版社2004年版，第6、7、34页。

体现出它从形而上学特权位置走下来，俯首向人文社会科学领域寻求知识思想资源及动力的特征。

　　表现在现代人文社会科学领域的突破性发展和旧有形而上学知识体系的自我调整与转型方面的"知识下行"现象，同样也在与文学艺术活动的内在特质有着最密切关系的美学领域发生。美学方面的"知识下行"现象的主要标志就是"美学废退"① 现象的产生，即近代以来作为系统的哲学审美范式、"系统的审美问题"② 意识不再能解释现代文学艺术的创新性发展，近代哲学美学由于失去了它对于美与文艺的实践所应有的意义，致使人们对于它的兴趣大大减少③。"美学废退"不是要彻底驱逐审美活动，而实质是让审美活动从对哲学形而上学的体系性依附中摆脱出来，下移、奠基于现代活生生的人类社会生活及文艺实践中而实现自身范式的现代转型，这就是从"一种由来已久的永恒性美学"下移、转变到"一种瞬时性与内在性美学"的过程④，是美的实践经验及价值判断在人的肉身、本能、欲望中不断奠基的过程⑤。在这场"知识下行"中获得新生的现代审美活动的历史，其理想的起点正是波德莱尔表明的"共通美"经过收缩而与"瞬时美"达成的"微妙的平衡"，但是由于它自波德莱尔这个起点之后仍然继续不断下行而发展成"瞬时美"的意识"压倒并最终根除了艺术的'另一半'"（即"共通美"）的后果，⑥ 这个后果也就是先锋派通过"抗拒"一切、放弃"审美主义怀乡"而成就的"先锋的崇高美学"⑦，是"美之美学的终结"⑧。这种现代审美范式的转型发生与不断下行式发展，其实正是审美（或文化）现代性经验及话语的发生与发展，因此显露的既是对"传统"、即过去近代系统哲学美学的下行背叛

---

　　① ［德］阿多诺：《美学理论》，王柯平译，四川人民出版社 1998 年版，第 557—563 页。

　　② ［德］伽达默尔：《哲学解释学》，夏镇平、宋建平译，上海译文出版社 1994 年版，第 98 页。

　　③ ［德］阿多诺：《美学理论》，王柯平译，四川人民出版社 1998 年版，第 568—571 页。

　　④ ［美］马泰·卡林内斯库：《现代性的五副面孔》，顾爱彬、李瑞华译，商务印书馆 2002 年版，第 9 页。

　　⑤ ［英］伊格尔顿：《美学意识形态》，王杰等译，广西师范大学出版社 1997 年版。

　　⑥ ［美］马泰·卡林内斯库：《现代性的五副面孔》，顾爱彬、李瑞华译，商务印书馆 2002 年版，第 11 页。

　　⑦ ［法］利奥塔：《非人——时间漫谈》，罗国祥译，商务印书馆 2000 年版，第 100—119 页；肖鹰：《目击时间的深渊——利奥塔美学评述》，载杨雁斌、薛晓源编选《重写现代性：当代西方学术话语》，社会科学文献出版社 2001 年版，第 18—31 页。

　　⑧ ［法］利奥塔：《非人——时间漫谈》，罗国祥译，商务印书馆 2000 年版，第 151 页。

与造反，也是对处于同期历史阶段的"资产阶级文明的现代性"、即启蒙（或社会）现代性的平行对峙与反拨。①

二　中国："分""用"结合的"经消史长"行程

在中国，早在 16 世纪末叶（即明末）就出现了以传统"格致"观念来诠译和接纳由西方传教士带来的科学技术知识的现象②，然而直至 19 世纪末叶（即晚清），当随着中国"天崩地裂式的大变局"③ 的加速加深，经世致用思潮愈演愈烈，救亡图存的自觉意识和民族国家建设的思想得以深入，中国学习效仿西方科学知识的重心虽仍立足于"西艺"（即自然科学与技术层面）但已逐步转向"西政""西学"（即政制、人文社科及文化层面）④，早期的沿海改革及现代化事业逐步展开⑤时，这个已持续 300 多年的西学东渐大潮才开始造成对中国传统知识学术系统的最实质性的冲击，这个"最实质性的冲击"与当时传统知识学术系统内部同样因应对变局、经世致用而内发性产生的"传统知识理路的内在嬗变"合于一体，共同导致了中国"传统知识系统的最后崩溃和瓦解"⑥，同时开启了中国知识系统在新时代的新局面，这个站在传统知识瓦片上的"新局面"同样也可一言以蔽之，即传统知识中心和学术正统日趋衰落，知识学术开始摆脱传统"经"的垄断与"为经学而治学"的束缚，从对"经统"和"道统"的俯首听命中走下来，以知识价值独立自足、知识领域竞相分立的繁荣姿态告别经学式的"笼统"而走向西方式的科学"系统"，走进知识启蒙、救亡图存及民族国家建设的现世致用实践。这就是现代中国的"知识下行"。

现代中国的"知识下行"过程包含有两种动力与路向，一是"分"的动力与路向，二是"用"的动力与路向。"分"，即传统知识中心分解

---

① ［美］马泰·卡林内斯库：《现代性的五副面孔》，顾爱彬、李瑞华译，商务印书馆 2002 年版，第 16—17 页。

② 汪晖：《汪晖自选集》，广西师范大学出版社 1997 年版，第 217 页。

③ 葛兆光：《七世纪至十九世纪中国的知识、思想与信仰：中国思想史》第二卷，复旦大学出版社 2000 年版，第 610 页。

④ 龚书铎：《社会变革与文化趋向》，北京师范大学出版社 2005 年版，第 144 页。

⑤ ［美］柯文：《在传统与现代性之间：王韬与晚清改革》，雷颐、罗检秋译，江苏人民出版社 2003 年版，第 168 页。

⑥ 葛兆光：《七世纪至十九世纪中国的知识、思想与信仰：中国思想史》第二卷，复旦大学出版社 2000 年版，第 605 页。

分化、学术政治分离分途、知识学术领域分类分立分治；"用"，即着力关心知识学术之于现世社会人生的知识性功用，反传统"重学轻术"的知识旧统而开"崇实戒虚"① 的知识新统，着力于由"体"往"用"的转化及调整，既追求知识学术的"科学"之用，即知识之于理性认知和开通民智的启蒙作用，也追求知识学术的"泛政治"② 之用，即知识之于救亡图存和民族国家建设的作用。涵括有这两种动力与路向的现代中国"知识下行"现象集中体现于人文社科知识学术整体分类结构及分布格局的现代转化方面，在这场"下行"式的转化中，历史知识领域即史学的方向成了关键中枢与重镇所在。

在 19 世纪最后 30 年间，随着对世变及危局的认识的深入，一种日益增长的"自我怀疑和自我重估"的思想情绪"从统治秩序的表层逐步渗入其内核"③，时人对西方的学习效仿虽仍重于"从器物上感觉不足"但已开始往"从制度上感觉不足"转变及深化④，导致知识界对西学关注的重心逐步转向其"西政"，即与西方政治、经济制度有关的社会科学方面，一时"学界活力之中枢，已经移到'外来思想之吸收'"⑤，以变法、改制意识为代表的文化意识之醒觉与争执、新思潮之激荡、新知之自觉、新观念之创生及冲击愈益浓烈⑥，这造成秉承救亡济世、变革现实之"资治"目的的"六经皆史"的思想日益深入人心，从而使得作为知识学术正统及中心的传统经学，在当时占据知识学术界中心的今、古文之争特别是日益独盛之"今文经学内部的学理本质改造"中，通过对诠释边界及研究趋向的不断开放、开发，日益以过度"思想阐发""历史描述"的方式自我瓦解、自我掘墓、自我分解并转化（即其有关知识要素"向现代

① 罗志田：《国家与学术：清季民初关于"国学"的思想论争》，生活·读书·新知三联书店 2003 年版，第 15 页。

② 陈平原：《走出"五四"》，载陈平原《学者的人间情怀：跨世纪的文化选择》，生活·读书·新知三联书店 2007 年版，第 35 页。

③ 张灏：《危机中的知识分子：寻求秩序与意义》，高力克、王跃译，新星出版社 2006 年版，第 6 页。

④ 梁启超：《五十年中国进化概论》，载洪治纲主编《梁启超经典文存》，上海大学出版社 2003 年版，第 263—264 页。

⑤ 梁启超：《中国近三百年学术史》，山西古籍出版社 2001 年版，第 31 页。

⑥ 王尔敏：《中国近代思想史论》，社会科学文献出版社 2003 年版，第 11—37、109—110 页。

学科体制中的文学、史学和哲学转化、分化"）而走向衰微、而"平民化",[1] 使"经消史长的趋势趋向愈加明显"以至最终"成为一个不争的事实"[2],即史学开始脱离经学羁绊,通过注重对走向解体的经学之有关知识要素和文化动力的还原、吸收、转化和对西学现代理念及方法的借鉴融入而膨胀壮大,加快逼近知识学术"中心区域"、夺取知识思想"独尊地位"[3],并怀着"救国之大"的抱负,加速自己向现代"新史学"的革命性转轨——正如罗志田所言："正是经世的需要让传统中国学问中的史学取代经学而一度成为中国学术实际的中心。"[4]

经学丧钟的敲响、传统经史之学的消解,即经退史长的局面带来的不仅仅是知识学术重心方面由经往史、变经为史的下行位移,更有对整个知识学术分类结构及分布格局方面的下行的影响。正如"礼失求诸野",当经的"神圣光环"开始被彻底打破,经学的"中心地位"或正统地位终于衰落而边缘化,经学被从"圣坛"及主流政治意识形态的位置上拉下之际,[5] 也正是整个知识学术活动超越"居庙堂之高"之官朝政治,回返"处江湖之远"之学问自身领域的独立自足取向得以加剧之时；在经学不能再一统天下、垄断和囊括殆尽所有知识学问领域的契机下,整个知识学术分类结构及分布格局的出发点及根基也就不再是对原高高在上的"经统"和"道统"的一味尊崇,而是下移、走入原处于下层位置、次要位置、经学附庸位置的众知识学术领域（包括史学）本身中。在这样的情势下,那些包括诸子学、佛学、文字学、音韵学、训诂学、地理学、金石学等在内的,原从属性、边缘性、民间性的古代各种知识学问便开始冲破经学藩篱、由隐而显、集体抬头,在原经学、"经统"及"道统"之外寻

---

① 葛兆光：《七世纪至十九世纪中国的知识、思想与信仰：中国思想史》第二卷,复旦大学出版社 2000 年版,第 610—628 页；路新生：《经学的蜕变与史学的"转轨"》,上海古籍出版社 2006 年版,第 122—130、166 页；周予同：《康有为与章太炎》,载冯天瑜主编《中国学术流变——论著辑要》（下册）,华东师范大学出版社 2003 年版,第 655 页；罗志田：《清季民初经学的边缘化与史学的走向中心》,载罗志田《权势转移：近代中国的思想、社会与学术》,湖北教育出版社 1999 年版。

② 路新生：《经学的蜕变与史学的"转轨"》,上海古籍出版社 2006 年版,第 127—129 页。

③ 同上书,第 124、130 页。

④ 罗志田：《裂变中的传承：20 世纪前期的中国文化与学术》,中华书局 2003 年版,第 239 页。

⑤ 路新生：《经学的蜕变与史学的"转轨"》,上海古籍出版社 2006 年版,第 124 页。

求自身的合法性发展，自由绽放和扩张自己的知识边界，即在类似史学一样吸收、涵纳从原经学研究分解、转化而来的有关哲学、文学等方面知识要素的同时，因受着王汎森所谓的"思想与社会的互相激荡"，特别是本于对现实社会、人生问题的关切，为回应时势新变及西学新知分科性观念、原则及门类的挑战而开始形成重寻、重释、重估传统中对应知识思想资源和重组传统知识学问系统的努力，并在发掘"与西学'相因缘而并生'的现象"①，融汇西学新知的过程中不断催生新的理解、新的课题、新的问题、新的知识兴趣，② 逐步去获取一种现代的、独立的知识学术品格及形态，渐渐向着哲学、宗教、伦理学、文学、语言（文字）学、考古学等现代西学分类模式下的、独立学科意义上的新知识转化。诸子学等众学的这个集体逐渐上升、嬗变、转化的过程，与经学衰落化、边缘化而史学走向中心的过程，与政治学、经济学、法学、社会学等现代西方"法政诸学"（社会科学）被直接从西方逐步移植而来③的过程，三者相互关联、齐头并进，造成了19—20世纪之交中国知识结构及学术体系中西、新旧杂陈的局面及其需被合理性配置、重构的迫切要求，从而内在地推动着中国从以经、史、子、集为框架的传统"四部之学"学科体制、学术分科格局及知识分类系统，逐步向取法西方的、以"学科分类"为主干的现代学科体制、学术分科格局及知识分类系统的转变④。而这个作为转轨方向、建构目标的现代学科体制、学术分科格局及知识分类系统将奠基于对现世社会人生的知识关怀，而又倡导学术独立、思想自由、知识创新，具有知识分类、学科分立、学术分治、结构科学系统的特征，而将不再是传统那个以高高在上的经学六艺为主导及独断中心、尊崇"经统"和"道统"之神圣威权、具有严重的政治附庸性和伦理教化性、结构笼统的学术格局及知识分类系统。

如果说19世纪最后30年间的知识学术整体分类结构及分布格局的

---

① 罗志田：《裂变中的传承：20世纪前期的中国文化与学术》，中华书局2003年版，第39页。

② 葛兆光：《七世纪至十九世纪中国的知识、思想与信仰：中国思想史》第二卷，复旦大学出版社2000年版，第629—649页；王尔敏：《中国近代思想史论》，社会科学文献出版社2003年版，第110—116页；张灏：《危机中的知识分子：寻求秩序与意义》，高力克、王跃译，新星出版社2006年版，第13—16页。

③ 左玉河：《从四部之学到七科之学——学术分科与近代中国知识系统之创建》，上海书店出版社2004年版，第239页。

④ 同上书，"导论"第5页。

"下行"，造就了那个时期的知识学术活动属于"晚清新学"（即中国现代知识学术的萌芽）及中国现代知识学术的发端阶段所应有的特质，成为中国现代学科体制、学术分科格局及知识分类体系的滥觞，那么进入 20 世纪后，特别是自 1905 年废科举而代之以新式学堂，同时国粹学派崛起以后，知识学术整体分类结构及分布格局的继续"下行"则不仅为现代知识学术的全面发展一次次地做好准备、提供契机，而且在新文化运动特别是在 20 年代以后促成了现代知识学术的逐步繁荣，① 最终形成了中国现代学科体制、学术分科格局及知识分类体系。20 世纪中国知识学术整体分类结构及分布格局的继续"下行"仍然沿着肇始自 19 世纪末叶的"下行"路向，即以现实经世致用关怀为出发点，经学正统不断衰亡、知识学术着力独立、知识中心不断分化、史学等现代知识学术门类群起完善并走向分立。这场前后持续了又一个 30 年的继续"下行"有三条线索，它们步速、步率不一定完全一致但步调、步向却根本相同，构成一种相互证成、相互表征、相互援助的犄角关联。这三条线索，一是教育学科体制及学术分类制度（即学制）的演化，一是民间知识士人切实的知识思想动向及其所带来的有关知识学术内涵的嬗变转进，一是以图书典籍分类为代表的知识分类原则、方法的转变。

　　20 世纪的开端几年对于中国现代知识学术的发展应该说是春雷不断。在教育及学制上，1901 年，清廷下诏兴学，改科举、废八股，各省大学堂纷纷开设并表现出与戊戌期间大学堂的明显不同，1902 年，张百熙拟订的《钦定学堂章程》（即"壬寅学制"）正式出炉，成为现代中国"第一份有关全国学制规范的计划书"，1903 年，张之洞等制定的《奏定学堂章程》（即"癸卯学制"）颁行全国，成为 1912 年民国成立以前"兴办学堂的根本大法"，② 1905 年，清廷废科举；在知识士人的知识思想运动上，1902 年，梁启超发表《新史学》，疾呼"史界革命"，1905 年，国学保存会成立、《国粹学报》创刊发行，标志晚清国粹派的正式崛起③；在图书及知识分类上，1904 年，古越藏书楼建成，徐树兰在新编之

　　①　刘梦溪：《中国现代学术经典·总序》，河北教育出版社 1996 年版，第 20—22、50 页。
　　②　刘龙心：《学科体制与近代中国史学的建立》，载罗志田主编《20 世纪的中国：学术与社会·史学卷》（下），山东人民出版社 2001 年版，第 470—473 页；璩鑫圭、唐良炎编：《中国近代教育史资料汇编——学制演变》，上海教育出版社 1991 年版；潘懋元、刘海峰编：《中国近代教育史资料汇编——高等教育》，上海教育出版社 1993 年版。
　　③　郑师渠：《晚清国粹派文化思想研究》，北京师范大学出版社 1997 年版，第 9 页。

《古越藏书楼书目》中将中西典籍平等地归并、混合一起，以详密的分类"使中国四部分类法之内容及其实质发生了重大变化"，典型体现了"突破四部之学的范围，创建新的知识系统"的努力及成果①。这些事件其实都是自 19 世纪末叶以来"知识下行"取得阶段性实绩、影响并呈现继续深入发展态势的反映，这点在清廷兴学及学制制定事宜和章太炎等知识士人的切实知识思想活动上表现得尤为集中和充分。

先看兴学及学制方面。据刘龙心的考析，早在戊戌兴学风潮中，各种新式学堂采行中西学并重的考课方式和西式分科的教育形态，大力"缩减经古制艺的内容，加课西学"，决定性地取代了传统官学与书院"只课经史""笼统而不分科"的教育方式，这已是一大变，但 1901—1903 年的再一轮兴学风潮，则相较于戊戌兴学又是一次大变，这就是发扬早先康有为、梁启超民间讲学的优点，开始突破"力持'中体西用'观点以为学堂设科的原则"，使"体用之间的坚持渐有消弭之势"，"体用对立的思考形态逐渐为学科'类分'标准所消解"，从而西学门类开始突破"西学为用"的限制，西学之"体"逐渐受到重视，同时"中学之体终因致用意义的分出，开始与西学相应的学科产生勾连与对话"，即中学与西学科目"站在平等的接触点上"，不再"各居体用一端而无法彼此扣合"，《奏定学堂章程》作为当时兴学的根本规制集中体现了这一新变。② 正是本于这一新变，《奏定学堂章程》"八科分学"的学科设计方案在形制上"已经几近转化为现代学科分类的体制"，"至少在学科建置上已粗具近代学科体制的模型"，"不仅初步奠定了近代中国新学制之基础，而且初步奠立了中国近代学术分科的基础，大致划定了近代中国学术的研究范围"，因此是"代表着近代学科体制正式确立的一份声言"，同时传统"四部之学"知识系统"至此亦逐渐消融于西方学术分类体系之中"。③

如果说第一次大变是从学堂设科的具体内容上打开了一个缺口，这个缺口使传统经古制艺类知识从原来独霸考课体系、垄断知识传授的高阔位

---

① 左玉河：《从四部之学到七科之学——学术分科与近代中国知识系统之创建》，上海书店出版社 2004 年版，第 345—346 页。

② 刘龙心：《学科体制与近代中国史学的建立》，载罗志田主编《20 世纪的中国：学术与社会·史学卷》（下），山东人民出版社 2001 年版，第 470—473 页。

③ 刘龙心：《学科体制与近代中国史学的建立》，载罗志田主编《20 世纪的中国：学术与社会·史学卷》（下），山东人民出版社 2001 年版，第 476、479 页；左玉河：《从四部之学到七科之学——学术分科与近代中国知识系统之创建》，上海书店出版社 2004 年版，第 193—194 页。

置萎缩到了一个比较逼仄的空间里，是 19 世纪末"知识下行"的表现，那么第二次大变则更进一步，是从学堂设科的基本原则上打开了一个缺口，这个缺口带给知识、学科的发展以更深入的影响，这就是以前中西学之间严格的、甚至对立性的体用秩序、体用界划开始松动，中西学的有机整合得以迈出关键的一步，对中学之"体"的固守与维护开始转向对中西学之"用"的全面安排，即开始"从致用意义上着眼于一切学问"①，不仅讲求西学之用，也讲求中学之用，而且特别注重中学之"体"朝向日益"致用"的调整与转轨。由于中学之"体"的核心在于经学、经统、道统，因此这种由重"体"到重"用"的知识转向实质反映了一种尊经崇道式的倨傲心态的衰微，反映了对知识系统把持与开展的基点正着实从经学的"一言堂"下移开去、落实到对现实经世致用问题的更为开阔、切实的知识关切中，这是一次具有原则性意义、从知识结构深度上的"下行"。作为这次"下行"的一个重要体现，同时也是其所带来的一个重要结果的，是 1905 年清廷下诏废止科举考试制度，标志着"经学赖以生存的最后一根脐带被斩断，经学终于寿终正寝了"②。而在与经学走向末路之命运相反的一个方向上，作为这次"下行"的另一个重要体现和重要结果的，则恰好是史学地位的继续上升、继续走向知识中心。这主要缘于史学借"癸卯学制"下学堂讲学对知识致用性功能的追求而大力彰显其自身"明掌故得失与通晓世变"的致用性质、致用内容和致用意义，从而巩固与提升了自己在学科建制上"与西学同具'有用'之学的位置"，使在学科建制上，一方面令自己能首先进一步地突破"中学之体"的限制而加强与西学（西史）的学科整合，"达成近代学科体系转化的第一步"；另一方面也令自己"在某个层面上来说是保住了中学为体的地位"。③ 也就是说，新学制及其学堂兴设中的"知识下行"促成了史学的两种悖论性互渗的功能，一是"破体"，即突破"中学之体"藩篱和中西体用对立的功能，二是"护体"，即取代衰亡的经学而维护住中学作为根本之学的本体地位的功能；正是这双重功能使得史学自那时起在融合中西

① 刘龙心：《学科体制与近代中国史学的建立》，载罗志田主编《20 世纪的中国：学术与社会·史学卷》（下），山东人民出版社 2001 年版，第 481 页。

② 路新生：《经学的蜕变与史学的"转轨"》，上海古籍出版社 2006 年版，第 129—130 页。

③ 刘龙心：《学科体制与近代中国史学的建立》，载罗志田主编《20 世纪的中国：学术与社会·史学卷》（下），山东人民出版社 2001 年版，第 481—483、491—494、509 页。

的现代转化趋向中，一方面作为中国知识学术体系现代转化的"第一步"，这"第一步"实际上也正是最有原动力、最能提供资源活力的一步，即史学的现代转化是中国知识学术结构最核心层面的现代化，从而构成了中国知识学术体系整个现代转化（从某种意义上说正是一种"破体"）的最核心支撑与动力；另一方面其现代转化也是看护、传承、革新、发展中国知识学术传统及其本根价值（从某种意义上说正是一种"护体"）的一种最有力的路径。不言而喻，正是由于自 20 世纪初年起史学在其内在发展理路中就已涵摄这双重的知识性、价值性意义，因此史学在那时的地位的继续上升、继续走向知识中心，就绝不是偶然的。总之，经学亡、史学兴，正是"癸卯学制"及其学堂兴设中的由重"体"到重"用"的知识转向、"知识下行"的反映及结果。

再看来晚清国粹派。以章太炎、刘师培等为代表的晚清国粹派及国粹主义思潮，属于早年钱玄同先生所谓的广义的"国故研究之新运动"之"第一期"阶段（即 1884—1917 年）的一部分[1]，其在 20 世纪初年的崛起及知识学术开展对于"知识下行"至少有两方面的积极影响，这两方面影响一直存在和延续于此后整个的"国故研究之新运动"（包括新文化运动时期、主要是"五四"后由胡适等新派人物发端及推动的"整理国故"运动）及近 30 年间的有关"国学"的思想论争[2]中。这两方面的影响，一是追求知识学术的独立化、泛政治化品格，二是破除知识学术偶像。

国粹派对于知识学术独立、泛政治化品格的追求，可从"研究国学，保存国粹"的宗旨上见出。一方面，在国粹派那里，"国学"概念是在与"君学"概念对立的意义上提出的，其对以先秦多元化的、"纯正而健全"的"古学"为主要资源的"国学"的倡导与研究，也就是对秦汉以来依存于君权和官朝政治的、以经学为独尊及垄断中心的、学术专制与政治专制互为表里的"君学"学统的抵斥与摒弃，[3] 因此国粹派的"国学"研

---

① 钱玄同：《刘申叔遗书序》，载刘师培《刘申叔遗书》（上），江苏古籍出版社 1997 年版，第 28 页。

② 罗志田：《裂变中的传承：20 世纪前期的中国文化与学术》，中华书局 2003 年版，第 201—216 页。

③ 罗志田：《国家与学术：清季民初关于"国学"的思想论争》，生活·读书·新知三联书店 2003 年版，第 34—59 页；郑师渠：《晚清国粹派文化思想研究》，北京师范大学出版社 1997 年版，第 100—129 页。

究、"古学"复兴的路向，实际上就是反对知识学术为君权朝政之专制和功名利禄张目开路，反对君权朝政及功名利禄趋向左右知识学术的发展，主张知识学术走出经学藩篱而回归独立、多元之途的路向。另一方面，在国粹派那里，作为一国之学、国家之学的"国学"概念的提出又承继了先此的"中学"概念中所存在的与"西学"的紧张关系，由于在这种中西"紧张"的背后隐藏的是在那个西学、西潮冲击甚烈的时代，因应"从制度上感觉不足"① 而采行政制排满革命的需要，以及因应民族国家救亡图存及发展而推进"中西之间的学战""寻找全民族认同的象征"的努力，② 因此国粹派的"国学论"其实涵摄了"国家"与"学术"两方面，启动了此后近 30 年间围绕"国家"与"学术"之间内在关联问题的知识思想论争③，其"国学"研究、"古学"复兴活动绝不是"为知识而知识""为学术而学术"的行为，而是一种"泛政治"④ 的自觉的知识学术追求。所谓"泛政治"的知识学术追求，是以知识学术的独立自由为前提，采行一种既疏离政治又关切政治的知识言说姿态，也就是要让知识学术既从对高高在上的、狭隘的君权朝政的遵从中摆脱出来，同时又不陷入、迷失于纯学问的"象牙塔"这另一高处，而是以对现实社会、人生问题的经世致用功能为基点——这在国粹派那里就是要在对"学"、对知识的探究、论说中思考、关切国家民族存亡及发展方面的重大问题，即以"'本其爱国之忧'而主经世致用的'国学'"为主体，以民族主义为旨归，通过对"古学"的复兴和"国学"的研究、重释而"再造属于'民族国家'的新学术思想体系的空间"，"通过厘清或重构学术系统而'澄清天下'"，"藉国粹以激励种性"，为当时的政制排满革命提供知识思想资源及文化动力，着力"陶铸国魂"，发掘和构建西潮冲击下的中国民族文化认同，以重振民族精神、强中国。⑤ 国粹派的上述两方面知识学术指

---

① 梁启超：《五十年中国进化概论》，载洪治纲主编《梁启超经典文存》，上海大学出版社2003 年版，第 264 页。

② 罗志田：《裂变中的传承：20 世纪前期的中国文化与学术》，中华书局 2003 年版，第 43页；郑师渠：《晚清国粹派文化思想研究》，北京师范大学出版社 1997 年版，第 39—40 页。

③ 罗志田：《国家与学术：清季民初关于"国学"的思想论争》，生活·读书·新知三联书店 2003 年版。

④ 陈平原：《走出"五四"》，载陈平原《学者的人间情怀：跨世纪的文化选择》，生活·读书·新知三联书店 2007 年版，第 35 页。

⑤ 罗志田：《裂变中的传承：20 世纪前期的中国文化与学术》，中华书局 2003 年版，第 35、51 页；郑师渠：《晚清国粹派文化思想研究》，北京师范大学出版社 1997 年版，第 103—109 页。

向促进了 20 世纪初叶知识学术既从对君权朝政之依存又从对纯学问的
"象牙塔"固守中"下行"、转向而落实到对国家民族存亡及发展方面的
经世致用的思考与关切。

　　与对于知识学术独立、泛政治化品格的追求相关的是国粹派对知识学
术偶像破除的努力,这可从国粹派的"国学"研究、"古学"复兴的具体
内容及路径中见出。侯外庐评价章太炎的国学研究,认为章太炎"第一步
打开了被中古传袭所封闭的神秘堡垒,第二步拆散了被中古偶像所崇拜的
奥堂,第三步根据他自己的判断力,重建了一个近代人眼光之下所看见的
古代思维世界。太炎在第一、二步打破传统、拆散偶像上,功绩至
大……"① 这也是对整个国粹派的评价。国粹派对传统"神秘堡垒"的打
开,对"中古偶像"及"奥堂"的拆散,首先缘于也体现于其对"古学"
"国学"的定位上,即其所认同、倡导的"古学""国学"既应"以史为
总归"、以史学为最基本成分、以历史研究为国粹研求的重镇,又应是
"超越于既存学术分野"、具有"开放性和包容性"而"集各学之大成",
从而"在'国学'之中,汉学和宋学、儒学和诸子学都不必是对立
的……而可以是互补的。传统的汉宋学、今文与古文、特别是诸子学与儒
学之间的紧张因有'国学'这一开放性的名目而化解"②。其次缘于也体
现于其"国学"研究、"古学"复兴的具体路径上,即引西学以整理、研
究和重释"古学",通过"援西入中",借西学以发明古学,而实现传统
旧学向现代新学的转化。③ 通过对"古学""国学"的定位及倡导,并通
过历史诠释性、发明性、转化性的"国学"研究、"古学"复兴之具体路
径的采行,国粹派实际上一方面将以经学(包括汉学和宋学、今文与古
文)为核心的"君学"学统分解而回归到了其学术本位、即在先秦的纯
正形态——先秦儒学中,让作为经学前身的儒学与其他诸子学等平等相
处、互补,共同构成多元化的"古学"系统;另一方面则无论从治学内
容还是治学路径上都把史学式的研究提升到一个关键性、总揽性的位置。
而这恰好与同期梁启超对"史界革命"的倡导及推动相呼应,如果说前

---

　　① 侯外庐:《中国近代启蒙思想史》,人民出版社 1993 年版,第 158 页。
　　② 罗志田:《裂变中的传承:20 世纪前期的中国文化与学术》,中华书局 2003 年版,第
48—51 页。
　　③ 左玉河:《从四部之学到七科之学——学术分科与近代中国知识系统之创建》,上海书店
出版社 2004 年版,第 410—417 页;郑师渠:《晚清国粹派文化思想研究》,北京师范大学出版社
1997 年版,第 126—127 页。

者是对经学至尊、垄断之藩篱的致命性颠覆与破除，后者则借助历史的眼光和方法把众"古学"放还到一个平等、分立、多元的知识空间并向现世的活力形态转化，这两者一破一立，正是"知识下行"的表现。

虽然 20 世纪前 10 年继续推进了自 19 世纪末叶以来"知识下行"的路向，传统独尊之"经学"与竭力向现代转化之"史学"，两者在知识结构及学术、学科体系中之位置的反差，即"经消史长"、中国知识学术越来越走向史学中心的局势更加明显，经学在很大程度上已"寿终正寝"了，但是在其时的知识心态、学术思维、知识构架原则等深层次方面，中学为体、乃大而在上，经学乃群学之首的思想仍有相当大的盘踞空间。如在作为其时兴学根本规制的"癸卯学制"中，"中学为体"的本位、至尊的立场依然十分明显并"被化约""被压缩成经学内部自身的强大"，尽管这个"自身的强大"已是衰亡中的教条之空洞，但其由此而对经科大学的设置及其明显的尊经用意则毕竟"成为保障经学的最后堡垒"，[①] 尽管在随后的 1905 年科举被宣告废止，但清廷仍强调学堂"首以经学根柢为重"，故 1907 年作为专门考课经史之学的"存古学堂"设立，则"成为并行于学制之外的另一套教育系统"[②]；而在民间国粹派那里，不仅其"国学"的开放性、包容性内容和其致力于保存民族国粹、寻构民族文化认同的整体性努力，还是其古文经学的学术沿承和治学架子，都为经学的彻底衰亡提供了容身喘息、挣扎的空间。总之，其时的知识思想界尽管"废经"呼声甚为高涨，但经学存废问题、儒家经典有效性问题则成为知识界争论的焦点，甚至就连作为国粹派健将的刘师培都不主张废除经学[③]，故而当时的中国并未走出"经学时代"，其"知识下行"尚未功告圆满。

中国"知识下行"的再一次实质性飞跃的契机发生在民国成立伊始，1912—1913 年教育部颁布《大学令》《大学章程》（即"壬子—癸丑学制"），明令废止经科在大学的位置，实行"七科之学"方案，将经学内容分解到哲学、文学、史学门类中，要求大学文科只设置哲学、文学、历

　　① 刘龙心：《学科体制与近代中国史学的建立》，载罗志田主编《20 世纪的中国：学术与社会·史学卷》（下），山东人民出版社 2001 年版，第 477、479、496 页。
　　② 同上书，第 497 页。
　　③ 左玉河：《从四部之学到七科之学——学术分科与近代中国知识系统之创建》，上海书店出版社 2004 年版，第 426 页。

史学和地理学四门，而不再设经科，① 这标志着中国在学制乃至知识学术体系的建设上"开始摆脱经学时代之范式"，标志着传统知识学术系统"开始融入近代西方学科体系中""开始转向西方近代知识系统之轨道上"，"标志着以注重通、博的中国传统'四部之学'知识系统，在形式上完成了向近代学术分科性质的'七科之学'知识系统的转变"。② 然而，这毕竟只是经学分解到文、史、哲且文、史、哲走向独立而分途发展的萌芽与起点，只是现代知识学术范式"走出经学时代、颠覆儒学中心"③、系统性地融入西方和转向现代的"开始"，并且也只是在"形式"或形制方面完成了转变，实际上无论是中国传统知识、学术系统中很多实质性的内容，还是其时知识士人的知识研求心态、框架、问题意识等，在当时都还只是停留于"国学"式的包容性和笼统性状态中，文、史、哲三科仍主要把自己看成是"国学"整体的一分子，"事实上依旧为'国学'概念所涵纳，彼此在学科界域上并未能有清楚而明确的界定"④，故而在北京大学这所当时全国唯一的国立大学中，文、史、哲三科之间的宗派联系、相互牵绊远远大于其门类之别，真正文、史、哲三分且各自拥有独立之实质性学科内容体系的治学、授业面貌并未出现，特别是历史学知识的研求及传授几乎是完全渗透、散布在文学、哲学等其他各学门专业中，远未独立。不言而喻，这背后徘徊着的其实正是文史哲同宗一"经"、统归于"道"的幽灵。这种经学、"经统"之幽灵仍死死徘徊的状态反映在当时的图书典籍及知识分类方面，即：虽然当时西方杜威的图书"十进分类法"已被介绍进来，但知识界仍然以亦中亦西、折中的方式，普遍在图书及知识分类上实行一种"新旧并行制"，即"用四部分类法来类分中国固有典籍，而用新型的以学科为标准之分类法来类分新译（或新著）图书"⑤。

① 璩鑫圭、唐良炎编：《中国近代教育史资料汇编——学制演变》，上海教育出版社1991年版；朱有瓛主编：《中国近代学制史料》第3辑下册，华东师范大学出版社1992年版。
② 左玉河：《从四部之学到七科之学——学术分科与近代中国知识系统之创建》，上海书店出版社2004年版，第197、198、199页。
③ 陈平原：《中国现代学术之建立——以章太炎、胡适之为中心》，北京大学出版社1998年版，第7页。
④ 刘龙心：《学科体制与近代中国史学的建立》，载罗志田主编《20世纪的中国：学术与社会·史学卷》（下），山东人民出版社2001年版，第533页。
⑤ 左玉河：《从四部之学到七科之学——学术分科与近代中国知识系统之创建》，上海书店出版社2004年版，第347、358、367页。

最终彻底性地驱逐经学、"经统"之幽灵，完全捣毁经学、"经统"的羁绊，圆满完成"知识下行"的现代路向及任务，是在新文化运动时期特别是在"五四"后的20年代。在这段十来年的历史里，北京大学等高校以致力于建设完整意义的现代学科体制、学术分科格局为旨归的大学教育改革及学制建设，和由胡适等新派人物重力发端及推动的"整理国故"运动及数次围绕"国学"问题的知识思想论争，作为两大阵营两种力量，相互交织、相互援助、相互促动、相互证成，共同彻底埋葬了经学羁绊的幽灵，促成了文学、历史、哲学等各门类知识学术的自由、独立、平等、分立而多元化的现代式发展，最终形成了一种现代的学科体制、学术分科格局及知识分类体系，并在历史研求意识及科学方法的高涨与核心推动下，造就了现代人文知识学术的逐步繁荣，至此，"知识下行"的历史实绩及意义才得以完满彰显。

具体来说，这个时期在大学学制及学科建制方面，文学、哲学、史学三科不再为崇高的"国学"概念以及以经史为中心的传统知识学术内容所涵纳及捆缚，而是在科学主义思潮影响下，并在吸纳西学内容的过程中，彼此努力廓清各自独立的学科性质、学科界域等自我定位或自我认同问题，加快各自的"科学化"即"学院化"和"独立化"建制，特别是历史学在由"文学的史学"向"科学的史学"即向社会科学定位方向的急剧现代转型[1]的过程中，通过采取所谓"以收缩为扩充"的方式——即，既将原从属于史学或与之相关的知识领地划归其他各独立、专门学科，同时又与这些各独立、专门学科建立平行等立之"合作与结盟的关系"——而在自身学科范围及知识版图"看似大幅缩减"的情况下反而"无形中扩大了史学的领地"，[2] 从而重构了自己与其他人文社会科学的知识学问关联，促进了社会文化各方面之历史脉络与各知识领域或类别之历史问题的研求，即形成了以"专史设科和专题研究"为特征的"史学专门化"的发展趋势，[3] 而这个趋势的形成则利于加强和加固各个独立、专门学科对自我学科性质、学科界域等方面的知识性、系统性定位或认同。无疑，这些方面的变化又是与当时那场基于现代知识分类及学术分科观念

---

[1]　刘龙心：《学科体制与近代中国史学的建立》，载罗志田主编《20世纪的中国：学术与社会·史学卷》（下），山东人民出版社2001年版，第524—529、540页。

[2]　同上书，第536—539、562页。

[3]　同上书，第566—570页。

与视角，通过国学分类设科、分科治史的方式而着力厘清、演绎、重组传统"国学"内部知识学术系统的"整理国故"之知识思想运动①息息相关的。

20 年代由胡适等新派人物发端并推动的"整理国故"运动，不仅继承了清季国粹派追求知识学术的独立化、泛政治化品格和破除知识学术偶像这两方面利于推进"知识下行"的努力，而且在推进"知识下行"方面有大力的、实质性的突破，这个突破即：因"学术"与"国家"关系的相对疏离②，故而更多地超越了中学本位、保存国粹、寻构民族认同、国粹与欧化之争等整体论、民族宏大叙事的限制，而是如胡适所言"只是为学术而作工夫"③，即纯粹、独立的学术本位性得以大大增强，这个"增强"一言以蔽之，即依托各大学的国学研究院所建制④，全面采用"历史的眼光"，着力引入和落实"科学的（即分析的）精神及方法"来整理国故、研究国学，而正是这两大"工夫"促使胡适为代表的新派人物在史学等知识学术建设方面"完全摆脱经学的羁绊而独立"⑤，促成了"国学"及其中所涵摄的经学最后一丝喘息、挣扎空间在内容上的最终化解及在地位上的最终下滑。这种最终化解、下滑是沿着两个相互关联的方向进行的：一是化解、下滑为"中国文化史"，二是化解、下滑为作为"分科之学"的科学——前者是在于用"历史的眼光""破除一切门户畛域"，视经史子集各类国故学知识部类为平等的历史材料，旨在通过一番研究把这一切材料都"整统"到"做成中国文化史"这一国学研究总目的、总归宿中去；⑥ 后者则在于让"科学"走向并"落实到以史学为中心内容的'整理国故'"方面，用"科学的精神和方法"分解、转化"国

① 刘龙心：《学科体制与近代中国史学的建立》，载罗志田主编《20 世纪的中国：学术与社会·史学卷》（下），山东人民出版社 2001 年版，第 554—564 页。
② 罗志田：《国家与学术：清季民初关于"国学"的思想论争》，生活·读书·新知三联书店 2003 年版，第 402 页。
③ 胡适：《胡适致胡朴安》，载胡适《胡适全集》，安徽教育出版社 2005 年版。
④ 刘龙心：《学科体制与近代中国史学的建立》，载罗志田主编《20 世纪的中国：学术与社会·史学卷》（下），山东人民出版社 2001 年版，第 544—545 页。
⑤ 周予同：《五十年来中国之新史学》，载冯天瑜主编《中国学术流变——论著辑要》（下册），华东师范大学出版社 2003 年版，第 691 页。
⑥ 胡适：《〈国学季刊〉发刊宣言》，载刘梦溪主编《中国现代学术经典·胡适卷》，河北教育出版社 1996 年版，第 697—711 页。

学"笼统的知识内容而实现"国学"的"科学化"，① 也是"以现代学科意义的'历史'来演绎国学"②，用分科治史或分类整理的现代学科活动方式来研究、重组国学及其中国文化史，通过把国学及其中国文化史作成各类"专史"之"大间架"，在形成"中国文化史"的现代式学科总"系统"的同时，也促成了各个独立的专业学科支"系统"的建设。③"整理国故"运动对知识学术造成的上述两个方向的"下行"，充分凸显了它以破立结合的知识学方式对三大领域造成的重大后果：一是造成了对"国学"及经学概念及其笼统性知识体系的彻底分化、解构与埋葬，这实质上是对传统知识学术体系中高高在上之统揽、垄断大权的破除与摧毁，在某种意义上正促成了后来"国学的学科认同危机"以及"不承认国学是'学'"的结果，乃"'国学'一名终于不立，不得不在反对声中逐渐淡出思想和学术的主流"④ 的一个重要原因。二是造成了"史"的"独大化"与"限度化"——"史的独大化"，即由于"整理国故"运动推进了"国学走向史学"⑤，并在此过程中强化了前文述及的史学在现代转化中自始便独有的"破体"与"护体"两种悖论性互渗的功能，故使史学的现代转化构成了中国知识学术体系整个现代转化的最核心支撑与动力，从而历史学的研究借此繁荣至极，几乎占据现代人文社科知识学术探求的半壁江山；"史的限度化"，即"整理国故"运动加强了以"分科之学"来看待史学及历史知识的视角与意识，通过把历史学视为社会科学一支并将之与其他人文社会科学平等合作，推进专史设科、专题研究的方式，把历史知识学术问题置于学科一域的理性限度范围内而避免了史学的"独大"与"中心化"逾越为经学式的"独尊"与"垄断化"。三是造成了史学以外各独立、专门学科在加强各自学科性质、范围、知识内容体系、方法等定位的基础上迎来了各自自如的发展，甚至为民俗学、歌谣学等新兴的草

---

①　罗志田：《裂变中的传承：20 世纪前期的中国文化与学术》，中华书局 2003 年版，第 217—253 页。

②　刘龙心：《学科体制与近代中国史学的建立》，载罗志田主编《20 世纪的中国：学术与社会·史学卷》（下），山东人民出版社 2001 年版，第 561 页。

③　胡适：《〈国学季刊〉发刊宣言》，载刘梦溪主编《中国现代学术经典·胡适卷》，河北教育出版社 1996 年版，第 697—711 页。

④　罗志田：《国家与学术：清季民初关于"国学"的思想论争》，生活·读书·新知三联书店 2003 年版，第 401—402 页。

⑤　罗志田：《裂变中的传承：20 世纪前期的中国文化与学术》，中华书局 2003 年版，第 238—239 页。

根性学问的建设开拓了发展空间，因为当"国学"及经学所涵纳的笼统性知识体系被彻底分化解构、重新归类进各个现代学科后，当"独大"的史学之现代转化构成了其他各专门知识体系加速自我学科定位及现代转化的最核心支撑与动力时，在历史研求意识及科学方法的高涨与核心推动下，自然是文学、哲学等各类知识学术与史学一起，与"国学"分道扬镳，以自由、独立、平等、分立而多元化姿态大步发展。

总之，正是学制改革及学科建设方面与"整理国故"之切实的知识学术功夫方面，这两大阵营两种力量在"知识下行"上的通力互动，促进了具有强烈历史精神、历史诉求、历史问题意识的中国现代学科体制、学术分科格局及知识分类体系在 20 年代的基本形成。这一方面表现在图书典籍及知识分类方面，就是开始告别新文化运动前在图书及知识分类上实行的"新旧并行制"，不再以四部分类法来类分图书典籍及知识系统，而是"力倡混合新旧、统一部类之说，主张编制中西书皆可通用之'合目'"①，将四部分类法与西方现代知识学术分类系统整合，具体就是打破四部体系，将四部范围内的中国庞杂知识体系拆散、归并到经改进而中国化了的西方以学科为标准的杜威图书"十进分类法"体系中，统摄群籍，重构现代的新的知识系统②；另一方面表现在学制改革方面则是 1922 年"壬戌学制"这个新学制的审议出台③，为现代中国实用主义的、平民化、大众化的知识学科建设及知识学术追求奠定了基本规制，而 7 年后，"1929 年清华国学研究院的停办、《大学组织法》的颁布以及北大史学系推动第三次课程改革"，则正式宣告和"代表了一个学术分科时代的来临"。④

19 世纪末叶至 20 世纪前 30 年间中国人文社科知识学术整体分类结构及分布格局的"知识下行"式转化过程，实际上正反映了这个期间因知识分类制度、学术及学科体制（即学制）的转进，以及知识文化运动的

---

① 刘龙心：《学科体制与近代中国史学的建立》，载罗志田主编《20 世纪的中国：学术与社会·史学卷》（下），山东人民出版社 2001 年版，第 554 页。

② 左玉河：《从四部之学到七科之学——学术分科与近代中国知识系统之创建》，上海书店出版社 2004 年版，第 372—382 页。

③ 璩鑫圭、唐良炎编：《中国近代教育史资料汇编——学制演变》，上海教育出版社 1991 年版。

④ 刘龙心：《学科体制与近代中国史学的建立》，载罗志田主编《20 世纪的中国：学术与社会·史学卷》（下），山东人民出版社 2001 年版，第 579—580 页。

开展、知识内在理路的演化、知识话语权势之转移所造成的知识主体身份的"下行"。概括说来，即这个时期中国知识学术的治学主体经历了由传统"通人通儒"到现代"专家专才"的下移，而在"专家专才"阶段，知识活动的受众主体或知识活动传道授业之取向则又经历了从转渡期"士人"到现代"边缘知识分子"（或"民众知识分子"）及"知识大众"的下移。

首先，早自19世纪70—80年代，清季一些先进学人开始了解和接受西方学术分科及知识分类的观念，并尝试在新式学堂的创办实践中逐步采纳分科立学，同时在图书编目及知识分类上对四部分类法做适当调整起，[1] 中国知识学术的研求就开始了从传统"通人通儒之学"[2] 到现代"专家专才之学"的转变，而这场转变直至20世纪初年当近似现代学科分类体制、初步奠立中国现代学术分科基础的"癸卯学制"之"八科分学"方案得以颁行，并出现以徐树兰《古越藏书楼书目》为代表的力图突破四部之学范围、创建新的知识系统的努力时，则标志着正式告别"通人通儒之学"时代，初步确立起"专家专才之学"的基础。接着，在20世纪初年直至20—30年代这个"专家专才之学"格局的建设阶段中，通过经历1905年废除科举考试制度、1912—1913年"壬子—癸丑学制"明令废止经科而实行"七科之学"方案等契机，特别是经过旨在开通民智的新文化运动洗礼及其期间"整理国故"运动的推动，伴随着"专家专才之学"格局逐渐完善、最终基本成型之历程的，既有其间一流学人由康有为、梁启超、严复、章太炎、王国维等末代"通人通儒"（旧"士"），向鲁迅、胡适、陈独秀、梁漱溟、陈寅恪等"五四"通人型知识分子（或新型"士人"）的更迭，再向冯友兰、顾颉刚、朱自清、闻一多等"后五四"专家型知识分子的更迭[3]——这种更迭反映的是转渡期旧"士"与新"士""通人"与"专家"并峙又逐步分化的实质，或者说是"最后一代社会学意义上的士"与"最早一代的知识分子"在思想与心态上

---

① 左玉河：《从四部之学到七科之学——学术分科与近代中国知识系统之创建》，上海书店出版社2004年版，第138、145—146、333页。

② 钱穆：《现代中国学术论衡》，生活·读书·新知三联书店2001年版，"序"第1页。

③ 许纪霖：《二十世纪中国的六代知识分子》，载许纪霖《中国知识分子十论》，复旦大学出版社2003年版，第82—83页。

"蝉联而未断"① 并最终分化的实质——也有其间知识传道授业取向从转渡期"士人之学"向现代"平民之学"下移。如果说在 19 世纪末叶，知识学术主体借助"学术与政治""学科与方法""授业与传道""为学与为人"等几道重要关卡，② 而逐步由传统"通人通儒"向现代"专家专才"转变，这意味着知识者或学人在不再"以博学通达为治学的极至"的同时，也随之放弃了着力"致圣"的治学目的，③ 从而不再身居通人通儒所拥有的内以"致圣"、外则"成王"的"至高的地位"④，不可能再维持身为"四民之首"的"士"的优位性⑤，乃知识学术主体的第一次现代"下行"的努力，即在知识学术治学主体上的"下行"，那么，在 20 世纪初年直至 20—30 年代间则发生了知识学术主体的第二次现代"下行"的努力，即在知识学术受众主体或知识传道授业取向上的"下行"。

这第二次知识主体身份的"下行"，在于随着新兴的知识分子、首先是通人型知识分子（即新"士"）的崛起并逐步将末代"通人通儒"及旧"士""遗士"挤到社会边缘，以及一大批介于上层知识精英与下层不识字大众之间而又向往上层知识精英，既作为"知识精英的真正读者听众和追随者"又想象性地代表着大众的知识接受趋向的"边缘知识分子"（或者说"民众知识分子"）的产生，⑥ 原来以"学而优则仕"之"仕、学合一"⑦ 作为知识学术取向的"士人之学"愈加退出历史舞台，而被以重在开通民智、职业达成式的专业化培养作为知识学术取向的"平民之学"（即"平民"为代表⑧的知识学术思路）所代替，由此便使大批"边

---

① 罗志田：《近代中国社会权势的转移——知识分子的边缘化与边缘知识分子的兴起》，载许纪霖编《20 世纪中国知识分子史论》，新星出版社 2005 年版，第 134—135 页。

② 陈平原：《中国现代学术之建立——以章太炎、胡适之为中心》，北京大学出版社 1998 年版，第 10—11 页。

③ 左玉河：《从四部之学到七科之学——学术分科与近代中国知识系统之创建》，上海书店出版社 2004 年版，第 92 页。

④ 刘梦溪：《中国现代学术经典·总序》，河北教育出版社 1996 年版，第 44 页。

⑤ 王汎森：《近代知识分子自我形象的转变》，载许纪霖编《20 世纪中国知识分子史论》，新星出版社 2005 年版，第 110 页。

⑥ 罗志田：《近代中国社会权势的转移——知识分子的边缘化与边缘知识分子的兴起》，载许纪霖编《20 世纪中国知识分子史论》，新星出版社 2005 年版，第 136—149 页。

⑦ 王汎森：《近代知识分子自我形象的转变》，载许纪霖编《20 世纪中国知识分子史论》，新星出版社 2005 年版，第 112 页。

⑧ 陈平原：《走出"五四"》，载陈平原《学者的人间情怀：跨世纪的文化选择》，生活·读书·新知三联书店 2007 年版，第 35 页。

缘知识分子"（或"民众知识分子"）以及其所想象性地代表的作为知识听众的大众即"知识大众"，实际上逐步取代这个阶段初期那些仍抱着参政议政、关怀天下之"士的余荫"① 或"仕的趋向"的新、旧"士人"，而成为知识学术受众的主流。如果说新文化运动的开启是隆重掀开了这第二次"下行"的大幕，那么 1922 年"壬戌学制"对"发挥平民教育精神""谋个性之发展""注意国民经济力""注意生活教育""使教育易于普及"等方面的规制，② 则正是这第二次"下行"取得重大实绩、影响并开始得到深入发展的反映。

第二节　文化解救：文学研究范式现代转型的思想文化空间

19 世纪末叶至 20 世纪初叶的中国与西方都面临着深刻的危机，并且都把"文化"作为解决救治这场危机的其中一个根本途径，从而形成了"文化解救"的思潮。由于双方的危机的性质不同，因此在中国与西方，这种"文化解救"思潮的性质、内涵、发展指向及具体解救方式也就不同。

一　"生活意义危机"与"民族存亡危机"：现代的两种深刻危机

先看在西方，这是一场内发性的、切乎个体生存情绪的"生活意义危机"。这种危机缘起于西方启蒙运动以来作为资本主义精神基因之一的"宗教冲动力"的步步大势"耗散"③、近代主体论哲学及绝对论中的"自然主义（客观主义）的理性主义"的"荒谬"及"误入歧途"④、工具—技术理性的泛滥无度等共同造成的人的生存境遇的一种"反差"，即

① 罗志田：《近代中国社会权势的转移——知识分子的边缘化与边缘知识分子的兴起》，载许纪霖编《20 世纪中国知识分子史论》，新星出版社 2005 年版，第 134 页。

② 璩鑫圭、唐良炎编：《中国近代教育史资料汇编——学制演变》，上海教育出版社 1991 年版。

③ ［美］丹尼尔·贝尔：《资本主义文化矛盾》，赵一凡等译，生活·读书·新知三联书店 1989 年版，第 14、30 页。

④ ［德］胡塞尔：《欧洲科学的危机与超越论的现象学》，王炳文译，商务印书馆 2001 年版，第 27、656—657 页。

一面是物质世界及其功利主义在自然科学、技术—经济、官僚体制迅猛发展之强大推动下的无序膨胀，另一面则是精神世界及其内在价值诉求在实证主义、唯科学主义世界观、真理观支配下的极度萎缩——按照胡塞尔的断定，"现代人的整个世界观唯一受实证科学的支配，并且唯一被科学所造成的'繁荣'所迷惑"，从而在"形而上学不断失败与实证科学的理论和实践的成就锐势不减地越来越巨大的增长之间荒谬的令人惊恐的鲜明对比"面前，在"实证主义可以说是将哲学的头颅砍去了"面前，便产生了"对形而上学可能性的怀疑，关于作为新人指导的普遍哲学的信仰的崩溃，即"人们以冷漠的态度避开了对真正的人性具有决定意义的问题"。① 这种"反差"正是贝尔所谓的垄断资本主义条件下的"文化"领域与"技术—经济""政治"领域之间内在性的"机制断裂"、脱节、冲突及其所造成的生活整体领域的被分割被离析，即资本主义文化矛盾②的反映。在这种反差性、断裂性、冲突性、碎片性的生存情境中，现代西方"物质价值的增进要比人的内在价值的发展迅速得多"，人的生活及思想"日趋外化（externalization）"、处于全面物质化的状态，③ 人的生存深陷于现代世界剧烈运动、变幻莫测、物欲膨胀的迷乱和文化意识"普遍的迷向感"④ 中，这使人既不能再回到往昔的宗教及绝对理性中去寻靠终极的、形而上的超越信仰，也不可能从当下的实证主义、唯科学主义砝码下求得对生活意义、对真正人性的指导，人在伦理情感、价值诉求、精神信仰、自我理解等方面分崩离析、极度亏空——不仅"我们这个时代，因为它所独有的理性化和理智化，最主要的是因为世界已被除魅，它的命运便是，那些终极的、最高贵的价值，已从公共生活中销声匿迹"⑤，而且"人只可能产生关于他自身之空无的意识。他关于毁灭的结局的意识，同时就是关于他自己的生存之虚无的意识"，"我们感觉到前所未有的实存

① ［德］胡塞尔：《欧洲科学的危机与超越论的现象学》，王炳文译，商务印书馆 2001 年版，第 16、19、21、23 页。
② ［美］丹尼尔·贝尔：《资本主义文化矛盾》，赵一凡等译，生活·读书·新知三联书店 1989 年版，第 10、42、56—61、131—132 页。
③ ［德］西美尔：《1870 年以来德国生活与思想的趋向》，李放春译，载［德］西美尔《宗教社会学》，曹卫东译，上海人民出版社 2003 年版，第 182、183 页。
④ ［美］丹尼尔·贝尔：《资本主义文化矛盾》，赵一凡等译，生活·读书·新知三联书店 1989 年版，第 134 页。
⑤ ［德］韦伯：《以学术为业》，载［德］韦伯《学术与政治》，冯克利译，生活·读书·新知三联书店 1998 年版，第 48 页。

之空虚"，这就是世界的"非精神化"，① 是虚无主义，即信仰虚无、意义
虚无的危机。"虚无主义"，"即随着'市民—基督教世界'的伦理原则、
道德权威和政治秩序的崩溃，以'个人'、'自由'、'民主'、'进步'和
相对主义面目出现的巨大的价值真空和堕落的无限可能性"②；它所表征
的是胡塞尔所谓的面临"被怀疑论、非理性主义和神秘主义压倒"的
"哲学的危机"和"实证主义"束缚，所导致的"一切近代科学的危机"，
"欧洲人性本身在其文化生活的整个意义方面，在其整个'实存'方面的
危机"或者说"欧洲人根本生活危机"，③ 也是西美尔所述及的"现代性
文化危机"，也就是生命的内在形式冲动本身与物质化、制度化的外在客
体文化形式之间分离、冲突与矛盾的现代新阶段，即生命与文化生活的
"本身形式或形式原则"之间的分离、冲突与矛盾④——在这场现代性的
分离、冲突与矛盾下，由于"文化的趋势则是要让生活解体，变得没有意
义"，造成了"文化生活被解体被颠覆，至今为止已到达了极端"，⑤ 这个
"极端"就是生命的"内形式"趋于分崩离析，这就是人的将死，即趋于
死亡。

　　总之，作为"生活意义危机"的西方现代危机，其核心是指"现代
西方人在内心深处已经发现，人的生命和精神的一切价值一向所依赖着的
关于人的存在在绝对者中得到安置和生根的知识，已变为可疑的、表面
的、相对的，并且从终极的诚实来看，只不过是假象。……一个比历史上
任何形态的虚无主义都更为彻底、更为根本的虚无主义的时代终于到来。
当人与世界的一切由知识所建立起来的内容关系都破裂之时，当在被那支
撑着人并赋予人以意义的一切世界秩序所遗弃之时，人感受到了无限的孤

---

　　① ［德］雅斯贝斯：《时代的精神状况》，王德峰译，上海译文出版社 1997 年版，第 13、
18 页。
　　② 张旭东：《全球化时代的文化认同：西方普遍主义话语的历史批判》，北京大学出版社
2005 年版，第 116 页。
　　③ ［德］胡塞尔：《欧洲科学的危机与超越论的现象学》，王炳文译，商务印书馆 2001 年
版，第 13—25 页。
　　④ 刘小枫：《西美尔论现代人与宗教》，载［德］西美尔《现代人与宗教》，曹卫东译，中
国人民大学出版社 2003 年版，"编者导言"第 22—23 页；［德］西美尔：《现代文化的冲突》，载
［德］西美尔《现代人与宗教》，曹卫东译，中国人民大学出版社 2003 年版，第 25、42—43 页。
　　⑤ ［德］西美尔：《文化的危机》，载［德］西美尔《时尚的哲学》，费勇等译，文化艺术
出版社 2001 年版，第 184 页。

独和无限的荒谬。几乎可以说，人在精神上已经死了"①。

再看在中国，这是一场外发性的、切乎民族历史际遇的"民族存亡危机"。这种危机缘起于中国自 19 世纪中叶以来因日益遭受西学特别是西方"物竞天择"之进化论学说的影响、西方工业及商贸文明的冲击、西方列强坚船利炮的军事侵略及殖民瓜分而产生的"天崩地裂"式的大变局或大转型，这种"大变局"或"大转型"因 19 世纪末叶中日甲午之役中国战败的重创而得以加剧加强。这种"大变局"或"大转型"的核心就是传统"天下""天朝之央"观念的彻底瓦解，中国作为"万国之一"已积贫衰弱到无以复加的程度而深陷亡国灭种的危险边缘——这就是民族国家存亡的生死际遇，它具体表现为张灏所谓的由皇权政治制度、士绅社会阶层、传统文化体系核心思想这三元组合结构而成的"传统政治秩序"方面的危机，和同时涵摄价值取向、精神取向、文化认同取向三者的"传统文化取向"方面的危机。② 这"双重危机"可合二一体并扩展性地分解为"以儒道为核心的传统文化思想体系动摇的危机""士绅统治阶层内部分裂的危机""皇权政治制度瓦解的危机"三个方面，这三方面相互间构成的既是一种层次、地位有纵深之别的"三层性结构"（即"以儒道为核心的传统文化思想体系动摇的危机"乃深的内层、"士绅统治阶层内部分裂的危机"乃传导的中层、"皇权政治制度瓦解的危机"乃显形的外层），又是一种互为基础、相与支撑的"三角性结构"（即每一方面的危机都受到作为其双脚支撑的另外两方面危机的同时影响，每一方面的危机都作为基础力量而同时促成了另外两方面的危机）。由于文化思想形态及其危机影响本身，一方面具有政治制度及其危机影响、社会某阶层结构及其危机影响两者都无法比拟的广泛性和深透性特征，从而"以儒道为核心的传统文化思想体系动摇的危机"其实乃是最深刻、最广泛、最致命、最令人焦虑痛觉的一种危机，它的影响不限于某制度、某阶层，而是波及整个社会、全体民族、整个精神文化体系；另一方面还能借助"三层性"或"三角性"的危机结构而纠葛、嵌入、转化到经济与政治、制度与实践等形下的、物质性层面中，因此这两方面共同地决定了彼时中国的"民族存

---

① 王德峰：《雅斯贝斯〈时代的精神状况〉·译者的话》，载［德］雅斯贝斯《时代的精神状况》，王德峰译，上海译文出版社 1997 年版，"译者的话"第 4 页。

② 张灏：《张灏自选集》，上海教育出版社 2002 年版，第 198—208 页；张灏：《思想与时代》，上海文艺出版社 2002 年版，第 117—125 页。

亡危机"根本上是一种"民族文化传统存续危机"，也决定了这种"民族存亡危机"首先是、主要是基于一种不同于"生存情境"的"历史情境"①——即宏大的历史转枢境遇，而被感同被体认，因而具有十分强烈的整体性、族类性、宏观性特点；却不像同时期的西方"生活意义危机"那样相反却首先是、主要是基于一种内我的当下"生存情境"而被感同被体认，从而根本切乎的是现代西方个体那具体的、特殊的，甚至最下意识的生存情绪或生活困扰——尽管当时的西方世界特别是德国也有着民族国家建设的背景，但其民族国家建设的"历史情境"并未造成危机问题。

二　"生活意义性解救"与"民族存亡性解救"：现代的两种文化解救

先看西方，由于面对的是基于个体"生存情境"而来的生活意义危机和人的趋于死亡，现代西方的"文化解救"本质上就是一种个体意义性的解救，是对象征性的人之堕落与走向死亡的一种缓冲，是一种"文化现代性"（包括"审美现代性"）——参照周宪对哈贝马斯有关思路的理解，"文化现代性"乃是"总体性的现代性进程的一个部分或一个层面"，它以审美现代性为核心或重要关节点而又不止于审美现代性，并"和政治、经济和社会的现代性相平行"，它"作为广泛的表意实践活动"，"较多地倾向于对价值、观念和意义的塑造、交流、理解和解释"，"涵盖了科学技术知识、道德伦理规范和文学艺术等多哥领域"，并"导致了各个领域获得了自身的合法化和自主性"；而"审美现代性"，其"作为文化现代性的一部分，则指的是主要和文学艺术相关的那一领域"②。这种作为文化现代性的"生活意义性解救"，其目标就是要重构生存的意义，重建世界的价值秩序，填补文化生活的空虚，是要在除启蒙运动以来"荒谬"的、"误入歧途"的绝对理性、主体论理性以外的人类社会文化实在空间（如各种精神科学、人文科学）与生存现象中去关切、证成人的存在、人的真实。其内涵就是要借道各种物质化、制度化的外在客体文化形式去激活、扩张生命的内形式，即要开动"生活最根本的动力统一体"，让文化生活"以战争的形态，用简洁却集中的力量进行反击"，利用其本

---

① 张灏：《思想与时代》，上海文艺出版社 2002 年版，第 137 页。
② 周宪主编：《文化现代性与美学问题》，中国人民大学出版社 2005 年版，"序言"第 3 页；周宪：《审美现代性批判》，商务印书馆 2005 年版，第 65、68、69 页。

身的资源"重新统一疏离于生活、把生活从身边推开的客观性",① 从而让生命的内外形式谐调一体,让生存与生存的意义、世界与世界的秩序、人与人的真实得以整合,由此,"语言"之域同时作为最主要的客体文化形式与生命内形式而得到空前关注——这也正是西方哲学及人文科学"语言论"转向的生存论含义。而其解救的根本途径或方式则是反抗启蒙现代性(资产阶级文明现代性、社会现代性),即反启蒙理性、反主体理性、反认识论中心与进步论叙事,在深刻、急迫的危机感中努力打破"普遍性论述"② 及独断论话语,这又表现为大致两种路向:一种是非理性的蔓延与滋长,一种是超理性的把持与内视——前者即自 19 世纪 70—80 年代起,以波德莱尔发端的以"审美现代性"律令作为艺术旗帜的众多文艺性言述,包括从最初怀着"对于审美超越性和永恒性理想的否定"激情并极度强调和维护艺术自律体制的唯美主义、颓废主义、象征主义、现代主义,一直到后来以"美学极端主义""审美现代性矛头""现代派的前卫"之姿态极力攻击或摆脱艺术自律体制的先锋派等文艺运动,③ 它们都勇于"面向现代生活的原初力量"④,借助一种"超语言""语言中之语言"或"语言自动性"⑤,并按照"艺术与道德分治""审美距离销蚀"⑥的原则而着力对危机现实、虚无现实及其中的种种生存情绪、生命直觉(如异化、焦虑、孤独、荒谬等)作出非理性化、感觉化甚至身体化的言

---

① [德]西美尔:《文化的危机》,载[德]西美尔《时尚的哲学》,费勇等译,文化艺术出版社 2001 年版,第 184 页。

② 张旭东:《全球化时代的文化认同:西方普遍主义话语的历史批判》,北京大学出版社 2005 年版,第 121 页。

③ [美]马泰·卡林内斯库:《现代性的五副面孔》,顾爱彬、李瑞华译,商务印书馆 2002 年版;[德]彼得·比格尔:《先锋派理论》,高建平译,商务印书馆 2002 年版;[法]安托瓦纳·贡巴尼翁:《现代性的五个悖论》,许钧译,商务印书馆 2005 年版;[美]弗雷德里克·R.卡尔:《现代与现代主义——艺术家的主权 1885—1925》,陈永国、傅景川译,中国人民大学出版社 2004 年版,第 14、48 页。

④ [美]马歇尔·伯曼:《一切坚固的东西都烟消云散了——现代性体验》,徐大建、张辑译,商务印书馆 2003 年版,第 170 页。

⑤ [美]弗雷德里克·R.卡尔:《现代与现代主义——艺术家的主权 1885—1925》,陈永国、傅景川译,中国人民大学出版社 2004 年版,第 131、140 页;[美]詹明信:《晚期资本主义的文化逻辑》,张旭东编,陈清侨等译,生活·读书·新知三联书店 1997 年版,第 286 页。

⑥ [美]丹尼尔·贝尔:《资本主义文化矛盾》,赵一凡等译,生活·读书·新知三联书店 1989 年版,第 30、31 页。

说，以此"破译现代性碎片的秘密"①，揭示或抵达一种现代碎片中的真实或一种对现代碎片背后之真实的体认，从而在"一种根本的向内转"即"对主观心理的开掘"中"包含了世界本身的转变和即将来临的乌托邦的感觉"②，也就是贝尔所谓的试图以"美学对生活的证明""以文艺对人生意义的重新解说，来取代宗教对社会的维系和聚敛功能，填补宗教冲动力耗散之后遗留下来的巨大精神空白"，即"用其秘而不宣的方式关心精神的得救"③；后者即以生命哲学、存在哲学、现象学、阐释学、批判的历史哲学、社会学理论、各类精神科学（人文科学）等为代表的知识性、理论性言述，通过在理论运思与生存实践之间建立起历史性、生存性、阐释性、批判性的意向关联，着力"在现代科学范围内抵制对科学方法的普遍要求"，探寻并捍卫"那种超出科学方法论控制范围的对真理的经验"，或者说"那些不能用科学方法论手段加以证实的真理借以显示自身的经验方式"④，从而既摆脱实证科学的支配，又斩断对近代形而上学及绝对论、主体论的幻觉，既诊断现代性病理、为关于人的实存的各种知识（如各种精神科学、人文科学）的发展开辟理性空间，又在对人的境况的此在亲临、关切中重启形而上学的可能性、重建"关于人的存在在绝对者中得到安置和生根的知识"，重构"对'理性'的信仰"⑤、即信仰之思对于文化生活的意义。

再看中国，由于面对的是基于整体"历史情境"而来的民族存亡特别是民族文化传统存续转进方面的危机，现代中国的"文化解救"本质上就是一种整体民族存亡性的解救，是一种实际意义上的、宏大的、总体的民族叙事，是一种中国式的"启蒙现代性"。这种作为中国式"启蒙现代性"的"民族存亡性解救"，其目标就是要强国保种、强民保教，推动民族救亡图存实践，从建设民族国家和重返"天下之央"及世界中心两

---

① ［英］戴维·弗里斯比：《现代性的碎片》，卢晖临等译，商务印书馆2003年版，第359页。

② ［美］詹明信：《晚期资本主义的文化逻辑》，张旭东编，陈清侨等译，生活·读书·新知三联书店1997年版，第294—295页。

③ ［美］丹尼尔·贝尔：《资本主义文化矛盾》，赵一凡等译，生活·读书·新知三联书店1989年版，第15、98、168页。

④ ［德］伽达默尔：《真理与方法——哲学诠释学的基本特征》上卷，洪汉鼎译，上海译文出版社1999年版，"导言"第17页。

⑤ ［德］胡塞尔：《欧洲科学的危机与超越论的现象学》，王炳文译，商务印书馆2001年版，第23页。

方面，即"民族主义"和"世界主义（乌托邦主义）"两层面①实质性地瞻望和迎接国家、社会、民族的现代化未来。其内涵就是要通过传统与现代、中国（中学）与西方（西学）之间的"时空移位"②和文化学术与国家政治之间的疏离式互动，即通过在批判传统的同时激活或转化传统，在追求西化的同时证成中国，在疏离政治的同时关怀政治，而借道、认同、汇聚多方资源和力量，充分促成与开展一种"中国式的启蒙"，即以传统中国"儒家道德理想主义""以政治为本位的淑世精神""对心的信念"，吸纳融合现代西方"启蒙运动中的理想主义""人本意识""演进史观"，而生成一种"历史的理想主义世界观"③及其历史实践。而其解救的根本途径或方式则是追求中国式的启蒙现代性（社会现代性）与启蒙理性，即基于传统中国淑世精神、儒家道德理想、心的信念与西方主体理性、认识论中心、进步论叙事之间的中西化合资源，以一种"普遍性论述"及独断论话语的姿态，极力扩散和深化对现实的"危亡感""沉沦感""疏离感"和"激进的文化自我批判意识"，同时唤醒、增进广泛的民族存亡自觉、国家主权自觉、人格自觉、知识自觉、应变自觉，以及"求强竞存""群体""个人""小己大群""革新"等观念及思潮，④这与西方一样大致表现为两种路向：一种是奠基于"中国式启蒙"及其中西化合资源中的"美"的文艺性言述，这种言路坚持艺术与美的道德理想，按照"审美距离"的原则而力图理性地、完整地捕捉、确定和言说现代生活中的"美"及其背后的"真"与"善"，通过这样一种以生活、人生的"真"和"善"对文艺之"美"作证的方式，来鼓动、推进、证成"民族存亡性解救"及其"中国式启蒙"的实践，从而同时成为一种具有"民族寓言"或"民族国家"性质⑤和启蒙性质的文学叙事；另一种是以传统淑世精神为诉求，以源自西学的认识论、进步论为旨趣的有关

---

① 张灏：《思想与时代》，上海文艺出版社 2002 年版，第 128—130 页。

② 罗志田：《国家与学术：清季民初关于"国学"的思想论争》，生活·读书·新知三联书店 2003 年版，第 260 页。

③ 张灏：《思想与时代》，上海文艺出版社 2002 年版，第 130—132 页；张灏：《张灏自选集》，上海教育出版社 2002 年版，第 208—209 页。

④ 张灏：《思想与时代》，上海文艺出版社 2002 年版，第 128 页；王尔敏：《中国近代思想史论》，社会科学文献出版社 2003 年版，第 82—130、324—367 页。

⑤ ［美］詹明信：《处于跨国资本主义时代中的第三世界文学》，载［美］詹明信《晚期资本主义的文化逻辑》，张旭东编，陈清侨等译，生活·读书·新知三联书店 1997 年版，第 516—546 页；刘禾：《语际书写——现代思想史写作批评纲要》，上海三联书店 1999 年版，第 191 页。

"真知""真相"的知识性、理论性言述，这种言路在对求真致知、经世致用的专业化、学科化的系统努力中，由于许多都以旨在促成民族文化传统存续转进和民族国家文化建设为出发点，通过着力按照"历史的理想主义"的精神、视界、方法，把民族志资源和启蒙心路的历史性整理、爬梳作为重要的言路范式，在立足于各自学科、专业领域，并遵循不同领域知识思想表述规范的同时，或隐或现地试图建构某种具体知识言路背后之"史"——民族志史和启蒙心史，因而本质上便构成了现代中国民族志规划及启蒙大业的文化核心和主要的智识资源。

尽管中西现代"文化解救"的性质、内涵、指向及途径都有根本的不同，但其实双方都依靠了一个共同的知识文化基础，这就是"批评距离"，并因此而发展、推动了一种重要的话语形式或话语资源，这就是"批评"。因为这就正如詹明信所言："一旦有了适当的批判距离，文化实践才有机会在一个具体的立足点上攻击资本的存在。"① 如果说，中西现代的"危机"就相当于詹氏所谓的一种"资本的存在"的话，那么其实行的"文化解救"则正相当于詹氏所谓的力图对这种"资本的存在"行以攻击的某种"文化实践"。如果现代西方的"文化解救"把启蒙现代性的自我蒙蔽性作为攻击、批评的重点，那么现代中国的"文化解救"则把前启蒙阶段的传统蒙蔽状态作为攻击、批评的重点。

现代中西在知识学术方面的"知识下行"与在思想文化方面的"文化解救"，这两者其实是内在紧紧联结一体的："知识下行"不排除有其知识学术内在理路嬗变之使然，但其实这种现象相当程度地是对现代"危机"回应的产物，并以"文化解救"为内在价值取向，乃"文化解救"的一个重要部分、重要资源、重要体现、重要路径；而"文化解救"一方面既是"知识下行"的出发点、推动力，并为"知识下行"提供了下行的思想话语资源、规导了下行的价值轨迹及指向；另一方面，它同时还往往是对"知识下行"所造成的现世生活世界的意义诉求所面对的形而上空位的一种思想文化补偿。

"知识下行"与"文化解救"的内在联结统一，构成了文学研究现代转型及现代范式生成所背靠的整体知识文化空间，这个空间显然有很强烈、鲜明的形而下现世生活品格，注重对现实各种人文实际问题的发掘、

---

① ［美］詹明信：《晚期资本主义的文化逻辑》，张旭东编，陈清侨等译，生活·读书·新知三联书店 1997 年版，第 505 页。

追思、解决及救治，讲求运思的理性限度性和经验规则性，这正是一种"人间性"的品质，它在很大程度上决定了栖居于其间的文学研究现代转型及现代范式的根本品质与基本内涵。与此相应的是，由"知识下行"与"文化解救"合力构成的这个整体知识文化空间还直接促成了其间一种"文学的现代建制"现象的产生，这个现象深刻作用于文学现代研究，造成了文学现代研究的"建制性格局"，这种格局所表征的正是文学研究的现代范式问题。

第四章

现代中西文学研究的
建制格局与批评话语

在现代时期，文学研究活动在发生深刻的结构性转型时，形成了具有现代意义的知识、学术格局，中国与西方在此方面既是相通的又是相异的。中西文学研究现代格局的形成不是自然之物，而都是话语建构性的，它的最直接的建构者就是内在于现代整体知识文化空间（如上章所论，其由"知识下行"与"文化解救"合力构成）的"文学的现代建制"现象，因此中西文学研究现代格局都是某种"建制性格局"。无论中西，整个现代时期的文学研究活动可以说都是在这样的某种"建制性格局"中开展、进行的，特定的文学研究现代格局就是对文学现代研究活动的某种特定的知识性、学术性规训，从一定意义上说正代表、体现甚至塑造了某种特定的文学现代研究范式。中西现代"批评话语"不仅内在地、结构性地产生于"文学的现代建制"现象当中，并且通过与"文学的现代建制"现象的结构性关联而广泛渗透在中西文学研究现代格局中，从而在获得自身思想表达、观念言述的动力机制的同时，对文学现代研究的范式架构及其当中的运思品质产生核心性的影响。

第一节 "文学的现代建制"及其范式问题

"知识下行"与"文化解救"，可以说是现代时期的中西文学、文学研究首先共同遭遇的最直接、最内在的现代性问题，这样的知识文化境遇及问题内在地产生了"文学的现代建制"现象。"文学的现代建制"现象作为中西都共同存在的一种现代性话语事件，其内涵与意义不是单一的，而是多维性、全局性、复杂性的，其历史发生及逐步展开不仅直接肇端和引致了文学研究范式的现代转型，而且还结构性地建造、生成了一种深具现代品质的文学的、知识的、思想文化的制度性空间。对于现代中西文学研究、文学知识活动来说，"文学的现代建制"现象及其结构品质的最大意义就是促成了文学现代研究特定知识、学术格局的形成，从而才可能使整个中西现代时期的各种文学研究活动被合法地规训、安放在文学整个现代学科版图、现代知识空间的某个合理位置上，而这正是文学现代研究"建制性格局"的范式性品质所在。

一　"文学的现代建制"的基本意涵及历史发生

现代"知识下行"与"文化解救"合力所造成的"人间性"知识文化空间既是一个理性祛魅化，即世俗化、大众化日趋增强的空间，也是一个理性分途化，即专业化、精英化（专家化）日趋增强的空间。日趋增强的世俗化、大众化与日趋增强的专业化、精英化（专家化），或者说对知识文化的普通大众式日常生活实践与对知识文化的专业或专家化关注、掌握、处理及反思，这两者之间因内在的冲突性而显得文化差距日益扩大，① 平衡这个冲突性、缓和这个文化差距的一个关键的现代性砝码就是"建制"，即通过"建制"不仅确定下有关现代事物的人间本位性，而且确定下现代事物基于人间本位性而既专家化又不失大众取向、既大众化又不出专家范围的双重话语结构。正是这种结合了世俗化、大众化与专业化、精英化（专家化）这双重话语结构，结合了日常生活实践世界与专业或专家化处理及反思（即专家文化）这双重取向的现代"建制"，为现代"知识下行"与"文化解救"两者在彼此互动中的有益推进提供了一种经验确证性的制度力量。"文学的现代建制"是这整个现代建制行动、建制事件的一个非常核心、非常重要的方面，它的出现直接决定着文学研究范式的现代转型及现代范式的某些基本品质。

所谓"建制"，就是对知识文化之内部秩序的制度性安排甚至根本性的体制重构，即通过人为地赋予某事物以合理性的知识文化规制或制度规训而创构、制成它，并使它因此而得到合法性的确证，从而得到知识经验意义上的认同。在现代，"建制"显然是"针对能以某种方式获得经验确

---

① Jurgen Habermas, "Modernity: an incomplete project", in H. Foster (ed): *The Anti-Aesthetic: Essays on Post-Modern Culture*, Washington: Port Townsend, 1983.

证的现实而发展出一种系统的、世俗的知识"① 这个目标的一种现代制度性、秩序性努力，因此，如果说知识文化的专业化、专家化，即知识的结构性系统性分工、"文化合理性"的结构式系统分化，为现代"建制"现象的产生提供了合法性的程序保障与"理论的支持"，② 那么知识文化的世俗化、大众化，则更为现代"建制"现象的产生提供了合理性的内在必然要求与现世生活世界的动力。"建制"的核心就是权力—知识"规训"；"建制"的产物就是某种知识文化事物被合法、被公度性地承认，以及与该事物有关的知识制度、认知体制等现象的生成。例如在华勒斯坦看来，作为19世纪思想史首要标志的"知识的学科化和专业化"，其实就是一种建制，即"创立了以生产新知识、培养知识创造者为宗旨的永久性制度结构"，而现代"社会科学"的兴起就正属于这场现代建制过程中的"一项大业"或"一个基本方面"，乃现代资本主义世界权力—知识规训的产物，它通过大学内部的学科分立与重组、教育对学生的体制化及职业化课程培养、知识学术界对学科研究及图书知识分类的制度规范等途径而确立起自己的一套合法化制度形式，正是这套形式才使自己成为一种独立、系统的"社会科学"知识领域。③

现代意义上的"文学"也与众多现代人文社会科学一样，并非普遍自明、自我确证的自然之物，而是现代知识文化建制系统、建制事件的有机组成部分及产物。按特雷·伊格尔顿的理解，"文学"自来就和"杂草"一样，"不是本体论（ontological）意义上的词，而是功能（functional）意义上的词"，它既不是"本身"（in itself）即是其所是的"一个客观的、描述性的范畴"，"并不在昆虫存在的意义上存在着"，也不是一种随心所欲的存在，而是"一个由特定人群出于特定理由而在某一时代形成的一种建构（construct）"，这种建构"植根于更深层的种种信念结构之中"，保持着"与种种社会意识形态的密切关系"，④ 具有政治信

①　[美] 华勒斯坦等：《开放社会科学》，刘锋译，生活·读书·新知三联书店 1997 年版，第 3 页。

②　罗岗：《危机时刻的文化想象——文学·文学史·文学教育》，江西教育出版社 2005 年版，第 160 页；汪晖：《从文化论战到科玄论战——科学谱系的现代分化与东西文化问题》，载《学人》第九辑，江苏人民出版社 1996 年版。

③　[美] 华勒斯坦等：《开放社会科学》，刘锋译，生活·读书·新知三联书店 1997 年版。

④　[英] 特雷·伊格尔顿：《二十世纪西方文学理论》，伍晓明译，北京大学出版社 2007 年版，第 9、11、14 页。

念与意识形态大业的价值内涵。具体地说，现代意义上的"文学"是因应"知识下行"与"文化解救"的现代知识文化境域的深刻影响和内在需求，在"传统的与现代的，社会的与个人的，政治的与文化的，观念的与制度的"等各种力量及具体事物的簇拥下①，被现代"权力—知识关系"历史性地建构起来、创制而成的，即它是由"变动的'话语实践'"②过程生产出的一种现代知识建制形态，在其背后有着现代"隐含的复杂的社会历史——特别是权力的'痕迹'"和"'知识'最终可以落实、储存和传授的制度性保护"③。作为一种现代的知识建制形态的"文学"，它与现代性问题内在关联，既是某种现代性"话语装置"或现代性"整套规划"运行的一个重要组成部分，④也是该"装置"或"规划"所形成的一项基本成果，这当中涵摄有"文学的现代建制"的两大层面，这两层面彼此无法分割，是一种二而一、一体两位、手心与手背似的联体关系，它们即"对文学的现代历史建制"和"对现代的文学话语建制"。"对文学的现代历史建制"，即指文学在现代的"被建制"，也就是它是如何受到有关知识观念、思想诉求、学科分划制度、现代教育、文化传播及出版事业、流通市场、职业观念及定位、专家群体、专业活动机制、学术探讨、理论倡导、创作及阅读实践推动等现代社会诸多力量及具体事物的历史规训⑤，从而确立起自身的现代品质与现代地位的；"对现代的文学话语建制"，即指文学在现代的"参与建制"，也就是它作为某种话语同时又是如何参与到对现代社会的"想象性缔造"的⑥，是如何借道有关知识观念、思想诉求、学科制度、教育及文化出版事业、市场、职业定位、学术探讨、创作及阅读实践等现代事物而发挥对整体的现代世界、现代关怀、现代规划乃至现代性结构的建制作用的。缘于中西不同"知识下行"与"文化解救"所造成的现代知识文化境域之根本性质及深层内涵的差异，如果说在现代中国，"文学的现代建制"是隶属于一种中国式的启蒙现代性规划，最终是在民族救亡及现代民族国家建设志业的内在召唤需求

---

① 罗岗：《危机时刻的文化想象——文学·文学史·文学教育》，江西教育出版社 2005 年版，"导论"第 1 页。

② 同上书，第 17 页。

③ 同上书，"导论"第 2 页。

④ 同上书，"导论"第 5—9、13、23 页。

⑤ 同上书，第 23 页。

⑥ 同上书，"导论"第 3 页。

与制度性实践①及其对人的理性启蒙中推行、完成的；那么在现代西方，
"文学的现代建制"则隶属于西方的文化现代性诉求，最终是在人的内在
生活意义及文化精神的解救途程及其引致的相应文化政治策略实践中推
行、完成的。

　　那么，作为特定知识形态而建制起来的现代意义上的"文学"到底
为何物呢？这就涉及"文学的现代建制"特别是其中"对文学的现代历
史建制"的基本领域与基本内容问题。"文学的现代建制"特别是其中
"对文学的现代历史建制"主要有三大基本领域与基本内容：一是"文
学"基于现代创作书写及阅读接受实践这个中心，在某种特定而本质性的
概念界说或观念认同领域的建制，这形成了作为独立的创写阅读实践领域
及言说形态的文学，即现代的"文学言说实践"；二是"文学"基于现代
知识学术的教育、传授及研究这个中心，在一套专业知识、学科的制度化
分类、生产及运作领域的建制，这形成了作为特定知识领域、特定学术形
态的文学，即现代的"文学知识学科"；三是"文学"基于现代的公共思
想文化言述及建设这个中心，在公共思想文化及传播领域的建制，这形成
了作为特定公共思想文化空间的文学，即现代的"文学公共文化"。这三
大基本领域与基本内容之间相互倚靠、相互证成、相互援助、相互渗透与
交织，合力开展并完成了对现代意义上"文学"的建制，可以说，现代
意义上的"文学"，正是现代"文学言说实践"（即文学在观念及言说实
践上的合法性确定）、现代"文学知识学科"（即文学在学科及知识生产
上的合法性确定）、现代"文学公共文化"（即文学在文化笼络及干预上
的合法性确定）三者的联合体。在对现代意义上的"文学"这个联合体
的建制中，一方面，三大领域及内容各自处于不同的位置而分别发挥各自
的特定作用，其中，在文学本质概念或本体观念领域即"文学言说实践"
内容方面的建制，乃整个"文学的现代建制"的入口、起点和基础，规
范了与文学有关的一切现代言说的基本方向及轨迹；在文学知识学术制度
领域即"文学知识学科"内容方面的建制，乃整个"文学的现代建制"
的第一个中心或重镇，着力确保了文学在现代的专业性或专家性取向；而
在文学所涉公共思想文化领域即"文学公共文化"内容方面的建制，乃

---

　　① 罗岗：《危机时刻的文化想象——文学·文学史·文学教育》，江西教育出版社 2005 年
版，"导论"第 11 页。

整个"文学的现代建制"的第二个中心或重镇，着力确保了文学在现代的世俗性或大众性取向。另一方面，三大领域及内容的建制同时作为三种过程而相互渗透、相互交融，彼此促动、循环推进，共同形成了"文学的现代建制"的过程性特征，即"文学的现代建制"并不是在某个时点一蹴而就的，而是在一个较长过程中逐渐确立、完成的。下面结合中西具体历史发生情况分别谈谈"文学的现代建制"的这三大领域或内容。

第一，在文学本质概念或本体观念领域即"文学言说实践"内容方面的建制。在中国的文学历史脉络里，现代标准的"文学"是一种"脱离了传统杂文学体系，并经过美学话语重新定位"的"纯文学""美文"，而19世纪末至20世纪初正是传统杂文学、泛文学观念体系解体直至最终退场和现代纯文学观念体系出现直至确立的过渡时期。① 在西方的文学历史脉络里，现代标准的"文学"是渊源于浪漫主义人本精神刺激而生长的一个"具有很高文化价值的""充分审美化了的""大写的"文学（Literature），是"作为一种关键的人性化力量的崇高'文学'"或"伟大文学"（great literature）；按《牛津英语词典》解释，它专指"在形式美或情感效果领域思考的作品"；② 按雷蒙·威廉斯的理解，它是与"艺术""美学的""具创意的""具想象力的"共同交织而成的"创意文学（creative literarture）"与"具想象力的文学（imaginative literarture）"③，而19世纪末至20世纪初正是这种文学观念、文学标准在不断强化、提升、成熟中的流行时期。显然，无论中西，现代观念上的文学都是指一种具有审美自治意识和艺术独立追求的，以想象性、情感性、创造性、虚构性、艺术审美性为本质特征的独特的言说形态或言说风格。这种主张文学自主、文学自律的观念及标准在有力凸显"文学"区别于"非文学"的独立性时，背后也隐藏着"文学"的非独立性隐秘，即"文学"与其他"非文学"一样都是作为社会合理性文化及意识形态整体的内在构成要素

① 马睿：《从经学到美学：中国近代文论知识话语的嬗变》，四川民族出版社2002年版，第108、121页。

② ［英］彼得·威德森：《现代西方文学观念简史》，钱竞、张欣译，北京大学出版社2006年版，第34、38、42页。

③ ［英］雷蒙·威廉斯：《关键词：文化与社会的词汇》，刘建基译，生活·读书·新知三联书店2005年版，第271、272页。

而建制成的，"文学"的独立不过是由现代"文学场"① 等社会历史关系空间以及现代学校、研究机构、期刊书报、专业群体、市场等方面意识形态话语及制度化力量所造成的一个幻觉，独立的"文学"不过是一种"美学意识形态"②。由于中国与西方这种大致相同的文学观念、文学标准及其背后关涉"审美独立""艺术自律"问题的意识形态隐秘，其实是中西各自现代性整体规划或整套话语建制的组成部分或内在产物，因而这种看似一致的对文学现代观念、文学现代标准的命名或定位，其深处实际上涵摄着中西各不相同的现代性与现代文艺取向，而这种根本性质与取向上的不同，同时也决定了不同的中西文学现代观念建构之直接任务，以及在建构过程中各自所依循或借道的不同的话语路径或文化形式。

　　首先，由于分别处于中国与西方各自具体的现代知识文化境域中，因而在中国，现代的"纯文学""美文"观念本质上主要是属于中国式启蒙现代性规划性质的，结合民族救亡及民族国家建设志业这种政治性信念与意识形态性价值取向的文学观念，在追求"审美自治、艺术独立"维度的同时也强调"改造旧社会、改造国民精神"的维度③；而在西方，现代的"大写的""伟大的"文学观念本质上则主要是属于一种反启蒙现代性即审美现代性诉求性质的，结合对人的生活意义及文化精神之解救这种政治性信念与意识形态性价值取向的文学观念——这种"结合"按特雷·伊格尔顿的说法，就是文学作为艺术在"被从始终纠缠它的物质实践、社会关系与意识形态意义中抽拔出来，而被提升到一个被孤立地崇拜着的偶像的地位"的同时，也成为另一种意识形态而具有一种政治力量，这就是变成一种"文学激进主义"，即"作为非异化性劳动的一个意象"而"对奴役于'事实'的理性主义或经验主义的意识形态提供生动的批判"，"被视为神秘的有机统一体，而与资本主义市场中残缺不全的个人主义形成对立"，强调"想象力所具有的主权与自律"及超越性而"成为对于贫血的理性主义的一个挑战"。④ 基于中国式启蒙现代性规划性质的文学观念，现代中国的"纯文学""美文"在对言说的想象性、创造性、虚构

---

　　① ［法］皮埃尔·布迪厄：《艺术的法则：文学场的生成和结构》，刘晖译，中央编译出版社 2001 年版。

　　② ［英］特里·伊格尔顿：《审美意识形态》，王杰等译，广西师范大学出版社 1997 年版。

　　③ 童庆炳等：《中国现代文学理论价值观的演变》，北京大学出版社 2005 年版，第 5 页。

　　④ ［英］特雷·伊格尔顿：《二十世纪西方文学理论》，伍晓明译，北京大学出版社 2007 年版，第 18—20 页。

性、艺术审美性等独立、独特品质的自觉追求中，其主流或主体部分侧重于塑造与营构那处于审美距离中的，具有鲜明的历史生活情境内涵、呈现出较为完整的历史精神形式的一种"美"，即显示的是"以生活证明美学"的文艺美学观；而基于西方审美现代性诉求性质的文学观念，现代西方"大写的文学""伟大文学"在对言说的想象性、创造性、虚构性、艺术审美性等独立、独特品质的自觉追求中，其主流或主体部分则侧重于销蚀审美距离①，在非理性化、感觉化甚至身体化、碎片化的言述中直觉生活的意义，入思生存的"真"，即显示的是"以美学证明生活"② 的文艺美学观。

其次，如果说 19 世纪末叶至 20 世纪初叶的中国，其现代式文学观念建制的直接任务在于新旧观念的变革，即对"杂文学""泛文学"旧观念的彻底埋葬和对"纯文学""美文"新观念的初步发觉、确立，也就是基本取得对"文学"的现代命名权，这尚属于现代建制的初级或基础阶段的话；那么同处这个时期的西方的现代式文学观念建制的直接任务，则在于新观念的"阿诺德式"的根本"确定""提升"和更加"成熟""流行"③，即努力使早自 18 世纪末就"萌芽""发明"并于 19 世纪初就开始有确立"标志"或"真正出现"④ 的现代"大写的文学""伟大文学"新观念，能进一步获得文化道德意识形态、审美意识形态、民族意识形态（包括殖民主义）话语的中心位置与统治法权，也就是：自 19 世纪后期开始，当宗教的意识形态话语力量日趋衰落解体而"逐渐停止提供可使一个动荡的阶级社会借以融为一体的社会'黏合剂'、感情价值和基本神话的时候"，努力让"大写的文学""伟大文学"替代宗教话语的地位而去

---

　　① ［美］丹尼尔·贝尔：《资本主义文化矛盾》，赵一凡等译，生活·读书·新知三联书店 1989 年版，第 31 页。

　　② 同上书，第 98 页。

　　③ ［英］彼得·威德森：《现代西方文学观念简史》，钱竞、张欣译，北京大学出版社 2006 年版，第 38、49、51 页。

　　④ ［美］乔纳森·卡勒：《当代学术入门：文学理论》，李平译，辽宁教育出版社、牛津大学出版社 1998 年版，第 22 页；［美］乔纳森·卡勒：《文学性》，载 ［加］马克·昂热诺等《问题与观点：20 世纪文学理论综述》，史忠义、田庆生译，百花文艺出版社 1999 年版，第 29—30 页；［英］特雷·伊格尔顿：《二十世纪西方文学理论》，伍晓明译，北京大学出版社 2007 年版，第 17 页；［英］彼得·威德森：《现代西方文学观念简史》，钱竞、张欣译，北京大学出版社 2006 年版，第 34—36 页；Rene Wellek "The Name and Nature of Comparative Literature", in *Discriminations：Further Concepts of Criticism*, New Haven：Yale University Press。

"完成宗教留下的意识形态任务",成为"传达永恒的真理"、补给信仰德性之"安抚力量"、培养"宽容与大度的精神",从而拯救灵魂、提供社会"黏合剂"、治疗国家等"这项意识形态事业的适当候选人",成为统治阶级"对于精神解决方法的一种探求"代表,① 显然,这已属于现代建制的进一步发展了。

再次,围绕或立足于上述各不相同的直接建制任务,这个时期中国的现代"纯文学""美文"观念建制主要是通过一种围绕"文""文学"基本概念的基本的历史资源辨析、清理、利用及语义探讨的方式来展开的,表现出的是一种理性认知上的规训;而同时期西方的现代的"大写的文学""伟大文学"观念建制则主要是通过一种对文学所具有的宗教意识形态话语冲动替代物性质、社会道德教化作用,以及其对不同阶段民族使命感、认同感、骄傲感及民族精神的灌输或激发功能②的着意强调及批评阐发的方式来展开的,表现出的更多是一种心灵认信上的规训。在中国,其对现代的"纯文学""美文"观念的理性认知式建制与规训充分依靠了传统"文笔之辩"与域外"文学"(Literature)概念译介这一内一外两类语义资源,并主要涉及三个关键环节:先是清季刘师培承继阮元的"文笔论"主张,与章太炎展开基于传统"小学"视野而辨名正词、辨章别体的"文学之争"(1903—1906年),并最终走出"小学"视野而将"文学"纳入"美术之学"以与"证实之学"对举(1907年《论近世文学之变迁》《中国美术学变迁论》《论美术与证实之学不同》),③ 这个过程显示了传统"文笔之辨"资源的现代转进,"显示了杂文学观念从内部的解体已经出现"④,促进了对文学之辞章美、文采形式美的注重以及对"文学"与"非文学"的审美区分走势;再是清季有别于"章刘之争"的另一路向,即王国维(1904年《红楼梦评论》、1905年《论哲学家与美术

---

① [英]特雷·伊格尔顿:《二十世纪西方文学理论》,伍晓明译,北京大学出版社 2007 年版,第 21—25、29 页。

② [美]丹尼尔·贝尔:《资本主义文化矛盾》,赵一凡等译,生活·读书·新知三联书店 1989 年版,第 15 页;[英]特雷·伊格尔顿:《二十世纪西方文学理论》,伍晓明译,北京大学出版社 2007 年版,第 21—29、30、36 页。

③ 参见王风《刘师培文学观的学术资源与论争背景》,载陈平原主编《中国文学研究现代化进程二编》,北京大学出版社 2002 年版,第 9—25 页;舒芜等编选《近代文论选》(下),人民文学出版社 1959 年版。

④ 马睿:《从经学到美学:中国近代文论知识话语的嬗变》,四川民族出版社 2002 年版,第 97 页。

家之天职》、1906 年《文学小言》）、金松岑（1905 年《文学上之美术
观》）、严复（1905 年《〈孟德斯鸠法意〉按语》）、黄人（1907 年
《〈小说林〉发刊词》）、徐念慈（1907 年《〈小说林〉缘起》）、鲁迅
（1907 年《摩罗诗力说》）、周作人（1908 年《论文章之意义暨其使命及
中国近时论文之失》）等①对西方现代文学、美学观及话语的早期接受、
译介、移用与宣扬，标志着现代的"纯文学""美文"观念在中国的初步
形成；最后是民国初年及"五四"时期，随着现代独立的文学学科体制
建设在中国现代整体学制改革（即从 1912—1913 年"壬子—癸丑学制"
到 1922 年"壬戌学制"）推动下的逐步完善，并借助新文化运动及新文
学实践的蓬勃开展，主要取法西方的现代的"纯文学""美文"观念在中
国渐成共识而真正确立、扎根下来。而在这个时期的西方，其对现代的
"大写的文学""伟大文学"观念的心灵认信式建制与规训则是以对宗教
德性经验的补偿、人文精神及民族通识的教化养成、现世社会及民族意识
形态的维系为主要动力，贯通了从莫里斯、查尔斯·金斯利、马修·阿诺
德、约翰·罗斯金到亨利·詹姆斯、T. S. 艾略特、艾兹拉·庞德、D. H.
劳伦斯、利维斯等人强调与阐发文学应当着力于黏合"阶级之间的团
结"、培育"民族归属感"和"博大的同情心"、提供"自由"或"人
道"的教育、以"更精微的传达道德价值标准的方式"而体现"道德力
量"、具有面向生活的"值得尊崇的开放性"、能确定"可以感受的生活"
之活力、具有为"非个人的秩序"或"大写的传统"而牺牲的精神、能
以非理性的"意象"复活心灵永恒"原型"等方面的努力，②并以"一
战"为界大致分为战前与战后两阶段。

　　第二，在文学知识学术制度领域即"文学知识学科"内容方面的建
制。无论中西，这方面的建制都既为前述文学观念及言说实践方面的建制
提供了知识及学科上的资源、支撑与动力，也同时得到了文学观念及言说
实践方面建制的基本规导和有益支持及推进。可以说，"文学知识学科"

---

　　① 陈平原、夏晓虹编：《二十世纪中国小说理论资料》（1897—1916），北京大学出版社
1989 年版；王国维：《王国维文集》，北京燕山出版社 1997 年版；舒芜等编选：《近代文论选》
（下），人民文学出版社 1959 年版；严复：《严复集》，中华书局 1986 年版；周作人《周作人批评
文集》，珠海出版社 1998 年版。
　　② ［英］特雷·伊格尔顿：《二十世纪西方文学理论》，伍晓明译，北京大学出版社 2007 年
版，第 26—42 页；［英］彼得·威德森：《现代西方文学观念简史》，钱竞、张欣译，北京大学出
版社 2006 年版，第 35—57 页。

方面的现代建制实际上同时受制于两个方面的决定性影响：其一是在文学领域内部，受到现代的文学观念、文学言说实践取向的渗透与引导；其二是在知识学术领域范围，受到现代的"知识下行"和"文化解救"的规范与架构。因此，尽管在现代中国与西方，"文学"都历经了一个不断努力为自己争取、确证、巩固一种专业化、分类化的合法性知识、学科、教育、学术研究地位的过程，即作为现代某种专业性、专家性知识学科的建制过程，并缘于该建制而表现出"与种种政治信念和意识形态价值标准密不可分"的非自明性、非同一性的"幻觉"本质①，但这种建制在中西双方实际上表现出不同的特点。

　　首先，在中国，"文学知识学科"方面的建制受制于"经消史长"这种知识下行整体走势的影响，"经"的分解转化与"史"的独大及走向中心，在为"文学知识学科"建制提供首要而最核心的认知及阐释资源的同时，也一定程度地框定、束缚了其建构、运行的路向与空间；如此建构起来的文学知识、文学学科、文学教育，同时肩负着以"美育"（王国维早自 1903 年《论教育之宗旨》中便明确提出了作为完整理想教育结构体系之一部分的"美育（情育）"理念，② 后来作为现代教育掌旗者的蔡元培又进一步系统提出"以美育代宗教"论并据此为文学知识教育标画了最终目的③）行中国式启蒙之职和民族救亡及民族国家建设之业的历史大任，并相应地在对中国式启蒙和民族救亡及民族国家建设这一民族历史叙事诉求结构的依靠中建立起自身在整个知识学术领域中的一席合法地位。而在西方，"文学知识学科"方面的建制受制于旨在关注人之各种实存世界的各类"人文科学""精神科学"竞相勃兴这种知识下行整体态势的影响，不同领域的"人文科学""精神科学"话语及成果，既为"文学知识学科"建制提供了丰富多样、多声部、多路向的分析、论说及阐释资源，也造成了其知识资源、学理结构、理论倾向的过度杂陈与泛滥，在一定程度上为后来"文学知识学科"向文化为本的转向埋下了伏笔；如此建构起来的文学知识、文学学科、文学教育，其肩负的就不是中国式的以"美育"行启蒙及民族国家志业方面的历史大任，而是力图反启蒙之主体论理

---

① ［英］特雷·伊格尔顿：《二十世纪西方文学理论》，伍晓明译，北京大学出版社 2007 年版，第 196、197、206 页。

② 王国维：《王国维文集》，北京燕山出版社 1997 年版。

③ 高平叔编：《蔡元培美育论集》，湖南教育出版社 1986 年版。

性，"以美学证明生活"①，以文艺之学替代宗教而勘定人生意义、关心人文教化及精神解救、并维系现世社会与民族归属感②的生活大任，相应其在根底上就不是依靠民族历史叙事诉求结构，而是作为最早由纽曼、阿诺德等现代新人文主义者倡导的，以培育阿诺德所谓的"和谐完美人性"和"不计实利地追求学问"为"最崇高的目标"、有利于"构成民族团结的新成分"的现代"自由民教育"或人文教育的一个核心部分与重要方式，③ 依靠现世生活意义叙事诉求结构来建立起自身在整个知识学术领域中的合法地位。

其次，正如罗兰·巴特所言，文学"就是（课堂上）所教的那些东西"，④ "文学知识学科"的现代建制过程主要反映在"以'文学教育'为核心的知识与学科的制度化生产和运作"⑤ 及其演变，包括现代人文教育理念、整体的学制或教育法案改革，以及同文学教育、文学研究密切相关的具体教学大纲制定、课程结构安排与科目设置及改革、师资配备、教材选择、整个社会的语文教育及对文学经典的确认、⑥ 专业学术机构和学术期刊设立及制度调整等方面。

先看中国方面，这大致有三个关键阶段：先是1903年的"癸卯学制"，初步奠定了"文学"在现代大学堂中的专业学科地位、学科规格及知识内容架构体系——根据该学制，"文学科大学"内含中外史学、中外文学和地理学三方面、共下分9门（即系别），其课程体系同时涵括了历史学、语言文学方面的内容，其中"中国文学门"在语言文学方面的课程包括文学研究法、历代文章流别、古人论文要言、周秦至今文章名家等⑦——但这个时

---

① ［美］丹尼尔·贝尔：《资本主义文化矛盾》，赵一凡等译，生活·读书·新知三联书店1989年版，第98页。

② ［英］特雷·伊格尔顿：《二十世纪西方文学理论》，伍晓明译，北京大学出版社2007年版，第21—29、30、36页。

③ ［美］华勒斯坦等：《学科·知识·权力》，生活·读书·新知三联书店1999年版，第157、164、178页；［英］彼得·威德森：《现代西方文学观念简史》，钱竞、张欣译，北京大学出版社2006年版，第48页。

④ 转引自［英］特雷·伊格尔顿《二十世纪西方文学理论》，伍晓明译，北京大学出版社2007年版，第199页。

⑤ 罗岗：《危机时刻的文化想象——文学·文学史·文学教育》，江西教育出版社2005年版，"导论"第10页。

⑥ 同上书，"导论"第14—15页。

⑦ 璩鑫圭、唐良炎编：《中国近代教育史资料汇编——学制演变》，上海教育出版社1991年版；潘懋元、刘海峰编：《中国近代教育史资料汇编——高等教育》，上海教育出版社1993年版。

候学制规划中的"文学"观念在宽泛意义（即作为某科大学之名的"文学"）上还是指整个广泛的人文知识学科，在狭义（即作为某学门、系别之名的"文学"）意义上，其"文"指的还只是传统广义的"泛文学""杂文学"，其"学"指的还只是传统偏狭的"文章之学""词章之学"——这单从作为该学制规划下的中国文学课程体系之首要"主课"、作为"中国文学门"这门"学问的总纲"，"为'中国文学'的研究规划方向和范围"的"文学研究法"课程①也可见出，该课内容"其主体仍是文体论，其方法仍是从文字到文章的传统治学思路，即便是它研究的对象也是文章而非现代意义上的文学，至于它针对作文提出的各种建议则表明它更关注文章的实用价值"②。总之，这个时期尚不具有现代意义上独立的、审美化的"纯文学""美文"自觉意识。继是 1912—1913 年的"壬子—癸丑学制"，西方现代意义上的、与哲学和史学相分立的、作为独立审美形态的"文学"学科体制及其课程规划开始在中国知识学术界得到确认——根据该学制，文科大学中的"文学门（即学院）"按国别语种下分 8 类（即系别），拥有专以语言文学为主要内容的课程体系，其中"国文学类"专设有文学研究法、美学概论、中国文学史、希腊罗马文学史、近世欧洲文学史等课程，其他 7 类中设有文学概论科目③——同时在此前后十多年间开始出现由传统"泛文学""杂文学""文章之学""词章之学"观向现代"纯文学""美文"观的倾斜或转轨。再是自 1917 年蔡元培入主北京大学后，在新文化运动及新文学实践的影响下，通过北京大学国文门、国文系（中文系）行政改制和连续多次课程、科目及教学体制改革——其中 1917 年将文学与历史教员划分开来，1919 年改国文门为国文系（中文系）并按分科制原则进行第一次大规模课程改革，1920 年初步形成了包括文学概论、诗文名著选、各体文学史、文学史概要、欧洲文学史等在内的较为稳定的文学课程体系框架，1925 年实行分类选课及专修制，文学课程体系更丰富更具层次性——的推动，④ 并在北京大学

---

①　陈国球：《文学史书写形态与文化政治》，北京大学出版社 2004 年版，第 22 页。

②　程正民、程凯：《中国现代文学理论知识体系的建构——文学理论教材与教学的历史沿革》，北京大学出版社 2005 年版，第 6 页。

③　璩鑫圭、唐良炎编：《中国近代教育史资料汇编——学制演变》，上海教育出版社 1991 年版；潘懋元、刘海峰编：《中国近代教育史资料汇编——高等教育》，上海教育出版社 1993 年版。

④　王学珍、郭建荣主编：《北京大学史料（1912—1927）》第二卷，北京大学出版社 2000 年版；马越编：《北京大学中文系简史（1910—1998）》，北京大学出版社 1998 年版。

国文门研究所（1917 年始立）、北京大学国学门研究所（1922 年始立）、清华国学研究院（1925 年始立）、中央研究院历史语言研究所（1928 年始立）等专业研究机构，以及以大学和专业研究机构为依托的《国学季刊》《清华学报》《燕京学报》《中央研究院历史语言研究所集刊》四大文史研究刊物和新潮社（1918 年始立）、国故社（1919 年始立）、歌谣研究会（1920 年始立）等专业学社组织有关知识学术活动的促进下，① 加上1922 年以中等教育为重点领域的"壬戌学制"改革②的巨大作用，作为现代独立形态的"文学"的学科及学术体系建制工作得到了愈加专业化、系统化、现代化的实质性推进和完善，同时在此期间，现代狭义的"纯文学""美文"观也得以在中国渐成共识而真正确立、扎根下来。

再看西方，这个过程的典型体现是，例如在英国，文学教育与文学研究从开始作为"技工学院、工人院校和大学附属业校"以及殖民地统治教育及文官考试中的"常设课程"，且教学大纲形形色色、内容杂陈，到逐渐成功进占牛津大学、剑桥大学等作为"统治阶级权力的堡垒"的国家公学体系而得到认真、纯化而系统的设计与研究，逐步作为独立、专门的学科研究而从语言或语文研究专业体系中分离出来，最终取代日益衰落的"一般古典教育"，而成长为一门着力思考文学的特殊性和特质问题、属于现代人文教育（自由民教育）及人文研究体系"最核心"而具有"试金石"崇高地位的严肃学科，一种"与文明休戚与共的精神探索"与审美现代性精神的"中流砥柱"，这个过程贯通了从莫里斯、查尔斯·金斯利、马修·阿诺德、约翰·罗斯金等到"英语学会"，再到 T. S. 艾略特、利维斯及《细察》运动等的努力，某些成果在 1927 年《纽伯特报告》等教育法案中得到了权威性的确认。③ 又如在美国，文学研究的现代兴起过程在于：19 世纪最后 25 年间，美国大学开始设立"语言文学系"，并随着作为语言学研究例证的文学文本研究的逐渐普及，以及"文学文本

---

① 王铁仙、王文英主编：《二十世纪中国社会科学·文学学卷》，上海人民出版社 2005 年版，第 28、30、401、403 页。

② 璩鑫圭、唐良炎编：《中国近代教育史资料汇编——学制演变》，上海教育出版社 1991 年版。

③ ［英］特雷·伊格尔顿：《二十世纪西方文学理论》，伍晓明译，北京大学出版社 2007 年版，第 26—42 页；［英］彼得·威德森：《现代西方文学观念简史》，钱竞、张欣译，北京大学出版社 2006 年版，第 43—57 页；［美］乔纳森·卡勒：《文学性》，见［加］马克·昂热诺等《问题与观点：20 世纪文学理论综述》，史忠义、田庆生译，百花文艺出版社 1999 年版，第 30 页；刘禾：《语际书写——现代思想史写作批评纲要》，上海三联书店 1999 年版，第 21—23 页。

的学术化和制度化进程"，一种文学批评研究得以浮出水面;① 同时，1883 年，"现代语言协会"成立，1900 年"来自德国的一种语文学研究方法在美国大学研究院并在培养美国的文学研究学者方面占了主导地位"，促进了"现代语言协会"对语言文学研究工作的进一步注重，加上 1886—1903 年，《现代语言学会会刊》《现代语言评论》《英德语文杂志》《现代语文学》等专业学术期刊的创办和《耶鲁英语研究》等专门学术出版物的印行等方面的推动，文学研究在人文知识学科体系中合法甚至统治性的地位得到确立。②

　　比较上述中西过程，可以说，在中国，"文学知识学科"的现代建制自始至终都是一种自上而下的国家性学术或国立之学的操纵行为，但是这个行为实际上又分立为两个部分或两个方向:一个部分或方向正是那种以正式大学的学院派教学研究和以其为紧密依托的有关专业研究机构及学术期刊为中心的，本质上作为一般古典文化教育及研究体系的组成部分之一的，侧重于文学的历史方面的考察研究;另一部分或方向则是那种以小规模的"大学"、专科学校以及大学预科和高中的普及性教育培养为中心的，本质上作为新文化教育及新文学实践倡导的主阵地之一的，侧重于文学的现代基础理论知识及新文学批评观念的普及传授。③ 由于后者侧重的是文学的文化普及性，而前者才是重在文学的专业知识性，因此在"文学知识学科"的现代建制过程中，两者的地位并不均衡，前者实际上一直居于主导地位而对后者形成侵吞、覆盖、同化、抹杀之势。而在西方，"文学知识学科"作为一个整体，乃是以与"希腊罗马古典研究、哲学、历史三大学科（the Greats）或语文学（philology）"的旧式学科体系相区别的新的"人文"（liberal）教育及研究的姿态④得以规划和构建的，只不过这个整体性的建制行为经历了一个从国家公学之外与知识学术边缘、下

---

　　① ［英］彼得·威德森:《现代西方文学观念简史》，钱竞、张欣译，北京大学出版社 2006 年版，第 45 页。

　　② ［美］韦勒克:《美国的文学研究》，载［美］韦勒克《批评的概念》，张今言译，中国美术学院出版社 1999 年版，第 280—281 页。

　　③ 程正民、程凯:《中国现代文学理论知识体系的建构——文学理论教材与教学的历史沿革》，北京大学出版社 2005 年版，第 7—8 页。

　　④ ［英］特雷·伊格尔顿:《二十世纪西方文学理论》，伍晓明译，北京大学出版社 2007 年版，第 26、28 页;［英］彼得·威德森:《现代西方文学观念简史》，钱竞、张欣译，北京大学出版社 2006 年版，第 45 页。

层，逐渐进占、扩展到国家公学之内与知识学术中心、上层的过程。①

　　第三，在文学所涉公共思想文化领域即"文学公共文化"内容方面的建制。现代意义上的"文学"品格的建立是与它对大众、对现实社会的文化指涉、文化干预、文化感召分不开的，而这正得力于"文学公共文化"的建制形式。"文学公共文化"的现代建制主要是通过借助于文学类及有关思想文化类期刊、书报的市场化甚至普及性出版发行，以及沙龙、咖啡馆、书店、图书馆、文学社团、思想文化团体等公共场所及公众自由结社集聚形式，而为文学的现代独立化、系统化、职业化生存与传播培植、笼络、开拓出一种可供依托的广阔的文化市场或文化空间组织形式，形成自身独特的大众性、现世性取向。这种建制形式与前述"文学知识学科"的专业化、专家化建制形式分属两个中心，两者是一种有一定分离性却同时又根本合作的关系。由于 19 世纪末叶至 20 世纪初叶的中国与西方面临不同的思想文化际遇，因此双方在"文学公共文化"的现代建制上具有不同的任务，表现出不同的方向性特征，也产生了不同的文化效应。在中国，19 世纪末叶至 20 世纪初叶正是公共领域兴起并逐步成熟的时期，因此《申报》《万国公报》《时务报》《大公报》《东方杂志》《新小说》《小说林》《礼拜六》《小说月报》《新青年》《新潮》《学衡》《文学周报》《创造季刊》《语丝》《现代评论》《晨报副刊》《京报副刊》《时事新报》副刊《学灯》等文学类及有关思想文化类期刊、书报，和南社、春柳社、白话学会、新潮社、文学研究会、创造社、新月社、语丝社等文学社团，以及益智书会、广学会、同文书局、商务印书馆、中华书局、世界书局、光华书局、生活书店、良友图书公司、开明书局等印刷出版机构，实际上都作为"制度性的传播媒介"而促成着以公众参与性、理性批判性为本质特征的"公共舆论"的生成，即它们担任的主要是一种"公共论坛"的话语角色，② 这种话语角色通过采取吸纳、联结大众广泛参与文学言说及其现实批判，并积极促成大众之间围绕文学及其现实批判问题开展公共论争交往的方式，而实事性地把现代的文学实践及文学研究

---

　　① ［英］特雷·伊格尔顿：《二十世纪西方文学理论》，伍晓明译，北京大学出版社 2007 年版，第 26—36 页；［英］彼得·威德森：《现代西方文学观念简史》，钱竞、张欣译，北京大学出版社 2006 年版，第 43—54 页。

　　② 张灏：《思想与时代》，上海文艺出版社 2002 年版，第 114—115 页；章清：《近代中国对"公"与"公共"的表达》，载许纪霖主编《公共性与公共知识分子》，江苏人民出版社 2003 年版，第 202—213 页。

塑造、确立、建构成了一种具有人生启蒙、现实批判、民族救亡及民族国家建设志业规划性质的文学活动。而在西方，这个时期原来"一直保障公众具有批判意识的机制动摇了"，即已处于具有批判功能的公共领域开始萎缩、瓦解而向消费性"伪公共领域"转型的阶段，[①] 故而许多文学类及有关思想文化类期刊、书报、沙龙、公共讨论等在信息化日益泛滥的时局下不再能去担任原 18—19 世纪那样的公共论坛的角色，而是作为一种"先锋派论坛"，"从未与对文化感兴趣的市民阶级发生联系，或者试图与之建立联系"，[②] 即它们通过在日渐失去其特性魅力的旧有公共文化形式中对先锋文学话题的讨论，而日益疏远、鄙弃已沉迷于消费或消闲性讨论形式的市民大众及其所背靠的资产阶级社会理性机制、主体论理性思维的方式，从而实事性地把现代的文学实践及文学研究塑造、确立、建构成了一种具有反大众的大众化、反世俗的世俗化品格的文学活动，这就是作为反启蒙的审美现代性或文化现代性规划组成部分的、具有生活意义解救性质的文学活动。

二　史学化格局与理论化格局：文学现代建制对文学研究格局的范式规训

"文学的现代建制"现象，由于包含了文学的"被建制"与"参与建制"两个层面，以及"文学言说实践"建制、"文学知识学科"建制、"文学公共文化"建制三项内容，因此，它的历史发生及逐步展开带给社会文化的是一种全局性、深刻性的影响，至少它结构性地建造、生成了一种深具现代品质的文学、知识、思想文化方面的制度性、意识形态性空间，例如它借助文学活动而成功实现了对"个体""民族国家""国民""唯美""恶之美"等现代诸多意识形态话语、观念的建构。其中对于现代的文学研究、文学知识活动来说，"文学的现代建制"现象及其深刻、丰富的结构性、制度性品质，实际上不仅直接启端和引致了文学研究范式的现代转型现象，而且还从一定角度上对这种转型所生成的新范式之知识品质给予了相当程度的实质性规范，这种规范就突出体现在它对于文学现代研究特定知识、学术格局的规训方面。

---

① ［德］哈贝马斯：《公共领域的结构转型》，曹卫东等译，学林出版社 1999 年版，第 187、189 页。

② 同上书，第 189 页。

所谓文学现代研究格局，就是指现代的文学研究学科内部不同门类、不同领域、不同样式的知识学术活动之间在相互区别又相互咬合的空间分布上的结构比例关系，它主要表现为文学理论、文学批评、文学史三大门类在文学研究学科整体结构中各自所占位置之间在宏观上的主次、高低、深浅关系，同时还表现为与这种宏观关系相关的众多微观关系，即不同的具体研究领域或知识路向、不同的知识队伍、不同的知识著述形式或风格等等之间的位置、比例关系。很显然，作为"文学现代建制"其中一项内容的"文学知识学科"建制，其在相当程度上建构的实际上正是不同文学知识门类、领域、路向的传授及研究等之间的格局关系。然而，文学现代研究格局的生成不仅来自"文学知识学科"建制的直接建构，同时也来自"文学言说实践"建制、"文学公共文化"建制两方面的决定性影响。可以说，文学现代研究格局实际上正是文学在现代全面性地"被建制"的结果或表征，它不仅反映了在"文学的现代建制"状况下，文学研究学科内部各项、各部分之间的"权力—知识"关系，这种关系为结构性地安放各种各样的文学知识学术活动及相关现象（包括不同的文学知识队伍、文学知识著述形式、文学知识问题及解答等）提供了一个较为稳定的全局性框架和合理的制度性力量，使现代时期的各种文学知识学术活动及相关现象能借助这个框架和力量而确证各自在文学知识学术整体结构中的合法性位置，从而得以合法化的历史运行和历史展开，而且同时也为文学在现代社会文化中的"参与建制"提供了某种制度性、机制性的渠道与力量。

由于"文学的现代建制"在中国与西方表现出不同的特质，因而作为该建制规范之果的文学现代研究格局，在中国与西方之间也表现出不同的知识本质。这种区别一言以概之就是：文学研究的现代格局在中国本质上是一种"史学化格局"，而在西方则本质上是一种"理论化格局"。

先谈谈中国的"史学化格局"。所谓文学现代研究的史学化格局，就是指现代中国的文学研究格局的形成与发展是以文学史门类的研究建设，以及与文学有关的诸多历史问题、历史上古典知识问题的发掘探讨为主导和重心；文学史或文学中有关历史问题、古典知识的探究及系统建设，渗透到文学知识学术活动的众多领域，在文学研究整体格局中居于支配地位，一定程度上对文学的各项、各种、各部分知识学术活动及相关现象既起着知识（资源）供给、学识支撑的作用，又具有范式统摄、合法收编的功能。这种"史学化格局",主要表现在下面三个与知识学术格局有关的现象中。

一是文学史及文学古典知识、历史问题的研究高度自觉、极度繁荣、不断加强系统化和专业化建设,造成现代中国文学研究两个中心或两个方向之间的严重失衡。前文曾提及,在现代中国"文学知识学科"建制的过程中实际上形成了两个分立的部分或方向:一部分或方向是那种以正式大学的学院派教学研究和以其为紧密依托的有关专业研究机构及学术期刊为中心的,本质上作为一般古典文化教育及研究体系的组成部分之一的,侧重于文学的历史方面的考察研究;另一部分或方向则是那种以小规模的"大学"、专科学校以及大学预科和高中的普及性教育培养为中心的,本质上作为新文化教育及新文学实践倡导的主阵地之一的,侧重于文学的现代基础理论知识及新文学批评观念的普及传授。这两个中心或方向中,前者重于文学的专业知识性,后者重于文学的文化普及性,两者在文学知识学术活动整体格局中所占据的地位并不均衡,前者实际上一直居于主导、主流地位而对后者形成侵吞、覆盖、同化、抹杀之势,后者的不少研究实际上始终都处于被前者同化、收编的倾向中,在发展中逐步向作为主导或主流的前者靠拢。这种彼此地位的不均衡主要是缘于作为前一个中心或方向典型代表的文学史及文学古典知识、历史问题的教学传授及学问探究(包括对现代新阶段以前的古代与近代两个阶段的研究)在现代中国文学知识学术整个活动中具有压倒一切的优势。这种优势可从两方面见出:

一方面,从这个时期中国文学教育方面明确的学制规划和课程设计来看。作为初步奠定"文学"在现代大学堂中的专业学科地位、学科规格及知识内容架构体系的1903年"癸卯学制",其对"中国文学门"共16门课程的规划,虽然初步形成了"文学本体"(即文学理论)、"文学史""文学批评"三项俱备的研究架构[1],但实际上无论是文学方面的历代文章流别、古人论文要言、周秦至今文章名家等课程,还是语言方面的说文学、音韵学等课程,在内容上都是专于文学史或文学古典类知识研习方面的知识或素养的培养,并且作为这个课程体系之首要"主课"、作为"中国文学门"这门"学问的总纲,为'中国文学'的研究规划方向和范围"的"文学研究法",[2] 其对"研究文学之要义"的共41则说明中,虽然涉

---

[1]　陈国球:《文学史书写形态与文化政治》,北京大学出版社2004年版,第25页。

[2]　同上书,第22页。

及了不少"文学本体"（即文学理论）、西方文学方面的知识问题规划，"已含有后来所说的文学概论的因素，即提供文学的基本知识，并提示文学研究的方法原则"①，但其首要三则说明所标举的都是考察中国历史"变迁"方面的知识素养，而且整套说明中近乎三分之一的篇幅（共 13 则）都是与对历史上各种文体进行区辨、爬梳有关的内容，② 这足以显示该学制把对文学历史方面知识、古典学问探求方面知识放在了最重要的位置。再看后来的 1912—1913 年"壬子—癸丑学制"，该学制仍然沿袭"癸卯学制"对文学史类、古典类知识的大肆偏重，其对"国文学类"所规划的共 14 门课程中，有中国文学史、希腊罗马文学史、近世欧洲文学史 3 门课程直接是文学史方面的科目，有说文解字、音韵学、尔雅学、词章学、中国史、世界史 6 门课程都是与对文学历史知识、古典知识研习有关的课程（剩下的其他 5 门课程是文学研究法、言语学概论、哲学概论、美学概论、论理学概论）。③ 即使到了再后来新文化运动及新文学实践大肆开展的时期，文学史类、古典类知识独占大半壁江山的局面仍未改变，这不仅表现在北京大学国文门、国文系（中文系）尽管通过行政改制而将文学与历史教员划分开来，并经多次课程、科目及教学体制改革而逐步形成了"由史、论、作品选三项为基本构成的文学教学取向"④，然而无论是其 1919 年"废门改系"实行的选科制还是直至其 1925 年实行的分类选课及专修制，都是把本属于"文学"课程范围的"文学史"作为一个独立的科目单列出来，而与"文学"科目两相对举，显示了对"文学史"别有用心的看重，由此使得在迄至 1920 年初步奠定的稳定、现代的文学课程体系框架中，绝大多数课程（包括文字学、古籍校读法、诗文名著选、诗词曲小说史、文学史概要、欧洲文学史）都是文学史及有关古典类知识方面的科目，⑤ 而且表现在到了 30 年代，由于作为北京大学中文系主

---

① 程正民、程凯：《中国现代文学理论知识体系的建构——文学理论教材与教学的历史沿革》，北京大学出版社 2005 年版，第 6 页。

② 璩鑫圭、唐良炎编：《中国近代教育史资料汇编——学制演变》，上海教育出版社 1991 年版；潘懋元、刘海峰编：《中国近代教育史资料汇编——高等教育》，上海教育出版社 1993 年版。

③ 同上。

④ 戴燕：《文学史的权力》，北京大学出版社 2002 年版，第 83—84 页。

⑤ 王学珍、郭建荣主编：《北京大学史料（1912—1927）》第二卷，北京大学出版社 2000 年版；马越编：《北京大学中文系简史（1910—1998）》，北京大学出版社 1998 年版。

任的胡适对中国文学史研究的注重与切实推动①等原因，北京大学、清华大学等大学中文系都"加倍表现了文学教学向'史'的方面的偏斜"，"理论的淡化和史的增强"这一落差现象日益严重［这个趋势"以至于到了50年代的中后期，不少大学的中文系都出现了后来被批评为'重史（文学史）轻理论（文艺理论）'的现象，'史'的当中，又是'厚古薄今'的"］。②

　　另一方面，再从专业研究机构及学术期刊的设置及学术取向定位，以及文学专业研究的历史实绩来看。这个时期，以北京大学国文门研究所、北京大学国学门研究所、清华国学研究院、中央研究院历史语言研究所等为代表的专业研究机构，以及以《国学季刊》《清华学报》《燕京学报》《中央研究院历史语言研究所集刊》四大刊物为代表的专业文史研究期刊，它们的知识学术工作都是以对与国学研究、国故整理活动有关的诸多历史知识领域及问题的探究为主要取向，而这当中许多的工作正是对中国文学史及相关古典知识问题的整理和探讨。正是依托这些专业研究机构和期刊的设置与运作，并出于大学文学史及文学古典知识研习教学的需要，这个时期大批学人都一味集中于文学史及古典或传统文学知识问题的研究（包括对现代新阶段以前的古代与近代两个阶段的研究），不仅产生了大量关于中国古典文学作家作品及有关理论知识问题的专题研究成果，传统文学探究领域出现了新的创获，而且在文学观念探讨（如章太炎）、小说戏曲研究（如《红楼梦》研究）、作品理论阐发（如王国维）等新兴研究领域也主要是把视野集中于对古典文学或文学有关历史问题、历史资料的整理、掘进与考察上，使得专门而系统的中国文学史研究及书写从20世纪初开始正式起步、体例初兴，到20—30年代迎来一个"相当重要的时期"，大体形成其叙事格局，成为文学现代研究的一大重心和成果最多的领域，特别是到30年代又达到了出版上的"一个高峰"，在这个过程中不断涌现出大量包括通史、断代史、整体史、文体专史等在内的各式各样

---

　　①　王铁仙、王文英主编：《二十世纪中国社会科学·文学学卷》，上海人民出版社2005年版，第38页。
　　②　戴燕：《文学史的权力》，北京大学出版社2002年版，第84、87页；萧超然等编：《北京大学校史（1898—1949）》增订本，北京大学出版社1988年版。

的富于体系性的文学史教材及私人著述。① 可以说，正是这些大量的文学史类、古典知识类的研究（包括对现代新阶段以前的古代与近代两个阶段的研究）实绩促成了文学专业研究在这个时期的逐步成熟和走向繁荣及深化，不仅自 20 世纪初直至三四十年代所涌现出的大量能代表 20 世纪中国文学研究最高水平的学术论著，绝大多数都属于文学史或文学古典知识方面的研究，而纯粹的文学理论研究论述甚少，新文学批评研究方面也几乎没有出现多少高水平的成果，而且迄至三四十年代基本确定下来的现代中国的文学学科形态与主要研究方向，也大多都是属于文学史或文学古典知识领域。② 这种成果领域集中于传统文学史、古典文学问题的现象，从王瑶、陈平原分别主编的《中国文学研究现代化进程》《中国文学研究现代化进程二编》中也可见出，这两部编著所选取论述的共 33 位现代中国文学研究大家及成果中，仅仅只有王元化、钱锺书具有较为纯粹的文学理论研究取向，郭沫若、李长之具有比较多的新文学批评取向，而其他大多数学者所代表的几乎都是对文学史（包括古代文学发展史、古代文学批评史、现代文学史）和古典文学及文学传统历史知识问题方面的研究。③

　　二是文学理论研究领域在一分为三的状况下，其中唯有与文学史相关的一支，即古典文论或文学批评史的整理研究以及与此有关的着力于传统文论资源之现代转化的著述，才自始就处于文学知识学术活动的主导中心位置并在文学理论研究体系中独占鳌头。现代中国有三种形式或三种样态的文学理论研究，这三者基本上正好分别与"文学的现代建制"三项内容相对应，乃三项建制的产物。它们是：大致作为"文学言说实践"建制产物的对西方文论教材及文学观念之译介、转述和引进（如鲁迅《摩罗诗力说》、鲁迅译厨川白村《苦闷的象征》、汪馥泉译木间久雄《文学概论》、梅光迪等译温彻斯特《文学评论之原理》）；大致作为"文学知识学科"建制产物的对古典文论或文学批评史之整理研究（如王国维《人间词话》、黄侃《文心雕龙札记》、陈钟凡、郭绍虞、罗根泽等人的

---

① 戴燕：《文学史的权力》，北京大学出版社 2002 年版，第 37、49、65 页；王铁仙、王文英主编：《二十世纪中国社会科学·文学学卷》，上海人民出版社 2005 年版，第 10—16、30—34 页。

② 王铁仙、王文英主编：《二十世纪中国社会科学·文学学卷》，上海人民出版社 2005 年版，第 43—47 页。

③ 王瑶主编：《中国文学研究现代化进程》，北京大学出版社 1996 年版；陈平原主编：《中国文学研究现代化进程二编》，北京大学出版社 2002 年版。

"中国文学批评史"）以及与此有关的对传统文论资源之现代转化（如姚永朴《文学研究法》、马宗霍《文学概论》、刘永济《文学论》）；大致作为"文学公共文化"建制产物的对新文学基础理论知识的大众化建构与普及（如胡适《文学改良刍议》、周作人《人的文学》、戴渭清与吕云彪《新文学研究法》、郁达夫、田汉、老舍等新文学作家的"文学概论"）。① 其中第二种在"文学知识学科"建制过程中所处的位置，主要是属于该建制当中那侧重于文学专业知识性的部分或方向；而第一、三种两者关联密切甚至具有本体的一致性，且都并非与"文学知识学科"建制无瓜葛，而是都相关于"文学知识学科"建制当中那侧重于文学的文化普及性的部分或方向，区别只是第三种不再是对西学的照搬，而是融入了新文学作者自己的问题意识。如果说，第一、三种的产生实际上都与对西方文学观念的自觉接受和对当时新文学的积极推进有关，其存在实际上形成了"同当时文坛直接的或间接的对话与争论"，并经历了"从一开始的报刊文章、论文到论文集、著作的出版，从大学的鸡肋课程、边缘大学的教科书（普及读物）到新体制下中文系的核心课程"这样一种逐步经典化、体系化、学问化而走向学术中心的位移过程；② 那么第二种则恰好相反，即它虽然并不把对西方文学观念的兴趣和对当时新文学文坛的关注作为重心，但却从一开始便作为严肃的学问而处于文学知识学术活动的主导中心位置，能取得这样的位置实在是由于它专注于传统文学资源及有关历史知识问题而具有与文学史的天然亲缘关系，即其中无论是作为自觉着力于传统文论资源之现代转化的概论性研究著述，还是作为对传统文论或文学批评的不同规模不同层次的客观历史观照、发展史系统梳理、各种形式之资料整理与重要问题阐释，③ 都可以说是属于文学史研究的范围，显然这种属于文学理论却又处于文学史和传统文学研究领域的跨类性质及跨类位置，是第一、三种所不具备的优势。文学理论形态中居然有很大一部分是瞄准、处身于文学史和传统文学研究领域方面的内容，居然能占据其知识学术主导中心位置的是那些对传统文学理论知识、批评知识着力历史

---

① 程正民、程凯：《中国现代文学理论知识体系的建构——文学理论教材与教学的历史沿革》，北京大学出版社 2005 年版，第 11—62 页。

② 同上书，第 45 页。

③ 蒋述卓等：《二十世纪中国古代文论学术研究史》，北京大学出版社 2005 年版，第 16—88 页。

整理和现代转化的部分，这种借"历史"而前行的"理论"姿态正反映了在"文学知识学科"建制过程中，偏重于文学之专业知识性一方的文学史对偏重于文学之文化普及性一方的文学基础理论知识的浸入、同化、收编或收纳。

三是新文学批评注重对中西文学及文化史资源的利用，同时逐步被文学史书写范式所收编而最终走上"中国现代文学史"门类建设的道路。现代中国的新文学批评，即对新文学作家作品及有关现象的理解和评论，最初只是新文学创作实践的衍生物，并非一种独立的知识学术研究，也并没有一套完整的纯粹、原创的理论评说框架，这导致这些批评文字别无他途而只能特别注重从对本国及域外文学及文化史有关资源的利用，包括从对源于西文学史上有关文学理论基础概念及知识的简单照应与借鉴中，获取认识及阐释的砝码，并发为感发性的零星、散杂的报刊文章，例如梁启超的批评对西方启蒙主义历史、进化论历史学说及革命话语的借重，胡适的批评对本国传统白话文及俗文学资源的发掘，周作人的批评对西方人道主义历史资源的利用，郭沫若的批评对西方浪漫主义文学史资源的发挥，郑振铎的批评对西方现实主义文学史资源的引入，等等。如果说新文学批评在最初阶段，它尚且还是一种拿"史"来为我所用的姿态，与新文学界对西方文论知识的译介、转述和引进，以及对文学基础理论知识的大众化书写、普及两者一样，同属于"文学知识学科"建制过程中偏重于文学之文化普及性的一方，尚未掌握正统学术的话语权，属于知识的鸡肋、学术的边缘，那么到了 20 年代中后期以后，它则开始转变为一种为自身系统性地挖"史"和写"史"的姿态，即"对新文学的评价趋向于从文学史的角度来确立其合法性"，开始"从文学史的流变过程来强调新文学是中国文学史的一个环节"，[①] 而与此相应的则正是文学学科建设上属于文学史门类体系的一个新领域的出现，即"中国现代文学史"学科开始从无到有，进入草创和初步发展阶段，这显然促成了新文学批评研究逐步走进正统学术中心的位置。这种作为"中国现代文学史"学科草创阶段的新姿态及其研究成果有两类：一是溯及传统而挖"史"的姿态及成果，即把现代文学与 19 世纪末叶以前的传统文学某些资源衔接起来，着力于强调现代新文学与传统文学的渊源关联，让传统文学的有关历史成为导向

---

① 王铁仙、王文英主编：《二十世纪中国社会科学·文学学卷》，上海人民出版社 2005 年版，第 34、45 页。

现代文学史叙事的一部分，例如胡适《白话文学史》、周作人《中国新文学的源流》等；二是截断众流而写"史"的姿态及成果，即专注于 19 世纪末叶以来现代文学发生发展独立历史的书写研究，例如胡适《五十年来中国之文学》、陈子展《最近三十年中国文学史》、朱自清《中国新文学研究纲要》、王哲甫《中国新文学运动史》等。总之，文学史思维、取向与书写研究模式对新文学批评研究的侵入、统摄乃至逐步收编或收纳，以及由此带给新文学批评研究走进学术主流、学术中心的积极影响，是一个很明显的事实。

现代中国文学研究格局的"史学化"范式特质说明了什么？或者说具有怎样的深层意味？显然，史学化格局首先是现代中国"经消史长"之知识下行在文学研究领域的体现，正是知识学术传统的"经消史长"局面赋予了现代中国文学史研究及书写在文学研究乃至整个学术界中所具有的非常独特、丰富的知识学术内涵及特征。因为"经消史长"带来的其实是一种双重的学术追求，即对历史的西方式现代式书写和对经学等传统知识资源向着学术本位回归而转化性的分类利用，而文学史作为"结合文学与史学的一种学问"，它通过"对文学包括文人、文章及与此相关的现象的历史叙述"，[1] 正好为整合这双重学术追求提供了一个便利的途径。在现代中国，文学史研究及书写要整合这双重学术追求，实际上就是要在取自现代西方的文学及文学史观念及文学史体裁写作，和散杂于传统目录、史传、诗词文话、选本等典籍中的传统文学及文学知识资源这两者之间建立知识联系并把两者结合融为一体，或者说就是要通过"给过去发生的文学事实找一个文学史式的解释"和"在古人说过的话中找到文学史的苗头"这两种方式，在中国已有的叙述传统中为现代品格的"文学史"寻根。[2] 正是这种建立联系、实现整合及寻根的知识取向及成果，"不但成为人们理解'文学史'的一条路径，构成近代人接受文学史新概念的前理解背景，也变成了写作者们运用新的文学史体裁进行写作的熟悉的参照系，后来则又进一步变成他们构建中国文学史的必备资材"。[3] 显然，正是由于这个学术内在理路方面的原因，使文学史研究及书写在现代中国成为文学现代观念之主观体认及宣扬与传统文学知识资源之史实探究之

---

①　戴燕：《文学史的权力》，北京大学出版社 2002 年版，第 47 页。

②　同上书，第 24 页。

③　同上书，第 14 页。

间、历史资料整理与现代学术写作之间、客观历史叙事与主观批评观念演绎之间、西学与中学之间等多方向维度的知识学术桥梁或融介物，这种桥梁或融介物的特性使文学史成为最值得研究、最需要研究的学问，也内在地要求文学史应当具有其他门类文学研究所不具有的极为广阔的知识涵盖域、极有弹性的学术品质、极为阔大坚实的知识合法位置，以及极为强势的学术话语权——而与此种对文学史的"厚待"恰好相反的，则正是对因被误识为不是学问或不是最值得研究的学问的纯粹的文学基础理论问题和新文学批评研究的"鄙薄"，这样的反差带来的正是作为学术中心的大学及专业研究机构、学术期刊等对纯粹的文学基础理论问题和新文学批评研究的排斥，文学知识学术界较长期都重视历史研究、历史考察而轻视纯粹理论和现实批评，也就是文学史思维、取向与书写研究模式形成了对整个文学现代研究学科覆盖、渗透、统摄，即格局化规训之势。

其次，作为"文学的现代建制"产物的史学化格局，同时也反作用于"文学的现代建制"，即为现代中国的文学观念、文学学科、文学文化的建构提供了知识运行机制上的充足条件，并为这种现代意义上的文学对中国现代社会、现代世界、现代关怀、现代规划的构建与承负提供了某种想象性的文化能量与知识储备。因为正是通过基于史学化格局而对专门文学史以及文学古典知识资源、知识问题域作扎实而系统的整理、掘进、考察和探讨，在有意识地接续、盘活、转化传统丰富的文学知识及有关学术资源的基础上，取法西方现代意义上的"纯文学""美文"观念才可能借助于围绕"文""文学"观念问题的古今中西历史资源辨义、探讨和文学史式的书写利用及解释宣扬，而顺利地在现代中国文学实践及知识经验中确立、扎根、流行开来；也正是通过对传统古典文学领域的重新历史叙述和现代式历史探究，中国式的启蒙现代性规划及其中的民族救亡及民族国家建设志业信念与价值取向，才被有力地放进了中国文学观念和中国文学知识的世界里，既成为"文学"被"现代"建构而获得的一个内在有机要素，也成为"文学"想象性、知识性地建构"现代"而确立的一个内在方向与尺度；同样，也正是在与文学和文学知识有关的丰富的历史叙事与历史资源发掘中，现代的文学建构中那有关审美自治、艺术独立的观念及知识理想才可能充分地获取一种具有距离感的完整的历史文化形式，而生成、表现为一种包含有特定历史精神文化诉求的完整而和谐的"美"的观念及"美育"的知识理想，即通过文学的"美"及"美育"行中国式启蒙之职和民族救亡及民族国家建设之业的历史大任，实现对改造旧社会、改造国民精神之文学目标的想象性完成。宇文所安认为：民国初年中国知识界"站在'现代'的门槛里面"，基于特定的诠释框架，按照某种叙事结构或线索而有意规划、开展的对中国古典文学史的重写，其实是为现实、为未来服务的，是对古典文学时代、对过去已然终结的一个"现代性的宣告"①。戴燕说：在中国文学史中，"这种历史传统的讲述，对于近代国家形象的建设以及民族精神的构造都十分有益，它能够起到激发爱国热情、提高民族自信心的作用，即黄人所说的，由文学史而知'我国可谓万世一系'，'动人爱国保种之感情'"②。显然，宇文氏和戴氏的表述，一重对过去的判决，一重对未来的开新，这两者实在是相互连接与促动而无法分割，其中所明示的文学史研究及书写所具有的对现代中国世界的建构性意义，不仅属于独立的中国文学史门类，而且意味着整个史学化格局的现代中国文学研究在想象性地、知识性地缔造现代中国社会历史当中所具有的历史价值与知识功能。

　　下面，再简单说说西方的理论化格局。所谓文学现代研究的理论化格局，就是指现代西方的文学研究格局的形成与发展是以文学理论门类的研究建设，以及对与文学有关的诸多理论知识问题、理论学说、知识体系或方法论的阐发、探讨、宣扬和发展为主导和重心；文学中各种有关理论问题的探究、有关理论学说的宣扬、有关理论知识体系及方法论的营构建设，渗透到文学知识学术活动的众多领域，在文学研究整体格局中居于支配地位，一定程度上对文学的各项、各种、各部分知识学术活动及相关现象既起着知识（资源）供给、学识支撑的作用，又具有范式统摄、合法收编的功能。这种"理论化格局"，突出表现在：西方现代"文学理论"，以及有关的各种人文知识理论学说及方法论对同时期"文学批评实践""文学史"研究及书写发挥着根本的支撑及统率作用，无论是"文学批评实践"还是"文学史"研究及书写，都与"文学理论"一样，表现出较为驳杂、深层的理论学说品格和极为丰富的知识学含量。

　　在现代西方，文学理论研究领域学派繁呈、此消彼长的热闹局面，众所周知，论者无须在此再多赘一言。然而需要多言的是：西方现代纯粹的

---

　　① ［美］宇文所安：《过去的终结：民国初年对文学史的重写》，载［美］宇文所安《他山的石头记——宇文所安自选集》，田晓菲译，江苏人民出版社 2002 年版，第 306—335 页。
　　② 戴燕：《文学史的权力》，北京大学出版社 2002 年版，第 82 页。

"文学理论"研究在繁荣表象的背后还有一个涉及整个文学研究结构性全局的特点，这个特点就表现在纯粹"文学理论"研究与同时期西方"文学批评实践"和"文学史"研究书写这两者之间的结构性、话语性关系，这种关系一言以蔽之，即"文学理论"对"文学批评实践"和"文学史"研究书写的结构性话语统率。

与现代中国的文学研究明显分裂为学术主流与学术边缘、学术正统与学术鸡肋、重历史考证的与重基础理论及批评实践的、偏重于文学的专业知识性与偏重于文学的文化普及性等这样两个方向或两个部分不一样，现代西方的文学研究有着更多的一体化特征，它只有一个重心，这就是对纯粹的文学理论知识，以及与文学有关的各种人文理论学说、知识体系及方法论的系统营构、建设与充分运用、阐发。纯粹的文学理论研究以及与文学有关的理论知识学说在西方整个文学研究的舞台上就仿佛一个旗手，把文学批评实践与文学史研究，把各种领域、各个部分、各类各项各层面的文学知识学术探求都集结在其麾下。在对现代英国文学教育的规制有着重要支配性影响的《纽伯特报告》中，就曾明确宣称：对文学的学习研究应当更多地、主要地集中在文学的"那些具有普遍性的要素"方面，"存在着这样一种感受，也是最重要的感受，在这样的感受中荷马、但丁和弥尔顿、埃斯库罗斯和莎士比亚仿佛是同时代的或者是不存在年代的。伟大的文学仅仅是一个特殊年份和一个时代的局部反映；另一方面，文学也是永恒的事物，它绝不会成为老古董，也绝不会过时……"[①] 这样的倾向于文学普遍性、永恒性要素方面的宣称，无异于明确要求了现代的文学知识学习、传授及研究的重点应当是那些侧重于或有助于揭示文学普遍规律、文学永恒特质的种种原理性、理论性知识或系统的学说、学问。在现代西方，不仅文学史同文学理论研究一样，被作为关于文学的"学问"来对待，而且作为实践的文学批评也被当作文学教育、文学"学问"的一支，例如在现代英国，以利维斯为代表的剑桥学术向来与实践之间存在着"非常有意义的联系"，在1917年剑桥大学开始设立的"文学、生活与思想"学位中，"文学（实践）批评"就是其中一门而且是尤其重要的一门课程。[②]

先看看文学批评实践方面。史忠义认为，西方20世纪文学批评（他

---

① 转引自［英］彼得·威德森《现代西方文学观念简史》，钱竞、张欣译，北京大学出版社2006年版，第49页。

② 同上。

在此所言的"文学批评"，既包括文学理论也包括文学批评实践）的一个特点是具有"强烈的总结意识"，即力图"建立一种完整的体系、一种学说、一种方法论，或者读某一领域进行系统的总结"，另一特点是表现出"知识含量的渊博性"，即苦心孤诣地运用各种知识学说以"建立一门文学科学"。① 罗杰·法约尔认为，在 20 世纪法国，文学批评已经不是向读者介绍好书，或是为社会论定杰作，而是把作品当作验证分析方法和探索新的分析内容的基本素材。② 这两个观点实际上点出了现代西方文学批评实践的理论化、学说化品格。确实，现代西方的许多文学批评实践活动几乎无一脱得了其与同时期各种纯粹文学理论研究或有关知识理论学说之间的结构性干系，几乎无一不是依赖于、受益于各派别的文学理论知识主张或各领域的有关文学的某种理论知识学说及方法论体系作为自己的文学信条、批评主题、知识框架、考察原则和话语资源，几乎无一不在对具体文学作家作品及有关文学现象的鉴别、理解、批评、判断中表现出过度运用专业理论学说、阐发专业知识体系、施展专业方法论、确立系统性结论的热情。根据阿尔贝·蒂博代的观点，西方现代文学批评实践分为"自发批评""职业批评"和"大师批评"三类。③ 首先，"职业批评"，也就是大学批评、教授批评、博学批评、科学批评，由于对广泛人文科学知识的了解掌握而承担着"给予文学以更准确、更具技术性、更科学的描述和阐释"的功能④，因而具有十分明显的理论化、学说化、专业知识化特点。例如在法国，泰纳、布伦蒂埃、朗松等为代表的科学实证主义、古典主义理论学说旗帜下的批评，以及后来在语言学、精神分析学、现象学、马克思主义等学说影响下的，作为旨在"与实证主义的历史、与传记、与'作家其人与作品'一类专著决裂"，"试图研究、描写、多方面探讨作品

---

① ［法］让-伊夫·塔迪埃：《20 世纪的文学批评》，史忠义译，百花文艺出版社 1998 年版，"译者序"第 2 页。

② ［法］罗杰·法约尔：《批评：方法与历史》，怀宇译，百花文艺出版社 2002 年版，第 430 页。

③ ［法］阿尔贝·蒂博代：《六说文学批评》，赵坚译，生活·读书·新知三联书店 1989 年版。

④ ［法］让-伊夫·塔迪埃：《20 世纪的文学批评》，史忠义译，百花文艺出版社 1998 年版，第 6 页。

文本而不断定其价值"的"新批评"①（这里并非指属于形式主义体系的"英美新批评"）之发轫阶段的各类批评，它包括：法国马塞尔·雷蒙《从波德莱尔到超现实主义》（1933 年）、法国阿尔贝·贝甘《浪漫主义之魂与梦》（1937 年）以及比利时乔治·布莱等为代表的在精神分析学和现象学知识理论视野下的"主体意识批评"；法国加斯东·巴什拉尔《洛特雷阿蒙》（1939 年）、意大利马里奥·普拉兹《肉体、死亡和魔鬼》（1930 年）等为代表的在精神分析学、原型学、现象学知识理论视野下的"客体意象批评"；法国的夏尔·博杜安《魏尔哈伦作品中的象征，论艺术的精神分析》（1924 年）等为代表的直接的精神分析学批评，等等。再如，俄国的形式主义语言学理论体系中的批评，德国的库尔蒂斯《巴尔扎克》（1923 年）等为代表的文献学与历史学知识体系中的批评，匈牙利卢卡契等为代表的在马克思主义理论框架下的社会学批评，等等。这些都充分显明了"职业批评"的理论化、学说化、专业知识化特征。其次，"自发批评"和"大师批评"这两类虽是属于非学院派批评，主导着西方现代文学批评实践中的反理智主义、反教条主义、反科学主义而伸张创造性的潮流，但仍然具有鲜明的理论化、学说化、专业知识化特征。例如在法国，以《两世界杂志》《论坛报》《时代报》《法兰西信使》《白色杂志》《双周纪事报》《新法兰西杂志》《颓废》等报刊为批评实践的阵地，有关代表有：阿纳托尔·法朗士《文学生涯》（1886—1893）等代表的旨在宣扬主观印象主义学说的批评，古尔蒙《面具名谱》（1896—1898）与《文学漫步》（1905—1909）、佩吉《维克多·雨果伯爵》（1910 年）、纪德《托辞》（1903 年）与《新托辞》（1911年）、雅克·里维埃《梦的玄想导论》、阿尔贝·蒂博代《马拉美》（1912年）与《瓦莱里》（1923 年）、普鲁斯特《反对圣伯夫》、夏尔·迪博《近似集》（1922—1937）、瓦莱里《幻美集》、阿兰《关于文学的讲话》等等为代表的带有象征主义、柏格森直觉主义、精神分析学、意识流等非理性主义学说深刻印记的批评。②

　　另一方面，这个时期西方的许多文学史研究活动，与其时整个历史学界向历史哲学、历史批判理论方向的倾斜相一致，不再只是对传统文学历

---

　　① ［法］让-伊夫·塔迪埃：《20 世纪的文学批评》，史忠义译，百花文艺出版社 1998 年版，第 92 页；［法］罗杰·法约尔：《批评：方法与历史》，怀宇译，百花文艺出版社 2002 年版，第 316 页。
　　② 同上书，"第二编"第二、三章。

史之客观资料的一般整理、收集、考证，而是重于对当下某种文学见地、某派知识理论学说的批判性应用和历史性阐发，这其中包括对各种文学理论知识资源的有意或无意的征用；与系统的文学史编写相应的是，在对西方传统文学及文学知识有关历史问题的专项探究中，也比较注重在某种文学理论及有关知识学说视野和阐释框架中展开论述。韦勒克在他的《美国的文学研究》一文中明确指出了这种现象，他说，现代批评理论的发展促使人们重新思考文学史问题，影响产生了泰纳、布伦奈季耶、克罗齐等一批"具有批评眼光的文学史家"，使"人们现在有可能摆脱传统的文学史——由作品选录、传记、社会史、思想史和批评凑成的大杂烩，而写出一部带有批评见地、根据批评标准的文学艺术史"[①]。罗杰·法约尔也总结了这种现代的文学史研究及编写工作对与文学、美学有关的理论批评知识或见地的本质依赖性，他说，在 20 世纪，相系于理论、学说中的文学批评特别是职业批评、博学批评的发展，使"历史学的工作便在批评之外、之内审慎地加强了。……尽管大多数研究者都真正地是文学方面的史学家，但他们进行批评家的工作，他们遵从朗松的真正教诲，不为生平资料而寻找生平资料，也不为满足公布一件前所未闻的区区小事之乐趣而寻找叫人意想不到的起因，而是把他们的发现视为更好地理解作品的一种手段"[②]。西方现代文学史研究及编写工作中的这种理论化、学说化、专业知识化特征有前后两个阶段：前一个阶段就是 19 世纪末叶流行的受泰纳的外界因素（种族、环境、时机）决定论学说、自然科学方法特别是生物进化论原则、因果关系理解框架等制约的科学实证主义模式下的文学史书写，代表如法国布伦蒂埃《法国文学史之批评研究》（1880—1907）、《法国文学史手册》（1897）与《法国古典主义文学史：1515—1830》（1905）、朗松《法国文学史》（1894）与《科学精神与文学史方法》（1909）、乔治·勒纳尔《文学史的科学方法》（1900）、艾米尔·法盖《十六、十七、十八、十九世纪文学研究》（四卷本，1887—1893）、保罗·阿尔贝《浪漫文学史》（1871）与《十九世纪法国文学史》（1882），

---

① ［美］韦勒克：《美国的文学研究》，载［美］韦勒克《批评的概念》，张今言译，中国美术学院出版社 1999 年版，第 294 页。
② ［法］罗杰·法约尔：《批评：方法与历史》，怀宇译，百花文艺出版社 2002 年版，第 307 页。

以及英国约翰·阿丁顿·西蒙斯《英国戏剧中的莎士比亚的先辈们》（1884）。① 后一个阶段即 20 世纪特别是"一战"以后文学史书写中出现的对实证主义的反抗，而开始在文学史研究及编写中融进各种丰富多样、不拘一格的方法原则、知识学说、理论观点，出现"新的综合和新的分析"，这其中包括：在法国，布雷蒙《法国宗教情操文学史》（1923—1933）"把自然主义抛到九霄云外"，路易·卡扎米昂《英国文学中的心理演变》（1920）竭力"想构造一个关于英国文学史中心理演变的思辨体系"。在英国，W. P. 科尔《诗歌的形式与风格》（1928）"阐述一种接近柏拉图型式的文学体裁演化观"，C. S. 路易斯《爱的寓言》（1936）"以渊博的学识巧妙地把一种演化图式的文学体裁史同人类对于爱情和婚姻的态度结合起来"，F. W. 贝特森《英国诗歌与英国语言》（1934）"紧密联系语言变化来写一部英国诗史"，贝西尔·威利《17 世纪背景》（1934）"简直就像是在具体说明 T. S. 爱略特提出的关于 17 世纪的统一感觉力及其在同一世纪后期趋于解体的那种论点"。在德国，一方面出现了作为艺术风格史、文体风格史的文学史书写，如奥斯卡·瓦尔策尔《艺术的相互阐明》（1917）与《诗人艺术作品的内容与形式》（1923）"第一个把艺术史家亨利希·沃夫林所发展的风格标准用于文学史"，弗里茨·施特里希《德国古典主义与浪漫主义》（1922）在使用风格类型学方法方面"取得了最大的成功"，另外还有卡尔·维特尔《德国颂歌史》（1923）、君特·缪勒《德国民歌史》（1925）等；另一方面出现了作为"精神史"的文学史，由于"这种精神史旨在'从一个时代的各种不同的客观表现——从宗教、文学、艺术直到服装和风俗来重建一个时代的精神。……并用时代精神来说明所有事实'"，因而这种文学史书写以竭力在文学历史与一切人类活动之间"进行普遍的类比"为"方法的中心"，并显现出"形而上学的直观主义"特点，如 H. A. 考尔夫《歌德时代的精神：关于古典主义和浪漫主义文学史的思想发展的研究》（1923、1930）以黑格尔的观念为主角而表现出"一种紧密结合文学史中作品本文与事实的大胆构思的努力"，赫伯特·西查尔茨《德国巴罗克诗歌》（1924）与《作为精

① ［美］白璧德：《法国现代批评大师》"附录"，孙宜学译，广西师范大学出版社 2002 年版；［法］罗杰·法约尔：《批评：方法与历史》，怀宇译，百花文艺出版社 2002 年版，第 250、256 页；［美］韦勒克：《文学史上的演变概念》，载［美］韦勒克《批评的概念》，张今言译，中国美术学院出版社 1999 年版，第 39 页。

神史来看的文学史》（1926）"表明渊博的学识，可观的思辨能力，甚至批评的感觉"。在俄国形式主义及捷克布拉格学派那里，主张"把社会演变与文学演变之间的关系看作是一种辨证张力关系"，主张文学史"必须把一种诗歌结构看作永远处于运动状态，把它当作各种成分不断重新组合，其相互关系不断改变的结构"，而尝试写出了一些文学体裁和技巧的历史。[①]

现代西方文学研究"理论化格局"，实际上正是其时因"知识下行"而带来的人文社会科学众领域突破性发展的重要结果或体现，理论化、学说化、专业知识化格局特征中的文学研究其实成为西方现代各种人文社会科学知识理论的综合试验场。因为西方现代人文社会科学奠基于独立、坚实的方法论基础之上的竞相勃兴其实正是文学研究"理论化格局"现象产生的知识学术内在理路条件：一是形成了一种浓厚的人文社会理论学说及知识文化整体氛围，造就了一种集中于对人类社会生活作实在性关切和对现时、现世作经验性、历史性、批判性考察及理解的知识文化走势，这为文学研究各领域的理论化、学说化品格提供了最可能施展的知识文化境遇及保障；二是催生、创构了关于人的科学以及社会科学方面丰富多彩的新理论、新概念、新话语、新资源、新的思想版图，为文学研究各领域的开展拓宽了知识、理论、观念、学说、问题掘进方面的空间，支撑了其在理论化、学说化、专业知识化方向上的发展；三是提供了"历史—诠释学"及"历史理性批判"这一新时代的总体性的方法论原则，从而促进了文学研究各领域在"现象学—解释学—社会批判理论"与"经验—实证论"之间这一时代总体方法论基本冲突中获取掘进的动力，不断建设自己理论化、学说化、专业知识化品格。

作为"文学的现代建制"产物的西方文学研究"理论化格局"，也与中国的"史学化格局"一样，同时也反作用于"文学的现代建制"，即为现代西方的文学观念、文学学科、文学文化的建构提供了知识运行机制上的充足条件，并为这种现代意义上的文学对西方现代社会、现代世界、现代关怀、现代规划的构建与承负提供了某种想象性的文化能量与知识储备。因为正是基于理论化格局及学说化、专业知识化取向，在着力于对各

---

① ［美］韦勒克：《文学史上的演变概念》《近年来欧洲文学研究中对于实证主义的反抗》，载［美］韦勒克《批评的概念》，张今言译，中国美术学院出版社 1999 年版，第 45、246—267 页。

种"人文科学""精神科学"理论话语、知识路向、学说资源等作全面开放性吸纳，并对文学开展多向度、多层面的理论阐发、问题开掘、知识体系建设的基础上，西方现代"大写的文学""伟大文学"观念才可能通过得力于在其对宗教德性经验的补偿、人文精神及民族通识的教化养成、现世社会及民族意识形态的维系等方面而获得现代人心灵认信上的规训，而顺利地在现代西方文学实践及知识经验中得以根本确定、提升、成熟与流行；也正是在对各种"人文科学""精神科学"理论话语、知识路向、学说资源等的开放性吸纳，并对文学开展多向度、多层面的理论阐发、问题开掘、知识体系建设的过程中，现代西方一种反启蒙现代性、即具有审美文化现代性诉求性质的，旨在以文学的主权和人文科学知识的主权反抗贫血的理性主义、经验主义、科学实证主义，从而确证人的生活意义及文化精神之解救这种政治性信念与意识形态性价值取向，才被有力地放进了西方文学观念和西方文学知识的世界里，既成为"文学"被"现代"建构而获得的一个内在有机要素，也成为"文学"想象性、知识性地建构"现代"而确立的一个内在方向与尺度；同样，也正是在与文学有关的各种人文社会科学路向的知识学挖掘与理论学说阐发中，现代的文学观念及文学知识学术活动才能建构、确证起一种文化现代性（审美现代性）的内在诉求品质，从而超越传统式审美观照、审美分析的迷误而直接入思生存的"真"，并肩负起反启蒙之主体论理性，以文艺之学勘定人生意义、关心人文教化及精神解救、并维系现世社会与民族归属感的生活大任。

无论是现代中国文学研究的史学化格局还是现代西方文学研究的理论化格局，都是"文学的现代建制"的体现与结果，并反作用于"文学的现代建制"，因此它们都是某种"建制性格局"。无论中西，整个现代时期的文学研究活动可以说都是在这样的"建制性格局"中开展、进行的。文学研究现代格局的史学化或理论化，其实正是对文学现代研究活动的或者史学化、或者理论化的知识性、学术性规训，即它使整个中西现代时期的各种文学研究活动能够按照或者史学化、或者理论化的内在格局原则，而被合法地规训、收编、安放在文学整个现代学科版图、现代知识空间的某个合理位置上，这正是文学现代研究"建制性格局"的范式性品质所在。文学现代研究"建制性格局"的范式性品质内在地开发、促成、塑造和表征了具体文学现代研究活动中的某种特定的范式化路径与取向，可以说，具有范式化品质的文学现代研究"建制性格局"与具体文学现代研究活动的范式化运思路向，这两者之间是一种内在同构的统一关系。

第二节　文学现代建制中的"批评"：文学研究现代格局建构中的一种核心话语

中西现代"批评话语"不仅内在地、结构性地产生于"文学的现代建制"现象当中，从中获得了自己基本的建制性品质及活跃的人文性征，并且通过与"文学的现代建制"现象的结构性关联而广泛渗透在或史学化或理论化的文学研究现代格局中，从而在获得自身思想表达、观念言述在知识学意义上的表述方式、表述内容、表述支撑、表述动力机制，并转化为学术运思倚靠的知识思想核心架构的同时对文学现代研究的范式化格局架构及其当中的范式化运思品质产生了核心性的影响。

一　现代批评话语在文学建制中的结构性发生原理与建制性品质

"文学的现代建制"，作为一种因应"知识下行"与"文化解救"这样的现代性境域之深刻影响、内在需求而产生的现代性规划行为或现代性话语事件，它在以围绕文学问题的有关"权力—知识"规训为核心而涉及文学的"被建制"与"参与建制"两个层面，旨在以经验确证性的制度力量推进"知识下行"与"文化解救"大业的具体运行、展开过程中，寻求到了一种颇为丰富、颇为有力的现代知识话语样态和文化叙说形式，这就是"批评"，由此，"批评话语"形式的知识叙说和文化叙说便成为运转、推进"文学的现代建制"大业的一个主导者、担纲者和核心力量。无疑，就文学批评及批评话语之于现代的文学整体建制活动所具有的巨大权力性、规制性知识意义而言，现代中国与现代西方在很大程度上是相通的。针对现代西方，特雷·伊格尔顿曾明确地说："批评乃是一个首先已经将这些作品构成为有价值的作品的文学制度（the literary institution）的组成部分"，即作为"作品在种种特定形式的社会生活和制度生活中所受到的种种对待方式"之一，"文学批评根据某些制度化了的'文学'标准来挑选、加工、修正和改写文本"，从而参与"发现""构成"了伟大的文学，"但是这些标准在任何时候都是可争辩的，而且始终是历史地变化着的"，因此可以说，批评话语所担任的正是作为一种"文学制度的武断的权威"的角色，实际上成为服务于种种意识形态需要的多层次"权力"——"它是'警卫'（policing）语言的权力，有权力决定哪些陈述因其与公认为可说者不一致而必须被排斥。它又是警卫作品本身的权力，它把作品分成'文学的'与'非文学的'、经久伟大的与一时流行的。它还是以权威而支配他人的权力，即界定和保存这一话语的那些人与被有选择地接纳到这一话语中的那些人之间的种种权力关系。它也是为那些已经被判断为能够或不能够很好说这种话语的人授予或不授予证书的权力。"①彼得·威德森也认为："到了19世纪下半叶，一个充分审美化了的、大写的'文学'概念已经流行起来。但是，在这个大写文学的构成中有一个更具影响的因素，这就是它与批评之间的象征关系。的确，我们可以这样说，小写的文学是在批评之外而独立存在的，然而大写的'文学'却完全是由批评创造出来的。正是文学批评选取、评估和提升了那些作品，而那些作品又同样地再被分配安置。也正是由文学批评或多或少明确地去测定那些作品的特色，那些构成了具有很高'文学价值'的特色。换句话说，所谓'文学'，其实是按照批评所设想的形象来制作的。"其中在英国，马修·阿诺德无疑是借道其文学批评及批评话语的一套重要观念，以"炼金术的方式"根本创制出现代大写的"文学"，并根本确立大写的"文学"在现代文化中的重要地位的"始作俑者"。②而针对现代中国，刘禾则同样指出："体制化的（institutionalized）文学批评逐步发展为20世纪中国的一种奇特建制（establishment），成为一个中心舞台，文化政治与民族政治经常在这个舞台上轰轰烈烈地展开"；贯穿整个20世纪，"文学批评在中国成为一种合法性话语"，即在文学批评众议题中，"合法性问题始终占据着核心位置"。她并且还在对詹明信的第三世界文学必然是"民族寓言"论断的审视与纠偏中，明确认为，并不存在自明、固有的作为"民族寓言"本质的第三世界文学；在现代中国，作为"一方面不能不是民族国家的产物，另一方面，又不能不是替民族国家生产主导意识形态的重要基地"的现代文学，其概念必须把包括现代文学批评实践在内的全部文学机制及其运作纳入视野，因为作为"民族国家文学"性质的现

---

① ［英］特雷·伊格尔顿：《二十世纪西方文学理论》，伍晓明译，北京大学出版社2007年版，第204、205页。

② ［英］彼得·威德森：《现代西方文学观念简史》，钱竞、张欣译，北京大学出版社2006年版，第38—42页。

代中国文学，其实正是深刻渗透有民族国家话语的文学批评实践的产物，或者说，在现代中国的"民族国家文学"的生成、建构过程中，正是"现代文学批评的体制"作为一种"中介因素"而"扮演文本生产者及经典规范生产者的双重角色"。①

"批评话语"被"文学的现代建制"大业着力青睐、依靠，而成为现代的文学整体建制活动中的一个主导者、担纲者和核心力量，这在很大程度上意味着"批评"作为一种知识话语样态和文化叙说形式，其所具有的不同于一般概念化、普遍化、客观中立化理论话语的独特的知识思想言说风格及话语表述模式，即其那种重在对问题本身的倾向性描述，以及重在对差异知识及差别性意义的揭示、寻求与表达，成为知识文化建制性叙说的一种重要的、不可缺少的、关键性的路向及方式。因为知识文化包括文学的现代建制，由于必须要融合知识文化的世俗化、大众化与专业化、精英化（专家化）这双重话语结构，融合日常生活实践世界与专业或专家化处理及反思（即专家文化）这双重取向，因此它的建制性叙说相应便必须不再完全依靠一般概念化、普遍化、客观中立化的理论表达，而同时甚至更倾向于要求在作为俗态的大众分化和在作为精英态的专家分化这两种方向上追求差异化及其问题化、意义化的表述，于是，"批评话语"便由此而成为当然的选择。也就是说，"批评话语"包括文学及思想文化批评的模式受到知识文化包括文学的现代建制行动的重用，这正体现了"以各种不同程度发生在绝大多数人文和社会科学领域里的'表述危机'"，体现了"在人文和社会科学领域里，对于普遍的概化理论体系的长期信奉，已经让位于对文化差异的贴切表述，而对这种表述的追寻所针对的正是广泛传播于日益均质化的世界中的那些观念"，即"因为一般理论再也不适用于它们原来意在评论的世界，所以文化批评家便从自下而上的角度，即从描写问题（或表述问题）到一般理论的角度去重建研究领域"②。

正是缘在于批评活动成为现代的文学整体建制活动中的一个主导者、

---

① ［美］刘禾：《跨语际实践：文学、民族文化与被译介的现代性（中国，1900—1937）》，宋伟杰等译，生活·读书·新知三联书店2002年版，第265、268页；刘禾：《语际书写：现代思想史写作批判纲要》，上海三联书店1999年版，第193—194页。

② ［美］乔治·E.马尔库斯、米开尔·M.J.费彻尔：《作为文化批评的人类学：一个人文学科的实验时代》，王铭铭、蓝达居译，生活·读书·新知三联书店1998年版，第159、167页。

担纲者和核心力量，缘在于"批评话语"那重在追求差异化及其问题化、意义化的表述模式得到"文学的现代建制"大业的着力重用，因而以文学问题为起点，面向知识、思想、文化、社会广泛领域的文学批评及批评话语的生产、传播及影响，便自 19 世纪晚期开始直至 20 世纪上叶，逐步进入以至全面迎来了一个空前繁复、空前深入的新的发展阶段，这是文学批评及批评话语超越或摆脱自己过去的、传统的发展状态、运行模式和运思及言说样式的阶段，是文学批评及批评话语在自身内涵空间、叙说内容、叙说体式、意义指向、知识文化效力等方面实现现代转轨与现代新生的阶段。可以说，虽然我们可以承认"尽管文学批评实践由来已久，但无论如何，作为一种活跃的人文话语形态的文学批评的崛起，是 20 世纪以来的事"[1]，但是 19 世纪晚期无疑显示了现代的文学批评及批评话语即"作为一种活跃的人文话语形态的文学批评"及批评话语的最初的正式的发生与启端。

　　根据对雷纳·韦勒克有关论述的整理，19 世纪下半叶包括 19 世纪晚期之于西方文学批评发展史的意义正在于：它开始走出自 19 世纪初叶（30 年代左右）文学批评陷入的"严重青黄不接"而趋于"败落""停滞不前"的困顿局面，并"由于在各个方面所做的繁多努力"而"掀起了一次迫切需要的批评复兴"，造就了"一个批评的实验场所"，建起了一座沟通 19 世纪早期及其以前批评和 20 世纪批评之间的过渡的"桥梁"。[2] 这种对于西方文学批评发展所具有的独特的"复兴"意义、"实验场所"意义及"桥梁"意义，实质上就是对于其现代的文学批评及批评话语的最初的正式创生的意义，其具体体现，可分梳为看似相反的两大方面：一方面是批评在整体的发展格局和运行模式上的自觉、成熟和兴盛；另一方面则是批评在具体的观念论述上缘于诸多个性极端而来的"支离破碎""衰替"和"出轨"[3]。前者突出表现在：一是地理格局上，这个时期，在法国继批评"突然振兴"而努力取代德英两国曾于 18 世纪中叶至 19 世纪初叶在批评上的领军地位并最终"恢复"或"夺

---

　　① 徐岱：《批评美学——艺术诠释的逻辑与范式》，学林出版社 2003 年版，第 17 页。
　　② ［美］雷纳·韦勒克：《近代文学批评史》第二卷，杨自伍译，上海译文出版社 1997 年版，"总结"第 402、404、405、408 页；［美］雷纳·韦勒克：《近代文学批评史》第三卷，杨自伍译，上海译文出版社 1997 年版，"三、四卷引论"第 5 页。
　　③ ［美］雷纳·韦勒克：《近代文学批评史》第三卷，杨自伍译，上海译文出版社 1997 年版，"三、四卷引论"第 3、6 页。

回"作为批评的"欧洲盟主的地位",以及英国掀起"批评复兴"的同时,西方批评的发展开始从孤立的少数国家开启,拓展到更多民族国家,形成了西方诸国在批评领域的"大合唱"局面,这个局面既使"批评显然不是一国一邦之事:为学说风势所传播的思想到处游移、迁植、飘散开来",又使批评具有鲜明的民族主义特色差异,除了英、法外,多数国家的"文学批评还不能超越地区的界限"。二是批评本身的威望及地位上,这个时期,在西方许多国家,批评的威望得以显著提升而成为"一项首要关注的中心活动,一个受人青睐的品类,批评家也一变而为公众和民族心目中的大人物"。三是批评的运行支撑及社会效力上,这个时期,批评的巨大社会作用得到了来自文学公共领域和纯粹学术领域两方面的"扶持和相应的扩大",一方面,"文学刊物和宣言之多、学术界关心文学的风气之盛反映出批评家人数众多",大量评论杂志在"左右舆论、特别是在决定文艺趣味和讨论文艺思想"时发挥着巨大作用;另一方面,大学及纯学术性的文学研究开始为批评提供更多动力,特别是"文学史为批评提供了无涯无涘的新材料新问题"。四是批评的著述及论域格局上,这个时期,"批评被推向了各个迥然相异的方向",现实主义、自然主义、历史主义、唯科学论、唯教训论、印象主义、唯美主义、象征主义等各类批评观点、各种批评个性纷然呈现,使"批评著述层出不穷,批评主张日见扩大,批评方法和材料大量涌现"。后者即是指,因这个时期文学批评观念的"偏颇或者至少是立论不周",在"声势浩大无休无止的争论"和矛盾对峙中,"不是走向徒事教训的极端便是走向艺术至上的形式主义的极端",故而可以说,在对文学内容与形式的统一性和文学整体艺术性质的把握方面"支离破碎","形成了批评史上的一次衰替甚或说是一次出轨"。① 正是上述两方面,使 19 世纪晚期的西方文学批评就此前 19 世纪大多时期而言是一次"复兴",就此后的 20 世纪而言是 20 世纪批评来临之前的一场提前"实验",是通向 20 世纪批评的一座"桥梁"。可以说,西方 19 世纪晚期的文学批评不

---

① ［美］雷纳·韦勒克:《近代文学批评史》第二卷,杨自伍译,上海译文出版社 1997 年版,"总结"第 405—408 页;［美］雷纳·韦勒克:《近代文学批评史》第三卷,杨自伍译,上海译文出版社 1997 年版,"三、四卷引论"第 1—6 页;［美］雷内·韦勒克:《20 世纪文学批评的主要趋势》,载［美］雷内·韦勒克《批评的概念》,张今言译,中国美术学院出版社 1999 年版,第 326 页。

仅在一般的意义上，成为 20 世纪文学批评进一步发展的基础，而且也在更具体的意义上，在 20 世纪尚未降临之前便提前为 20 世纪特别是 20 世纪上叶文学批评的整体运行发展和具体论说，描画了基本的时代风貌、铺就了基本的空间格局、奠定了基本的问题方向，同时也预留了基本的推新空白：一方面，正是基于对上述 19 世纪晚期自觉、成熟的文学批评整体发展格局及运行模式的巩固与加强，20 世纪文学批评"不仅积累了数量上相当可观的文学批评，而且文学批评也获得了新的自觉性，取得了比以前重要得多的社会地位"，甚至既出现了"方法上的革命"而"发展了新的方法并得出了新的评价"，又发生了更大范围、更深程度的"地理上的扩展"而"出现一些超越国界的国际性运动"，区域之间各种论说的流派整体性明显增强；① 另一方面正是基于对 19 世纪晚期文学批评具体观念论述的"支离破碎""衰替"和"出轨"的补救与超越，"19 世纪中变得支离破碎的东西 20 世纪重建起来了，这就是内容与形式的统一意识，艺术性质的把握"②。总之，正是基于上述的认识，我们可以确定，西方的 20 世纪作为"批评的时代""批评的世纪"，实际上是产生于 19 世纪③，也可以说文学批评及批评话语的"现代"或"现代"的文学批评及批评话语，实际上是最初产生于 19 世纪，更确切地讲是 19 世纪晚期。

如果说西方文学批评及批评话语在 19 世纪晚期的最初现代新生，主要是体现在整体运行状态、发展局面和具体观念叙说内容及问题域开掘方面十分扎实的"量"上的积累性新进，更多表现出与此前、特别是 18 世纪中叶至 19 世纪初叶期间文学批评及批评话语的继承性、连续性关系④，那么，中国文学批评及批评话语在 19 世纪晚期的最初现代新生，则主要体现在根本的立意取向、叙说空间、运思构架、批评态度、批评方法、批评体式、语言形态、表述形式方面十分深刻的"质"上的颠覆性巨变，

---

　　① ［美］雷内·韦勒克：《20 世纪文学批评的主要趋势》，载［美］雷内·韦勒克《批评的概念》，张今言译，中国美术学院出版社 1999 年版，第 326、327 页。

　　② ［美］雷纳·韦勒克：《近代文学批评史》第三卷，杨自伍译，上海译文出版社 1997 年版，"三、四卷引论"第 6 页。

　　③ ［美］雷纳·韦勒克：《近代文学批评史》第四卷，杨自伍译，上海译文出版社 1997 年版，"跋语"第 549 页。

　　④ 参见［美］雷纳·韦勒克《近代文学批评史》第一卷，杨岂深、杨自伍译，上海译文出版社 1997 年版，"导论"第 1 页；［美］雷纳·韦勒克《近代文学批评史》第二卷，杨自伍译，上海译文出版社 1997 年版，"总结"第 408 页。

更多表现出与此前文学批评及批评话语的变革性、断裂性关系。具体说就是，在 19 世纪晚期的中国，传统的基于宗法伦理精神、古典美感视境及以"味"论诗言美的抒情诗式情趣，重在对文学之人生智慧内在空间的体验性开发，不求论理逻辑，而讲究朴素直悟、整体意会、诗味"内在机枢"解说、微观考证，以书话、诗话、词话、书信、序跋、评点为主要文体，以含蓄化、印象化、点悟化、断片化为主要语言风格的文学批评运思样态及言说形式，已失去昔日气势而力不从心，不可逆转地走向式微和没落，而几乎就在"19 世纪中后期的文学批评，既没有新的创造，又在模仿古人文体时未得真经，呈现出了衰败气象"[①] 的同时，中国文学批评在西方启蒙主义及理性主义思潮、现代文学观、众多现代知识文化学说的综合影响下，开始极大地、彻底地"修正"[②] 与摆脱传统的文学批评运思样态及言说形式，而酝酿向现代的论文体、散文体批评的转轨，这种论文体、散文体批评基于现代的中国式启蒙及民族存亡解救精神和美育追求，重在对文学之于开启民智及现代民族国家建设方面作理知思考、分析评论和批判发掘，讲究系统性、逻辑性、条理性、论辩性的运思进路，追求理性直白、深入究问、绵密推导式的语言形态和表述形式，其有规模的发端、创构、奠立和大规模开展当然是在 20 世纪初（包括梁启超、章太炎及刘师培、王国维、青年鲁迅等的批评实践）特别是 1917 年新文化运动兴起至"五四"新文学革命时期，但是其最初的发生、起点、先导却实在是 19 世纪末期的事，即其实际上最早是萌现于维新运动期间以梁启超、黄遵宪、谭嗣同、裘廷梁、蒋智由、夏曾佑等为主将的"诗界革命""文界革命""小说界革命"主张及有关文体改革、语言革新方面的批评实践中。

19 世纪晚期，无论是西方文学批评发生的在"量"上的积累性、继承性新进，还是中国文学批评萌现的在"质"上的颠覆性、断裂性巨变，实质上都是内在于各自知识文化建制特别是"文学的现代建制"的深刻影响和强烈需求，而产生的现代批评话语现象，如果说中国方面的情况是

---

① 周海波：《中国现代文学批评史论》，上海人民出版社 2002 年版，第 23 页；叶维廉：《中国文学批评方法略论》，载叶维廉《中国诗学》，生活·读书·新知三联书店 1992 年版，第 3—9 页；徐岱《批评美学——艺术诠释的逻辑与范式》，学林出版社 2003 年版，第 4—16 页。

② 叶维廉：《中国文学批评方法略论》，载叶维廉《中国诗学》，生活·读书·新知三联书店 1992 年版，第 12 页。

文学现代建制之初级或基础阶段特质的反映及结果，那么西方方面的情况则是文学现代建制之深化或提升阶段特质的反映及结果。由于与"文学的现代建制"这个整体性、全局性、结构性、具有多层内涵的人文知识现象有本体性内在关联，因此无论中国还是西方的现代的文学批评及批评话语，自它们在19世纪晚期最初萌生、发端开始，便获得了一种史上前所未有的相通相似的新时代本质及品格，即"建制性本质及品格"，也就是其现代生成、运转及展开，不仅具有文学及文学学科、人文社科方面的学科性建制的意义，而且还常常与现代社会、文化领域广泛的建制现象之间有着一定的渊源或源生关系，或者说它们与现代社会、文化等领域中的种种实践、事物、知识行动、价值取向等之间存在制度上的共谋与相关背靠的关系，甚至它们本就是一种制度，是"一种奇特建制"，是一个承担着建制行动的"中心舞台"，而这种共谋的焦点、背靠的基础或建制的中心所在就是种种"合法性问题"①。而正是"建制性本质及品格"这个根本质地，使得无论中国还是西方的现代的文学批评及批评话语都不再只是属于文学活动范围内的一般的关于文学、对文学、就文学的批评，而是既涵纳又扩散、渗入到周边知识、学术、文化、思想、社会等现代要素及建制性力量中，从而壮大、成长为"作为一种活跃的人文话语形态"②的系统、复杂的"批评话语"。

"作为一种活跃的人文话语形态"而创生的现代的文学批评及批评话语，其深刻的建制性本质及其"活跃"的人文性征至少反映在四个方面：

一是它或隐或显地具有一个话语核心，即对现代的文学方面以及有关社会文化、知识思想等方面的种种合法性问题实施"权力—知识"制度性、秩序性的规训功能。这使现代的文学批评及批评话语在具有多层内涵的"文学的现代建制"行动中，承担了多种多样、多层多面、近乎全方位的"权力—知识"规训角色：它既是现代的文学观念及创作实践的创造或创想者、引导者、发现及传扬者，也是站在现代的文学经典史（即"文学史"）书写入口处的、捍卫经典话语、执行检验和筛选职责的检察官与仲裁者；既是作者、读者、研究者、批评者等不同文学主体之间各种交错的权力等级关系的始作俑者和大肆支配者，也是现代社会文化、现代

---

① ［美］刘禾：《跨语际实践：文学、民族文化与被译介的现代性（中国，1900—1937）》，宋伟杰等译，生活·读书·新知三联书店2002年版，第265页。

② 徐岱：《批评美学——艺术诠释的逻辑与范式》，学林出版社2003年版，第17页。

世界之种种规划及合法性话语的导演、运筹者和奇特舞台，同时，它还是"文学批评"自身学科品质的直接构成及行动者，"文学理论"学科之知识体系的启发者、补给者、支撑者和应用者，以及"文学公共文化"舆论性内容的直接制造者、渲染者。

二是它有一个超出文学范围的基本的、内在的话语目标，即着力为现代"知识下行"与"文化解救"两者在彼此互动中的有益推进提供一种经验确证性的制度力量，要把世俗化、大众化的知识思想话语言说与专业化、精英化（专家化）的知识思想话语言说两者结合起来，在专业或专家化处理及反思的批评性叙说路径中吸纳、汇聚、推动大众的日常生活实践世界，以切实的知识及思想文化言说确证、推进一种旨在于生活意义解救或民族存亡解救的现世知识、文化力量。

三是它的根本性质在于它是整个现代性规划行为或现代性话语装置、现代性话语事件的有机部分或内在成果，其中中国文学批评及批评话语隶属于一种中国式的启蒙现代性规划，其叙说内容及意义诉求具有理性启蒙和民族救亡及现代民族国家建设志业的本质取向和内在属性，西方文学批评及批评话语则隶属于西方的文化现代性（包括审美现代性）诉求，其叙说内容及意义诉求具有人的内在生活意义及文化精神寻索、救渡的本质取向和内在属性。

四是前述三个方面最终都要落实于它在意涵空间上对文学话语范围的超出，并基于这种超出而同时返还到对内在的文学及文学知识问题意识的扩展、膨胀与加强上，即它绝不仅仅只属于文学领域或绝不仅仅只在一般的程度、层面上内在于文学话题，而是具有狭义的实用性现代"文学批评"话语和蕴含在广泛文学知识及研究活动中的现代"思想文化批评"话语这两个层面的意涵空间；这两层均内在于文学知识活动的意涵空间，通过以"文学的现代建制"活动为批评诉求内核，基于文学、文化的现代建制需要及追求而紧密、有机地联结、融合于一体。其中，前者乃传统（古典及近代时期）实用性文学批评模式及样态在现代时期的演进、变新产物，在与后者的内在联结、融合过程中，作为"文学的现代建制"行动的直接性知识叙说载体形式（方式、途径）之一，缘于其在整个文学活动体系（包括文学实践、文学学科研究体系）中的特殊位置，而在主要地、直接地承担文学在现代"被建制"层面的任务——即以其着实、鲜活的对当下具体作家作品及有关文学现象的批评实践确证并推进"文学基本观念及创写实践"定位、"文学知识学科"建设、"文学公共文化"养成等三方面的内容——的同时，也推进文学在现代"参与建制"层面的任务。后者乃现代专属的建制性话语现象，具有更为直接、典型、宽阔的现代的文化意义解救特征，它在与前者的内在联结、融合过程中，作为"文学的现代建制"行动的宽泛性意义诉求体现，缘于自身在整个人文社会科学话语体系中的特殊位置，而在主要地、直接地承担文学在现代"参与建制"层面的任务——即通过分布、扩散、渗透、涌动于"文学理论""文学史""文学批评"等各类广泛文学知识及研究活动中，结合文学及有关社会文化方面问题的知识性、思想性叙说及思考，而实现对整体现代社会、现代世界、现代关怀、现代规划的想象性缔造和话语性塑造及构成——的同时，也推进文学在现代"被建制"层面的任务。正是由于这内在于文学知识活动的现代"批评话语"两个层面意涵空间，在"文学的现代建制"行动这一诉求内核中的有机联结、融合，使得现代"批评话语"有力地将文学现代知识研究的三个分支门类黏合为一个共同内在于文学知识叙说问题的现代意义诉求整体，充分实现和推进了"批评"与"学术"之间，在文学的现代知识思想关切领域甚至在整个活跃的人文话语建设方面的内在关联和有益互动。可以说，从更为深入性、本质性的角度看，现代的文学批评及批评话语的结构性发生，在决定性的程度上、在很大的意义上，是指蕴含在广泛文学知识及研究活动中的现代"思想文化批评"话语这层批评意涵空间的创生，或者再公允点说，是现代之际，此前传统的狭义范围的"文学批评"实践话语因"文学的现代建制"行动而遭遇到与现代"思想文化批评"话语这层新生批评意涵之间的相互结合、涵纳，从而发生结构性调整、转轨并新生、提升成为"一种活跃的人文话语形态"——或许，这就是特雷·伊格尔顿所谓的伴随现代英国文学研究兴起及发展而从马修·阿诺德直至后继的利维斯那里所表现出的一种"批评智慧"，以及所开展的一种"拯救批评"①的内中之义，而如果这正代表了现代西方文学研究中的某种"批评智慧"以及"拯救批评"的某种企图，那么在现代中国，又何尝不是这样？

　　根据上述现代文学批评及批评话语的历史发生结构性原理，及其由此

---

① ［英］特雷·伊格尔顿：《二十世纪西方文学理论》，伍晓明译，北京大学出版社 2007 年版，第 31、44 页。

而所含有的基本建制性品质及其活跃的人文性征，下列批评家在 19 世纪晚期不约而同的批评努力及其一大批具有自觉、开创性的批评话语观念（包括对批评活动本身的认识观念和对文学活动及有关社会文化问题的批评观念两层面）的批评著述的集中撰述、发表或出版，应该可以说是现代文学批评及批评话语最初发生、启端的正式标志及初期成果。

其中：在西方方面，具有最大扛鼎之功的当数法国圣伯夫和英国马修·阿诺德两人，其中前者在其时的重要著述主要有《文学肖像》（1862—1864）、《新月曜日丛谈》（1863—1870）、《当代人肖像》（1869—1871），后者在其时的重要著述主要有《评论一集》（1865）、《关于凯尔特文学的研究》（1867）、《文化与无政府状态：政治与社会批评》（1869）。如果说圣伯夫在法国"重新确定了批评家作为知名人士的至高无上的地位"，那么马修·阿诺德则在英国通过"把批评推崇为近代文化的最重要部分和英国的得救"或说"某种近于宗教之物"而拯救了批评。① 对于马修·阿诺德而言，他通过正名"文学批评"身份并将其扩展为广义的"人生批评""文化批评"及一般"批判精神"，并在《论今日批评的作用》《论科学院的文学影响》等篇章中为批评的"真实"标准、"超然"特性、在文化精神创造中的优先位置及巨大价值作用等方面作慷慨陈词，以及在实际的批评实践中为诗歌和文学进行强烈辩护，努力"拒绝被绑缚在单一的话语领域内"，努力"寻求使思想对整个社会生活产生影响"，实际上代表了当时"穿越于诗歌、批评、期刊杂志和社会评论之间"的"一种发自公共领域内部的声音"，以及"对现行的一切和习惯势力进行批评性审视、同时进行深刻内省的文化立场和文化姿态"，从而"几乎单枪匹马"地"使英国批评走出了浪漫主义时代的盛况之后所陷于的低潮"，同时也由此使自己成为当时"统领英国批评界那片荒芜之地的、最出色的批评家"，以及现代"英国文学学术批评的奠基人"乃至西方"现代批评第一人"。② 对于圣伯夫而言，他则稍

---

① ［美］雷内·韦勒克：《文学批评：名词与概念》，载［美］雷内·韦勒克《批评的概念》，张今言译，中国美术学院出版社 1999 年版，第 28—29 页；［英］特雷·伊格尔顿：《二十世纪西方文学理论》，伍晓明译，北京大学出版社 2007 年版，第 44 页。

② ［英］马修·阿诺德：《论今日批评的作用》，载汪培基等编译《英国作家论文学》，生活·读书·新知三联书店 1985 年版，第 204—231 页；［英］马修·阿诺德：《文化与无政府状态：政治与社会批评》，韩敏中译，生活·读书·新知三联书店 2002 年版，"译本序"第 6、7、15 页；［美］雷纳·韦勒克：《近代文学批评史》第四卷，杨自伍译，上海译文出版社 1997 年版，第 181—210 页；徐岱：《批评美学——艺术诠释的逻辑与范式》，学林出版社 2003 年版，第 18 页。

早于阿诺德，通过以更为行家的方式"融会贯通了所有可行的方法"，并以更多方面、更丰富的批评著述，包括与阿诺德类似的对批评在"真实""超然""创造""裁断"等方面的特性、目的及作用的自觉认识，从而为"重建法国批评的盟主地位"做出了最大努力及贡献，同时使自己在现代批评领域"有充分的和完整含义上的代表性、规范性"，并由此确立了自己"非但在法国而且在欧美世界"现代批评领域的"独一无二"的"一代宗师"地位。① 除历史博学—实证主义路向的圣伯夫和人文道德主义路向的阿诺德两人外，这个时期还存在着另外的与他俩相同或不同路向（即印象—唯美—直觉—象征主义及生命有机论）的批评努力，同样显示了现代文学批评及批评话语最初的正式发生及启端，主要如：法国的泰纳《批评与历史新论》（1865）和《艺术中的理想》（1867），戈蒂叶《1830 年以来的法国诗歌进程》（1868）、《浪漫主义的历史》（1872）及《肖像和回忆》（1875），波德莱尔《现代生活的画家》（1863）、《浪漫主义艺术》（1868）、《哲学的艺术》（1868）及《爱伦·坡的生平及其作品》（1869），龚古尔兄弟日记摘选《观念与感觉》（1866），法朗士于 70 年代为《时代报》撰写的专栏文章；英国的斯温伯恩《威廉·布莱克》（1868），佩特《唯美的诗歌》（1868）及《文艺复兴：艺术与诗的研究》（1873）；美国的洛威尔《在我的书中》（1870，续集 1876）及《我的研究窗口》（1871），惠特曼《民主的远景》（1871），亨利·詹姆斯《法国诗人和小说家》（1878）；意大利的桑克蒂斯《论彼特拉克》（1869）及《聪明的批评家》（1874）；德国的狄尔泰《诺瓦利斯》（1865）及《歌德与诗人的想象力》（1877）。②

　　而在中国方面，具有较早萌生、启端之功的主要是：黄遵宪《日本国志·学术志二·文学》（1887），极早提倡言文合一，乃现代文体改革和白话语言革新思潮的先声，而其《人境庐诗草自序》（1891）《与梁任公

---

　　① ［美］雷纳·韦勒克：《近代文学批评史》第二卷，杨自伍译，上海译文出版社 1997 年版，"总结"第 405 页；［美］雷纳·韦勒克：《近代文学批评史》第三卷，杨自伍译，上海译文出版社 1997 年版，第 40—84 页。

　　② 参见［美］雷纳·韦勒克《近代文学批评史》第四卷，杨自伍译，上海译文出版社 1997 年版；［美］雷纳·韦勒克《近代文学批评史》第三卷，杨自伍译，上海译文出版社 1997 年版，第 37—38 页；［美］白璧德《法国现代批评大师》，孙宜学译，广西师范大学出版社 2002 年版，"附录"；［法］波德莱尔《1846 年的沙龙：波德莱尔美学论文选》，广西师范大学出版社 2002 年版；［法］罗杰·法约尔《批评：方法与历史》，怀宇译，百花文艺出版社 2002 年版，第 229、231 页。

书》（1891），系统表述"别创诗界"的经验主张，与梁启超稍后明确倡
导的"诗界革命"，在精神上息息相通；梁启超《变法通议·论劝学》
（1896）、《蒙学报序》（1897）、《演义报序》（1897）、《译印政治小说
序》（1898），较早萌发"小说界革命"的取向，乃"小说界革命"于
1902 年正式倡导前的先声，而其《夏威夷游记》（1899）则正式明确提
出"诗界革命"和"文界革命"；严复与夏曾佑《国闻报馆附印说部缘
起》（1897），较早表达了"小说界革命"有关主张，大大提高了小说的
社会地位；谭嗣同《致汪康年书》（1897）及《报章文体说》（1897），
热情倡导"报章文体"，大力促进了现代批评文体和白话文的革命性发
展；裘廷梁《论白话为维新之本》（1898），较早打出"崇白话而废文言"
旗号，并更自觉、坚定而系统地宣扬白话文；陈荣衮《论报章宜改用浅
说》（1899）强调报章文体改用白话，与裘廷梁《论白话为维新之本》一
起，有力推进了现代文体改革和语言形式革新运动进入一个新的阶段。①

二　建制性批评的范式品质：现代批评话语观念在文学研究现代格局中的表述问题

　　内在于文学现代知识活动的现代"批评话语"，通过充分发挥自己作
为"文学的现代建制"大业的一个主导者、担纲者角色，以及在现代的
文学整体建制活动中的核心力量作用，一方面在直接地对现代的文学全局
进行着实性的现代确证、建构的过程中，建构了自己狭义的实践性"文学
批评"知识叙说形式；另一方面又在宽泛地对现代社会、现代世界、现代
关怀、现代规划整体进行想象性的现代缔造、构织的过程中，建构了自己
广泛蕴含于文学知识及研究活动中的"思想文化批评"意义诉求空间。
在这种两个层面的建制与被建制之间双向循环互动的过程中，现代"批评
话语"获得了自己的建制性品质，而实质上成为一种"建制性批评"，即
"文学的现代建制"成为"批评话语"运行所在、所及的基本、核心空
间，同时，"文学的现代建制"也获得了自己的批评性品质，而实质上成
为一种"批评性建制"，即"批评话语"成为"文学的现代建制"所借
道、所寻靠的主要、核心路向及方式。

---

　　① 王运熙、顾易生主编：《中国文学批评史新编》（下册），复旦大学出版社 2001 年版，第
438—454、513—514、520—522 页；郭绍虞主编：《中国历代文论选》（第四册），上海古籍出版
社 1980 年版。

　　作为以"文学的现代建制"为运行的基本、核心空间，乃知识、文化及文学建制性叙说主要路向及核心力量的现代批评话语，由于与一般概念化、普遍化、客观中立化模式的理论话语表达不一样，它追求的是一种差异化及其问题化、意义化的表述模式（参见前文论述），在表述差异（即产生对差异的表述内容）的同时也形成了自己的差异式表述（即差异中的表述形式），这样的表述追求使得其在话语表述的现代具体运行实践及历史展开进程中，促成了种种形态各异、内容有别的丰富多样的批评话语观念，其中既包括对批评活动本身的本体论、方法论认识层面的观念，也包括对文学活动及有关社会文化问题的具体的批评性见解层面的观念。那么，这些批评话语观念特别是涉及对文学活动及有关社会文化问题的具体的批评性见解层面的话语观念，作为一种价值倾向、意义诉求鲜明的思想表达或思想主张，是如何渗透在现代中西文学知识研究的具体的史学化或理论化建制性格局当中，而从中获得一种知识学维度的表述形式、开掘空间和知识性追究上的合理支撑、动力机制，并同时由此转化为一种知识思想力量线索而构成为现代中西文学研究活动那客观、中立的知识学术话语空间背后的另一种知识思想话语空间的？这里实际上涵摄两个方向的追究：一是从"文学的现代建制"方向看，这些批评话语观念作为"批评性建制"行动的核心的观念构形力量，它们是如何表述或利用现代中西史学化或理论化建制性格局内的文学知识研究运思样态或运思形式，由此攫取与拓展自己在知识学意义上的表述方式、表述内容、表述支撑、表述动力，从而使批评话语的言说如何具体构成了对现代中西史学化或理论化的文学知识研究建制性格局的更进一步核心规训？二是从"批评话语"方向看，这些批评话语观念作为"建制性批评"活动的核心的观念言说内容，它们同时又如何被现代中西史学化或理论化建制性格局内的文学知识研究运思样态或运思形式所表述或所利用，由此构成现代中西文学研究在知识学术运思中所背靠及倚赖的知识思想方面的主体架构、基本脉络及核心话语，从而使批评话语的言说又是如何在现代中西文学研究的知识学术运思空间中被史学化或理论化的建制性格局收编收纳而模式化、范式化？上述的问题及其所涵摄的两个方向上的内在隐秘，既直接而核心地关系到现代中西文学研究的史学化或理论化建制性格局的更为具体、丰富的范式化内涵及品质的问题，也直接而核心地关系到处于现代中西特定整体格局之内的具体文学知识探究活动的范式化运思路向的问题。下面以现代中国为例，结合对现代中国某些具体的批评话语观念的历史梳理来谈谈这个话题。

在现代中国，知识思想界产生了异常丰富、多样、驳杂、繁复的批评话语观念，这些观念作为现代中国"文化解救"的话语标识和思想核心，以及"文学的现代建制"的知识权力"拳头"和思想文化"骨架"，可以基本分梳为几个相互交叉、相互渗透的中心系统：一是以"革新""进化"话语为中心的观念系统；二是以"纯文学"及"美感""美情"话语为中心的观念系统；三是以"立人""人生（人性）"话语为中心的观念系统；四是以"民众""民族—国家"话语为中心的观念系统；五是以"现实（写实）""批判"话语为中心的观念系统；六是以"浪漫""创造""反抗"话语为中心的观念系统；七是以"文学批评"文体的品格独立及自我确证话语为中心的观念系统。这些批评话语观念都不自外于而是内在于现代中国的文学知识研究活动，因此都不是纯粹个人、纯粹主观的思想情愫宣扬，而是作为思想观念的一种知识性表述，乃现代中国文学知识探求及学术研究话语中的有机构成空间和核心层面。

首先，它们主要都是直接地生成、鲜明地活跃于那些针对当下具体新文学作家作品及有关文学、文化现象的实用性"文学批评"实践文本的知识书写，各自都有自己代表性的"文学批评"实践文本及有关观点主张，几乎一起共同构织、结集了现代中国文学运动中实用性"文学批评"实践活动的完整知识内容体系。具体来说：

以"革新""进化"话语为中心的观念系统，其代表性的批评实践文本及有关观点主张，例如：从清季梁启超倡导"三界革命"、文学进化和"新"民"新"文体，鲁迅《摩罗诗力说》追求"别求新声于异邦"；到"五四"时期胡适《文学改良刍议》《历史的文学观念论》《建设的文学革命论》及《谈新诗》等倡导"文学革命"，主张文学进化观念、"文的形式"解放和"进化的""今日的"白话文学；再到30年代《现代》群体对"现代"的明示标举，《中国新文学大系》编写中胡适明确总结"新文学"两大要义之一便是在语言形式层面"做活的文学"。

以"纯文学"及"美感""美情"话语为中心的观念系统，其代表性的批评实践文本及有关观点主张，例如：从清季刘师培《论美术与证实之学不同》提出的"美术之学"，王国维《论哲学家与美术家之天职》《文学小言》中的现代美学声张，鲁迅《摩罗诗力说》《拟播布美术意见书》

提出"纯文学""兴感怡悦""用思理以美化天物"观念；到"五四"时期周作人《新文学的要求》提出"人生的艺术派的文学"，并在《自己的园地》及《美文》等中体现"趣味""美文"观，郭沫若《三叶集》主张"感情的美化"，成仿吾《新文学之使命》主张文学本身的使命在于"专求文学的全与美"；再到30年代前后梁实秋《文学的纪律》主张以理御情、以理性节制想象，闻一多《诗的格律》提倡诗的"三美"，朱光潜《雨天的书》《桥》体现其文学的美在"距离"及"情趣的意象化"的主张，沈从文《情绪的体操》主张文学应是"情绪的体操"，梁宗岱《诗与真》的"象征"及"纯诗"观，《现代》群体对"现代诗形"、意象营建、情绪美感及感觉印象的追求，《中国新文学大系》编写中朱自清致力于对美的风格的分类品评，并倾向于诗的自由而"浑融""精悍"的美。

以"立人""人生（人性）"话语为中心的观念系统，其代表性的批评实践文本及有关观点主张，例如：从清季鲁迅《破恶声论》《文化偏至论》提出"首在立人""任个人而排众数"，王国维标举"人间""赤子之心"；到"五四"时期陈独秀《文学革命论》主张建设"国民文学"，周作人《人的文学》《平民的文学》提出"人的文学""平民的文学"，郑振铎《新文学观的建设》倡言"文学是人生的自然呼声"；再到30年代前后梁实秋《文学的纪律》主张文学止于"普遍固定"的"纯正的人性"，李健吾《咀华集》对文学的灵魂世界的倾力体验，沈从文《小说作者和读者》主张文学应重于对"人事"的理解，李长之《鲁迅批判》所体现的优秀文学乃作家伟大人格性情或"感情的型"的产物的文学观，《中国新文学大系》编写中，胡适明确总结"新文学"两大要义之一便是在内容层面"做'人的'文学"，周作人则把此前现代散文小品的成就突出地归结为"言志""即兴"的复兴，郁达夫也指出现代散文特征在于"人的发现"和"人性"与社会、自然的调和。

以"民众""民族—国家"话语为中心的观念系统，其代表性的批评实践文本及有关观点主张，例如：从清季梁启超《论小说与群治的关系》等改良"群治"之救国主张，鲁迅《文化偏至论》指出"人既发扬踔厉矣，则邦国亦以兴起"；到"五四"时期陈独秀《文学革命论》主张建设"国民文学"，郑伯奇《国民文学论》主张"世界文学"是虚幻的，真实的文学应致力关注"国家生活国民感情"，郭沫若《文艺家的觉悟》《革命与文学》主张文学是推进国民革命及民族国家建设的重要途径；再到

30 年代前后钱杏邨（阿英）《现代中国文学作家》中鼓吹"新写实主义"，"左翼"群体鼓吹文学"阶级论""大众化"，朱自清《雅俗共赏》表示"走向民间的努力"和雅俗共赏的"人民的立场"，以及《中国新文学大系》的编写出版通过批评的体制化和批评话语的集中制造而"把中国文学放在一种与外国文学即使不能相提并论，至少也是可以相互比较的关系上"，显示了"一种对中国现代文学在各民族文学中所处的重要地位的自信"①。

　　以"现实（写实）""批判"话语为中心的观念系统，其代表性的批评实践文本及有关观点主张，例如：从清季鲁迅《文化偏至论》《破恶声论》对中国旧文明的批判；到"五四"时期陈独秀《文学革命论》标举"写实文学"，沈雁冰《文学与人生》《文学与政治社会》鼓吹文学对人生的反映和对现实的批判，郑振铎《血与泪的文学》倡言"为人生"的"血与泪的文学"；再到 30 年代"左翼"群体主张文学"负起解放斗争的使命"，《中国新文学大系》编写中鲁迅对文学与生活关系的阐释，以及茅盾结合社会思潮对文学研究会小说创作的评论。

　　以"浪漫""创造""反抗"话语为中心的观念系统，其代表性的批评实践文本及有关观点主张，例如：从清季鲁迅《摩罗诗力说》表彰"摩罗诗力"、呼唤"精神界之战士"；到"五四"时期创造社的"为艺术"，郭沫若《三叶集》主张情感的"自然流露"和"灵的喊叫"，郁达夫《艺术与国家》等标举"返回天真""作家自叙传"及"对人世的疾愤"；再到 30 年代《中国新文学大系》编写中郑伯奇明确总结创造社的"浪漫主义"。

　　以"文学批评"文体的品格独立及自我确证话语为中心的观念系统，其代表性的批评实践文本及有关观点主张，例如：从清季梁启超的尚从属于"新文体"散文系统的"文学批评"文体意识，王国维以西方批评话语为参照及支柱尚且初步确立属于现代中国"文学批评"文体自身的话语系统；到"五四"时期批评的白话语式确立和文学批评文体自觉建构意识的突进，"文学批评极力从创作甚至社会评论中脱离出来"而逐步在报刊上以独立文体面目出现，同时产生大批关于批评态度、批评方法、批

---

① ［美］刘禾：《跨语际实践：文学、民族文化与被译介的现代性（中国，1900—1937）》，宋伟杰等译，生活·读书·新知三联书店 2002 年版，第 335 页。

评文体操作的话语讨论，① 包括胡先骕《论批评家之责任》将道德、博学、中正、洞彻、上达作为批评的特征，沈雁冰《"文学批评"管见》等看重沟通读者的作品批评，成仿吾《批评与同情》等主张"超越的批评""创造的批评"，郁达夫《批评的态度》等将率直、宽容、同情、学识标举为批评"四德"，周作人《文艺批评杂话》《美文》等标举宽容的印象主义感悟批评及"美文"或"好的论文"式的批评，王统照《文学批评的我见》等认为文学批评要做"心灵的研究"，郭沫若《批评与梦》主张批评是一种"渊深的同情"；再到 30 年代左右批评文体意识逐步成熟，出现批评在方法、流派及文体等方面的多元化格局，并且不同样式的"作家论"成为批评文体的重头戏，② 其间，梁实秋《文学的纪律》《文学批评辩》主张批评是一种不同于民众鉴赏的有贵族化"品位"的"判断"，李健吾《咀华集》《自我和风格》认为作为"灵魂在杰作里面探险"的"批评的官能"是艺术创造的前提，李长之《我对文艺批评的要求和主张》等张举"感情的批评主义的"，朱自清《诗文评的发展》坚持传统"诗文评"价值并自觉逼视由西方舶来现代"文学批评"的深刻影响，并在《解诗》中提出"解诗"的主张，1935 年傅东华主编《文学百题》集结大量关于文学批评的理论化讨论③，《中国新文学大系》赋予"理论、批评和论争"在争夺合法性建制方面"头等的重要意义"④，并且其"导言"以"大系体"的样式最终确立了序跋体批评的现代地位⑤。

　　其次，这些批评话语观念还有机地渗透、融构在现代中国"史学化"文学研究格局内的文学史（古典文学类研究）与文学理论（主要是文学基础概论）这两种文学知识门类的各种探讨、论说及学科建设中，从而在丰富、提升自己的知识品质、知识追求，并系统构成文学史与文学理论两类文学知识探求的思想观念主脉的同时，对现代中国"史学化"的文学研究建制性格局给予了进一步的核心规训，即促成了进一步的范式认同及规划。现代中国批评话语观念对"史学化"文学研究格局内的文学史与

<hr>

　　① 周海波：《中国现代文学批评史论》，上海人民出版社 2002 年版，第 31、36—37、48—80 页。

　　② 周海波：《中国现代文学批评史论》，上海人民出版社 2002 年版，第 141、162、166 页。

　　③ 同上书，第 159—161 页。

　　④ ［美］刘禾：《跨语际实践：文学、民族文化与被译介的现代性（中国，1900—1937）》，宋伟杰等译，生活·读书·新知三联书店 2002 年版，第 329 页。

　　⑤ 周海波：《中国现代文学批评史论》，上海人民出版社 2002 年版，第 170—171 页。

文学理论两类文学知识学术探求活动的渗透、融构，大致可分梳为下面几种方式或几种路径：

一是批评话语观念决定了史学化格局内文学知识学术探求的知识重心、知识主线甚或中心题旨。例如，"浪漫""反抗"话语观念，"立人"话语观念，"纯文学""美感""美情"话语观念在鲁迅小说史研究、魏晋文章解读中的渗透；"纯文学""美感""美情"话语观念在刘师培中古文学史研究、黄侃《文心雕龙》研究中的渗透；"革新""进化"话语观念在胡适白话文学史研究中的渗透；"纯文学"话语观念在梁启超对美文及情感、韵文研究中和刘经庵对纯文学历史研究中的渗透，甚至梁、刘二人各自以《中国之美文及其历史》《中国纯文学史纲》为这种"纯文学"话语观"树碑立传"；"立人"话语观念，"美感""美情"话语观念，在李长之对李白的论述中的渗透。

二是批评话语观念构成了史学化格局内文学知识学术探求的主要内容甚或整个内容。例如，整个批评话语观念体系在文学概论知识内容体系中的渗透，可以说，绝大多数文学概论的几乎每个环节、每个知识点内容，其实都是现代批评话语观念的内容。

三是批评话语观念催生并拓展了史学化格局内文学知识学术探求的新领域甚至新支流。例如："革新""进化"话语观念，"纯文学"话语观念，"现实（写实）"话语观念对小说史、戏曲等通俗文学研究的促兴作用；"立人""人生"话语观念，"民众"话语观念，"现实（写实）"话语观念对民间文学研究的兴起、繁荣的催生乃至支撑作用。

四是批评话语观念左右了史学化格局内文学知识学术探求主体的基本而核心的研治角度、阐释观念。例如，"纯文学""美感""美情"话语观念在王国维《红楼梦评论》和《人间词话》、朱光潜《诗论》和《谈美》、闻一多《唐诗杂论》和楚辞研究中的阐释性运用；"人生（人性）"话语观念，"民族—国家"话语观念，"现实""批判"话语观念在刘大杰《中国文学发展中》的体现。

五是批评话语观念转化成对史学化格局内文学知识学术著述体系的基本结构支撑。例如，"革新""进化"话语观念对胡适"死文学"与"活文学"的双线文学史研究的统一架构；"革新""进化"话语观念，"纯文学"话语观念对郭绍虞《中国文学批评史》上卷的基本问题架构和编写体例的决定性作用。

　　六是批评话语观念构成了史学化格局内文学知识学术探求的基本的理论观念前提和理论自觉。例如，"纯文学"话语观念对这个时期《中国文学史》《中国文学批评史》编写的问题导入及论题确立的根本意义。

　　七是批评话语观念包含了史学化格局内文学知识学术探求的知识出发点。例如，"人生（人性）"话语观念，以及其与"纯文学"话语观念的关系，促成了周作人对中国新文学源流的考察；对"文学批评"文体自身的较为自觉的话语观念促成了方孝岳在其《中国文学批评史》著述中对各家批评原理的着力阐发。

　　八是批评话语观念安放了史学化格局内文学知识学术探求的社会及人生现实意义取向。例如，"革新""进化"话语观念，"民族—国家"话语观念，"现实""批判"话语观念，带给了刘大杰、郑振铎、阿英的文学史研究以丰富、强烈的现实时代取向；对"文学批评"文体自身的较为自觉的话语观念使朱自清在对"诗言志"等古代文学批评观念的正本清源的语义考释中，注重阐明"诗言志"等观念以及文学批评本身的对于现实文学欣赏、现实生活的指导意义。

　　通过上述多种方式或路径的渗透、融构，现代批评话语观念实际上超越了实用性"文学批评"实践书写的知识范域，扩展了自己在文学知识研究整体格局中的知识占有空间，丰富了自己的知识形式、知识内涵和知识学理品质，而这同时便带给了文学现代研究的"史学化"建制性格局以结构性的影响。一方面，一种整体的历史意识被核心地融入批评话语当中，即批评话语在对"史学化"格局内文学知识追求的表述、利用中，实际上把自己塑造、提升成为一种历史知识寻求样式，也就是说基于此渗透、融构，批评话语的核心几乎总是内在于一种对历史问题的来路、当下及去向的线性演进论自觉。另一方面，一种现代的批评诉求被根本地用于"史学化"格局的文学学术研究当中，即在批评话语被"史学化"格局内文学知识追求所表述、所利用中，"史学化"格局内的文学知识追求由此建构起了自己对批评、对价值判断及诉求的追求，也就是说基于此渗透、融构，"史学化"格局内文学知识学术的历史意识根本性地内含着一种批评意识甚或就是一种批评意识，是批评话语之价值诉求及评判的一种知识性、学术性表述形式。显然，前一方面的批评话语中的历史论意识，与后一方面的文学知识学术之历史取向中的批评意识，它们合力构成了一种启蒙，一种知识思想的启蒙，当然这是一种"中国式的启蒙"，即努力以传统中国"儒家道德理想主义""以政治为本位的淑世精神""对心的信念"吸纳融合现代西方"启蒙运动中的理想主义""人本意识""演进史观"而生成一种"历史的理想主义世界观"① 及其历史实践。如果说，在前者那里，批评话语因为自己的历史论意识而"攫取""利用"了"启蒙"，即以"启蒙"构成了自己的最根本的表述内容、表述支撑、表述动力；那么，在后者那里，文学知识学术则因为自己在历史取向中的批评意识而"种植""浇灌"着"启蒙"，即"启蒙"被纳入知识的内部机理而培育，由此构成文学知识学术运思所背靠及倚赖的知识思想方面的主体架构、基本脉络及核心话语。批评话语与文学知识学术共同基于历史意识而对"启蒙"的这种合力构成，其对现代中国文学知识研究的核心性影响便是：文学知识研究的"史学化"格局由此与文学知识运思叙说的"启蒙论"追求内在地融合、联结起来，"启蒙"也由此获得了类似于"史学化"格局那样的范式性规训的知识学功能。而在这个内在理路、内在机制的形成中，批评话语正发挥了非常核心，甚至根本性的话语作用；可以说，在基于历史意识而与文学知识学术一起对"启蒙"的谋划、实践中，建制性的批评话语获得了自己的知识性范式品质。

　　总之，"文学的现代建制"现象，作为"知识下行"与"文化解救"这个整体知识文化空间的内在产物，不仅直接启端和引致了中西文学研究范式的现代转型，并且还结构性地促成了具有范式规训意义的现代中西文学研究的建制性格局，即中国的"史学化格局"与西方的"理论化格局"，这种格局的史学化或者理论化的范式品质正内在地表征、开发和塑造了中西具体文学现代研究活动中的史学化或者理论化的范式性运思路向。现代"批评话语"不仅内在地、结构性地产生于"文学的现代建制"现象当中，从中获得自己基本的建制性品质及活跃的人文性征，而且通过与"文学的现代建制"现象的结构性关联而广泛渗透在史学化或理论化的文学研究现代格局中，从而在获得自身思想表达、观念言述的动力机制的同时，对文学现代研究的范式化格局架构及其当中的范式化运思品质产生核心影响，例如启蒙论、启蒙诉求方面的影响。

---

　　① 张灏：《思想与时代》，上海文艺出版社2002年版，第130—132页；张灏：《张灏自选集》，上海教育出版社2002年版，第208—209页。

结语

在文学研究现代"学术范式"与
"批评话语"的合谋中捕获现代性

通过以批评话语为中心，对文学研究的现代范式问题所进行的这番从逻辑到历史的考察论述，我们对文学现代研究范式与现代批评话语之间的系统的内在扭结、合谋关系应该有了一个比较明晰的认识。文学研究现代"学术范式"与现代"批评话语"之间的这种几乎全局性、根本性的合谋，关联着、隐含着、触及着一个深刻的命题或旨趣，这就是"现代性"。文学现代研究范式与现代批评话语之间的这种合谋关系、合谋现象涵摄有许多对于文学现代知识活动乃至现代思想文化具有关键性、根本性意义的问题，而对这种合谋关系及现象的进一步清理、还原、审视，对这些问题的进一步系统而扎实的考定和阐释，实际上对于活跃、拓展和推进现代性特别是文化现代性问题的研究具有十分重要的意义。

一 对当前文学学界现代性问题研究欠缺的总体检视

把"现代性"作为主要议题、重点对象，或论述理据、阐释资源的研究是各路学界近些年一个持续热点，这方面各种层次、规模的研究著述多得无法陈述、方兴未艾，但综观文学学科领域而言，有关"现代性"的研究总体上存在三大欠缺，它们是"一个薄弱""一个简单""一个失衡"。

"一个薄弱"，即在对文学具体问题、论域及具体学科对象的选取择定上存在一个薄弱方面，这就是：多数是围绕现当代文学史本身，包括围绕现当代文学的实际思潮、实际创作活动等方面，以及围绕现当代文学史的学科研究等问题而论及现代性，即多数属于现当代文学史研究的行业界范畴，局限于对现当代文学史现象的反思，而少有站在文学理论界、文学学术研究界，专门立足于对文学学术知识史、文学学科研究史、文学理论批评言说及历史的考察论题而论及现代性，即使有，也多数是采取"借题发挥"或"形而上框定"的方式，即借用对文学理论、文学批评的论述而引入或展开"现代性"这一个巨型的、形而上式的分析框架，极尽所能地发挥从哲学、美学、社会理论、思想文化史等角度阐释"现代性"的本事。这样一种状况实际上就造成了在结合文学问题与现代性话题，在从现代性角度理解文学方面所出现的"过小过窄"与"过大过宽"两种方向的偏颇："过小过窄"，即过多地仅仅将"现代性"作为现当代文学思潮、文学创写言说当中的一个线索、现象、所指内容或对象，或现当代文学活动主体所具有的一种特定体验，因而相应也几乎该是现当代文学史研究业界专属的一个理论预设、分析或反思视野、问题意识、阐发主题，而没有看到"现代性"更多的不是作为"物""工具"而仅仅归属于现当代文学史及研究，而是作为一个牵带着庞大时空意义的语法结构、总体现象、思想主题、文化家园而笼盖、浸入在现当代各种文学活动领域（包括思潮、创作、各种研究活动等）之上、之内，让文学浸染、栖居于其中；"过大过宽"，即虽然从高处、深处抓住了"现代性"作为现代思想文化史核心主题、基本结构这一本质意义，把现代性研究视为对现代现象的总体性反思，但在具体论述中却过多地赋予了其哲学、美学、社会理论、思想文化史本身等方面的内容，不少显得大而无当，以至于化约、埋没了文学的独特问题，而在如何抓取文学学科特别是现当代文学话题自身的深层次知识、理论、思想问题，把"现代性"作为深层脉络恰切地放进对文学的这些自身知识理论与思想学术问题的思考中，从而在现代性视域及问题路向上对文学的传统与现代有关方面作出更深刻、更宽广的理解及阐发方面，略显贫弱。如果说"过小过窄"的缺陷主要集中体现在对现当代中国方面的文学话题，特别是文学创作思潮、创作实践、创作文本的考察上，那么"过大过宽"的缺陷则主要集中体现在对现当代西方特别是其文学理论批评活动的考察上。

　　查检近年来国内学界，以"现代性"作为核心论题、关键语汇或基本视域、主要思想理论资源（其中不少是直接以"现代性"为题），着力系统考论阐释或一定程度地涉猎文学现代学术研究活动、特别是文学现代理论文本与批评言说，以及有关美学现象、话语问题的著述、译作，主要有：余虹《革命·审美·解构：20 世纪中国文学理论的现代性与后现代性》、杨晓明《梁启超文论的现代性阐释》、邢建昌与姜文振《文艺美学的现代性建构》、莫其逊《美学的现实性与现代性》、刘克峰《纯粹主义美学的现代性》、杨春时《现代性视野中的文学与美学》、仲立新博士学位论文《晚清与五四：新文学现代性的理论建构：中国文学观念的现代化与五四文学理论》、王杰博士学位论文《鲁迅诗学现代性研究》、戚真赫博士学位论文《王国维理念世界探究：兼论与中国历史与文化的现代性转型的价值与意义关联》、王一川《汉语形象与现代性情绪》、张辉《审美现代性批判》、单世联《反抗现代性：从德国到中国》、陈建华《"革命"的现代性：中国革命话语考论》、户晓辉《现代性与民间文学》、林少阳《"文"与日本的现代性》、杨联芬《晚清至五四：中国文学现代性的发生》、郑家建《中国文学现代性的起源语境》、陈方竞《多重对话：中国新文学的发生》、韩毓海《20 世纪的中国：学术与社会（文学卷）》、杨俊蕾《中国当代文论话语转型研究》、寇鹏程《古典、浪漫与现代：西方审美范式的演变》、高玉《现代汉语与中国现代文学》、刘禾《语际书写：现代思想史写作批判纲要》、李怡《现代性：批判的批判——中国现代文学研究的核心问题》、罗岗《危机时刻的文化想象：文学、文学史、文学教育》、高瑞泉与王晓明主编的"中国的现代性与人文学术"丛书，以及曹卫东等译的哈贝马斯《现代性哲学话语》、赵京华译的柄谷行人《日本现代文学的起源》、宋伟杰等译的刘禾《跨语际实践：文学、民族文化与被译介的现代性（中国，1900—1937）》，等等，此外还有大量的单篇论文。2000 年由《文艺研究》杂志与海南大学联合举办的"现代性与文艺理论"研讨会，在一定程度上推动、促进了在现代性视域中审理、阐释文学现代学术研究活动、特别是文学现代理论批评论说的工作。

"一个简单"，即对"现代性"论题引入与概念使用的简单化，对"现代性命题"的性质，对"现代性知识"及"现代性思想"的内涵与内容的确定、理解及阐释的简单化，这就是：在没有深入理解、界定并消化"现代性"概念的本质内容，没有准确把握"是谁的现代性""怎样的现代性""现代性的来路及去向""现代性何为"等问题的前提下，在对文学、主要是现当代文学史的研究论述中大规模地、随意地粘贴、复制、滥用"现代性"概念，或机械地、僵硬地预设"现代性"学理资源，在鱼目混珠的现代性阐释洪流中，现代性话题往往被空泛化、简单化地处理。

如果说由于西学本身拥有对现代性知识、文化及思想传统进行考索、反思、检视的各种极为丰富、复杂的历史及学理资源，因而对西方现代性的思考一直都不乏比较深入、复杂、系统、全面的特点，那么由于中国本土之学有关现代性资源的外来植入性和有关本土现代性问题意识的后发性，因而对中国现代性的思考相较于对西方现代性的思考而言，更多、更突出、更集中的是表现出这样一种简单化模式。李怡曾坦陈了对中国学界这种简单化模式的焦虑：在当今中国学界，"现代性"从用语到视角都"已经演变成为了一种不一定有严格界定的言说方式"；"'现代性'概念正在因为被广泛使用而逐渐呈现出了某种令人担忧的状态：某些对于中国文学事实的阐述已经在未经界定、似是而非的概念覆盖中反而变得暧昧不明了。当鲁迅、胡风、路翎、穆旦与京派文学、沈从文、乡土小说、毛泽东文艺思想、金庸，甚至儒家思想、道家思想，都一同被人们装入'现代性'的框架中加以解释的时候，我们显然不是通过阐释将研究对象的差异辨析得更加清晰，相反却似乎是更加的模糊了！而且是不是任何稍有变化的文学现象都可以冠名为'现代性'，这似乎存在着一种值得注意和警惕的'现代性'泛化使用"①。"现代性"的泛化、简单化主要有两种方式：一种是视"现代性"为一种庞大的文化语境与历史条件，足以有决定、影响任何现代事物、现代现象发生、运行的结构力量，因此对任何现代事物、现代现象的考析、理解都自然不该脱离对其背后所谓"现代性"语境、"现代性"条件的把握；再一种是视"现代性"为一种"菜篮""酒瓶""帽子"，只要凡是具有新鲜、新变、新奇特征的事物现象，都可以如菜如酒一样——被检装、灌注进"现代性"这个"菜篮""酒瓶"里，或者为之戴上一顶名为"现代性"的"帽子"。显然，无论是哪种方式，其实质都仅仅是浅尝辄止，满足或依赖于把"现代性"当概念、当标签、当旗号使用，而没有去正面思及、突入到"现代性"的核心内涵及内容当中。例如，如果现代性是"语境"，那么它是怎样一种语境？如果现代性是"菜篮""酒瓶""帽子"，那么它是怎样一种"菜篮""酒瓶""帽子"？它为什么会或为什么能检装、灌注、命名新生事物？它是不是就一定要或就只是检装、灌注、命名新生事物？同样，显然，无论是哪种方式，都会严重影响基于这种"现代性"泛化、简单化使用而开展的相关

---

① 李怡：《现代性：批判的批判——中国现代文学研究的核心问题》，人民文学出版社2006年版，第29—30页。

问题研究与阐释，具体到文学领域而言，也就是会严重影响"对于实际文学问题的真切把握"而"付出牺牲文学自身的丰富性与复杂性的代价"。①

"一个失衡"，即对中国现代性的理解审视与对西方现代性的理解审视这两者之间，存在着在探讨焦点、问题向度、入思角度、透析深度、论述程度等方面不平衡、层面不同、性质不同，一头扎实一头轻浅的现象，具体说就是：对中国现代性话题的关注及探讨，始终没有达到与对西方现代性话题的关注及探讨同样的水平及层次，与对西方现代性话题的关注及探讨处于不同的位置及层面。如果说对于西方现代性的探究具有很强的独立性、自为性，围绕现代性的时间体验、传统结构、知识及思想隐秘、诉求层面、历史悖论、危机问题等方面不断展开、积累了大量的学理性检视、阐释成果，那么，关于中国现代性的探究则始终被笼罩、被束缚在前者巨大的阴影下，始终跟在西方背后。论者以为，这种"被笼罩""被束缚"的跟从姿态，主要还不在于学界普遍所批评的中国现代性研究中存在的一种简单取法、照搬西方现代性理论的模式，而恰恰更在于在对这种模式形成清醒反思与自觉批判后，所产生的那种对中国现代性在面对西方现代性历史语境及学理资源的压力下如何定位自身的庞大"焦虑"，这种"焦虑"使中国现代性研究学界被撕裂成"现代性呼唤"论、"现代性终结"论、"以西方现代性阐释中国"论、"现代性全面泛化"论四种话语阵营，并在这四种阵营的对面甚至出现了主张彻底"去现代性语汇""超越现代性论题""反现代性学理"而对中国本土的实际问题进行独立、切实地把握与理解的声音。② 显然，问题不在于有关现代性话语及声音的多样性，而在于上述不论是哪种话语及声音实际上都在不同的位置背负了"焦虑"的压力，因而导致实际上多数忙活的不是对西方概念及学理的简单移入、搬用，就是对所属阵营的观念"主张"、情绪"申辩"、主义式"争鸣"及"折腾"，在这一派混乱与喧嚣中，少有如对西方现代性研究那样真正丰富、系统、扎实的学理论述。可以说，对西方现代性的研究，于热闹中显现的是一种理性、厚实的"学理"探究，而对中国现代性的研究，则于貌似理性的反思、清算及批判中呈现的是一种情绪化、焦虑化、浮躁的"观念"盲目认同或自我确认。前者是学术理论化的，后者

---

① 李怡：《现代性：批判的批判——中国现代文学研究的核心问题》，人民文学出版社 2006 年版，第 32、33 页。

② 同上书，第 26—30、19、33 页。

是实践批评化的，这两者之间在研究论述的位置、层次、性质及水平方面显然是不平衡的。而如何摆脱针对中国现代性的定位问题而积蓄的"焦虑"感，追求中国现代性研究的独立性、自为性及其中扎实的学理运思，从而把中国现代性问题与西方现代性问题真正摆到同样的位置、层次、水平中，进行跨语际性的相互对照比较或总体整合审视，这应该是一个努力的方向。

二　文学研究现代范式与批评话语的合谋对于直接捕获现代性核心问题的意义

文学领域的现代性研究所出现的各种不足、艰难及困窘，并不能否定围绕文学问题而继续开展现代性思考本身的价值及意义。学界有论，称"现代性"其实是个伪命题，现代性研究如果说对于西方现代哲学、美学、社会理论、思想史等研究领域尚有一定价值，那么对于许多实际的学术研究特别是文学方面的研究来说，则是个巨大的陷阱，显得大而无当。对于这种看法，论者不敢苟同。学界有这样的误识，其实是缘于学界许多研究论述并未真正弄透"现代性"是个什么东西，在未能深入理解并严格界定"现代性"概念、"现代性"命题诉求、"现代性"论说的学理内涵及核心内容等问题的前提下，有关现代性的研究当然就泛滥无度、大而无当了，"现代性"本身也自然背上了"伪命题"的臭名。实际上，无论是西方现代性还是中国现代性，其间无论是相同相通的方面还是相互异质的方面，都是具有特定、实质性内容的，是应当也能够得到特定、本质性界定的；而"现代性"这种具有本质性深刻内涵的现代现象及其透视、反思，则是中西许多现代事物、现代问题及其研究，包括文学现代问题及其研究都难以回避、绕开的现象及命题。现代中西双方共同存在的"学术范式"与"批评话语"之间的"合谋"，正是这样的事物、这样的现象及问题，而对这个"合谋"事物、现象及问题的清理和审视，正是在跨文化的视界内，在文学知识活动的学术史与思想史互动沟通的角度上对现代性现象及命题的某种核心性审理，这无疑能为跨文化视域中与多维文化语际间文学知识研究领域的现代性整体思考及融通研究打开一种问题性、开放性的思路。

对于文学研究现代"学术范式"、现代"批评话语"两者不可避免触及、关联于现代性命题这个问题的理解，我们当然可以有多种角度、层面及方式。例如，我们不难确认，无论是现代"学术范式"还是现代"批评话语"，都是依托于现代性这个语境，乃总体现代性诉求的意向建构物，是整个现代性话语的组成部分，根植于现代性的思想文化史建制，包含特定的现代性内涵、特征及意义；也可反过来说，现代"学术范式"与现代"批评话语"同样也知识性、思想性地建构了现代性话语，承担了现代性诉求与现代性建制的使命，包含、蓄积与体现了现代性的问题、危机与出路，从而不难认定作为知识学术的现代"学术范式"与作为知识思想的现代"批评话语"，都蕴含有深层的现代思想文化史问题，被赋予了现代性的思想史建制的历史意义，而现代性也其实正是现代"学术范式"与现代"批评话语"中深层的话语命脉。然而，论者以为，像上述这种局限于寻求"现代性"与另一种具体"现代事物"之间"一对一"的辩证关系的认识模式，以及其中"放之四海而皆准"式的二元论关系理解，对于现代性的透视不免有隔靴搔痒、空泛简单、大而无当之嫌。

在论者看来，不是单纯的现代"学术范式"，也不是单纯的现代"批评话语"，而是两者的"合谋"，才更内在、更核心地进入了现代性甚至可以说直接构成、成就了现代性，直接就是现代性现象，或者反过来说，现代性的核心就直接处身于、隐含于这样的知识与思想的"合谋"当中，直接就是一种与合谋有关的现象、事物、问题；一言以蔽之，文学研究现代"学术范式"与"批评话语"的合谋具有直接捕获现代性核心问题的意义。这里所言的"直接捕获"包含两层意思：一是对于史上文学现代知识学术活动本身而言，它通过"学术范式"与"批评话语"的合谋而直接捕获了现代性的本质内容及核心问题；二是对于当下我们的现代性考察审视而言，我们能在"学术范式"与"批评话语"的合谋中，从跨文化视界以及学术史与思想史互动沟通的角度上，直接捕获文学现代知识活动乃至整个现代思想文领域的现代性（即审美及文化现代性）的本质内容及核心问题。

之所以说文学研究现代"学术范式"与"批评话语"的"合谋"具有上述两个层面的直接捕获"现代性"本质内容及核心问题的意义，这实际上首先是基于论者对"现代性"核心内涵及学理内容的理解。论者认为，"现代性"（modernity）不是一个简单的、平面的、单向性的概念，这个概念对应述及的当然可以是现实中某种语境、某种现象、某种诉求、某种体验、某种话语、某种主题、某种事件、某种建制……但无论哪种情况,其本质核心处都不应简单的是指现代的随便哪种"摩登"的、新鲜的、新变的、新奇、新颖的东西,不应是对现代事物(现象)之所以是"现代的"而非"传统的"的某种特征、某种属性的简单指认与描述,而是指一种持续涌动、震荡的"结构",一种社会的、心理的、生存的、思想文化的,具有无限创生、建构功能的现代总体"结构性"。"现代性"这个"结构"或"结构性"东西,根本上源自生命主体基于特定的时间演进与空间构想体验而集中产生的一种"生命冲动造反逻各斯"①;正是这种作为文化主体的人的生命冲动造反所引致的社会文化诸领域旨在反叛或疗治传统有关形而上式秩序和沉积性痼疾、病灶的各种深刻、激烈行动,由于在经历"祛魅化"的历史洗礼及筛选过程的同时,又陷入一种"自我确认""自我证成"的运行理路中,而形成了物质与精神、社会与文化、理性与心灵等不同层面相互纠葛、相互撕扯、相互穿越的反应(而这实际上就造成了现代性的不同面相),因而造成自身始终走在一种合法与非法、合理与非理、启蒙与遮蔽、解救与沉沦相互循环演生的悖论之途,承受一种其先在规划(理想)永远保持在一种"未完成性"的开放状态,从而自身也不断向着各种"反超"(反现代性、超现代性)、"后越"(后现代性)行动衍生、调整的宿命。在论者看来,无论针对或结合怎样的具体事物或对象,在怎样的研究领域中进行一种现代性考察、现代性理解、现代性阐释,其核心及要害都在于首先要深入理解和紧紧抓住:现代性得以发生并展开的上述结构性根源及机制,以及由此所带来的现代性的总体历史规划(诉求),现代性内在的复杂要素(层面)及其相互间的悖论性结构关系,现代性带着与生俱来的悖论性结构要走向何方,现代性的内在症结及问题与现实危机及其内在转化、调整机制等关键问题,也就是"谁的现代性""怎样的现代性""现代性的来路及去向""现代性何为"等问题;实际上,对一切能摆到"现代性"桌面上来谈论的种种新变、新颖、新奇、新鲜的东西、特征、属性等的指陈与描述,只有在理解并消化了上述关键问题后才可能有比较全面、深入、内在性的把握。

论者认为,在文学研究现代"学术范式"与"批评话语"的历史"合谋",以及对这历史"合谋"的当下清理、还原及审视中,正可以一定程度地直接捕获现代性的上述"结构"或"结构性"本质核心,一定

① 刘小枫:《现代性社会理论绪论》,上海三联书店 1998 年版,第 23—24 页。

程度地打开对"现代性"有关核心、关键问题的理解之门。因为这种"合谋"实质上是以文学知识话语的合法性问题为核心的一种现代结构行为或事件，即是由内在生命诉求向外在文学、文化现实知识话语生成的一种结构机制或结构原则，这种结构机制或结构原则所触及的核心正是现代的某种合法性秩序问题，也就是文学知识话语在学术与批评、知识与思想、学科与文化、理性与价值（意义）等发生分立、断裂的现代遭际下，在心灵生命诉求及文化解救的基本视域下，直面历史失序与合法性失范的危机状况，在传统与现代、自我与他者、感受（体验）与（知识）规训等二元紧张眼界中，力图既依托合法性危机的现实境遇，同时又借助诉求性、体认性的思想言述与知识体制，而确证自身知识的与思想的双重合法地位，即为自身立法，又突破精神、心灵、审美、文化层面而干预、批评、阐释、考问社会现实，做出参与重构世间秩序的努力。在这样的"合谋"结构中，涵括了三组层面的结构性的相互嵌套、相互悖谬的关系，它们分别以三种层面的合法性问题为核心：一是围绕文学知识话语努力确立自身的合法性问题，文学知识话语要想取得现代知识体系上的合法地位，就再不能单纯依靠于知识、学科体制，而同时得依托于它直面现实境遇而作出的诉求性、体认性思想言述，然而同时，这种思想言述的合法性却又不得不依靠于"发言者"即文学知识话语在知识上的合法地位；这样，在文学知识话语的"知识合法性"与"思想合法性"两者之间便构成了一种相互嵌套、相互悖谬的关系。二是围绕文学知识话语所关心、直面的世间秩序的合法性问题，文学知识话语要想充当世间秩序的立法者与阐释者，有力干预、考问社会现实并参与重构世间秩序，就得首先同时拥有知识与思想的双重合法地位，然而同时，文学知识话语这双重合法地位、特别是在思想上的合法地位的获得过程，又丝毫离不开、甚至本身就是它实际地干预、考问、参与重构现实秩序的过程；这样，在文学知识话语本身的"知识及思想双重合法性"与其对世间秩序的"合法性干预及重构"两者之间同样构成了一种相互嵌套、相互悖谬的关系。三是围绕文学知识话语所涵摄的知识资源或知识眼界的合法性问题，文学知识话语要想确立自身在"现代"知识及思想系统中的"现代"地位，实现对"现代"社会现实的"现代"干预及重构，就必须拥有一套合法、适切的现代新知系统，这种新知系统作为"本土现代话语"与"异域他者话语"的某种建构物，具有革新、超越本土传统及本土自我的旧的合法秩序的本能冲动及本质内核，然而同时，这种革新、超越本能及其所生新知本质的新的合法性诉求位置及建构性力量的取得，又不得不依托于本土传统及本土自我的知识与思想上双重的合法性确证秩序系统；这样，在文学知识话语的现代新知及现代诉求下之异域式新知的"合法性诉求位置"与传统或本土旧知的"合法性确证秩序"两者之间也构成了一种相互嵌套、相互悖谬的关系。"合谋"现象所涵括的上述围绕三层合法性问题而构成的三组相互嵌套、相互悖谬的结构性关系，其实正内在表征着现代性命题的核心，敞开了现代性的内在悖论、症结与问题，以及其"未完成性"、开放性的宿命。

　　总之，文学研究现代"学术范式"与"批评话语"之间的"合谋"，具有直接捕获现代性之结构性本质及核心问题的意义内涵。因此，应把现代中国与现代西方摆到相同位置及层次上，重视对此"合谋"现象的系统、深入的清理、还原及审视，从而为跨文化视域中与多维文化语际间文学知识研究领域的现代性整体思考及融通研究打开一种开放性、问题性或发难性的思路，在跨文化文学学术史及思想史互动沟通研究的平台上，开掘并思及文学现代知识研究活动本身的现代性问题，或者说文学现代知识研究活动与现代性的内在关联问题，进而为现代性特别是审美及文化现代性的核心、关键问题的整体性、融通性理解提供一种新鲜的活力。

参 考 文 献

一 中文专著

阿英编选：《中国新文学大系·史料·索引》（影印版），上海文艺出版社 2003 年版。

包亚明主编：《现代性与空间的生产》，上海教育出版社 2003 年版。

蔡尚思：《中国近现代学术思想史论》，广东人民出版社 1986 年版。

高平叔编：《蔡元培美育论集》，湖南教育出版社 1986 年版。

曹顺庆等：《中国古代文论话语》，巴蜀书社 2001 年版。

常乃惪：《中国思想小史》，葛兆光导读，上海古籍出版社 2005 年版。

陈方竞：《多重对话：中国新文学的发生》，人民文学出版社 2003 年版。

陈国球：《文学史书写形态与文化政治》，北京大学出版社 2004 年版。

陈家琪：《经验之为经验》，社会科学文献出版社 2000 年版。

陈嘉映：《海德格尔哲学概论》，生活·读书·新知三联书店 1995 年版。

陈建华：《"革命"的现代性：中国革命话语考论》，上海古籍出版社 2000 年版。

陈平原、夏晓虹编：《二十世纪中国小说理论资料》（1897—1916），北京大学出版社 1989 年版。

陈平原：《触摸历史与进入五四》，北京大学出版社 2005 年版。

陈平原：《小说史：理论与实践》，北京大学出版社 2005 年版。

陈平原：《学术史丛书·总序》，北京大学出版社 1998 年版。

陈平原：《学者的人间情怀：跨世纪的文化选择》，生活·读书·新知三联书店 2007 年版。

陈平原：《中国现代学术之建立：以章太炎、胡适之为中心》，北京大学出版社 1998 年版。

陈平原：《中国小说叙事模式的转变》，北京大学出版社 2003 年版。

陈平原主编：《20 世纪中国学术文存》丛书，湖北教育出版社 2002 年版。

陈平原主编：《中国文学研究现代化进程二编》，北京大学出版社 2002 年版。

陈万雄：《五四新文化的源流》，生活·读书·新知三联书店 1997 年版。

陈泳超：《中国民间文学研究的现代轨辙》，北京大学出版社 2005 年版。

陈永森：《告别臣民的尝试：清末民初的公民意识与公民行为》，中国人民大学出版社 2003 年版。

陈子展：《中国近代文学之变迁·最近三十年中国文学》，徐志啸导读，上海古籍出版社 2000 年版。

程正民、程凯：《中国现代文学理论知识体系的建构：文学理论教材与教学的历史沿革》，北京大学出版社 2005 年版。

戴燕：《文学史的权力》，北京大学出版社 2002 年版。

丁耘、陈新主编：《思想史研究：思想史的元问题》，广西师范大学出版社 2005 年版。

董乃斌等：《中国古典文学学术史研究》，新疆人民出版社 1997 年版。

董学文：《文学理论学导论》，北京大学出版社 2004 年版。

杜书瀛、钱竞主编：《中国 20 世纪文艺学学术史》，上海文艺出版社 2001 年版。

方朝晖：《"中学"与"西学"：重新解读现代中国学术史》，河北大学出版社 2002 年版。

冯天瑜等编著：《中国学术流变——论著辑要》，华东师范大学出版社

2003 年版。

　　佛雏：《王国维诗学研究》，北京大学出版社 1999 年版。

　　高玉：《现代汉语与中国现代文学》，中国社会科学出版社 2003 年版。

　　郜元宝：《鲁迅六讲》，上海三联书店 2000 年版。

　　葛力主编：《现代西方哲学辞典》，求实出版社 1990 年版。

　　葛兆光：《七世纪至十九世纪中国的知识、思想与信仰：中国思想史》第二卷，复旦大学出版社 2000 年版。

　　葛兆光：《思想史的写法：中国思想史导论》，复旦大学出版社 2004 年版。

　　葛兆光：《思想史研究课堂讲录》，生活·读书·新知三联书店 2005 年版。

　　龚隽：《禅史钩沉：以问题为中心的思想史论述》，生活·读书·新知三联书店 2006 年版。

　　龚书铎：《社会变革与文化趋向》，北京师范大学出版社 2005 年版。

　　关爱和：《从古典走向现代：论历史转型期的中国近代文学》，河南人民出版社 1992 年版。

　　郭华榕：《法兰西文化的魅力——19 世纪中叶法国社会寻踪》，生活·读书·新知三联书店 1992 年版。

　　郭绍虞：《中国文学批评史》，百花文艺出版社 1998 年版。

　　郭绍虞主编：《中国历代文论选》，上海古籍出版社 1980 年版。

　　郭延礼、武润婷：《中国文学精神·近代卷》，山东教育出版社 2003 年版。

　　郭英德等：《中国古典文学研究史》，中华书局 1995 年版。

　　郭湛波：《近五十年中国思想史》，高瑞泉导读，上海古籍出版社 2005 年版。

　　何冠骥：《借镜与类比：中国文学研究的现代化》，东大图书公司 1989 年版。

　　河清：《现代，太现代了！中国》，中国人民大学出版社 2004 年版。

　　洪汉鼎编：《理解与解释——诠释学经典文选》，东方出版社 2001 年版。

　　侯外庐：《中国近代启蒙思想史》，人民出版社 1993 年版。

胡经之、张首映：《西方二十世纪文论史》，中国社会科学出版社1988年版。

胡经之主编：《西方文艺理论名著教程》，北京大学出版社1986年版、1989年版。

胡适：《胡适说文学变迁》，上海古籍出版社1999年版。

胡适：《胡适全集》，安徽教育出版社2005年版。

胡适编选：《中国新文学大系·建设理论集》（影印版），上海文艺出版社2003年版。

户晓辉：《现代性与民间文学》，社会科学文献出版社2004年版。

黄保真等：《中国文学理论史：清末民初时期》，洪叶文化事业公司1994年版。

黄侃：《文心雕龙札记》，周勋初导读，上海古籍出版社2000年版。

黄修己：《中国新文学编纂史》，北京大学出版社1995年版。

黄宗智主编：《中国研究的范式问题讨论》，社会科学文献出版社2003年版。

江西省文联文艺理论研究室编：《外国现代文艺批评方法论》，江西人民出版社1985年版。

蒋述卓、刘绍瑾等：《二十世纪中国古代文论学术研究史》，北京大学出版社2005年版。

蒋述卓等：《二十世纪中国古代文论学术研究史》，北京大学出版社2005年版。

康乐、彭明辉主编：《史学方法与历史解释》，中国大百科全书出版社2005年版。

寇鹏程：《古典、浪漫与现代：西方审美范式的演变》，上海三联书店2005年版。

李长之：《道教徒的诗人李白及其痛苦》，辽宁教育出版社1998年版。

李长之：《鲁迅批判》，北京出版社2003年版。

李建盛：《理解事件与文本意义》，上海译文出版社2002年版。

李欧梵：《徘徊在现代和后现代之间》，陈建华录，上海三联书店2000年版。

李欧梵：《现代性的追求：李欧梵文化评论精选集》，生活·读书·

新知三联书店 2000 年版。

　　李欧梵：《中国现代文学与现代性十讲》，季进编，复旦大学出版社 2002 年版。

　　李怡：《现代性：批判的批判——中国现代文学研究的核心问题》，人民文学出版社 2006 年版。

　　李咏吟：《诗学解释学》，上海人民出版社 2003 年版。

　　李子云等主编：《世纪回响·批评卷》丛书，珠海出版社 1998 年版。

　　洪治纲主编：《梁启超经典文存》，上海大学出版社 2003 年版。

　　梁启超：《论中国学术思想变迁之大势》，夏晓虹导读，上海古籍出版社 2001 年版。

　　梁启超：《清代学术概论》，朱维铮导读，上海古籍出版社 1998 年版。

　　梁启超：《中国近三百年学术史》，山西古籍出版社 2001 年版。

　　梁启超：《中国历史研究法》，上海古籍出版社 1998 年版。

　　梁启超：《中国之美文及其历史》，东方出版社 1996 年版。

　　廖炳惠编著：《关键词 200：文学与批评研究的通用词汇编》，江苏教育出版社 2006 年版。

　　林少阳：《“文”与日本的现代性》，中央编译出版社 2004 年版。

　　刘禾：《语际书写：现代思想史写作批判纲要》，上海三联书店 1999 年版。

　　刘梦溪：《学术思想与人物》，河北教育出版社 2004 年版。

　　刘梦溪：《中国现代学术经典·总序》，河北教育出版社 1996 年版。

　　刘梦溪主编：《中国现代学术经典·胡适卷》，河北教育出版社 1996 年版。

　　刘师培：《刘申叔遗书》，江苏古籍出版社 1997 年版。

　　刘师培：《中国中古文学史讲义》，程千帆等导读，上海古籍出版社 2000 年版。

　　刘士林：《先验批判：20 世纪中国学术批评导论》，上海三联书店 2001 年版。

　　刘万勇：《西方现代形式主义文论渊源研究》，中国人民大学出版社 2000 年版。

　　刘小枫：《现代性社会理论绪论》，上海三联书店 1998 年版。

刘再华：《近代经学与文学》，东方出版社 2004 年版。

鲁迅：《魏晋风度及其他》，上海古籍出版社 2000 年版。

路新生：《经学的蜕变与史学的"转轨"》，上海古籍出版社 2006 年版。

罗岗：《危机时刻的文化想象——文学·文学史·文学教育》，江西教育出版社 2005 年版。

罗志田、葛小佳：《东风与西风》，生活·读书·新知三联书店 1998 年版。

罗志田：《二十世纪的中国思想学术掠影》，广东教育出版社 2001 年版。

罗志田：《国家与学术：清季民初关于"国学"的思想论争》，生活·读书·新知三联书店 2003 年版。

罗志田：《近代中国史学十论》，复旦大学出版社 2003 年版。

罗志田：《裂变中的传承：20 世纪前期的中国文化与学术》，中华书局 2003 年版。

罗志田：《权势转移：近代中国的思想、社会与学术》，湖北教育出版社 1999 年版。

罗志田主编：《20 世纪的中国：学术与社会·史学卷》，山东人民出版社 2001 年版。

马睿：《从经学到美学：中国近代文论知识话语的嬗变》，四川民族出版社 2002 年版。

马新国主编：《西方文论史》，高等教育出版社 1994 年版。

马越编：《北京大学中文系简史（1910—1998）》，北京大学出版社 1998 年版。

萌萌主编：《启示与理性：从苏格拉底、尼采到施特劳斯》，中国社会科学出版社 2001 年版。

倪梁康：《现象学及其效应：当代德国哲学》，生活·读书·新知三联书店 1994 年版。

倪梁康：《现象学及其效应：胡塞尔与当代德国哲学》，生活·读书·新知三联书店 1994 年版。

牛仰山编：《中国近代文学论文集（1919—1949）》（概论、诗文卷），中国社会科学出版社 1988 年版。

潘懋元、刘海峰编：《中国近代教育史资料汇编——高等教育》，上海教育出版社 1993 年版。

钱基博：《现代中国文学史》，上海书店出版社 2004 年版。

钱理群、董子平、陈平原：《二十世纪中国文学三人谈·漫说文化》，北京大学出版社 2004 年版。

钱穆：《现代中国学术论衡》，生活·读书·新知三联书店 2001 年版。

丘为君：《戴震学的形成：知识论述在近代中国的诞生》，新星出版社 2006 年版。

璩鑫圭、唐良炎编：《中国近代教育史资料汇编·学制演变》，上海教育出版社 1991 年版。

饶芃子主编：《思想文综 NO.1：语言与思想文化专集》，暨南大学出版社 1995 年版。

桑兵：《晚清民国的国学研究》，上海古籍出版社 2001 年版。

佘碧平：《现代性的意义与局限》，上海三联书店 2000 年版。

沈语冰：《透支的想象：现代性哲学引论》，学林出版社 2003 年版。

盛邦和：《解体与重构：现代中国史学与儒学思想变迁》，华东师范大学出版社 2002 年版。

盛宁：《人文困惑与反思：西方后现代主义思潮批判》，生活·读书·新知三联书店 1997 年版。

石元康：《从中国文化到现代性：典范转移?》，湖北教育出版社 2002 年版。

舒芜等编选：《近代文论选》，人民文学出版社 1959 年版。

孙隆基：《历史学家的经线》，广西师范大学出版社 2004 年版。

孙尚扬、[比利时] 钟鸣旦：《1840 年前的中国基督教》，学苑出版社 2004 年版。

童庆炳等：《中国现代文学理论价值观的演变》，北京大学出版社 2005 年版。

汪晖：《汪晖自选集》，广西师范大学出版社 1997 年版。

汪晖：《现代中国思想的兴起》，生活·读书·新知三联书店 2004 年版。

汪晖主编：《学人》第九辑，江苏人民出版社 1996 年版。

汪民安主编：《文化研究关键词》，江苏人民出版社 2007 年版。

王达敏：《理论与批评一体化》，安徽教育出版社 2003 年版。

王德威：《想象中国的方法：历史·小说·叙事》，生活·读书·新知三联书店 1998 年版。

王尔敏：《中国近代思想史论》，社会科学文献出版社 2003 年版。

王尔敏：《中国近代思想史论续集》，社会科学文献出版社 2005 年版。

王汎森：《中国近代思想与学术的系谱》，河北教育出版社 2001 年版。

王富仁：《中国文化的守夜人：鲁迅》，人民文学出版社 2002 年版。

王国维：《王国维文集》，北京燕山出版社 1997 年版。

王国维：《王国维文学论著三种》，商务印书馆 2001 年版。

王庆节：《解释学、海德格尔与儒道今释》，中国人民大学出版社 2004 年版。

王铁仙、王文英主编：《二十世纪中国社会科学：文学学卷》，上海人民出版社 2005 年版。

王先明：《近代新学：中国传统学术文化的嬗变与重构》，商务印书馆 2000 年版。

王晓路：《视野·意识·问题》，四川人民出版社 2003 年版。

王学珍、郭建荣主编：《北京大学史料（1912—1927）》，北京大学出版社 2000 年版。

王瑶主编：《中国文学研究现代化进程》，北京大学出版社 1996 年版。

王一川：《意义的瞬间生成》，山东人民出版社 1988 年版。

王一川：《语言乌托邦》，云南人民出版社 1994 年版。

王一川：《中国现代性体验的发生：清末民初文化转型与文学》，北京师范大学出版社 2001 年版。

王岳川：《二十世纪西方哲性诗学》，北京大学出版社 2000 年版。

王岳川：《艺术本体论》，上海三联书店 1994 年版。

王运熙、顾易生主编：《中国文学批评史新编》，复旦大学出版社 2001 年版。

温儒敏：《中国现代文学批评史》，北京大学出版社 1993 年版。

闻一多：《神话与诗》，华东师范大学出版社 1997 年版。

闻一多：《闻一多全集》，湖北人民出版社 1994 年版。

吴兴明：《中国传统文论的知识谱系》，巴蜀书社 2001 年版。

夏晓虹、王风等：《文学语言与文章体式：从晚清到"五四"》，安徽教育出版社 2006 年版。

向天渊：《现代汉语诗学话语（1917—1937）》，西南师范大学出版社 2002 年版。

萧超然等编：《北京大学校史（1898—1949）》增订本，北京大学出版社 1988 年版。

邢建昌、姜文振：《文艺美学的现代性建构》，安徽教育出版社 2001 年版。

徐岱：《批评美学——艺术诠释的逻辑与范式》，学林出版社 2003 年版。

徐舒虹：《五四时期周作人的文学理论》，学林出版社 1999 年版。

徐友渔：《哥白尼的革命：哲学中的语言转向》，上海三联书店 1994 年版。

许道明：《中国现代文学批评史新编》，复旦大学出版社 2002 年版。

许纪霖：《中国知识分子十论》，复旦大学出版社 2003 年版。

许纪霖编：《20 世纪中国知识分子史论》，新星出版社 2005 年版。

许纪霖主编：《公共性与公共知识分子》，江苏人民出版社 2003 年版。

严复：《严复集》，中华书局 1986 年版。

杨俊蕾：《中国当代文论话语转型研究》，中国人民大学出版社 2003 年版。

杨联芬：《晚清至五四：中国文学现代性的发生》，北京大学出版社 2003 年版。

杨乃乔：《悖立与整合：东方儒道诗学与西方诗学的本体论、语言论比较》，文化艺术出版社 1998 年版。

杨乃乔：《比较诗学与他者视域》，学苑出版社 2002 年版。

杨晓明：《梁启超文论的现代性阐释》，四川民族出版社 2002 年版。

杨雁斌、薛晓源编选：《重写现代性：当代西方学术话语》，社会科学文献出版社 2001 年版。

叶嘉莹：《王国维及其文学批评》，河北教育出版社 1997 年版。

叶维廉：《中国诗学》，生活·读书·新知三联书店 1992 年版。

殷国明：《20 世纪中西文艺理论交流史论》，华东师范大学出版社 1999 年版。

殷海光：《中国文化的展望》，上海三联书店 2002 年版。

于文杰：《欧洲近代学术思想的心灵之旅——论西学三分及其中介理论的历史可能性》，商务印书馆 2006 年版。

余虹：《革命·审美·解构：20 世纪中国文学理论的现代性与后现代性》，广西师范大学出版社 2001 年版。

余虹：《艺术与精神》，社会科学文献出版社 2000 年版。

余虹：《中国文论与西方诗学》，生活·读书·新知三联书店 1999 年版。

余英时：《中国思想传统的现代诠释》，江苏人民出版社 2003 年版。

余英时：《中国思想传统及其现代变迁》，广西师范大学出版社 2004 年版。

袁进：《近代文学的突围》，上海人民出版社 2001 年版。

张宝明：《启蒙与革命："五四"激进派的两难》，学林出版社 1998 年版。

张光芒：《启蒙论》，上海三联书店 2002 年版。

张光芒：《中国近现代启蒙文学思潮论》，山东文艺出版社 2003 年版。

张灏：《思想与时代》，上海文艺出版社 2002 年版。

张灏：《危机中的知识分子：寻求秩序与意义》，高力克、王跃译，新星出版社 2006 年版。

张灏：《张灏自选集》，上海教育出版社 2002 年版。

张辉：《审美现代性批判》，北京大学出版社 1999 年版。

张利群：《多维文化视阈中的批评转型》，中国社会科学出版社 2002 年版。

张隆溪：《二十世纪西方文论述评》，生活·读书·新知三联书店 1986 年版。

张隆溪：《同工异曲：跨文化阅读的启示》，江苏教育出版社 2006 年版。

张隆溪：《中西文化研究十论》，复旦大学出版社 2005 年版。

张隆溪：《走出文化的封闭圈》，生活·读书·新知三联书店 2004 年版。

张新颖：《20 世纪上半期中国文学的现代意识》，生活·读书·新知三联书店 2001 年版。

张旭东：《全球化时代的文化认同：西方普遍主义话语的历史批判》，北京大学出版社 2005 年版。

张志扬：《创伤记忆：中国现代哲学的门槛》，上海三联书店 1999 年版。

张志扬：《缺席的权利——阅读、讲演与交谈》，上海人民出版社 1996 年版。

张志扬：《现代性理论的检测与防御》，社会科学文献出版社 2000 年版。

章启群：《意义的本体论》，上海译文出版社 2002 年版。

章太炎：《国故论衡》，上海古籍出版社 2003 年版。

章太炎：《国学概论》，汤志钧导读，上海古籍出版社 1997 年版。

赵敏俐等：《二十世纪中国古典文学研究史》，陕西人民教育出版社 1997 年版。

赵一凡等主编：《西方文论关键词》，外语教学与研究出版社 2006 年版。

郑家建：《中国文学现代性的起源语境》，上海三联书店 2002 年版。

郑师渠：《晚清国粹派文化思想研究》，北京师范大学出版社 1997 年版。

郑振铎：《郑振铎全集》，花山文艺出版社 1998 年版。

郑振铎编选：《中国新文学大系·文学论争集》（影印版），上海文艺出版社 2003 年版。

中国社科院文学研究所近代文学研究组编：《中国近代文学论文集（1949—1979）》（概论卷），中国社会科学出版社 1981 年版。

周海波：《中国现代文学批评史论》，上海人民出版社 2002 年版。

周宪：《审美现代性批判》，商务印书馆 2005 年版。

周宪主编：《文化现代性与美学问题》，中国人民大学出版社 2005 年版。

周作人：《周作人批评文集》，珠海出版社 1998 年版。

周作人：《周作人自编文集》，河北教育出版社 2002 年版。

朱东润：《中国文学批评史大纲》，章培恒导读，上海古籍出版社 2001 年版。

朱光潜：《诗论》，安徽教育版，1997 年版。

朱光潜：《朱光潜作品系列》，广西师范大学出版社 2004 年版。

朱立元主编：《当代西方文艺理论（增补版）》，华东师范大学出版社 2005 年版。

朱有瓛主编：《中国近代学制史料》第三辑，华东师范大学出版社 1992 年版。

朱自清：《论雅俗共赏》，生活·读书·新知三联书店 1998 年版。

朱自清：《诗言志辨》，华东师范大学出版社 1996 年版。

朱自清：《朱自清作品系列》，广西师范大学出版社 2004 年版。

庄锡华：《二十世纪的中国文艺理论》，上海三联书店 2000 年版。

左玉河：《从四部之学到七科之学：学术分科与近代中国知识系统之创建》，上海书店出版社 2004 年版。

二　中文译著

［德］阿多诺：《美学理论》，王柯平译，四川人民出版社 1998 年版。

［德］本雅明：《发达资本主义时代的抒情诗人》，张旭东等译，生活·读书·新知三联书店 1989 年版。

［德］本雅明：《经验与贫乏》，王炳钧、杨劲译，百花文艺出版社 1999 年版。

［德］彼得·比格尔：《先锋派理论》，高建平译，商务印书馆 2002 年版。

［德］比梅尔：《海德格尔》，刘鑫、刘英译，商务印书馆 1996 年版。

［德］彼得·毕尔格：《主体的退隐》，陈良梅、夏清译，南京大学出版社 2004 年版。

［德］狄尔泰：《精神科学引论》（第一卷），童奇志、王海鸥译，中国城市出版社 2002 年版。

［德］狄尔泰：《历史中的意义》，艾彦、逸飞译，中国城市出版社 2002 年版。

〔德〕狄尔泰：《体验与诗》，胡其鼎译，生活·读书·新知三联书店2003年版。

〔德〕费迪南·费尔曼：《生命哲学》，李建鸣译，华夏出版社2000年版。

〔德〕伽达默尔：《伽达默尔集》，严平编选，灯安庆等译，上海远东出版社1997年版。

〔德〕伽达默尔：《赞美理论——伽达默尔选集》，夏镇平译，上海三联书店1988年版。

〔德〕伽达默尔：《哲学解释学》，夏镇平、宋建平译，上海译文出版社1994年版。

〔德〕伽达默尔：《真理与方法——哲学诠释学的基本特征》，洪汉鼎译，上海译文出版社1999年版。

〔德〕哈贝马斯：《公共领域的结构转型》，曹卫东等译，学林出版社1999年版。

〔德〕哈贝马斯：《合法化危机》，刘北成、曹卫东译，上海人民出版社2000年版。

〔德〕哈贝马斯：《后形而上学思想》，曹卫东、付德根译，译林出版社2001年版。

〔德〕哈贝马斯：《现代性的地平线——哈贝马斯访谈录》，李安东、段怀清译，上海人民出版社1997年版。

〔德〕哈贝马斯：《现代性的哲学话语》，曹卫东等译，译林出版社2004年版。

〔德〕海德格尔：《海德格尔选集》，孙周兴选编，上海三联书店1996年版。

〔德〕海德格尔：《荷尔德林诗的阐释》，孙周兴译，商务印书馆2000年版。

〔德〕胡塞尔：《欧洲科学的危机与超越论的现象学》，王炳文译，商务印书馆2001年版。

〔德〕霍克海默、〔德〕阿多诺：《启蒙辩证法》，洪佩郁等译，重庆出版社1990年版。

〔德〕卡西尔：《人文科学的逻辑》，沉晖等译，中国人民大学出版社2004年版。

［德］康德：《历史理性批判文集》，何兆武译，商务印书馆 1990 年版。

［德］尼采：《悲剧的诞生》，周国平译，生活·读书·新知三联书店 1986 年版。

［德］尼采：《历史对于人生的利弊》，姚可昆译，商务印书馆 1998 年版。

［德］尼采：《论道德的谱系》，周红译，生活·读书·新知三联书店 1992 年版。

［德］尼采：《哲学与真理：尼采 1872—1876 年笔记选》，田立年译，上海社会科学院出版社 1993 年版。

［德］舍勒：《舍勒选集》，刘小枫选编，上海三联书店 1999 年版。

［德］特洛尔奇：《基督教理论与现代》，刘小枫编，朱雁冰等译，华夏出版社 2004 年版。

［德］韦伯：《学术与政治》，冯克利译，生活·读书·新知三联书店 1998 年版。

［德］西美尔：《时尚的哲学》，费勇等译，文化艺术出版社 2001 年版。

［德］西美尔：《现代人与宗教》，曹卫东译，中国人民大学出版社 2003 年版。

［德］西美尔：《宗教社会学》，曹卫东译，上海人民出版社 2003 年版。

［德］雅斯贝斯：《时代的精神状况》，王德峰译，上海译文出版社 1997 年版。

［英］马修·阿诺德：《文化与无政府状态：政治与社会批评》，韩敏中译，生活·读书·新知三联书店 2002 年版。

［英］齐格蒙·鲍曼：《立法者与阐释者：论现代性、后现代性与知识分子》，洪涛译，上海人民出版社 2000 年版。

［英］帕特里克·贝尔特：《二十世纪的社会理论》，瞿铁鹏译，上海译文出版社 2002 年版。

［英］尼格尔·多德：《社会理论与现代性》，陶传进译，社会科学文献出版社 2002 年版。

［英］费瑟斯通：《消费文化与后现代主义》，刘精明译，译林出版社

2000 年版。

　　［英］戴维·弗里斯比：《现代性的碎片》，卢晖临等译，商务印书馆 2003 年版。

　　［英］柯林武德：《历史的观念》，何兆武、张文杰译，商务印书馆 1997 年版。

　　［英］H. P. 里克曼：《狄尔泰》，殷晓蓉、吴晓明译，中国社会科学出版社 1989 年版。

　　［英］佩特：《文艺复兴：艺术与诗的研究》（插图珍藏本），张岩冰译，广西师范大学出版社 2000 年版。

　　［英］瑞恰慈：《文学批评原理》，杨自伍译，百花洲文艺出版社 1992 年版。

　　［英］拉曼·塞尔登编选：《文学批评理论——从柏拉图到现在》，刘象愚、陈永国等译，北京大学出版社 2000 年版。

　　［英］约翰·斯特罗克编：《结构主义以来：从列维—斯特劳斯到德里达》，渠东等译，辽宁教育出版社、牛津大学出版社 1998 年版。

　　［英］汤因比：《历史研究》，曹未风等译，上海人民出版社 1964 年版。

　　［英］汤因比等：《历史的话语：现代西方历史哲学译文集》，张文杰编，广西师范大学出版社 2002 年版。

　　［英］王尔德：《谎言的衰落：王尔德艺术批评文选》，萧易译，江苏教育出版社 2004 年版。

　　［英］彼得·威德森：《现代西方文学观念简史》，钱竞、张欣译，北京大学出版社 2006 年版。

　　［英］雷蒙·威廉斯：《关键词：文化与社会的词汇》，刘建基译，生活·读书·新知三联书店 2005 年版。

　　［英］赫·乔·韦尔斯：《世界史纲》，吴文藻、谢冰心、费孝通等译，广西师范大学出版社 2001 年版。

　　［英］特雷·伊格尔顿：《二十世纪西方文学理论》，伍晓明译，北京大学出版社 2007 年版。

　　［英］特里·伊格尔顿：《美学意识形态》，王杰等译，广西师范大学出版社 1997 年版。

　　［法］艾田伯：《比较文学之道：艾田伯文论选集》，胡玉龙译，生

活·读书·新知三联书店 2006 年版。

［法］罗兰·巴特：《批评与真实》，温晋仪译，上海人民出版社 1999 年版。

［法］让·贝西埃、［加］伊·库什纳等主编：《诗学史》，史忠义译，百花文艺出版社 2002 年版。

［法］朱里安·本达：《知识分子的背叛》，孙传钊译，长春：吉林人民出版社 2004 年版。

［法］波德莱尔：《1846 年的沙龙：波德莱尔美学论文选》，郭宏安译，广西师范大学出版社 2002 年版。

［法］波德莱尔：《我心赤裸：波德莱尔散文随笔集》，肖聿译，中国广播电视出版社 2000 年版。

［法］布迪厄、［美］华康德：《实践与反思——反思社会学导引》，中央编译出版社 1998 年版。

［法］皮埃尔·布迪厄：《艺术的法则：文学场的生成和结构》，刘晖译，中央编译出版社 2001 年版。

［法］皮埃尔·布尔迪厄：《文化资本与社会炼金术：布尔迪厄访谈录》，包亚明译，上海人民出版社 1997 年版。

［法］布罗代尔：《文明史纲》，肖昶等译，广西师范大学出版社 2003 年版。

［法］布罗代尔：《资本主义论丛》，顾良、张慧君译，中央编译出版社 1997 年版。

［法］阿尔贝·蒂博代：《六说文学批评》，赵坚译，生活·读书·新知三联书店 1989 年版。

［法］罗杰·法约尔：《批评：方法与历史》，怀宇译，百花文艺出版社 2002 年版。

［法］达维德·方丹：《诗学：文学形式通论》，陈静译，天津人民出版社 2003 年版。

［法］福柯：《词与物——人文科学考古学》，莫伟民译，上海三联书店 2001 年版。

［法］福柯：《权力的眼睛：福柯访谈录》，严锋译，上海人民出版社 1997 年版。

［法］福柯：《知识考古学》，谢强、马月译，生活·读书·新知三联

书店 1998 年版。

　　［法］高概：《话语符号学》，王东亮编译，北京大学出版社 1997
年版。

　　［法］安托瓦纳·贡巴尼翁：《现代性的五个悖论》，许钧译，商务印
书馆 2005 年版。

　　［法］利奥塔：《非人——时间漫谈》，罗国祥译，商务印书馆 2000
年版。

　　［法］利奥塔尔：《后现代状态：关于知识的报告》，车槿山译，生
活·读书·新知三联书店 1997 年版。

　　［法］保罗·利科：《法国史学对史学理论的贡献》，王建华译，上海
社会科学出版社 1992 年版。

　　［法］普鲁斯特：《驳圣伯夫》，王道乾译，百花洲文艺出版社 1992
年版。

　　［法］让-伊夫·塔迪埃：《20 世纪的文学批评》，史忠义译，百花文
艺出版社 1998 年版。

　　［法］伊夫·瓦岱：《文学与现代性》，田庆生译，北京大学出版社
2001 年版。

　　［法］瓦莱里：《文艺杂谈》，段映红译，百花文艺出版社 2002 年版。

　　［加］马克·昂热诺等：《问题与观点：20 世纪文学理论综述》，史忠
义、田庆生译，百花文艺出版社 1999 年版。

　　［美］马丁·巴科：《韦勒克》，李遍野译，中国社会科学出版社 1992
年版。

　　［美］威廉·巴雷特：《非理性的人：存在主义哲学研究》，杨照明、
艾平译，商务印书馆 1995 年版。

　　［美］白璧德：《法国现代批评大师》，孙宜学译，广西师范大学出版
社 2002 年版。

　　［美］丹尼尔·贝尔：《资本主义文化矛盾》，赵一凡等译，生活·读
书·新知三联书店 1989 年版。

　　［美］马歇尔·伯曼：《一切坚固的东西都烟消云散了——现代性体
验》，徐大建、张辑译，商务印书馆 2003 年版。

　　［美］H.G. 布洛克：《现代艺术哲学》，滕守尧译，四川人民出版社
1998 年版。

〔美〕杜赞奇：《从民族国家拯救历史：民族主义话语与中国现代史研究》，王宪明译，社会科学文献出版社 2003 年版。

〔美〕郭颖颐：《中国现代思想中的唯科学主义（1900—1950）》，雷颐译，江苏人民出版社 1990 年版。

〔美〕华勒斯坦等：《开放社会科学》，刘锋译，生活·读书·新知三联书店 1997 年版。

〔美〕华勒斯坦等：《学科·知识·权力》，刘健芝等译，生活·读书·新知三联书店 1999 年版。

〔美〕怀特：《元史学：十九世纪欧洲的历史想象》，陈新译，译林出版社 2004 年版。

〔美〕杰弗逊等：《现代西方文学理论流派》，李广成译，北京大学出版社 1992 年版。

〔美〕弗雷德里克·R. 卡尔：《现代与现代主义——艺术家的主权 1885—1925》，陈永国、傅景川译，中国人民大学出版社 2004 年版。

〔美〕乔纳森·卡勒：《当代学术入门：文学理论》，李平译，辽宁教育出版社、牛津大学出版社 1998 年版。

〔美〕马泰·卡林内斯库：《现代性的五副面孔》，顾爱彬、李瑞华译，商务印书馆 2002 年版。

〔美〕唐纳德·R. 凯尔纳、〔美〕贝斯特：《后现代理论：批判性的质疑》，张志斌译，中央编译出版社 2004 年版。

〔美〕W. 考夫曼编著：《存在主义》，陈鼓应等译，商务印书馆 1987 年版。

〔美〕柯文：《在传统与现代性之间：王韬与晚清改革》，雷颐、罗检秋译，江苏人民出版社 2003 年版。

〔美〕莫瑞·克里格：《批评旅途：六十年代之后》，李自修等译，中国社会科学出版社 1998 年版。

〔美〕托马斯·库恩：《必要的张力：科学的传统和变革论文选》，范岱年、纪树立等译，北京大学出版社 2004 年版。

〔美〕托马斯·库恩：《科学革命的结构》，金吾伦、胡新和译，北京大学出版社 2003 年版。

〔美〕列文森：《儒教中国及其现代命运》，郑大华、任菁译，中国社会科学出版社 2000 年版。

〔美〕刘禾:《跨语际实践:文学、民族文化与被译介的现代性(中国,1900—1937)》,宋伟杰等译,生活·读书·新知三联书店2002年版。

〔美〕乔治·E.马尔库斯、米开尔·M.J.费彻尔:《作为文化批评的人类学:一个人文学科的实验时代》,王铭铭、蓝达居译,生活·读书·新知三联书店1998年版。

〔美〕大卫·宁等:《当代西方修辞学:批评模式与方法》,常昌富、顾宝桐译,中国社会科学出版社1998年版。

〔美〕史华兹:《寻求富强:严复与西方》,叶凤美译,江苏人民出版社1996年版。

〔美〕王德威:《被压抑的现代性——晚清小说新论》,宋伟杰译,北京大学出版社2005年版。

〔美〕勒内·韦勒克、〔美〕奥斯汀·沃伦:《文学理论》,刘象愚等译,江苏教育出版社2005年版。

〔美〕雷纳·韦勒克:《近代文学批评史》八卷,杨自伍、杨岂深译,上海译文出版社1997、2002、2005、2006年版。

〔美〕雷内·韦勒克:《批评的概念》,张今言译,中国美术学院出版社1999年版。

〔美〕理查德·沃林:《文化批评的观念》,张国清译,商务印书馆2000年版。

〔美〕宇文所安:《他山的石头记:宇文所安自选集》,田晓菲译,江苏人民出版社2003年版。

〔美〕詹明信:《晚期资本主义的文化逻辑》,张旭东编,陈清侨等译,生活·读书·新知三联书店1997年版。

〔美〕詹姆逊:《詹姆逊文集》四卷,王逢振主编,中国人民大学出版社2004年版。

〔美〕周策纵:《五四运动史》,陈永明等译,岳麓书社1999年版。

〔日〕柄谷行人:《日本现代文学的起源》,赵京华译,生活·读书·新知三联书店2003年版。

〔日〕今村仁司等:《马克思、尼采、弗洛伊德、胡塞尔——现代思想的源流》,卞崇道、周秀静等译,河北教育出版社2002年版。

〔日〕木山英雄:《文学复古与文学革命:木山英雄论集》,赵京华编译，北京大学出版社 2004 年版。

［比］乔治·布莱：《批评意识》，郭宏安译，广西师范大学出版社 2002 年版。

［斯洛伐克］玛利安·高利克：《中国现代文学批评发生史：1917—1930》，陈圣生等译，社会科学文献出版社 1997 年版。

［斯洛伐克］高利克：《中西文学关系的里程碑（1898—1979）》，伍晓明、张文定等译，北京大学出版社 1990 年版。

［俄］什克洛夫斯基等：《俄国形式主义文论选》，方珊等译，生活·读书·新知三联书店 1989 年版。

陈启能、倪为国主编：《历史与当下》上海三联书店 2005 年版。

陈启能、倪为国主编：《书写历史》，上海三联书店 2003 年版。

胡经之主编：《西方二十世纪文论选》（全 4 册），中国社会科学出版社 1989 年版。

刘小枫主编：《人类困境中的审美精神：哲人、诗人论美文选》，东方出版中心，1994 年版。

汪晖、陈燕谷主编：《文化与公共性》，生活·读书·新知三联书店 1998 年版。

汪民安等编：《福柯的面孔》，文化艺术出版社 2001 年版。

汪培基等编译：《英国作家论文学》，生活·读书·新知三联书店 1985 年版。

伍蠡甫、胡经之主编：《西方文艺理论名著选编》下卷，北京大学出版社 1987 年版。

伍蠡甫编译：《现代西方文论选》，上海译文出版社 1983 年版。

张京媛主编：《新历史主义与文学批评》，北京大学出版社 1993 年版。

赵毅衡编选：《"新批评"文集》，卞之琳等译，百花文艺出版社 2001 年版。

周宪等编译：《当代西方艺术文化学》，北京大学出版社 1988 年版。

朱立元主编：《二十世纪西方美学经典文本》，复旦大学出版社 2000 年版。

三　中文论文

陈建华：《关于"20 世纪中国文学的世界性因素"命题的几点看法》，

《中国比较文学》2001 年第 3 期。

陈思和：《20 世纪中外文学关系研究中的"世界性因素"的几点思考》，《中国比较文学》2001 年第 1 期。

葛兆光：《思想的另一种形式的历史》，《读书》1992 年第 9 期。

孙景尧：《中西文学关系研究的"有效化"：兼论"影响研究"和"世界性因素"》，《中国比较文学》2001 年第 3 期。

谢天振：《论文学的世界性因素和影响研究：关于"20 世纪中国文学的世界性因素"命题及相关讨论》，《中国比较文学》2001 年第 4 期。

四　英文著作

Abrams, M. H., *A Glossary of Literary Terms*（seventh edition）. 外语教学与研究出版社 2004.

Adams, Hazard & Searle, Leroy. eds. *Critical Theory Since Plato*. Harcourt Brace Jovanovich College Publishers, 1971.

Bressler, Charles E., *Literary Criticism*：*An Introduction to Theory and Practice*. Prentice-Hall Inc. 1999.

Foster, H. ed. *The Anti-Aesthetic*：*Essays on Post-Modern Culture*, Washington：Port Townsend, 1983.

Harland, Richard. *Literary Theory from Plato to Barthes*. 外语教学与研究出版社 2005 年

Rice, Philip & Waugh. eds. *Modern Literary Theory*：*A Reader*. Edward Arnold Pub lishers, 1992.

Robert Con Davis, Ronald Schlieifer, eds. *Contemporary Literary Criticism*：*Literary and Cultural Studies. Longman*, 3rd edition 1994。

Selden, Raman & Peter Widdowson. *A Reader's Guide to Contemporary Literary Theory*（fourth edition）. 外语教学与研究出版社 2004.

Wellek, Rene, *Discriminations*：*Further Concepts of Criticism*, New Haven：Yale University Press.

后　记

　　现在，春天刚逝，夏天初至，第一次坐在这座花园露台的小屋窗前，面对外面的世界，明亮的天光中悬浮着几丝迷蒙的气息，阔大的绿叶安放一种内心的静谧，摇曳出无限的感怀……

　　就这样，抚摸这 20 多万的、不完美的文字，抚摸缩放在它上面的时间的沙砾和生命的纹路，感觉有些东西即将结束了，早应该结束了，而有些东西刚刚开始，早应该开始了。

　　还在大学的时候就怀着一份源自纯诗的梦想与激情，开启了延至今天的心灵与路。后来，来到四川大学，在尴尬、困窘、繁忙、沉重的工作环境中求取一个文学人贫弱、微薄的思考与向往，让音乐伴着，让自我的图书馆伴着，让青春伴着，从硕士到博士，一行就是 9 年。这艰辛跋涉的 9 年，陪伴我、护送我的，有来自父母、兄长、姐妹的期望与支持，有来自老师的关心和教导，有来自许许多多同学、好友、同伴的鼓励与慰藉。因此，在这场迟来的结束与开始之际，我要一并向这些爱护我、温暖我的人与物献上我的敬慕与谢意。

　　我特别要感谢我的导师王晓路教授。自 1999 年师从老师，硕士 3 年、博士 6 年，9 年来，无论是老师渊博的学识、谨严的学风、敏锐的治学思路、开阔的学术视野、严格的教导，还是老师儒雅、清俊的气质，幽默、达观、淡定、谦和的性格，特别是老师对"学问可大可小，无非有感而发，操曲晓声，观剑识器，因人而异，兴趣所至，并无山头之分，掌门之别，然为人之事却是最可重要和宝贵的，独有此律，不谬蹊径"的感怀，并对在治学中历练人格人品的言传身教，都成了我一生学习和追随的财富，这份财富是一本大书、一座高峰，它让我心有所仪，为学为人都有一种远行的标帜。特别难以忘怀的是在攻读博士期间，我的学位论文从选题、准备、开题，到写作、修改，无一不渗透着老师的心血，并且老师对我思考与写作中不少的顽疾，总是不厌其烦地点拨、告诫，给予我悉心的指导和改进的期望，甚至在论文写作最后关头自己徘徊、犹疑、快要气馁妥协之际，老师给了我最后一搏的鼓励。求学期间，老师还对我的生活和工作上的困惑给予了不少默默的关心。学生不才，但 9 年来，恩师予我的，一切的一切，学生都受益匪浅，感动不已，没齿难忘！

　　我要感谢曹顺庆教授、杨武能教授，从他们的课堂上，我得到了许多知识的收益和思想的启迪。要感谢刘亚丁教授、朱徽教授、肖薇教授在我论文开题报告时给我提出的贴切而中肯的意见和建议，这些意见和建议对我的论文写作大有裨益，其中刘亚丁教授和肖薇教授还对我的写作给予了难忘的鼓励。我还要感谢在读期间，来自同门师兄祝远德、欧震、金学勤和同门师妹王凤以及师妹刘立策的启发、安慰、鼓励和帮助，以及来自硕士学习期间同门师妹李雯、同门师弟朱周斌、师妹何隽和不少大学同学、身边好友的鼓励和希望，这些启发、安慰、鼓励、帮助和希望，给了我无形的压力和前行中的依靠与支撑，没有这种压力、依靠和支撑，这部论文难以完成。同时，还要谢谢课程学习期间其他许多师兄、师姐、师弟、师妹对我的帮助，和他们的课堂交流与讨论，给了我很多启发。此外，还要特别感谢与我同处一个尴尬、困窘、繁忙、沉重的工作环境中的几个好友与同伴，和他们的相处是一种困境中的欢乐，他们对我各方面、特别是生活上的关心和安慰，给了我无尽的温暖，论文印制阶段的一些事宜也直接得到了他们的帮助。

　　论文写作过程中参阅了许多文献资料，借此机会感谢所有文献资料的作者与编者。

　　又是一年花开，又将是一年花落。2002 年的春，硕士毕业之际，知心好友和好兄弟志刚在远方悄然远逝，心顿生寂然。6 年后的今春，博士毕业之际，我敬慕与心仪的、却未曾谋一面的诗性学者余虹先生又超然飞逝，不禁扼腕而叹。这个世界，这个我的世界怎么了？也许，当我站在一个结束点上时，诗之思才开始让我更责无旁贷、更勇毅地扛在肩头。

　　谨此论文献给我的诗、我的音乐、我的图书馆、我的青春！

　　献给恩师王晓路先生！

　　献给那些引我为同路的伟大心灵，和陪伴我一路走来的亲友们！

张宏辉

2008 年 5 月 8 日于寒荒斋

跋

当得知自己的研究著作《论文学研究的现代范式：以批评话语为中心的考察（1870—1930）》作为"研究生导师丛书与博士学位论文丛书"之一，即将由中国社会科学出版社出版，我感觉自己好像放下了什么，心中有一种澄明般的释然。我平静地望向天空，顺着血液中一股沧桑的力量沉入心底，感觉自己仿佛老树一样站在了一条无名的大河边，向着水来的方向鞠了个躬。远方原野茫茫，风过处，麦芒一片光亮，我身上的叶子哗哗作响，然而河水全没有理会，继续缓缓往前流去。

这本著作来自十年前我的博士学位论文。十年过去了，在这人生不短的行程中，我又走过了许多路，去过了许多地方，遇上了许多人，碰上了许多事，购得和读阅了许多书，生活中经历了许多的变与不变。我有了妻子春兰，有了小女筱果，有了一个平凡、质朴、书影墨彩与油盐米醋交错的家，算是作别了与自己陪伴了、纠缠了近40年的前半生。我跟很多人一样，终于如愿以偿、义无反顾地走入了我的后半生。青春在我狼狈不堪的注视下无情地远逝，父母及师长们在岁月摧枯拉朽的逃窜中又衰老了许多，小区及附近园子里和每天迎送我往返家与学校之间的临河道路上，树荫浓郁了许多、灌木丛深茂了许多，我所在的这座城市也是经历着日新月异的变化。然而，工作依然那么繁重，创作与读书依然那么时间有限，生活依然甘甜与酸辣并存，为人为事依然那么认真而实诚，性情依然那么率直而倔强，志趣和理想依然那么坚定却遥远，当我站在镜子前，发现里面那个黑发藏不住银丝、清瘦的脸上架着一副黑框眼镜的人，依然还是那个我。

《论文学研究的现代范式：以批评话语为中心的考察（1870—

1930）》源于我博士在读期间对现代阶段中西文学研究及批评活动的跨文化思考，对思想文化领域现代性问题的心仪，以及对比较文学研究的论域空间、论述模式的反思，选题直接来自我的导师王晓路先生的启发。文学研究现代范式的跨文化比较这个论题，在当时的国内学界尚属首次。我当时思考的原点是：我以为，现代以来，欧美西方和中国所发生的文学研究范式的变化，都类似为一种"历史下行"，即从对形而上知识思想体系的依赖转变为对形而下具体生活文化问题的关心。其中欧美西方，是由近代以主体理性和审美认知论为中心转为以"言意论理论"为中心，文学及文学性向社会生活及文化领域的蔓延；中国，则是从儒释道入思空间中走出来而重在思考现代民族国家叙事及文化民众启蒙的问题，在知识思想形态上是转为以"启蒙论史学"为中心。"批评"话语是该场中西范式转型中的同一个重要而核心的话语，也是理解中西范式转型问题的一个中心线索和深层脉络，从某种意义上说，文学的现代学术活动，在中国是一种批评化的"启蒙史学"，即启蒙性的"批评—史"，在西方则是一种批评化的"言意理论"，即言意性的"批评—理论"；文学的现代批评话语，在中国是一种"启蒙史学"性质的批评，在西方则是一种"言意理论"性质的批评。"现代性"问题因其与"批评"话语的相互建构，而构成了现代中西文学研究范式转型及20世纪文学批评活动中的一个内在问题。基于这样的认识，研究过程中，我抓住"范式""话语"的根本视角，以问题为单位和线索牵引论述路向，在展开有关知识学逻辑清理和知识话语及发生学分析的同时，结合一定的现象学反思与思想史阐发，努力实现对现代中西文学学术研究范式的总体把握与对"20世纪是文学批评的世纪"现象及论断的跨文化审视，希望能从跨文化角度填补中西文学现代研究范式考察的缺憾。论文完成后，学位答辩之际，评阅专家们认为：该论文致力释析文学现代研究的整体问题及整体特征，是一部高屋建瓴、体大思精、富于学术魄力和勇气的研究性著述，对于在大学科、跨学科范围内审视"文学研究"这一特定的再研究对象，推进文学研究的学术化和文学研究的知识体系及谱系建构，具有重要的学术价值和较强的理论与实践意义；论者视野开阔，学术积累十分丰厚，面对如此复杂的、富有挑战的课题和浩如烟海的材料能抓住要点，层层剖析，表明论者不仅阅读广博，具有一定的哲学功底，理论基础非常扎实，而且具有很强的科研工作能力、逻辑思辨能力，以及高水平的综合分析和学术创新能力。

但是，专家们的意见更多的是一种鼓励和提携。我知道，自己十年前的著述实在是有不少的缺憾。我最初将题拟为《诗学转型与意义求渡——现代中西文学研究范式及其话语建构》，后来听取老师的意见，专门剥离或舍弃了其中过于偏重形而上思辨及意义体认方面的章节，而结合文学活动实际调整章节布局，将论述集中到"批评话语"这一中心，专门考察文学研究现代范式问题，故而也改为了后来的这个题目。然而，尽管做了这一调整，并在实际论述过程中也努力做好文献资料的梳理、分析和引证工作，但由于精力、能力和时间有限，不少问题的探讨和论述当时很大程度上还停留在学理的层面或逻辑思考层次，而没能一一地给予史料和事实方面的翔实考察，全文理论思辨胜于坐实的案例分析，特别是对中西文学现代研究的"范式"类型、品质及其与批评话语的合谋关系也没能做到更为充分、扎实的历史分析与阐释。所以在学位答辩环节，答辩委员会专家在肯定该著作具有一定学术价值的同时，也指出"该论文有较强的逻辑思辨色彩"。

所以，十年后的今天，当因拙著即将付梓出版而再次触摸与翻阅它时，或喜悦，或沉重，或遗憾，或伤感，或忐忑，我的内心其实是五味杂陈。不过，转念想起十年前为尝试解答论题所涉问题而孜孜努力的过程，回味那漫长探索路上无数个日夜的心血浇筑，我的内心也就坦然、沉静了许多。

其实，我原初是想待研究进一步完善之后再出版，故而前些年自己也曾申报过有关后期资助项目，想以该著述为前期成果把相关研究推进与深化一下。这次，适逢拙著将出版，我对个别地方做了修正，但除了对"导论"的内容做了一些补充和调整，并重点对文献征引做了检查与核对外，其余方面皆没有大的改动。我想，博士求学生活毕竟是人生成长和学术生涯一个重要的阶段，这本十年前的著述其实只是我青春岁月里关于文学研究现代范式及批评话语的跨文化思考的一定成果的汇聚，它最该证明的是十年前的付出与收获。所以，尊重十年前的思考与书写，让它更多地保持十年前的原貌，恰好是让它忠实地留驻在岁月的长河里，更好地成为青春年华的一枚印证，成为一个人文学人生、学术人生漫漫途程上应该铭怀的一块纪念碑，其中，珍珠与美玉对于未来是一种勉励，粒沙与瑕疵对于未来是一种警醒。这或许也可以算是一种我们对待过去岁月著述的应有的态度。

拙著的有幸出版得益于四川大学文学与新闻学院的扶持、资助与信任；前任院长、现学术院长曹顺庆先生曾对著作的出版给予了关照和支持；我的硕士、博士阶段的导师王晓路先生更是对著作的出版给予了莫大的关心、鼓励和帮助，博士毕业后的这些年，他多次问及过著述的出版事宜，在欣闻著作即将出版时，他又特在繁忙中抽出时间为此书作序，并借此对学生的语言表述、材料运用、理论把握方面再次提出改进的鼓励和期望，希望我把这次出版作为"学术再出发的起点"，令我深受教诲和感动。在此，我特向我的母院——川大文学与新闻学院表示感谢，向两位先生致以深深的敬意和谢忱。十年前，博士学位论文完成之后，该著作得到了周启超、赵炎秋、王又平、高玉、董洪川等国内多位专家的评阅和学位答辩委员会专家们的指正。他们对著作给予了肯定，也提出了不少批评的意见和改善的建议。在此谨对各位专家表示诚挚的感谢。同时，我还得感谢中国社会科学出版社及编辑老师为此书出版给予的支持并付出的大量心血。当然，我还得特别感谢家人春兰、筱果这些年来对我的关心、期望与日夜陪伴，无论欢笑还是哭闹，它们都是我生活和生命中最珍贵的养分、最不可或缺的色彩。我想一并感谢的还有我的那些在天涯海角依然时不时挂念我甚至懂得我的亲人、师长、同学及朋友们，他们是我在世间宝贵的维系。

希望这部著作的出版能抛砖引玉，引发我和志趣相投的同仁们更多相关思考。希望它将是一种鞭策和逼视，激励今后的我能在生存的繁忙中不忘忠实而单纯地留守在自己文学与学术的世界里，继续珍重一种志趣所好的阅读、一种追问意义的体验、一种无畏而自由的思想、一种紧跟心路而谨严深入的思辨与探索，以及一种灌注心血的书写。

张宏辉

2018 年春于寒荒斋